幸福落地

杜怡臻 著

问人生到此凄凉否
事事无常别离多
——金缕曲

成都时代出版社
CHENGDU TIMES PRESS

图书在版编目（CIP）数据

幸福落地 / 杜怡臻著. -- 成都 : 成都时代出版社, 2017.8

ISBN 978-7-5464-1924-4

I. ①幸… II. ①杜… III. ①长篇小说—中国—当代
IV. ① I247.5

中国版本图书馆CIP数据核字（2017）第215233号

幸福落地
XINGFU LUODI

杜怡臻 著

出 品 人 石碧川
责任编辑 李 佳
责任校对 李卫平
封面设计 唐 雪
书名题字 陈滞冬
封面画作 陈滞冬
装帧设计 邹其兰
责任印制 干燕飞
出版发行 成都时代出版社
电 话 （028）86742352（编辑部）
（028）86615250（发行部）
网 址 www.chengdusd.com
印 刷 四川金邦印务有限公司
规 格 145mm×210mm
印 张 10.5
字 数 250千
版 次 2017年9月第1版
印 次 2017年9月第1次印刷
书 号 ISBN 978-7-5464-1924-4
定 价 49.00元

幸福落地

一

不是每一场暴风雨后，都会遇见彩虹。

“到底是谁的野种？”张仁抡起拳头，面目狰狞地逼问她。“我，我也不晓得……”呜呜呜，桑蕊神色惶恐，不敢不说，又不能乱说，她泣不成声地蜷缩着身躯，肩膀抽搐，黑发凌乱，头埋进膝盖，瑟瑟发抖。有苦难言啊，连她都搞不清楚女儿的亲生父亲到底是谁。

怎么会搞错呢？她在记忆中苦苦搜寻，和张仁结婚后，对他一心一意，从未出轨，可孩子怎么就不是张仁的呢？桑蕊惶恐不安，她偷偷瞅了一眼张仁，以他的凶狠劲，自己无端端给他戴上这顶绿帽，他怎会轻易放过自己？

可她也无能为力，她实在想不出孩子的父亲是谁。桑蕊浑身战栗，不敢向丈夫喊冤诉苦，怕解释就是掩饰，怕愈描愈黑。她放声痛哭，实实在在伤心，为自己的糊涂，也为自己的冤屈。啼哭间，她时刻保持警惕，生怕他对女儿下毒手，不时偷偷窥探他的举动。

“你竟敢瞒着我，乱找男人，还生下野种，简直无法无天！你出门问问，世上有哪个男人能忍受这般耻辱？老子怎咽得下这口鸟气！”张仁宽长的马脸，由红转青，脸颊上暴出的数粒青春痘也因愤怒涨得通红，鹰钩鼻走位变歪，盛怒之下，他和一头在发情期因找不到交配对象而发狂的野兽无异。

房间角落，刚满三个月的婴儿在小床上沉沉安睡，毫不知晓自己的出生会给她的母亲带来什么样的灾难。

张仁怒吼着冲上前，一把揪住桑蕊的头发，按在床上，抡起拳头暴风骤雨般击打着，桑蕊则闷声嘶哑地哭着默然承受不敢还手。直到桑蕊眼眶发乌，鼻孔流血，他才住手，但还不解恨，到底意难平！他连连朝她身上呸呸吐口水，满脸厌恶，在室内来来回回重复嘶吼：“老子饶不了你，饶不了你！”他双目圆睁，左右探望，定要再拿什么来出下气，方肯罢休。

窗台上，陶瓷盆栽的四盆绿萝，青翠欲滴，依傍着老叶的根茎上新近冒出几片嫩叶——应景桑蕊刚生产。

张仁满怀仇恨的目光落在绿萝头上，绿油油的颜色，和绿帽子雷同。想起桑蕊对它们悉心爱惜，他胸膛里爆发出仇恨的妒火，抡起蒲扇大的巴掌扇过去，这排绿萝应声掉在瓷砖地板上，陶瓷盆摔碎，泥土飞溅！桑蕊见此，后怕地闭上双眼，这可是她新买的绿萝。她收紧肩膀，胆战心惊，不敢想象接下来他还会干出什么出格的事来。

她惊恐地不时盯住女儿，小小的孩子，他该不会？桑蕊打了个冷战，不敢再往下想，顾不得满脸泪水和血水混流着的花脸，压低哭声，紧张地注视着张仁的一举一动。

张仁貌似明了她的心意，大步流星迈向婴儿床。桑蕊不知哪里冒出的力气，麻利地从床上翻身而起，又跃到地上，整个身子扑倒在婴儿床上，双臂环抱婴儿床，恸哭哀求："不要伤害她，不要伤害她——"桑蕊披头散发，哭喊声凄惨、凄厉。

"离婚！这日子没法过！妈的，这样离婚，太便宜你了！我不甘心，不甘心，除非，你赔偿我！"张仁大约也累了，他瘫坐在地板上，神情痛苦地嘶吼。

桑蕊闻言，停止悲伤，暗中盘算着张仁的话意，她了解爱钱如命的张仁，只要给他钱，这桩丢人现眼的家丑或许就能解决，最可怕的是连钱都不要，那才棘手。"那，你，你要啥子赔偿？"桑蕊揩干眼泪，跪在地上，明知故问。

"精神损失费、青春损失费、劳务费……"张仁细细数来，此时，他的神色渐趋舒缓，面容已然平静。钱，是解他愤怒的药。

桑蕊悄然停止了抽噎，他的话，让她半喜半忧，喜的是，这事总算能解决；忧的是，所谓的赔偿名目繁多，就怕他狮子大开口，自己难以承受。

"我，我，没那么多钱……"桑蕊吭哧半天，才心虚地低头说道。

熟睡的女儿，粉红的小脸蛋上淡淡的眉头紧皱，看得桑蕊揪心，她莫不是也知道母亲的苦楚？

"你有多少，就给我多少！要不是看在我们相爱、夫妻一场的份上，我就去法院告你，让你这不要脸的贱货名声扫地！到时候，不光要赔钱还得坐牢！"张仁悻悻然冷哼，眼泛冷光，面色残酷。

相爱？桑蕊听到这个词，顿感滑稽之极，倘若真是相爱一场，他怎会不肯听她解释？还要无休止地精神折磨她？明明晓得自怀孕以来，她没工作、没收入，如此窘迫之下，他还伸手要她赔偿？

“我，我真的没钱。”桑蕊嘴角泛起苦涩的笑容，两人的“拉锯战”已耗费多日了，今天整一天，她滴水未进。好在，女儿懂事，只是昏睡，偶尔醒来，也不哭闹，乖乖吸奶水。

“少来这一套，你还想骗老子？谁不清楚你的过去，你傍过大款，肯定捞了一大笔钱……”张仁愈说愈激动，他冷不丁站起身，满面愤懑不平，宛若一位义薄云天的骁勇斗士。

桑蕊听得心如刀绞，她不再流泪，不再伤心欲绝了，她死死盯着他，仔细地辨认，眼前这个高大威猛、笑起来露出龅牙、阳光健康的男人，是她曾经以为深爱的男人？是她排除万难，一心想和他厮守一辈子的男人？是她愿意将身心全部托付的男人？她惶恐着不敢相认。

张仁还待说下去，包里的小灵通手机不合时宜地嘟嘟嘟叫起来，他狠狠白了桑蕊一眼，掏出小灵通，见到来电显示的号码，流露出一丝轻松的笑。这样的笑，桑蕊从前是最熟悉不过的——两人刚相恋时，他不就是这样笑的么？

他快步溜出门，将门带上，走到桑蕊听不见的远处接听。桑蕊无动于衷，她听完他一通说辞，绝望透顶，她再愚蠢也明白，这个男人，正如桑叶所断言，不能托付终身。离婚，说不定才是最好的解脱，对她是，对他也是。他们到底不是一路人。

桑蕊擤干鼻涕，哭了太久，嗓子嘶哑、鼻子严重不通。然后，她艰难地想起身，才发现腿早已经麻木了。她用力拍打着毫无知觉的双腿，好让它们恢复走路的功能。拖着渐渐有知觉的双腿，她一步一步挪向厕所，她要洗把脸，让头脑清醒，才好与他正式谈判。

张仁接完电话进屋，只听得桑蕊说道：“我没有多少钱，只有这点，你全拿去好了。”她转身从贴身的钱包里，一张一张费力地掏出所有的卡，哗啦啦抖落在地。

只见银行卡、洗头卡、美容卡、购物卡、消费卡、不知名的读书卡等，五花八门，散落一地，可真正值钱的就三张银行卡。

张仁一怔，毫不客气，探身捡起三张银行卡，手指弹着卡面："密码？"面有掩藏不住的喜色。

"你的生日。"桑蕊说完头也不抬。

张仁的脸色凝重起来，他掂量着三张银行卡的分量，思索良久，甩下一张银行卡在地上："我就放过你，我们这些人，都不是绝情之人，留一张给你，就看你的运气了。"

桑蕊面无表情，嘴唇翕动着，却无话可说，说什么呢？谢谢他？谢谢他手下留情放她一马？还是谢谢他离开她？

"给你一个月时间，搬走，办离婚手续！"张仁说完，将银行卡小心翼翼塞进自己的钱包，拎包走人，步伐轻松，门也懒得关。

桑蕊如释重负，无力瘫坐在床沿上，泪水纵横，爬满脸颊，无声悲切。窗台一片空荡，她不太适应，才想起遭罪的绿萝，赶紧擦拭泪水，下了床，半跪在地，清理受伤的绿萝——清理受伤的自己。

窗外，城市夜景，繁华如斯，绚丽多彩。小婴儿在这时撕心裂肺地大哭起来——她饿了。

二

三年前，坐在酒店大堂经理位置上，桑蕊满足而欣喜，中式风格的这家国际知名五星酒店，内部装潢古典高雅，柔和的光芒铺洒均匀，使人顿有宾至如归的愉悦感受。

她终于成了一位都市丽人，曾经，她以为痴想妄想的，已然成现实。桑蕊兴奋激动，难以自制。

都说桑家沟出女将。

十七岁那年，桑蕊和一帮浓妆艳抹的年轻女孩挤在夜总会“白象”包房内，她们或坐或卧，或站或倚，有些放肆地说着笑话，有些揽镜自照，描眉打鬓。

桑蕊靠在窗边，她没化妆，一头及肩的黑发，在发尾松松地系根白色丝绸发带，上身是她自个儿编织的贴身黑毛衣，穿了桑叶借给她的黑丝绒开叉包臀长裙，黑色细跟鞋，在一堆桃红柳绿的女人中，朴素扎眼，素雅醒目。

“咦，侬涂什么牌子的口红呢，蛮漂亮咯。”一把拿腔捏调的吴侬软语飘来，桑蕊的鼻端不由分说嗅入一股刺鼻的香味，她舔舔嘴唇，认真分辨：“没，我没擦口红。”说话的是顶着一头大波浪卷发的上海妹，她叼根细长的女士烟，拨开众人，挤到桑蕊近前，大有要一较高下之意。桑蕊并不畏惧，抬眼看她，狭长的丹凤眼，眼盖上涂抹着紫黑乌亮的眼影，唇色暗紫，唇膏肥厚欲滴，高耸的颧骨上晕染一片桃红，看上去有几分凶相，可在这凶相之外，又有几分风情的诱惑。

“哎哟，人家大姑娘的水色肯定好哇，我们刚出道，不也这样么？有啥稀奇！”身后是重庆女子别号“甜辣椒”的四川话，放鞭炮一般，噼里啪啦，快、准、狠。

桑蕊佯装没听见，堂姐桑叶出门前，再三叮嘱她，初来乍到，不要乱开腔得罪人。

“哼，果真是有几分姿色，怨不得是桑叶的妹妹，那个小妖精，老抢我的客人，今天，她没来？”上海妹围着桑蕊慢悠悠转了一圈，上下打量一番，目光不甚友好。

桑蕊稳稳站直身板，决定不动手，不说话。桑叶的话，她都记得呢，夜场上班的女孩身份复杂，出门在外，和气生财。

“就是，那婊子最爱耍花招，也把我的客人拉走了，咦，今晚，她没来？”重庆“甜辣椒”也趁势煽风点火，桑蕊见来者不善，后怕地退后一步，她想好了，实在不行，今晚就当白来了。

眼看着“上海妹”“甜辣椒”慢慢逼近桑蕊，其余人等个个隔岸观火状，自动让出一条道，桑蕊脸色微变，一步一步退向墙角。

“站好，站好，客人来选小姐了！”上了年纪的妈咪，浑身黑色职业套装，如天降神兵，手里抓着对讲机，踩着极细的高跟鞋，摇摇晃晃迈着猫步，过来训话。

原本乌烟瘴气、硝烟弥漫的人群立马鸦雀无声，桑蕊暗中松了口气。身旁的女孩们个个挺胸收腹，扬起不高贵也不美丽的头颅，等待检阅。

门口，一位个子不高的年轻黑脸胖汉，腋下夹着公文包，不苟言笑、故作正经地审视一圈，目光如苍蝇般落在桑蕊脸上趴着不动，浑身黑衣的桑蕊神秘中有丝哀伤，她努力昂头，投他以微笑，笑得不太自然，是乡下人遇见陌路人的笑：毫无城府的真诚。

胖汉是易荣，个头不高的广东男人，今晚，他接待一帮朋友，在 1992 年的经济特区，饭后到夜总会喝酒找小姐也成惯例，他成了常来常往常熟的夜场豪客。

妈咪看上去和他很是熟络，又或者妈咪和有钱出手大方的任何客人都很熟络。她拉着他手，笑眯眯附耳嘀咕：“新来一位女孩，从没干过这行，说不准还是‘处’呢，我特意留给你。”易荣面上不惊不喜，掏出长方形墨绿真皮钱夹，摸出几张钞票塞给妈咪，闷声发问：“人呢？”

“100号！”行如企鹅、胖得喜庆的妈咪接过钞票，脸上笑开花，“100号！”她扯起粗哑的嗓门向女孩堆里连声高叫。

100号是桑蕊的工号，她下意识再次确认胸前佩戴的工牌，定定神，穿过不屑地冷哼，羡慕的啧啧声，来到胖汉身旁。易荣见到桑蕊，老相识般拉过她的手，搂住她纤腰，进到芳香袭人的包房。

半年前，桑蕊还在工业区的一家电子厂上班，流水线上的作业，重复、单调、枯燥。她原本是投奔堂姐桑叶，按照地址摸索而来，可桑叶早就不在这片工业区了，也没人知晓她的下落，找不到桑叶，桑蕊只得先进工厂干活赚钱。

“你真是第一次？”易荣包下桑蕊，带她到酒店开房，洗漱完毕，他不急于上床，披着浴袍，跷起二郎腿歪坐在沙发上抽烟，操着半生不熟的普通话问她。

桑蕊在浴室内磨蹭着，不愿出来，又不能不答他，支支吾吾:“哦，算是第一次吧。”

“那，你是‘处女’？”易荣正用一根牙签剔牙，似信非信，风月场蹚得多，多少久经欢场的女子都会说自己是第一次，这第一次，他也不会太当真。

桑蕊听他这般直白问话，触及心事，发狠不言语。

“是不是啊？”易荣的问话不紧不慢传入桑蕊耳内，她思索片刻，横竖躲不过去，裹了浴巾，哐当拉开门，倚靠在门框，“不是。”笑盈盈望着他，不拿这事当甚大事。她这无谓的态度，易荣始料不及。半是失望半是欣慰：起码，她和夜场的其他女孩还是有所差别——她不撒谎。

在工厂打工不满三月，桑蕊就失身于同厂的水电工程师宁松，宿舍的湖南女工们讥笑她，想念书念出大肚子了，偷鸡不成蚀把米。

受到白眼奚落，桑蕊全然不争辩，照常上班。在厂里，坐在空调房吹冷气接听电话的女文员，最令桑蕊羡慕。当文员，得有文凭，桑蕊没有，她渴望读书上大学，想得都发痴了，流水线上有废弃的牛皮纸，桑蕊捡起来，在上面写写画画，她想念书，全生产线的女工们都知道，哪有那么容易，想念就念！

相貌丑陋的中年工程师宁松在食堂吃饭，听到众女工的议论后，他拦住下班的桑蕊，说他能让她念书，但有条件，桑蕊信了，就跟他走。

不过数天，这家伙就被老板炒了鱿鱼，原来是他偷拿工厂材料去卖被发现，遭到警告后再辞退，他知道自己在工厂干不长，才故意哄骗桑蕊这个不谙世事的工厂妹。

一月有余，桑蕊在宿舍干呕不止，有经验的湖南妹断言："阿蕊，你要遭罪了。你怀起娃娃了！"湖南妹不忍欺骗她。

"噢。"桑蕊没有别的女人呼天抢地的哀号，她神色淡漠地坐在铁床边，"阿蕊，你吃好大的亏，好憨。"湖南妹撇嘴叹息，桑蕊还是不说话，一阵倦意涌来，她爬上床，困觉去了。

次日，桑蕊睁开眼，"姐！"桑叶从天而降，她穿着尖尖的高跟鞋，笃笃笃地走来走去。

"待在这种地方，纯粹浪费青春！还不快走？"不等桑蕊回话，桑叶动作麻利地替她收拾好衣物，桑蕊一骨碌爬起来，刷牙、穿衣，跌跌撞撞绕过坑洼不平的地面，快出工业区大门，抬头仰视鸽子楼房的上空，狭小逼仄，她没半分留恋，决然离去。

第二次见面，易荣带桑蕊到明亮洁净的星级酒店大堂吧。

桑蕊第一次来这样的场合，明显不适，她勾着头，面颊红润，羞惭，缩在沙发的角落，搓手无措，托腮不是，叉腰更不是，索性规规矩矩放至双腿上。

易荣被她这纯真、自然的模样所吸引。他是土生土长的广东仔，初中未毕业就做走私生意赚钱。

“想喝点什么？”易荣扬手，啪，打出响指，穿着黑色燕尾服、系蝴蝶结的服务生快步到他身旁，半躬身，双手递上酒水单。他的生意全靠了在海关当副职的舅舅，收费料、报关，暗含众多猫腻，才有大利润，支撑他一应铺张开销。

“我不晓得喝啥子呢。”桑蕊害羞地笑着推开酒水单，脸色微红，说着夹生的普通话。

他凝望她的脸，内心竟然有股莫名的欢愉冒上来，见惯了八面玲珑、善于周旋的漂亮女子，桑蕊，清新不做作的桑蕊，真如田间生长的一株桑树，自然本真，让人耳目一新。

“那就来一杯木瓜牛奶，这可……”他原本想说是丰胸的，迎着桑蕊纯澈的双眸，他说不出平素与女孩子们逗趣的这些玩笑话。

那晚之后，易荣连续几天都去找桑蕊，连桑叶都替她高兴：“桑蕊，这个男人喜欢上你了，趁热打铁，赶快下手抓钱呢。”桑蕊笑而不答，她总是这样，不那么大惊，也不那么大喜。

今晚，桑蕊闷闷坐在酒店房内，这个点上，就剩下她与几位女孩没被客人选走，胖妈咪走过来，教她：“怎么，易生没来？快呼他，说你想他。”“我，还是算了，这几天，他可能忙。”桑蕊犯难了，她不愿意他老来这地方花钱，再说，他私底下给过她钱，要她请假不来上班，当面她答应了，回到住处，说给桑叶听，却被好一顿笑：“男人的话，信不得，上班赚钱去，少一天，就少一天钱呢，多划不来！”

桑蕊只得顺从桑叶，可她土眉土眼，也不会说话，并不讨人喜欢，这几晚，她都坐冷板凳，连妈咪也替她急。

“哎哟，才几天呀，真当回事了，都为人家着想了，傻妹呀。一天是‘鸡’一世就脱不开身了，当婊子就得无情，才能赚到大钱，看看桑叶！”胖妈咪白了桑蕊一眼，苦口婆心一通大道理，见桑蕊不为所动，扭着丰臀悻悻转身。

桑蕊垂头不语，她不是听不进妈咪自以为好心的一番话，可她没想过要一辈子干这营生。只盼望着有客人带她早日离开这里，脑海间闪现易荣的胖脸，倘若是他也是可以的，可是，她没把握。

窗外，高楼林立，陌生的繁华，她已逐渐熟悉。桑叶，桑叶自小就比她聪明伶俐，她比不上她，也不愿意比。

她流着清鼻涕起，就跟在堂姐桑叶屁股后头，洗衣煮饭，上山割猪草、下河放牛、钻林里抓竹叶子烧柴，腊月里，学打毛线、扎花纳鞋底，这是桑家沟的女孩嫁人前都得会干的活路。

桑蕊不笨，就是不那么灵巧，明明有顶针，还是常被针刺破手指肚；割猪草也是，不上心，人家桑叶一到河边，低头弯腰，淹没在齐人高的嫩绿“鹅浪草”中，唰唰唰，只听镰刀霍霍响，没多大工夫，就有满满当当一背篼猪草。

桑蕊是乡下人骂光会耍嘴皮不勤劳做事的那种“白嘴”，她干活就开小差，不是看天上流动的云彩发呆，就是扔下镰刀，去抓飞舞的蝴蝶。挨到天黑，她的背篼只有半背篼杂草。回家，就遭到父亲的一顿拳打脚踢。桑蕊嗷嗷大叫干号着，左邻右舍闻之不忍，跑来劝说，天长日久，桑蕊父母也习惯了她这不成材的德行。

可桑蕊读书的成绩顶好。好也没用，她是女娃娃，横竖要嫁出去，桑家祖辈习俗就是重男轻女。

桑家在这山沟算是大户，他们赖以生存的是种桑树养蚕。每年靠了这蚕茧，娃娃的读书学费、地里的农药化肥费，基本就能维持走。

桑蕊以为她这一辈子都得和桑树纠缠不清了呢，世事难料，她的堂姐桑叶，有一天，突然从村里消失了，此后，每月邮局就会有一笔汇款给桑叶的父亲，村里人眼红得很，包括桑蕊的父母。

春节，堂姐桑叶回来，排场颇大，惹得全村人轰动，节后，村里一大半的女娃都跟她出去“赚大钱”了。

桑蕊死活不肯去，哪怕被父亲用桑条打得满地打滚，好歹熬过一年。桑蕊高二时，母亲突地一病不起，那年夏天，村里涨洪水，一年的庄稼白忙活，家里没了收入，桑蕊再没理由厚脸念书了。她将母亲给的三百元缝制在内裤边角，背着软塌塌的书包，里头胡乱塞了几件换洗衣服，随了母亲娘家人王二流子，在瓢泼大雨中上了去省城的公交车，一路颠簸，换火车，倒客车。

“你在咋子哦？”桑蕊双手抱胸，冲着外面的风景正发愣，肩头猛遭人轻拍，如受惊的小鹿，回首撞见脸蛋喝得红扑扑的桑叶，环顾四周，房内的其他女孩都走得没影了。

“你先回嘛，这个时候了，不会有客人来，我今晚要出台。”桑叶喷着酒气，一把解开脖子上的花色丝巾，扯下船型红帽，一屁股瘫坐在沙发上说酒话：“他妈的，这些臭男人，这样对待空姐，看来，这空姐也没啥稀罕的，也就是个空中服务员嘛！”

“我陪陪你。”桑蕊挨着醉意深沉的她，安静听她发泄。桑叶有固定的香港男朋友，每月有生活费给她，趁男友回港，她打扮得花枝招展上班，每晚不同身份、装束，忽而护士，忽而学生妹，忽而贵妇，仪态万千，博得最受客人欢迎的小姐名号，妈咪喜欢她，常以桑叶为表扬对象，要其他女孩学习。

桑蕊学不来，她固执地用自己的观念劝导桑叶该专心相待香港男友，桑叶正埋头在笔记本上唰唰唰快笔游走记录客人的电话号码，见桑蕊较真，她撂下笔，望着天真的桑蕊，恍若当年的自己，她幽幽嗤笑：“你在这里待久些，见多些男人，说不准，比我还花心呢！”

桑叶刚来上班，遇见一位年轻帅气的香港客人，对她很大方，相处一周后，客人给她买机票要她出去玩几天，说是等他下次从香港回来就让她做他的女朋友。桑叶乐不可支，听话地乖乖出去游山玩水，想着即将成为香港人的女友，衣食无忧，可不潇洒快活，令其他姐妹羡慕?

现实粉碎她的春梦，待她归来，香港男人早领着旁的小姐唱歌吃夜宵，她上前质问，渣男根本视她为傻妹。领受了这番当众羞辱后，桑叶自此绝了心，断了情，发狠不再天真幻想，以赚钱为终极目标。所有的甜言蜜语，温言软语，都冲着客人们的荷包，反而引来一群男人，对她大献殷勤。

她算是看透了——或许来寻欢的客人们，本来也不要感情，他们要的是买卖的乐子，谁也不欠谁。

“你乱说呢，我才不会！”桑蕊自信满满，纯净的眼眸里闪现出美好的希冀。

“你还没被骗够么？”桑叶咽下这句话，她陪桑蕊到医院做手术时，桑蕊也是奇怪，一句话也没说，一声痛也不哼，难道她就不恨那个弄大她肚子的男人？桑叶不问，桑蕊在床上躺一天后，就下地了，乐呵呵没事一般。

桑叶不怪她，她是还没让人伤得厉害呢，人啊，须得自个儿去经历，去撞墙，疼了，痛了，就清醒了，这，远比说教有用得多。

“阿叶，阿叶”房外有男人的公鸭嗓门在大叫。桑蕊耳尖，忙啪地在桑叶的肩上打一下："快，客人在喊你呢。"

"慌什么，男人嘛，就得要他等等呗。要不然，心急唧个吃得到热豆腐？"桑叶不以为然，慢吞吞坐起身，从包里掏出圆镜补完妆，朝桑蕊嘟起红艳艳的嘴："好看不？"

"太好看了，像香港明星。"桑蕊捂嘴轻笑。

"NO，不是像，人家本来就是香港明星，天生丽质呀！"桑叶捏了下桑蕊的腮帮，表达不满，起身认真纠正。

"是，你就是桑家沟的大明星！"桑蕊拍着巴掌，点头承认。

"哦耶，这才是好姐妹嘛！"桑叶摇摆着柔软的腰肢，做出千娇百媚的姿态，扭到门口，返身回眸一笑，顺带送上飞吻一枚。桑蕊哭笑不得，隐隐觉得桑叶变了，变得让她既爱又怕。

空荡荡的房间，就剩下她。夜已深，耳边灌满包房内客人们鬼哭狼嚎的夜半歌声，桑蕊失落透顶，说不上缘由，她怏然不悦地走出霓虹灯变幻不定的大拱门。刚抬脚下楼梯，眼尾瞥见易荣的车，心里咯噔一下：他来玩了，没找她。转念一想，应当庆幸呢，她是答应他，请假不上班，正好错过。桑蕊失望之余又有些小开心，她决定假装没看见，招手搭上一辆摩托车快速驶向夜色。

桑蕊前脚刚走，易荣后脚就出现在"白象"大门，他把车借给表哥林海了，这段时间，他忙着在外地办事，才回来，表哥用手提电话联系他，一起吃夜宵，他想到了桑蕊，也想看看她是否听他话，果然如他所料，她不在。

桑叶今晚陪的客人就是易荣的表哥林海，一脸倦容的易荣走进房内，她便使出她的招数："唉哟，易老板，怎么才来呀？我妹妹想得你好苦哦！为了你，她都不坐台了，啧啧啧，这份痴情，也就是易老板你才有这个本事呢。"桑叶有心要成全桑蕊，那个只想读圣贤书的傻妹。“她真是你妹妹？”易荣听了她这番话，浑身舒坦，他来了精神，凑近桑叶故意询问。

一周后，易荣开车载桑蕊到珠海，饭后，两人沿着酒店后面的沙滩散步，“你中意读书？”易荣拉着她的手，并肩坐在沙滩上问她。“嗯，是呀，我……”桑蕊极其自然地答他，想到家中困境，想到数月前，秃顶的工程师对她说的谎言，想到一个人躺在手术台上，忍受着痛楚，心头发酸，呜咽着说不下去。

此时，大海黑暗而宁静，望不到尽头的海面偶有汽笛声传来，天上稀疏的星星或明或暗不时闪现，寂寥惆怅的忧伤包裹着桑蕊。

易荣独自沉吟着，似乎早有盘算，半支烟工夫，下定决心：“做我女朋友，你不用上班了，我供你读书！”

“阿荣！”桑蕊听到这话，猛然昂头，脸上泪痕犹在，尽管上当受骗过，她还是相信，她会去读书，就如现在。她不再多说，这一刻的到来，仿佛意料之中，她一头栽进他怀里，死死攥紧他，用这样实在的方式表达对他的好。

那一晚，在董文华《春天的故事》的歌声中，桑蕊成为易荣公开的女朋友，结束她短暂的欢场生涯。

三

桑蕊穿着白底蓝碎花的棉布裙，棕色平跟露出白如蒜瓣大拇指的凉鞋，黑发飞扬，抱着一摞书，以青春清纯的女大学生形象，走在校园的林荫大道上，惹得过往男生们口哨声不断。

她到这间小有名气的外国语学院上课已经大半年了，读的是国际贸易专业，成人教育的全脱产班，与本校大学生一般无二住宿舍、到教学楼上课，一并享用图书馆、饭堂。

每周周末回去和易荣过同居生活，这样的日子，桑蕊习惯且珍惜。

下午没课，桑蕊要到图书馆借书，走过球场，听见身后有人叫喊她的名字，她返身，阳光下，一辆黑色轿车停在球场边，熠熠生辉。戴墨镜的高挑女郎倚靠车门，俏丽的微卷短发，超短白裙，一双修长的美腿，正如广告片中的香车美人。

“你是？”桑蕊翕动着鼻翼，极力辨认这香味的来历，貌似桑叶用过的牌子。她不敢确定这位漂亮时尚的女郎会是桑叶，迟疑着挪步靠近。

“怎么？连我都认不出，果然成大学生了？”桑叶摘下墨镜，得意地笑着打趣，语气又酸又辣。

“就晓得乱说，你要来学校，也不打声招呼？”桑蕊惊喜地跳起来，并不理会她的嘲讽，抓住她手，上下摇晃，开心得很。

“我专门给你惊喜呢！你呀，重色轻友，这么长时间了，也不见见我这个媒婆，我只好主动找上门来。走，到外面吃饭，给你打牙祭！”桑叶伶牙俐齿地数落她，搂过桑蕊，猫腰钻进车内。

“桑小姐，去哪儿呢？”开车的司机年轻秀气，通过车前镜，礼貌发问。“嗯，在这附近找间大酒店吃海鲜！”桑叶说话的口气神态，活脱脱老板娘的架势。

桑蕊清楚，桑叶肯定又换男友了，她不知是该为她高兴呢还是担忧，眼下有不相干的旁人在，她又不好多说什么。聪明的桑叶早猜到她脑子中的无数个疑问，却全然将她的好奇心置之不理，附耳叽叽喳喳问的偏是她校园生活的琐碎事儿。

“喂，老实说，你的香港男朋友呢？”两人在酒店餐厅的包房内刚坐下，屁股还没热呢，桑蕊就迫不及待追问。

“看你这猴急样，没出息，哪有干大事人的潜质？”桑叶斯文地打开桌上的餐布，铺平后，撇嘴耸肩训她。

“哎呀，你晓得，我笨，也成为不了什么大人物嘛。”桑蕊听着有些刺耳，又不好反驳她，只得自嘲解围。

“在桑家沟，你、我可就算是大人物了。”桑叶弧线优美的柳叶眉向上挑，更显她姿容冷艳。

“我，是桑家沟的大人物？别开玩笑了，好不好？不就是一个打工妹？”桑蕊很是诧异。

“嗨，你如今读书念大学了，我，好赖也是会赚钱的能干人，加上我们俩花容月貌的条件，整条桑家沟，也是数一数二，怎么不算大人物？”桑叶熟练地翻看如画册厚度的菜单，说得头头是道。

桑蕊偏头暗想，似乎有理，她有隐隐的骄傲，也有轻微的嫉妒。桑家沟那么多位同辈女孩中，公认最出挑的就是桑叶和自己，桑叶从小就比自己聪明能干，现在更是，照眼下这情形来看，日后，自然也是桑叶强过自己。

“喏，上汤芥菜、木瓜炖雪蛤、白斩鸡、茄子煲，还有，再来一道你们酒店的招牌菜。喝酒不？”啪，桑叶爽快地合上菜单，瞄着桑蕊，语气里有不容商量的肯定。

“那就喝！”“要得，整一瓶红酒，哦，最贵的那种！”两人心有灵犀一点通，都极为干脆。

点完菜，桑叶从包里掏出烟，丢一根给桑蕊，身后的服务生递上点燃的打火机，桑叶姿态优美地微微低头，吐出烟圈，不发一言，神色高深莫测。

桑蕊叼着烟，暗中纳闷：平时花钱抠门的桑叶怎么转身就成为出手阔绰的富婆？果真是士别三日当刮目相看呢。

“是不是觉得我变大方了？”桑叶看穿她心里的小九九，媚笑着问。

“你本来就大方呀！”桑蕊忍住笑，学她往常的语调。

“少给我来这套虚里吧唧的假话！反正不是我买单，可得吃好喝好！”桑叶前一秒还杏眼圆瞪，下一刻就变脸成春花绽放。

“说真话，今天是什么日子呀？你还亲自登门？”桑蕊觉察到桑叶赶过来，绝非吃顿饭这么简单。

“我要出国去了，三年后才回来！”桑叶脸上有难以掩饰的喜色。说完，夹起一块白斩鸡肉，沾满酱料，放进嘴里细嚼慢咽，兴致勃勃地享受美食。

“出国？去哪个国家？干什么呀？”桑蕊有一连串的问号。

“嘘，小点声，新加坡，听说那边赚钱多。”桑叶左顾右盼，最后一句话，改用乡音。

“我过来，就是想你和我一起去，趁年轻，多赚些钱，以后找个老实人嫁，舒舒服服过下半辈子。”桑叶的语音愈发微弱，她胸有成竹地规划自己的未来。

“我不去，我要读书！”桑蕊一口拒绝，好不容易有了读书的机会，就此放弃，她自然不情愿。

“唉，我就晓得，不管你了，以后没赚到钱不要后悔！”桑叶无奈地用纸巾擦拭嘴唇，一脸不快。

“你晓得，我这一辈子都想念书，读大学。”桑蕊不好意思似的，嗫嚅着解释。桑叶是为她好，可这还不是她眼下所想要的好。

“读书，读书有屁用么？出来还不是要找工作赚钱？你等着，我要先赚钱，后读书！上清华，到北大！这个世界，只要有了钱，就什么都有了！”桑叶不认可桑蕊的死脑筋，她啪地放下筷子，神情激昂，脸色通红，她是真生气了，看不得桑蕊一副以大学生自居的臭美模样。

“我晓得你为我好，我是真的，就想好好上个大学，家里穷，供不起我，我自己想办法总可以了吧。”说到最后，桑蕊鼻子发酸，她强忍着：应该高兴才对，自己不是实现愿望了么？

“那，祝我们明天会更好！”桑叶转念一想，变脸欢笑，她有她的苦处，也不易，便不再强人所难，高举酒杯，两人和好如初。

半月后，桑叶再次到学校与桑蕊见面。她一个人坐着摩的前来，头发被风吹得蓬乱如杂草，身穿果绿中长西服，黑色短皮裤，高帮靴子，神色沮丧。尽管不再意气风发，还是难掩她身上独特的盛气凌人的女王气质。

桑蕊带她到学校门口的小吃店吃煲仔饭。刚落座，她就骂骂咧咧抱怨着运气不好，桑蕊见她情绪低落，叫了两瓶菠萝啤。她是遭新加坡海关遣返了，行李全部没收。

“我改道去马来西亚，新加坡也没什么了不起，桑蕊，这次可是真的要分开几年了，我再问你一遍，要不要和我一起去？到马来西亚？”桑叶对着啤酒瓶嘴一顿猛吹，用手背抹去唇上酒滴，不甘心地再次追问桑蕊。

“不去！”桑蕊毫不犹豫回答她。桑叶这才彻底死心，唉，她长叹一口气，倒在椅背上，无语沉思。

“你什么时候走？我送你。”当真要和自小长大的堂姐天各一方，桑蕊心有不舍，可是，桑叶千里迢迢是去追寻她的梦想，她不能拦住。

“明天下午，不用送了，有人会来接我。”桑叶摆摆手，目光黯淡，神色倦怠，她多想桑蕊和她一道去。

“桑蕊，我就想我们姐妹都有钱，在一起。”桑叶压低嗓门，闷闷说出心里话。

“我晓得，可是，哎呀，放心啦，我们是一辈子的好姐妹！”桑蕊不愿重复解释，她握住桑叶的手，动情地表白。

“肯定是，一辈子的姐妹！”桑叶脸上笑容顿开，她摇晃着桑蕊的手，加大力气握紧。

次日下午，桑叶从一部面包车上跳下来，桑蕊就迎上前，从包里拿出准备好的金手链替她戴在手腕上。

“桑叶，你看，我送的手链是一对，你一条，我一条，做个纪念哈。”桑蕊将卡上的四千块钱全部取出来，在金店打了两条一模一样的情侣手链。她举起手腕，将另一条手链展示给桑叶看。

“那，好好学习，天天向上！”桑叶没料到桑蕊会以这样的方式表达两人的情谊，她两眼发蒙，似有泪光盈动，抓住桑蕊的手，憋半天，才冒出这句话来。“你也是，保重！”桑蕊咬住嘴唇，两人不约而同，张开双臂，紧紧拥抱在一起，路边的紫荆花绽放如花雨，纷纷扬扬洒落一地，成为她们亲情的见证者。

桑叶走后，桑蕊能够依赖的便只剩易荣了，她从不怀疑易荣对她的好。易荣租下郊外两层独门洋房的一楼，推窗便是小庭院，两丛美人蕉开得火红，桑蕊极是喜欢。

周末，桑蕊搭车归来，有时，易荣开车过去接她，参加他的应酬酒宴。平素，两人各自忙碌，小别胜新婚，相处恩爱。

桑蕊宿舍的同学来自五湖四海，她只与东北的王宇交好，王宇属于典型的北国胭脂，个头高大，皮肤白皙，做派豪迈。

“蕊，你男朋友是有钱人吧？”不上课的下午，两人铺张报纸，躺在校园草坪上闲聊。

王宇直截了当地问她。“哦，我不清楚呢。”桑蕊歪头细想，易荣是有钱人吗？她从未考虑过这个问题，也不花心思在这方面。

“你呀，真是只大头虾，别只顾读书，得为以后的日子做打算。”王宇戳她脑门，指点她。“我想不了那么多呢。”桑蕊垂头吸着一块钱的纸盒冰红茶，她已经很感激易荣资助她读书了，别的，她不妄想。

“我男朋友已经答应为我买房了，毕业后呢，替我开间花店。对了，我喜欢花，各种各样的花，你呢？”王宇沉浸在自己的美好憧憬中。

“那真好。”桑蕊由衷为她高兴，隐隐地为自己担忧：她未来要做什么，她一无所知，原以为读书，上大学就一了百了，然而现实远非如此简单。

“你也可以让你男朋友买房、开店给你呀！”王宇兴高采烈地为她出主意。

“嘿嘿嘿——”桑蕊讪笑着，不接话。有那么容易吗？再者，自己也不愿意主动张口去索要这些。

她双手托着脸，趴在草地上，痴痴凝望，阳光穿透树丛，投射出斑驳的光影。没来由地想念易荣了，这会儿，他在忙什么呢？

倒像是两人想到一块儿了，搁在书包里的传呼机适时嘀嘀鸣叫起来，桑蕊用的中文传呼是易荣送的，上面显示易先生呼叫她，要她速回电。

“王宇，我得回个电话，先走啦。”桑蕊看完传呼机上的信息，一骨碌爬起来，挎上书包撒腿开跑。

三小时候后，桑蕊已经在另一座城市。进门，放下背包，打扫房间，收拾衣物。等下易荣过来接她，他们好直奔机场，一起陪领导到黄山游玩。

桑蕊爱干净，放下书包，就倒垃圾，垃圾桶里有用过的避孕套，她敏感意识到，易荣找了别的女孩，为什么？为什么一定要在这里，要让她知道呢？她暗暗告诫自己，不能像农村泼妇一样大哭大闹，可还是忍不住伤心难受，扑倒在沙发上呜咽哭泣，刚刚兴奋甜蜜的心情瞬间化为乌有。

有人敲门，桑蕊估计是易荣来了，她翻身跑到洗手间，擦干眼泪，装作没事一般，强笑着开门：“来啦。”浓浓的鼻音透出伤心的痕迹。

“要出去玩，还不开心？”易荣见她眼睛红红，忙抱紧她，看着她的脸庞，开玩笑。

“没有呀，喏，有个东西，可能是我没来得及清理。”桑蕊挣脱他怀抱，慌慌张张去提垃圾袋。“嗨，这个呀，我忘记和你说了，上周，我一位海关的朋友，喝醉了，我让他和他女朋友在这儿借宿一晚。”易荣见到透明垃圾袋内的避孕套，明白了，他直奔洗手间，拧开水龙头，哗哗哗洗脸，擦手，语气轻松解释，眼角偷瞟桑蕊的神情变化。“哦，是这样。”桑蕊抿嘴笑了，弯弯的嘴型如月牙儿，她愿意相信他说的话。

两人拎包前后脚下楼上了车。在学校，有无男仔追你？他稳稳握住方向盘，整蛊的神态，轻浮的语气。

“怎么会？”桑蕊脸红心跳地急忙辩解，自然有，数学系的一位研究生，潮州的一位男同学，他明着暗示过，都被桑蕊装傻蒙混过去。

“哈，女仔生得靓，有人追，是正常的啦。”易荣眯缝双眼，轻轻地吹起口哨。他是花心萝卜，认定周遭的男人也会花心，自己的女人，就不能花心。

桑蕊的反应，是他所满意并希望的，他对自己的判断力深信不疑，桑蕊是他能完全掌控的女人，不会给他添麻烦，这样听话的女人，做老婆最适合。

他会娶她为妻？易荣不是没有想过，在海关的舅舅替他介绍同僚的女儿，林平，名如其人，长相普通，是一名会计。

平心而论，易荣对桑蕊是一见钟情，桑蕊的身上有种独特的魅力吸引他，说不清楚是什么，那晚，她一身神秘的黑衣黑裙，哀伤的漂亮，走向他，他已深陷其中，不能自拔。

可林平的父亲，牵扯到他现在的生意、未来的生意，他不得不权衡。父亲的早逝，使得易荣过早地承担起顶梁柱的责任，他从没谈过恋爱，可他就是清醒明了，再有情也抵不过贫贱夫妻百事哀的凄凉。自己的业务，左右不过依靠了舅舅的关系、资源，爱情，爱情是大富豪们才能去谈的玩意儿。

易荣一路走神，副驾驶座的桑蕊已沉沉入睡，到收费站，他放缓车速，侧身望着她放松的睡态，真真羡慕她。她的简单，她的不高的追求，让她能这样享受生命的每一天。

车内播放着《东京爱情故事》的主题曲，是桑蕊选的歌碟，他也喜欢。在等待排队的过程中，易荣突然想到，自己为什么不可以两全其美，享齐人之福？和这个傻傻的女人在一起生活，暂时抛开那些喝酒、唱歌、洗桑拿的应酬，抛开那些算计的生意？

车轮触碰到防震带，“哎呀，到机场啦？”桑蕊睁眼醒来，咧嘴打呵欠，伸懒腰，迷迷糊糊发问。

“快了！”

桑蕊摇下车窗，一股冷风吹来，将易荣拉回现实世界，他掏出大哥大，拉长天线，拨号联系去黄山旅行的领导。

桑蕊从没想过与易荣的未来，虽然他不过大她几岁，还没成家，但在桑蕊的潜意识里，她始终要落叶归根，回到故土，回到桑家沟嫁人生娃。

易荣安排一次周末喝早茶的聚会，特意叮嘱她穿着朴素，不要化妆云云，弄得桑蕊云里雾里，疑惑着还是按照吩咐，穿上白色T恤衫，水蓝牛仔裤，白色球鞋，将黑发扎成马尾，清爽清新。

喝早茶的地点是在一家五星级的酒店，易荣牵了桑蕊的手穿过大堂插满鲜花的圆桌，喝茶的阿姨叔叔辈较多，他们吃着推车上刚出笼的糯米鸡、叉烧包，用粤语窃窃私语，也用眼神打量着年轻的桑蕊。

桑蕊低头匆匆经过，来到角落的小圆桌边，一位戴着金丝眼镜的妇女，面容与易荣相似度达百分之九十九，圆胖的脸，富态福相，她埋头看报纸，桌上的白灼鸳鸯菜、牛肉丸、奶黄包，一动未动。

“阿妈！”易荣恭恭敬敬俯身坐下，桑蕊恍然大悟：他是带她来见家长，又惊又喜又怕。这个易荣都不和她事先商量下，看来，他对她，果然用真心，只是丑媳妇见公婆，自己过得了这关么?

桑蕊心中忐忑，面上假装镇定自若。

“来啦！食得野先，饮么也茶？我泡着一壶铁观音，一起饮啦。”易荣母亲说一口地道广东话，桑蕊听得似懂非懂。

“阿妈，呢个还我同你提过的女仔阿蕊，在校读书的大学生。”介绍完毕，易荣起身为桑蕊倒茶水，涮洗杯、碗、筷，向她眨眼示意。

“伯母好。”桑蕊会意易荣的提示，她站起身，半鞠躬，嗓音清脆悦耳，引得隔壁桌上人扭头侧目而视。易荣母亲的眉头不易觉察地微皱下，她居高临下地颔首点头，眼角的余光瞄下桑蕊，低头哗啦啦翻着报纸。

桑蕊坐在她对面，她不敢抬头与易荣的母亲对视，女性的直觉，让她感觉到这位婆婆不喜欢她。她都没正眼瞧她，只是用眼尾快速扫视一下。桑蕊想起在家乡，男女双方相亲，男方父母亲必定是巴结热情得很呢，各方习俗，差异太大。

易荣一会儿用粤语和母亲交流着生意上的事，一会儿改用半生不熟的普通话招呼桑蕊，热情地为她夹菜，桑蕊没胃口，她竭力维持着端正的坐姿，低头无声喝茶、吃菜，时刻注意着自己的吃相，不要闹笑话。

进进出出喝茶的客人，尤其是男客人，大都会瞅她一眼，桑蕊暗想，怕是穿得太随意了呢，反而被人看低。殊不知，正是她的青春美丽引人注意。

桑蕊丝毫不知，她如坐针毡，又听不懂易荣与他母亲对话内容，只得傻笑，不吭声，整个吃饭过程，简直活受罪。好不容易等到易荣买单，桑蕊借口到洗手间，站在镜子前，她长吁一口气，草草洗手后，挺直腰板，步伐轻盈走过去，向易荣母亲告别，背后，一连串内容丰富的目光尾随。易荣见此，不由得心花怒放，他高调地搂住她，穿过酒店大堂。

显而易见，易荣的母亲并不希望桑蕊成为自家的媳妇，对此结果，易荣根本不放在心上，他带桑蕊见母亲，原本只是见见，并不当真——他不会娶桑蕊为妻，林平才是他的正室。桑蕊，桑蕊，会是他最宠爱的女人。

可桑蕊当真了。

“唉呦，你妈妈对我印象不好吧？”她明知故问试探他，愁肠万千。

“那又怎么样？我中意你就发达了！”易荣将车速开到一百四十码，风驰电掣中，他语气甚为霸道。

桑蕊不再吱声，真的要嫁给这个广东男人？她有些犹豫不决。听人说，广东男人重视儿子，要生一堆娃娃不说，他们还会在外面找很多女人呢。况且，易荣的母亲一看就是不省油的灯，她有自知之明，斗不过她。

桑蕊念及这些，不由得犯愁，要是，要是桑叶在身旁就好了，她一定会给她拿主意。

四

一年后，易荣结婚了，新娘是林平。桑蕊是最后一位知道婚讯的人，她不怪易荣，不恨林平，她私底下松了口气：自己不必再担心与易荣的母亲相处为难了，好事，喜事。

她跑到公用电话亭给易荣打电话，明明知道他当新郎官了，肯定忙得不可开交，她就是不愿饶过他，她天性里的调皮劲上来了：“喂，新郎官，想你。”桑蕊手指缠绕着电话线，眼泪不由分说涌上来，是欢喜还是忧伤，好像都不是，是难受，实实在在的难受。她是爱他的，在失去的这一刻，在他成为别的女人的丈夫这一刻，她才发现自己是爱他的，原以为不过是感恩他，只是一份恩情，不曾料到天长日久，这份恩情已经转化成感情，不，是爱情。

“傻妹！”易荣那边乱哄哄一片，他没有挂断电话，寻到一处僻静角落，他认真听她说，心有愧疚，又过意不去，自己的选择对她是否不公平，是不是有点过分和残忍？

他在挑选宴席要用的上等海产品，母亲与舅舅吩咐他，这场婚礼要办隆重，毕竟是易家的大喜事，娶的老婆又是海关官员的女儿，马虎不得。

“我今晚想见到你。”说完这一句，桑蕊已经泪流满面，她怕他听见她的哭声，匆忙挂断。身子软软地下滑，她抱住电话亭柱，蹲下身，埋首拭泪。

已经半月没见到易荣了，桑蕊吃不准易荣一定会来，她不抱希望。晚饭后，照旧上晚自习课，书本摊在课桌上，脑海里全是易荣的影子，她心烦意乱，强迫自己不去想他。

“阿蕊，阿蕊。”窗边有人在呼唤她的名字，桑蕊抬头，天哪，是易荣！他的脸贴在玻璃窗上，消瘦了，下巴冒出一圈乌青的胡须。

桑蕊的眼泪夺眶而出，她顾不得旁的同学奇怪的眼神，手忙脚乱装好书，小跑出教室，易荣快步迎上来，她扑进他怀里，死死抠他手臂上的肉，易荣疼得龇牙咧嘴，就是不叫，任凭她用力抠捏，心底痛快又得意：她是多么在乎他。

“你结婚了，我怎么办？”易荣以为她会责怪他、怨恨他，哪怕是可怜兮兮说上这么一句话，他也认为是再正常不过了。

“桑蕊，桑蕊。”她什么也不说，她抱住他，柔情地接纳他，好像调动全身心的柔情包容他，死死包裹住他，使他飘飘欲仙，使他醉生梦死，使他不愿醒来。

“你不怪我？”天亮后，易荣问她。桑蕊站在床边，替易荣系好衬衫的纽扣，皮带的扣眼，她做得一丝不苟，神圣庄严，正如一位合格的妻子为即将出远门的丈夫所做的一切，那么自然，那样认真。

“你真的不怪我？”易荣加重语气问她，桑蕊微笑着摇头，他猛然抓住她的手，放到唇边热烈亲吻，他不知道何为爱，这一刻，不，从第一次见到她的那一刻，他便爱上她，爱她的与众不同，爱她的不争，爱她对他的通情达理，爱她对他的宽容理解。

可他再爱她，他也得快马加鞭赶回去，明天，明天就是他人生的大喜之日。

易荣一走，桑蕊才记起她要考试了，明天，是的，明天，她要考试，人生的考试。

她压根就没想过，易荣结婚后，她该怎么办的现实问题。车到山前必有路，这是父亲的老生常谈，现在，她才咀嚼出些滋味来。考完试后，学校开始放假，桑蕊很识趣，也不主动联系易荣，她与不回家留在学校同宿舍的女同学出外寻找短期工的机会。

街头调查问卷，做一份一块钱。桑蕊接了，她穿上背带牛仔裤，白球鞋，在校门口蹲守着，看谁比较和善，就微笑着向前搭讪，恳求对方在试卷上打叉画钩。

桑蕊很用心，也很努力，她擦拭着额头的汗水，不停询问过往的人，用忙碌来阻止自己胡思乱想。晚上回到宿舍清点问卷，她做得最多，一百份，整整一百元钱呢！宿舍的同学纷纷叫嚷，要她请客。

桑蕊爽快答应。坐在食堂的餐厅，桑蕊第一次感受到劳动赚钱的乐趣，她请客，买一大瓶可口可乐、炸鸡腿，参与调查问卷的几位女生一起举杯相庆。正吃喝热闹呢，桑蕊腰间的呼机振动，不用看，她也知道是易荣，除了他，再也没有旁人。他是她在这里的唯一依靠。

易荣携妻到香港度完蜜月归来第一天，就找好借口，驱车直奔学校要见桑蕊。桑蕊没理由不见他，可这一次不比往常，他已是使君有妇。桑蕊心里别扭着，易荣却没看不出她的微妙变化，依旧是心急火燎地抱紧她，他还当自己是去年的单身汉。

“阿蕊，再过半年，你就完成学业，离开学校，今后有什么打算？”易荣搂着她，在她耳边低语。

“到时再说呗，不是还有半年么？”桑蕊闭着双眼，满不在乎。

“真是皇帝不急，太监急……”易荣苦笑着吐出半句莫名其妙的话，他早就有所安排，以后与桑蕊相处的方式，料想她必定同意，那么迟一点告诉她也无妨。

“你想说什么呢？”桑蕊感觉到他话里有话，睁开眼，摩挲着他下巴，逗他说出口。

“我想你，做我老婆。”易荣将桑蕊扶起来，注视着她，正色道。

“你不是才刚结婚么？”桑蕊的眼里写满疑问，没有易荣意料之中的欢喜。

“做我小老婆，同我生个漂亮的女仔，和你一样靓。”他抚摸着她光洁的脸庞，充满怜爱。

桑蕊闻言，偏头抿嘴哧哧娇笑，没说好，也没说不好。

“定咩？”易荣当她的微笑是一种羞涩的应许，他扳正她身子，定定盯紧她。

“你不用做事，我送你一座大屋，为你投资一间咖啡馆，中不中意？”他索性将他的打算和盘托出。

他自信，他开出的这个条件，桑蕊不会拒绝。不过名分上委屈些，得到的可是实实在在的好处。

桑蕊仍然没有吱声，易荣把她的沉默理解成，这个惊喜来得太突然了，她无所适从。

“我以后跟你一辈子，这样生活一辈子？”冷不丁，桑蕊低低说出她的心里话，涌现一股看不见的乖戾之气。

“嗨啦，有什么不好？”轮到易荣诧异了，他蓦然醒悟：桑蕊和别的女孩是不大相同的，她更在乎的或许正是别的女孩不在乎的。

易荣觉察到一股无名之火，正在体内燃烧，他知道自己在生气，为自己急躁暴露出的底牌，被她无言地婉拒。他一把推开桑蕊，赤脚下床，用力关上洗手间的门。

桑蕊听得耳边传来哗哗哗的冲水声，她明白，他生气了，这一次，两人怕是会闹得不欢而散呢。

王宇的男朋友有家庭吗？桑蕊脑海里浮现出王宇的笑脸，陡然冒出这个念头，她也可以得到房子，和其他，但是，但是，这是一种交换所得，她不稀罕。桑蕊疲惫地闭上双眼，觉得累极了，她好想什么也不用想，就这样安安静静睡过去。

等她醒来，已是后半夜，酒店房内的落地台灯散发出柔和的光芒，映照得温馨满室。易荣不见踪影，传呼机安静地躺着，桑蕊挣扎着要起身，才发现腰酸背痛，不得已再次重重躺下。房间很大，大得令桑蕊倍感孤单无依，此时，她无比地思念桑叶。

桑叶要在，她会怂恿她同意吗？依照她的个性，肯定要同意，出来不就是求财么？这是她常挂在嘴边的话。

桑蕊，你呢？你千辛万苦出来，不也是为了赚到钱？不，不全是赚钱，我，我就想先读书。桑蕊怯生生分辨。两人躺在一块，总会吐露悄悄话，翻来覆去就这些。

终于如愿以偿，上学了，可面临下一关口，毕业离开学校后，她该何去何从？桑蕊还从未花心思考虑过，嗯，先好好睡觉，明天，明天再说吧。桑蕊忽而觉得眼皮沉重，瞌睡虫光临了，天大的事，也不得耽误睡觉吧。桑叶最爱拿她这毛病取笑，说她不长心，瞌睡才多。桑蕊不计较，随她高兴，爱咋说咋说，不烦自个儿睡觉就成。

易荣负气不辞而别，到了周五，他憋不住，主动联系桑蕊："这周末带你吃大餐。"桑蕊听闻，不置可否，这是他想与她缓和关系的小把戏，她懂。遂轻笑着答应，她爱他，暂时还爱他，这个已经不再拥有爱别的女人的资格的男人，她也没有资格去爱的男人。

"我过来接你，等着我！"挂电话前，易荣的语气里有着迫不及待的急促，他想念她，结婚后更甚，曾经得意于这样两全其美的安排，面对他替桑蕊规划前途时她的沉默与责问，他开始怀疑自己是否太过自作主张了？

在港口一艘卖海鲜的船上，易荣牵着桑蕊的手，才落座，就撞见了他舅舅与一伙人上船来吃饭。

"耶，"易荣舅舅也是一脸的惊讶，瞥见桑蕊在旁，他用手指头点了点外甥的脑门，脸色霎时由晴转阴，极度难看，不发一言，双手背后，大步离去。

"走，我们换个地方吃饭！"易荣脸色大变，匆忙拉起桑蕊就跳下船，上到车，发动汽车，快速离去。"唷，幸好撞见的是舅舅，不是岳父，有可能，他早在船上，要不就还没到，怪我大意，太大意了。"易荣在路上不住埋怨自己。

"你怕你舅舅？"桑蕊大惑不解。

"傻妹，我……"易荣猛然清醒：还当自己是自由的单身汉呢。结了婚，可得顾全大局，即使要玩，也不得这般无法无天，须得遮遮掩掩。

想到此处，易荣有些后悔，早知如此，应该延迟几年结婚才好，好歹玩够本，也不枉潇洒走一回！

桑蕊哪会明白他此刻的心境，“我们换到哪里吃呢？还是海鲜么？”她一副没心没肺的模样。

“不吃海鲜了，随便找间大排档吃盘炒河粉！”易荣憋着一股火，恶声恶气回话。桑蕊见他脾气突然暴躁起来，不敢惹他，噘嘴将头扭向一边，望着窗外不再说话。

“怎么？你不爽？是不是？不爽，说出来呀，你不说出来，别人怎么知道！”易荣见她这模样，怒火中烧，冲着桑蕊一顿大吼。

桑蕊哪受过他这等气，她也来火了：好端端地叫人出来，换了地方，不过多问一句，就这般态度待她。她也没好气，当场拉开车门，跳下车去！亏得车速超慢，易荣没料到桑蕊如此烈性，他连忙来个紧急刹车，阔步下来，嘴上一边叫骂：“你这是找死么？”一边四下寻找。在这儿那！不想，桑蕊安然无恙，在路边施施然站着，笑嘻嘻招呼他。

他转过身，又气又爱，扭住她胳膊，向车里硬塞进去，嘴上服软：“我的大小姐，别吓人了，这不是开玩笑！”

“谁让你太凶？”桑蕊将脸别过去，故意不理睬他，想着他刚刚着急寻找的狼狈样，忍不住捂嘴偷笑，笑着笑着，泪珠滚下脸庞：这以后和他在一起的日子，怕也是要偷偷摸摸，装模作样了。

“阿蕊，我终归是结了婚的男人，以后，我们要收敛点了，我要照顾家里人的感受。明天，舅舅必定会责备我不懂事，你不用看他脸色，但你得体谅我，我的生意，都靠舅舅帮忙，没有他，就没有我的今天。”易荣一改往日的风趣搞笑，表情严肃，诉说着内心的苦闷。

“我懂。”桑蕊语调低沉，嗓音暗哑，时光若流水，今非昔比，她终成为易荣见不得光的女人。

晚上，桑蕊喝得酩酊大醉。比不得从前想玩多晚，就多晚。易荣要赶回家，他扶她上床，盖好被子，便悄然离去。

桑蕊一觉醒来，头疼，炸裂似的疼，环顾四周，空空如也，她张嘴要叫易荣，嘴半张，发不出声来，他是别人的丈夫。她只想喝杯水，可没人给她端来，再多的宠爱有用么？远不如眼前的一杯水来得及时。

桑蕊仰望天花板：就这样和易荣过一生，不明不白，不清不楚？她兀自摇头，等毕业吧，毕业就分手，她暗下决定。

生活不是她想怎么样就怎么样，易荣态度坚决，不同意分手。

“为何舍得分手？我对你不好？”他闷声怒吼着。

“我要结婚嫁人。”桑蕊弱弱地回答，这是她的心里话。

“嫁给我不行？”易荣明知自己无理取闹，还要坚持到底。

“不行，我，我不爱你，从来没爱过你。”桑蕊违背自己的良心，心虚地说着不高明的谎言，这是易荣的软肋。

果然，易荣喉咙间咕噜咕噜发出怪响，他气得七窍生烟：她竟然不爱他，怎能这样？不爱他？他对她那么好？薄情寡义的婊子，看错了，看走眼了，这个外表清纯的婊子！

“哼，算你狠！”易荣愤怒地摔门出去，桑蕊呆了，她不清楚她的谎言是不是伤害到他，可她只是想离开他，才出此下策，她怎么会没爱过他？她爱过他，只是从前。

桑蕊毕业前夕，专程到易荣为她租的房去，她准备收拾好行李，离开这座城市，和易荣彻底了断。

她的计划被打乱了。桑叶回来找她了，通过易荣的大哥大，她记下易荣表哥林海的联系方式，才要到易荣的号码，找到桑蕊。

易荣在电话里告诉她，他和桑叶在一起，要她过去。桑蕊欣喜若狂，也没多加思考，连衣服也来不及换，就搭车到他们吃饭的地方。

“桑蕊！桑叶！”在人声鼎沸的海边大排档，分别近三年的姐妹快步跑向对方，拥抱在一起，全然不顾大庭广众，众目睽睽。

“你变得好洋气！”桑蕊松开香气袭人的桑叶，由衷赞叹。桑叶黑色的直发成为棕色卷发，高挽在脑后，米色V领真丝上衣，白色包臀窄脚裤，高跟鞋，时尚高贵，一颦一笑，娇艳性感，手腕上的金表、手指的钻戒，在举手投足间悄然绽放贵气的光芒。

“桑蕊，你怎么还穿旧裙子呢？”桑叶也后退一步，从头到脚审视着她，桑蕊穿着朴素，黑发一如既往柔顺，紧身上衣，拖地开叉碎花长裙，显得她修长苗条。

这身打扮易荣最喜欢，裙子虽是旧颜色，可桑蕊穿上，别有一番妩媚的女人味，是一种清水出芙蓉的清新之美，也有一种睡莲绽放的典雅之美。

“妹夫呀，你是不是亏待我妹妹了？连件像样的新衣服也没给她买？”桑叶素来嘴上不饶人，她亲热地挽住易荣，搂住他臂膀撒娇。

桑蕊见桑叶与易荣这么不分彼此，心里不舒服，她假装不在意地看别处，偷眼观看易荣的表现，易荣也偷眼瞧她，见桑蕊故作的高冷姿态，知道她在吃醋，心底有隐隐的快意。

他本来叫表哥林海过来，电话中，易荣再三提示是从前的头牌小姐桑叶，这家伙，失去记忆，他有新欢在怀，几年前的老人，早抛到九霄云外，死活不愿过来。

桑叶不知情，她还以为桑蕊与易荣打得火热呢，这么几年过去了，还在一起，说明两人感情牢靠。

当着易荣面，桑蕊不好说什么，偏偏桑叶向她招手：“快过来，到你老公身边来呀！”桑蕊只得讪笑着，起身坐到易荣身旁。

“你不是不中意我？还挨近我做什么？”趁桑叶不注意，易荣一脸厌恶的神情，凑近她耳边，狠狠讥讽她，他在报复她。

“是，我从来没有爱过你，一分钟也没有！”桑蕊也跟他赌上气了，她笑眯眯地作亲吻他脸庞状，对他耳语。

说完这话，桑蕊感觉自己的心在滴血，她不愿把悲伤写在脸上，扭头问桑蕊：“这次回来，还走吗？”桑叶摆摆手向她使眼色，不谈及此话题，她转向今晚买单的主人易荣，娇滴滴地说：“妹夫，姐姐远道而来，不请姐姐喝点好酒、吃点好菜么？人家可想死你们了。”说完，她嘟起红艳艳的小嘴，眼睛眨巴着，看得人心疼。

桑蕊很不习惯桑叶的大变化，怎么对一个男人，就这样大发娇痴呢。她不能阻挡桑叶，只得强颜欢笑。

“好哇！你想吃什么就点什么，今晚你是贵宾！”桑叶一口一个妹夫，叫得易荣心情舒畅，他忘掉了桑蕊在眼前，或者是假装地，自顾与桑叶说话，也不看一眼桑蕊。桑蕊心底涌起无名醋意，她真想起身走人，可面前的人，一个是她曾经的男朋友，一个是她的好姐妹。怨谁也不是，怪谁也不是。

她唯有借酒消愁，醉到不省人事，管他们干什么，眉来眼去也好，暗度陈仓也罢，她是眼不见心不烦。这么一想，桑蕊大口大口猛灌，没多一会儿，她真喝醉了，满面通红，瘫软无力，桑叶扶她躺在拼凑的塑料椅上，转身向易荣瞪眼了：“妹夫，我妹妹的酒量如此不济？这几年白跟你混了，你都没让她去练练酒胆？”

“她呀，她就是个傻妹，不，她是虚伪的婊子！易荣也喝到半醉，说话也不管不顾。

“什么？”桑叶总算是听出点道道了，看样子，两人的感情出现问题了，要不然，易荣也不会说那么难听的话。莫非是桑蕊背着他找了另外的男人，被他发现了？

桑叶手握酒杯，一口一口慢慢浅饮，冷眼细看周遭，猜测两人之间发生的情事。

“阿叶，今晚陪我，如何？我给你这个数。”易荣喷着满嘴酒气，踉踉跄跄晃到桑叶跟前，叉开手掌，在她眼前晃来晃去。

“哦？多少？五万？还是五十万？”桑叶一点也不吃惊，她撩起额前被风吹散的一缕头发，咯咯咯弯腰笑着，丰满的双峰若隐若现。男人，她见得多了。

“你胃口也太大了，我说的是五千，一个钟头！”易荣白了她一眼，不满她轻浮的浪笑，倘若不是为了报复桑蕊，他也不会要桑叶，按了他的心意，他的口味，桑蕊才是他的所爱。

可这小婊子，竟然说不爱他，好歹也有三年光阴，这婊子说分手就分手，无情无义，他恨，恨得咬牙切齿！

他分明从桑蕊的眼里看出，她嫉妒自己和桑叶亲热，他就要她嫉妒，吃醋，要她恨，要她疯狂，他就和她的姐姐桑叶睡觉，上床，怎么样？

“易老板，你也太小看我桑叶的身价了，在马来西亚……”她猛然觉察自己说漏了嘴，四下张望，所幸没人听见。

“一万！干不干！”易荣急躁起来，脸色紫红，他加重语气抬高价码，扬头咕咚咕咚将瓶中酒喝得滴酒不剩，誓有不达目的不罢休的架势。

“哎呀，易老板，你是我的妹夫呢，怎么可以呢？你好坏，你就不怕我的妹妹桑蕊伤心？”桑叶俯身查看，桑蕊酣睡如旧，她明白，桑蕊与易荣之间肯定出问题了，说话愈发挑逗大胆，行为更无所顾忌，嘴里忘形地哼哼：“摇，摇，摇，摇到外婆桥。”步态婀娜，扭到易荣身旁，像棉花糖笼罩着他，贴近他脸，伸出粉嫩的舌尖蜻蜓点水掠过他耳垂。

“那就三万！”易荣被她挑得性起，腕上用力，拽住桑叶，不让其动弹，这是他的底线了，三万一个钟头，放到哪里，都是不低的价格了。

桑叶顺势站稳，她收住笑，仰起脸庞，夜空无星，深蓝如墨，她想起了桑家沟，这样的夜空必定是群星闪耀。眼眸转向斜对面的椅子，上面躺着她亲爱的堂妹桑蕊，什么也不操心的傻女人，她恢复起高傲不可侵犯的神色来，使劲甩开易荣的手，义正词严：“妹夫，你喝多了，尽说酒话。”说完，桑叶走到桑蕊身边，拍醒她：“起来，走，我们回家去！”

桑蕊翻身爬起来，揉揉眼，看清站在面前的是桑叶，找到失散多年的亲人，猛然扑入她怀抱，桑叶紧紧搂住她，轻拍她的背，她懂得她所承受的委屈与无奈，正如自己在马来西亚所承受的一切：好与不好。

装什么装！呆愣半天的易荣回过神来，桑蕊、桑叶，他都没戏了，恼羞成怒，乘了酒意，嘴里不干不净地乱骂着出气。

桑叶搀扶着桑蕊傲然离去，对易荣的叫骂，充耳不闻。

五

还是在这间洋房的一楼，桑叶与桑蕊坐在房间地板上诉说别后情况。

三年前，当易荣为桑蕊租好房后，桑蕊第一个叫来桑叶作客，两人说着家乡话，洗菜、做饭、聊天、睡觉，重温在桑家沟的美好时光。

桑蕊甚为看重这暂时的蜗居地，兴致勃勃买来兰花纹地板胶铺上，将床垫直接放在地上，成为舒适的日式榻榻米，靠墙放一排书。角落的玻璃樽内，一大束洁白幽香的姜花，暗香盈动。窗台下是数十株青翠欲滴的富贵竹，长势喜人，柔和的光线从造型简约的牡丹花图案的灯罩下投射到房内，整个房间在光线、花朵的装饰下，便有了几分桑蕊所追求的室雅人和的味道。

“你没怎么变，这房内的陈设也是，这几年，你就这样过？”桑叶放下质地精良的大挎包，四处张望，喟然感叹。

“我平时在学校，不过是偶尔回来一趟，你晓得不，他结婚了。”桑蕊脱鞋，赤脚在屋内忙碌，烧水、洗杯，为桑叶冲泡热腾腾的阿华田。

“那又怎么样？！”桑叶翻翻白眼，无所谓的态度，大口啜饮着阿华田。

“所以，我要和他分手呀。”桑蕊一本正经地说，她不可能和有妇之夫生活在一起。

“桑蕊，桑蕊，你是真傻，还是假天真？他结他的婚，你读你的书，河水不犯井水，你发哪门子疯？和他说分手？再说了，你有资格提分手吗？”桑叶一屁股坐在榻榻米上，捶打着被面，长吁短叹。

“我已经提了，他说要我给他生孩子，就给我买房、开店。”桑蕊早料到桑叶的反应，在她面前，她不怕丢人，原原本本将这几年和易荣的交往全说出来。

“你呀，错过一个发财的机会，换作是别的女人，求之不得呢。

生孩子，可以呀，先买房，怀孕后，就要他拿钱出来开店，没个几十万，开什么店？一套房，一个店，就快一百万到手了，多轻巧，多划算！”桑叶麻利利地算完账，手指戳了桑蕊的脑门不下几十遍，唉声叹气替她惋惜。

“我不这么想，我就是觉得，他都有老婆了，还和他一起，偷偷摸摸的，怪没意思。”桑蕊不为所动，她固执地坚守着自己的底线。

“你没救了，桑蕊，你是不是原始人？和这个社会、这个时代脱节了。读书读傻了？简直不懂社会嘛。”桑叶仔细地注视自己的堂妹，像端详外星人一样，皱眉惊叹。

“你，怎么这样说我？我错在哪里？”桑蕊原本趴在床垫上，错愕之下，霍然起身，她百思不得其解：她究竟错在哪里了？

“那我问你，你跑那么远打工进厂图啥？”桑叶觉得很有必要给这傻妹妹上一堂生存法则课，她也坐直身躯，与桑蕊面对面。

“我妈病了，赚钱给她治病呀。”桑蕊老老实实说，还是不明白，这些和与易荣交往有什么直接联系。

“这就对了，赚钱，既然要赚钱，眼前有赚钱的机会，为啥要放过？”桑叶兴奋地拍响巴掌，她认为她开窍了。

“可我妈的病治好了呀。”桑蕊还是不懂，她眨巴着清澈的双眼，一脸天真无邪。

“受不了啦，谁还会嫌钱多？你晓得我在马来西亚这几年，赚了多少钱？你想都不敢想！哼。”桑叶跳起来神秘兮兮地小声叫嚷。

“多少？究竟有多少嘛？”她这诡异的模样，勾起了桑蕊的好奇心。

“嗯，反正呀，我在省城买了一个门面，在这里买了套房！你想不到吧？”桑叶漆黑的眼珠转了转，突然闭嘴不说了，她背起双手，得意地在地板上旋转着，跳起舞来。

“不说就算了，哦，那真好呢，以后我可以去你的新房看看！”桑蕊的心思永远与常人不同，她只晓得为桑叶高兴，根本没想到其他。

“你现在后悔了吧？本来，你是可以和我平起平坐的，现在，哈——”桑叶停住脚步，一脸得意。

“干吗要后悔？”桑蕊心里并没有那么多想法，她觉得桑叶过得好就好，不是有首歌曲，歌词是只要你过得比我好，过得比我好么？桑蕊哼唱着，笑盈盈唱给桑叶听。

桑叶哭笑不得，见过没心没肺的，没见过这么没心没肺的女人，眼睁睁失去近百万的发财机会，还有心思唱只要你过得比我好？“人家过得比你好，对你有啥好处？”

“喂，你拿到文凭后，有啥打算呢？”桑叶不愿徒劳做事，劝不动桑蕊，她也懒得多嘴费力，吃力不讨好的事，少做为妙。

“找工作呀，我在考英语四级，到时候找间外贸公司上班就好啦。”桑蕊说得很轻松。

“对了，他给你分手费没？”桑蕊突然想起什么来，急促地追问桑蕊。

“分手费？不用啊，他供我读书，是我提的分手，干吗找人家要钱？不好吧？”桑蕊撇嘴，摇头。

“你呀，就一个傻瓜，怪不得给人骗，你不吃亏？跟了他这几年，白白陪他睡？到哪儿去找这么好的事？要是折算成小姐出台费，该多少？天哪，好大一笔呢！”桑叶在心里默算一遍，倒像是自己吃亏一样心急火燎得很。

“姐，不要这样嘛！”桑蕊羞红了脸，平生最后悔就是跟了堂姐在夜场混过，这是她人生的一个污点，忌讳被人提及。

“害啥子臊？你和他本来就是在夜总会认识的，你还以为他就真当你是清纯大学生？不要忘了你之前的身份，所以和他谈钱，是最适合不过了！名正言顺得很！你害羞，我去帮你要，放心，我不要你的提成，也不吃你的回扣，要到了，不论多少，请我吃顿饭！”桑叶蛾眉倒竖，嗔怪桑蕊，偏又主动帮忙替她解围分忧。

“那就交给你，你看着办吧。”桑蕊不再坚持，省得和她反反复复分辨，她知道，以桑叶的巧舌如簧，能言善辩，易荣会给钱的，只是多少而已。不过，一旦想起来，还是有些伤感，这三年的情感，岂是金钱能买到的？这三年的真情，又岂是能用多少金钱去衡量的？

桑蕊顺利获得毕业证书，走在校园内，百感交集，真想打电话给易荣与他分享这个开心的时刻，毕竟，没有他，就没有桑蕊今天手上红彤彤的证书。

纠结半天，桑蕊才鼓起勇气，向公用电话亭投币，接通了，喂，听见易荣熟悉的声音，她鼻子发酸，期期艾艾许久，易荣猜到是她，“毕业了吧？”他好像在她面前，知道一切。

“是，我就是想和你说声，谢，谢你。”桑蕊猛力捂住嘴，不让自己哭出声来。

真的要分别，永远永远分别，她还是心痛，痛到不能呼吸。

“谢什么呀。”易荣根本不当回事，两人都不再说话，或是不知道说什么好，电流的吱吱声在响。“你姐找了我。”易荣沉吟良久，才说。

“干什么呀？”桑蕊屏住呼吸，心跳得厉害，嗓音战栗着，明知故问。

“还能干什么？我给她钱了，我也不算欠你了！以后你自己保重！”易荣像是交代后事，匆匆说完就挂断，不带一丝一毫的情感与留恋。

桑蕊握住电话，站在原地发愣，他给钱了，具体多少，却没说。桑叶自然不会骗她，全数给她，可桑蕊无论如何也高兴不起来。

第二天上午，桑叶就开着一辆破旧的二手轿车到学校找桑蕊，桑蕊正躺在单人床上，一筹莫展呢。

终于毕业了，她又是欢喜又是茫然，欢喜的是她终于获得了文凭，茫然的是，她该到哪里找工作？

“还不起床搬走？”也不知道桑叶给守门的阿姨什么好处，竟然把她给放进宿舍来，她径直走到桑蕊床边，敲打床栏。

“人家要思考下，搬到哪儿去呢？”桑蕊不好意思起身，取出枕头下的木梳，对着台镜梳头，掩饰自己芜杂纷乱的思绪。

“先搬到我家去，房租就免了，水电费象征性地缴点就成，反正你的钱，在我手上。”桑叶粲然嬉笑。

“好嘛。”桑蕊不和她计较，两人一起收拾行李，打包到车上。已经是下午了。“我们回去吃饭，今晚呀，要好好庆祝，你是双喜临门，大丰收呢！”桑叶喜上眉梢，搓手出主意。

在桑叶面前，桑蕊永远是配角，被动接受，她说什么就是什么了。

开了三小时车，见到熟悉的城市，熟悉的街道，桑蕊心如刀割，她不想让桑叶发现，也不想扫兴，假装开心地看车窗外的风景。

“今晚你请客哈，女富婆，你看你，既是大学生，又是小富婆。多好，前途一片光明！我都眼红你啦。”桑叶停好车，挎着桑蕊的手臂，夸张地说笑。

“天，我怎么会成为女富婆，真正的女富婆是你好不好？你是乌龟有肉在壳里，藏着呢。”桑蕊存心要她也乐乐。

“嗨，我这点钱不算啥子，不过呢，在桑家沟，我肯定是首富，呵呵呵。”桑叶满足地放声大笑。

话虽如此，当真要大吃大喝时，两人踌躇良久，左右盘算后，一致选了一间吃水饺价格实惠的东北店，桑蕊心疼钱，还不清楚他给的是多少，可不敢乱花。平时都是易荣买单，她哪里清楚柴米油盐的费用？桑叶更如此，她是花别人的钱大手大脚，轮到自己掏腰包，也是一分钱掰成两半用呢。

要了东北拉皮，红烧肘子，锅包肉，猪肉白菜炖粉条，韭菜盒子，三鲜、香菇饺子各一份，酒是少不了的，桑叶说喝白酒，这店里只卖红星二锅头，还是一斤装。

桑蕊有些发怵，一斤白酒，什么概念？两个弱女子，肯定喝不完。

岂料，桑叶不答应，她挥手叫来一瓶，一低头，用牙齿直接将酒瓶盖咬开。桑蕊在旁看得目瞪口呆:“你什么时候学会这样开瓶？”

“我牙好呀，你看。”桑叶张开红唇，露出一排白森森的好牙，炫耀着：“在外闯荡的人，就得能文能武，这样，才不会受人欺负。”

“你一个人在马来西亚过得好吗？”桑蕊蓦然记起，她还没关心过她呢，不禁有些羞愧，这几年，她到底过得好不好？

“好不好？一言难尽，不管好不好，我这辈子也享受够了，场面也见识了，钱也赚到了，你说好不好？谁让你不跟我去！”桑叶调皮地眨巴着漆黑如葡萄的美目，心情极度畅快。

“唉，事到如今，提这个没用嘞。”桑蕊有些落寞，她无聊地转动着玻璃空杯。

“来，和往事干杯！”桑叶眼明手快，善解人意，她倒满一杯酒，干脆地碰杯，自己先干为敬！

桑蕊闷头勉强舔了半杯，空肚喝白酒，喉头、肚内火烧火燎地难受，尽管不胜酒力，好在还没有醉到一塌糊涂。

吃了几筷子锅包肉，桑叶情绪高涨，一张脸上红霞飞，她的酒量惊人，非一般酒国英雄可比。

连续干三大杯，桑叶眼珠更加明亮，水汪汪地撩人心弦。桑蕊终于醉卧饭桌了。“真没用，这点酒就趴下了？”

桑叶好不扫兴，尽兴而来，扫兴而归。

“老板，打包！”结完账后，她一手扶着脸色绯红的桑蕊，一手拎着一摞饭盒，拦上一部的士回她的新家。

临走时，还不忘将喝剩的小半瓶白酒也夹塞进塑料袋。

桑叶的新家是精装的两居室，小巧玲珑，唯一美中不足的是厨房设在客厅一边，做饭不是很方便。

在 2001 年的这座城市，一个年轻的女人能全款买下一套市中心的精装房，也是很少见。

桑叶做到了，她怎么会不得意呢。

她将桑蕊放倒在沙发上，泡了两杯浓浓的茶，醒酒，这是从桑加沟带出来的习惯。

强行给桑蕊灌下去，一支烟工夫，桑蕊睁开眼，走到洗手间，用冷水冲洗下脸，似乎酒醒了一大半。桑叶匍匐在地，拧开音响，放起流行歌曲，是香港歌星张学友的《月半弯》。

“月半弯，月半弯，”桑叶的嗓音好听，舞也跳得好，她跟着歌曲的节拍唱着跳着，脸庞是被酒精燃烧出的桃红。在灯光之下，这桃红极度妖媚，诱惑人。

桑蕊仰躺在沙发上，看呆了：“桑叶，你比明星还漂亮，你真应该去当明星呢。”

“哈，我在国外就是常常扮成明星出席宴会呀，要不然，怎么会赚到大钱呢！”桑叶骄傲地挺起丰满的双峰，随着音乐的节奏，柔软的身躯扭动着风情万种。

“你知道吗？就连易荣，他都想出高价要我陪他睡呢！”桑叶一个旋转，到桑蕊身边戛然而止，定定望她。

“哦，是吗？”桑蕊一下方寸大乱，惊慌失措，好难受，是揪心般的难受；好酸楚，是吃醋的酸楚。她低下头，不敢正视桑叶，她的姐姐。

“看把你伤心的，真没出息！”桑叶啐了她一口，眼神写满不屑。

“他算什么东西，男人算什么东西，老娘有钱了，一般男人玩得起我么？”桑叶起身，音乐是恰恰，她高举双手，轻摇步履，一个人独舞。

“他给你这个数，不过是那晚他给我开的价，陪他一个钟头的价，而你呢，跟他三年，他才给你这个数。所以呀，男人，就是犯贱，只会给得不到的女人出高价！女人呢，就得趁着年轻，卖出个好价钱！”桑叶竖起三个手指头，面色潮红向桑蕊传授经验。

她很兴奋，哦不，确切地说应该是亢奋，她已成为有钱人，在如此年轻，如此貌美的时间段，超越许多同龄者，成为金字塔顶尖的那拨人。

桑蕊无语凝噎，沉重的身躯伏在沙发上，她的心在痛，是伤口结疤撕扯的那种痛：易荣，他定要和自己的好姐妹、好朋友发生关系，别有用心吧？转而想起她拒绝他，他当时暴跳如雷的激烈行为，她顿时心生愧疚，转念间，原谅了他。她知道桑叶喝多了，酒后吐真言，她说的全是真话，可她不认可，凭什么女人就一定要靠年轻、姿色卖个好价钱？女人是人，不是商品。

桑叶的情绪愈发激动："我从来不相信男人，男人对我而言，不过是我发泄的工具，我需要用钱时的提款机。"

"也不用这么绝对吧。"桑蕊心有不服，禁不住反驳她，"倘若男人都这般可憎，那么，我们的父辈、兄长呢？"

"也就你，还相信男人，是没被他们伤害够？是不聪明，没看透！当然，有好男人，问题是，你有福气遇上？"桑叶高昂着头，志得意满，藐视她。

你有福气遇上？这话不亚于当头棒喝，桑蕊听来尤为刺耳，本想据理力争，念及寄人篱下的境况，她抱紧双臂，用沉默代替不满。

桑叶从凝固的空气中，感到自己的话过分了，她咧嘴，绽开笑容，带有讨好的成分，神秘地说："你都不关心我有没有答应你家的男人？"

"噢，"桑蕊面上掠过一丝紧张，她在故意回避这尴尬的问题。

"嘿嘿嘿，紧张了？你是在乎他？还是在乎我们的感情？"桑叶脸上阴晴不定。桑蕊觉得桑叶从马来西亚回来后，变得让她不敢相认了，桑叶的脾气变化使人捉摸不透。

那个在桑家沟好打抱不平，勤劳勇敢、笑声朗朗的桑叶呢？

桑叶十岁时，母亲去世了，穷人的孩子早当家，桑叶是没妈的孩子早当家。父亲脾气暴躁，桑叶的两位哥哥，只得辍学做事，一个学做石匠，上山叮叮当当敲打石头；一个学做木匠，眯眼对墨线，打家具。

桑叶一个女娃娃承担起家中女人的活路，煮饭、喂猪、养蚕、洗衣。家穷，负担重，父亲是没法再续弦了。

整个桑家沟的人户都穷，到底桑蕊有妈，日子过得比桑叶好些，农村有句俗话：宁死当官的爹，不死讨饭的娘。桑蕊性子一贯胆小怕事，上学时总有男同学欺负她，刻了三八线的课桌上，桑蕊一不小心手肘越过了界，同桌的男生毫不客气就用尖厉的圆规扎她露出的肉，唉哟，桑蕊吃不得痛，大叫起来，惊扰了上课的秩序。老师也不问青红皂白，桑蕊眼眶包含清泪，被罚站在教室最后一排。

课后，桑叶询问其缘由，桑蕊抽抽搭搭说了原委，桑叶听后，也不出声。放学后，桑叶拉住桑蕊，拖拖沓沓落在后面，等着那位男同学出现。

桑叶趁其不备，从男同学后面一个扫堂腿，将他绊倒在地，不容他起身，扑上去双腿叉开，稳稳坐在他背上，抡起粉拳不住捶打他肩膀，男生先是叫骂，后不得不告饶。

桑蕊没料到桑叶这般神勇，她在旁看得傻眼。“上来，上来呀，打他，看这狗日的还敢不敢用圆规戳你！”桑叶穿着红花打补丁的棉衣，脸被衣服映得通红，像春天里山坡上开得艳丽的山丹丹，她挥舞着双拳，嘴里吆喝着让桑叶也骑上来。

有桑叶撑腰，桑蕊畏畏缩缩也壮胆骑上男生的背，这家伙单薄的身躯承受不了两位女孩的重量，只得杀猪般号叫、求饶，保证再也不敢欺负桑蕊了。

桑叶这才拍拍手掌，放过他，男生吓得屁滚尿流，狼狈地落荒而逃！

两个女孩笑得直不起腰来！

桑蕊从过去回到现实，桑叶关掉音响，到开放式的厨房区，屈身从冰箱里取出两罐可乐，顺手揭开，递一罐给桑蕊，谢谢！桑叶感激不尽，这个时候的桑叶，让她依稀看到有桑家沟桑叶的影子了。

“放心好了，在我心中，亲情比男人重要，我没有答应易荣，最重要的是，你是我的妹妹，在这里，在这座远离家乡的城市，我唯一的亲人，唯一可以信任的妹妹。”桑叶跪在光滑的大理石地板上，摁着桑蕊的肩膀，神色庄严。

桑蕊微笑着示谢，揽过桑叶的小蛮腰：哑声强调：“谢谢。”她当桑叶是她生命里重要的好姐妹、好朋友，知己。

“客气啥呢！喔，差点忘记最重要的事，我把钱拿给你！”桑叶善解人意地甜笑，快速起身，向里间卧室走去。

桑蕊若有所思小口抿着可乐，酸、甜、麻、爽的滋味穿透喉间，正如当下心境：五味杂陈。

六

毕业第一年，桑蕊换了好几份工。最初，找专业对口，是在一间家具厂当文秘，收发传真，有时也兼任接待外国客户的工作，这自然会大大提高桑蕊的英语口语水平，桑蕊也着实得意。不过，半年下来，她就遭不住了。工厂在远离市区的郊外工业园区内，食宿都在厂里。桑蕊觉得和当初在厂里的生活一般无二，所不同的是，终于成为让自己羡慕的女文秘后，发现也不过尔尔——辛辛苦苦好几年，她还是个工厂妹。

她辞职了，又跑到报关公司当报关员，这个工作须得跑来跑去，比起稳坐办公室的悠闲，辛苦得多，可是收入高，和她所学专业，还算对得上。桑蕊一心想着大干一场，成为报关业内的翘楚。

三月后，她正排队在海关的办事窗口办理业务，竟然不留神瞧见易荣！他神情轻松，熟门熟路穿梭在办事人员的工作间，游刃有余——他有关系，根本不用排队等待。似乎有感应，他猛地抬起头，准确锁定在吵闹人群中安静排队的桑蕊，她的容貌和身段，夹杂在一帮黑壮的大男人堆里，分外抢眼。

报关公司的老板录取她后，就曾兴奋地夸赞她："阿蕊，你会成为最漂亮的报关人员！"桑蕊当时听了，并不当回事，还以为是老板的鼓励呢。

进入报关这个行当，桑蕊接触后才醒悟，老板说的可是大实话。长期风吹雨淋，一般女孩子吃不了这个苦，报关工作的女性职员少之又少，男人居多，此种现状下，容貌端庄、身材苗条的女孩子，自然鹤立鸡群，一枝独秀了。

两人目光闪电交会，均大感意外，迅速避让。桑蕊当场羞得无地自容，奋力挤出人群，如丧家之犬小跑出海关办事处，拦下一辆车，远离这是非之地。

"桑叶，我碰上他了。"在小卖部的公用电话处，桑蕊拨通桑叶的手提电话，上气不接下气地说着。她捂住胸口，心儿为什么还是跳得飞快？"谁呀？"这个点，桑叶正雷打不动做美容，她懒洋洋地打呵欠。

"还能有谁，易荣呀！"桑蕊急得跳脚，她开始恨自己怎么变得如此性急，沉不住气？是上班的惯性使然？

"我还以为碰上怪兽了呢？看把你慌张成啥样，不过是老情人而已，怎么样，想旧情复燃？"桑叶轻笑着打趣。

"你呀，净乱说！我打算辞职了。"桑蕊哪有心思和她斗嘴皮功夫，她怫然不悦。下决心不在报关这个行业讨饭吃，怪自己没多想，易荣就是靠了海关做生意，迟早，自己都会和他打照面。

"桑蕊，如果只是为这个男人，你辞职，我觉得不值，也没必要。"

桑叶不赞同她冲动之下的想法。

“我真不愿见到这个人，一辈子都不想。”桑蕊咬住下唇，她也搞不清自己为何那么抵触易荣？是真的不喜欢他了？不，藏在最深处的潜意识里，她要和在夜场那段不堪回首的过去一刀两断，断得干干净净。

“好吧，随便你，要不，你也不用去找什么工作了，在这座城市，多少没你年轻，没你漂亮，连高中文凭都没有的女孩，她们一样不用上班就能赚钱，还赚得比你多得多呢。”桑叶漫不经心劝说她。她也不用上班，照样有钱花，三个月前，买了新车，是众人眼热的奔驰，身边的追求者更多了，香车美人，自古绝配。

“不啦，我，我还是再找找。”桑蕊怕被她再一次洗脑，匆匆挂上电话。她搬出桑叶家了，再好的朋友，再好的姐妹，毕竟不是血浓于水的亲生骨肉，时间久了，还是有诸多隔阂，诸多不便。

“哼，犟脾气，不管你了！”桑叶听完她的推辞，在电话那端勃然变色，桑蕊假装不知。

从报关公司辞职后，桑蕊独自一人闷闷躺在出租屋，翻看招聘启事，随后，她去了一家五星级酒店的招聘会。

她面试的岗位是大堂经理，体检正常的医院证明交上去后，笔试、面试顺利通过，培训一月后，桑蕊正式进入酒店行业。

穿着酒店裁剪得体的黑制服，及膝裙、藕色丝袜、黑色高跟鞋，茂密的黑发在脑后束成发髻，不施粉黛，只在红润的丰唇上涂抹原色唇蜜，桑蕊坐在酒店大堂的转椅后，在大堂水晶吊灯的照耀下，明眸皓齿、笑靥如花、光彩动人。

这样的装束与酒店高雅的工作环境，让桑蕊很满意，躲在洗手间，给桑叶打电话报喜，这回算是真正找到可以为之奋斗一生的职业了。

“恭喜，我哪天带客人过来吃饭顺便看你！”桑叶也为她高兴，桑叶不是记仇的人，什么事一说，当场发飙后下一分钟便相安无事，她也懒得与这个永远少根筋的堂妹较真。

还没等到桑叶过来消费呢，桑蕊在酒店的食堂，竟然和他遇上了，冤家路窄，这人可是桑蕊最不想见到的人。在不经意的转角处，桑蕊端着装满吃食的盘子，正低头走着，却与他迎头相撞。

他不是别人，正是桑蕊在工厂里打工时，口口声声说能帮助她读书，最后却弄大她肚子甩手而去的工程师宁松！

两人劈头一撞，宁松端着饭菜，弓腰低头看路，并没认出眼前这位新来的大美女是何方神圣，喃喃低语，操着熟练的广东话嗫嗫说：“对唔住。”他贪婪的眼神，仓促在桑蕊的脸上溜过。

桑蕊拒不让步，保持身体纹丝不动，眼角余光左右扫视，酒店的员工大都专注眼前的美食，少数几个喝着汤，捏着牙签剔牙的男同事，偷眼打量着她。

她舒了口气：没认出来就好。迈着碎步，寻了个不起眼角落，一个人低头吃饭。快吃完时，桑蕊掏出纸巾擦嘴，搜寻宁松的踪迹。他好认，酒店里中年貌丑，还头顶微秃的男士不多，他穿着灰色工作服，看样子，干的还是水电工程，老本行。

宁松的吃相很不雅，他的状态看上去不太得意，神情苍老、面容憔悴，桑蕊心里淌过无尽的悲哀，她以为她会很恨他，一辈子也不可能再见面的人，一个让她失去处女之身的无赖，为何，她一丁点怨恨他的心都没有？非但不怨恨，她还心生怜悯：那么大年龄的男人，哄骗一个涉世未深的女孩子，也就这点本事了。

当晚，桑叶挽着一位年约五十岁上下、体型圆胖、西装笔挺的男子，到酒店中餐厅“月桂轩”吃饭，来之前，桑叶就提醒桑蕊，下班共进晚餐。

在桌上，等光头男士点好菜后，桑叶才向桑蕊介绍：“庄嘉德，庄行长，众生银行的行长。”桑蕊微笑着招呼，双手递上名片：“幸会，庄行长。”

“你俩有亲戚关系？同一个姓？”庄行长仔细看完名片，玩味着桑蕊的名字，笑容满面，扭头问桑叶。

“庄老板，你真不愧为领导，好聪明哦！我们是姐妹呀！”桑叶调皮地眨巴着圆溜溜、水汪汪的美目，奉承着他。

“就你会说话，等下有几个大老板过来，你可得让你妹妹陪他们多喝几杯酒。”庄行长说话语气和蔼，笑眯眯地让人不忍拒绝。

“那得看是多大实力的老板了。我家这个妹妹，刚刚大学毕业，还从来没有谈过恋爱呢。”桑叶搂过桑蕊的肩，信口雌黄，桑蕊的脸唰地红了，她在桌下，轻轻地踢了她一脚，这样过度包装宣传她，太露骨了。

“哎哟，你怎么踢我呢？庄行，你看，我这个妹妹呀，胆儿忒小，禁不住人夸奖，我不过才说出一句老实话，她就不好意思了。”桑叶学着庄行的北方口音，变相撒娇，飞起眼角说谎。

“哟，刚毕业的大学生？气质这么好，不多见。不如，到我们银行来上班？”庄行长把桑叶的话全听进去了，他将鼻梁上的眼镜向上推，转头深深地注视着桑蕊，好像看不够似的。

“庄行长，你不会先看上我妹妹了吧？不准看，她不是你的！”桑叶见状，语气立马大变，她伸展粉嫩的玉手，挡住他的视线。嘴里哼哼唧唧：“我悄悄蒙上你的眼睛，让你猜猜我是谁？”

“是，是，小叶子，我不看。”庄行长被桑叶当场洗刷得面红耳赤，他把椅子向桑叶身旁再靠近些，以此表明心迹。

庄行长的手提大哥大响了，是爱立信的小巧手机，他起身到角落接听，趁着当口，桑叶忙给桑蕊使下眼色，两人前后脚走进洗手间。

“他是你新男朋友？”桑蕊问桑叶。“现在不是，未来肯定是，他是我一大帮追求者中的一个而已。”桑叶掏出口红，对镜理妆，上下嘴唇紧贴几下。她用的是哑光的紫红，像一颗晶莹剔透的紫葡萄，看着就有要咬下去的欲望。

“你真厉害，那么多人追？”桑蕊羡慕地说，暗自笑了，这个光头，和工程师的秃头，怎么就那么不一样呢？

“你笑啥？”桑叶不解，在镜中睥睨她，手上动作迟缓下来。

“我，碰上那个人了。”桑蕊稍做犹豫，还是嗫嗫说出来。

“哪个？易荣？怎么老碰上他，真有缘。”桑蕊停下即将补粉的动作，有些惊愕。

“不，是那个骗我的那个，也是个秃子。怎么和你这个秃子不一样呢？我以为秃头的人都是坏人。”桑蕊一口气说完，提到曾经伤害过她的男人，也没有过多的厌恶。

“哈，真是有缘千里来相会了，没让他赔你青春费、精神损失费、手术费？”桑叶夸张地噘嘴追问。

桑叶得意她的字字珠玑，桑蕊认作天方夜谭，她扑哧笑道：“我看他那落魄样，过得应该也不如意。唉，冤家路窄，他也跑这酒店打工了，还是水电工程师呢。”

“哼，就你心好，钱多？也不见给我一些钱。你同情他干吗，这样的男人，哄骗女人，就该过马路被车撞死。还同情他？想不通，想不通。”桑叶很是气愤，愈说愈激动。

“好啦，我知道你是为我好，桑叶，走吧，客人们肯定都来了。”

桑蕊不想和她争辩，不好收场，赶忙找个理由推着桑蕊走出了洗手间。

推门而入时，庄行长正焦急张望呢，他从座位上迅速弹起来，一脸喜气，剑眉舒展："哎呀呀，终于等到两位姐妹花回来了。来，来，来，妹妹挨着黄老板坐，小叶子坐我和张老板中间，让你左右逢源，好不好？"庄行长的座序安排，用心良苦。

"当然不好啦，我要和黄老板坐一起，我妹妹是新人，你们两位大老板多照顾照顾她。"桑叶一点也不给庄行长面子，她任性地拉过桑蕊的手，交到张老板手上，又故意走到与庄行长紧挨着的黄老板身边。

"好，好，听小叶子的。"庄行长不晓得是脾气好呢，还是太有绅士风度，他抢先腾出位置，让桑蕊坐在两人中间。

菜上来了，庄行长举杯提议，先干一杯，众人纷纷点头道好。酒过三巡，菜过五味，卤水鹅片、冻花蟹、节瓜例汤、煎蚝饼被众人分食大半后，庄行长单独过来敬酒，从桑叶打头，两人相对无言，眼神中流淌着脉脉深情，桑蕊与其余人等均笑嘻嘻看热闹，看这一对把暧昧玩到极致的高手如何劝酒。

"小叶子，咱们喝个交杯酒？"庄行长的语气既有挑战，也有试探。"遵命，老板，我们来个大交杯！"桑叶的目光肆无忌惮地追着庄行的眼，她这次又不玩任性了，既有挑逗，还有撩拨。

"哇，大交，大交！"两位男士击掌助威，桑蕊看着新鲜，第一次听人说交杯酒，还有什么大小交杯之说，开眼界了，大开眼界了。

"好，够意思！"庄行长也来了劲，他脱下外套，张开手臂，桑叶配合默契地靠近他胸膛，端酒的手臂绕过他脖颈，在他胸前抿嘴一饮而尽！庄行同样如此绕到她怀中，喝了这杯意义非凡的酒。

“我也要大交，我也要！”黄老板不服气了，他端了酒杯，走到桑叶面前，眼神恳求着，似乎在等待女主人的恩赐。

“嗯，人家才不是随便的人呢。”桑叶故意忸怩着。“哎呀，小叶子，给黄老板一个面子，他可是做地产的大老板。”庄行在旁帮腔。

“好嘛，人家随便起来可不是人！”这话一出，引得全场哄笑，桑蕊差点笑岔气了，她对桑叶的说话方式，佩服得五体投地。

张老板也走过来凑热闹，桑叶被两位男士左右热情包围，毫不为难，她左一个黄老板，右一个张董事，叫得两人心痒难耐。

庄行长见桑蕊一个人在位置上，他才走过来，向她举杯：“认识你很高兴！桑小姐。”他态度真诚。桑蕊赶忙起身，去拿杯子时，碰倒了另一只空酒杯，庄行长眼疾手快，一下扶正酒杯。桑蕊感激地点头，她有点受宠若惊，对这位光头男人的幽默举止抱有好感。她走出来，与他正面交锋，微微躬身，酒杯举到低至他酒杯顶：“幸会，庄行长。”庄行长瞥见她的这个小动作，眼前一亮。

酒喝得差不多了，庄行长见桑叶、桑蕊两姐妹醉意甚浓，叫服务员过来，加一道女士最爱的养颜甜品，木瓜燕窝炖雪蛤，专为两人解酒。

“桑叶，你真有福气。你看庄行长多懂得怜香惜玉，给你们专门点了丰胸美容的木瓜燕窝呢。”张董事长发出啧啧声。

桑叶仰靠在红木椅背上，不以为然地轻笑：“这算什么，庄行长本来就是有绅士风度的爷们儿！出手那是一塌糊涂的大方！”她混搭词语营造出独特的喜剧效果，众人都忍俊不禁，尤其是买单的庄行长，一晚上都笑得合不拢嘴。桑蕊首次亲身感受桑叶高超的社交手腕与能力，找到她受男人们欢迎的原因：人漂亮是最基本的要素，而懂男人的心，会说话，让男人开心，才是深层次的原因，这是一种天赋，桑蕊自叹不如。

圣诞前夕，酒店餐饮部举办巴西美食节活动，邀请城中大小媒体一起出席品尝体验。本来不关桑蕊什么事，但公关部的经理突然发高烧住院，她被紧急抽调出席活动，接待媒体。

桑蕊手忙脚乱硬着头皮上阵，在酒店餐厅迎宾处，按照名单，凭着猜想，一个一个按图索骥，对号入座。电视台、杂志社、报社的各路人马，摄影记者、文字记者数十人纷至沓来，有半老徐娘、文艺范大叔，也有初出江湖的毛头小伙子和刚出校门青春无敌的女大学生，桑蕊看得眼花缭乱，她遵照经理指示，将事先准备好的活动新闻通稿，挨个逐一发放，记者们顺手接过后，彼此心照不宣，塞进随身的包里。

桑蕊面带微笑，稳稳地穿梭在他们之间，频频招呼："你们好好享受今晚的美食哦。"文字记者们矜持地点头，大约是不熟识，没人与她搭讪；摄影记者们则举起脖间的相机，对着香气诱人的食物，咔嚓咔嚓拍照忙碌。

来来回回走完一圈后，桑蕊站在餐厅门口，不知如何是好。经理的意思，要招待这帮记者吃好喝好，他们刊登发表出去的图文是最好的免费广告。可她一个人都不认识，难道就眼巴巴干等这帮人吃完走人？自己怎么交代呢？桑蕊暗下决心，无论如何，找个面善的记者，先搭上话，混个自来熟。

她手握名片夹，走向一位正在抽烟思索的男记者："你好，很高兴认识你！这是我的名片，请多多关照！"桑蕊说着流利的官话，男记者连忙掐灭烟头，站起身。桑蕊差点惊呼出口："哇，你真高。"勉强改嘴："吃得还习惯？"男记者爽快地咧嘴笑着："习惯，很习惯。”然后，从桌上摊开的笔记本里摸出一张名片，递过来。

桑蕊接过名片，见到抬头标识，眼前一亮，原来是《× 城日报》的记者，张仁。《× 城日报》是主流媒体，不仅具有权威性，更有众多的受众人群。经理电话里特别交代过，对这家报纸的记者和电视台的人，要格外用心款待。

“张记者好，我可以坐这儿吗？”桑蕊莞尔一笑，暗中嘀咕他名字古怪：张仁，谐音不就是脏人？

“当然可以，这可是你的地盘。嗯，对了，你是新来的？王经理辞职不干了？”张仁用叉子扒拉下盘里的巴西烤肉，提不起胃口，放下刀叉，用桌布擦拭双手，貌似随意地问她。

桑蕊见不得他如此不讲究，连忙抽出纸巾递给他，解释道：“没有，公关部王经理有点事，我是临时抽调过来接待你们的。”

“你可比王经理年轻漂亮。听说她是从瑞士学酒店管理回国的，桑小姐，你呢？”张仁对眼前这位漂亮女人颇有兴趣，他接过纸巾，放在桌上，没有领会桑蕊的用意。

桑蕊敏感地意识到权威机构出来的记者，也并非那么严谨、专业，倒像是香港狗仔出身。是她高看了？她轻微咳嗽一声，端庄大方回答他。

“张记者也是从国外回来的？”桑蕊脸红了，还以为他会见好就收，知难而退呢，她有心要戏弄他一番，反客为主问道。“不是，我是汉大新闻系，研究生刚毕业。”桑蕊在大学读书，虽非科班出身，国内赫赫有名的几间大学还是略有耳闻，汉大的新闻系乃王牌专业。她为自己的浅见脸红、羞愧，语气缓和了：“张记者厉害哦。”

“这有什么！我们报社，哪个不是名校毕业？你还没告诉我，你呢？”张仁颇为得意，笑得更加肆意。

“我么，不告诉你。”桑蕊本想实言告之，继而又觉毫无必要，打了个埋伏，保持着礼节性的微笑。

张仁头回被桑蕊这小丫头不合作的姿态镇住了，他面露诧异，不知道该如何接话。桑蕊暗笑，也怕过了分，忙抿嘴解释：“我可不是什么名校毕业，不过混了几年大学，学校又小，也不出名，就怕说出来，你也不一定知道，所以干脆不说啦。”

张仁面色一变，露出有些生气的表情。桑蕊见势不妙：这厮心眼小，不是随便开玩笑的主，走为上策。

“张记者，失陪下。”桑蕊绽放出如沐春风的笑容，带走一阵香风到别的桌上和其他记者互换名片。

张仁的目光追随着她，这个女人，有点意思。他看着桑蕊的名片，仔细端详着，抓起笔，在笔记本上龙飞凤舞，记下她的电话号码。

怎么样，吃得可饱？一位穿着摄影马甲的壮年汉子一屁股坐在他对面，端起杯子，不客气地咕咚咕咚狂饮，也不管这是谁喝剩下的。

这位是赵猛，西北过来的摄影记者，供职在一家三流报社，成天郁郁不得志的颓废样。他和张仁参加过好几次新闻发布会活动，一来二往，成熟人了。张仁正欲张嘴回话，赵猛突地矮下头，低声说道：“刚走过去的那位，漂亮，气质好，比起什么王经理可养眼得多。”赵猛色眯眯地朝桑蕊所在的方向努努嘴。

“漂亮是漂亮，可能学历不高。”张仁把玩着笔杆子，打击他。搞摄影的记者，有的就是肤浅的好色之徒，光看外表，忽略内涵。对他张仁来说，女人貌美是一回事，学识则是另当别论。

“嗨，女人，要那么高学历有啥用，你不下手，我可追了，别怪哥们儿不给你打招呼。”赵猛舔着厚唇，早就心猿意马了。张仁闻言，面上不动声色，双臂交叉在胸，上半身向后仰靠，一副随便你的无所谓态度。眼角偷偷向桑蕊瞄去。裁剪合体的酒店黑制服，将桑蕊的身材彰显得玲珑有致，弧线优美的侧脸轮廓，怎么看也看不厌，张仁早就注意到她的漂亮，他能不心动？嘴上说一套，看重内涵，可内涵，这玩意儿究竟值多少钱？有什么用？深层的原因，只一条，他已是名草有主的人。女朋友是同城一个区的电视台主播，尽管贵为电视台主播，容貌却远非桑蕊这般可人，身材也是乏善可陈，矮小瘦弱，胜在五官端正，脸小上镜，是标准的“新闻脸”。她的学历也就是东北一所排不上号的三流大学的播音主持大专文凭，勉强跻身小有内涵的知性女子行列。

“她过来了，她过来了。”赵猛抑制不住的兴奋，他抖抖索索找出自己的名片，等到桑蕊走近，他已先迈出步伐，主动伸出双手：“靓女，我是《×× 日报》的摄影记者，你这么漂亮，哪天，我给你免费拍写真集。”

此言一出，四周响起窃窃私语声，桑蕊的脸羞红了，这些媒体的男人们，说话真直接。她接过名片，不敢多看，娇羞地致谢后，匆匆跑向洗手间。

“老赵，真有你的！”其他报社的摄影记者齐刷刷围聚过来，阴阳怪气地促狭相戏。

“嗨，嗨，这有什么，我不过说出你们心里想说而不敢说的话，大家都是同道中人，相煎何太急？”赵猛满口西北腔，一脸得意，无所畏惧。

七

桑蕊接到张仁的电话，深感意外。张仁是用报社的座机打到大堂经理位置的座机上的，桑蕊接起电话，浑厚的男中音在电话那头热情招呼她，貌似与她相交多年："桑小姐，我是《×城日报》的张仁，你晚上有时间没有？"桑蕊听得稀里糊涂，谁这么自以为是地一腔激情啊？

出于商务礼貌，她不便直接追问，一边以"噢，好，谢谢"等礼仪套词敷衍着，一边在脑中费力搜寻，《×城日报》？张仁？哦，她到底想起来了，是他，高大健壮的张仁，一个肮脏的男人？名校研究生毕业那个。想到他谐音的名字，她忍不住乐了起来。

"喔，张大名记好，晚上有何吩咐？"

"请你吃饭，报社发了两张电影票，我请你看电影！"张仁的嗓音透出无比的兴奋，桑蕊觉得此人真是多情，才见一面，就可以邀请女孩看电影？也不考虑下别人的接受度。

"谢谢，我要上晚班。"桑蕊故意这样婉拒他。大堂的电话比不得在办公室，短话可以长说，这里只有长话短说。

"我等你下班，在酒店外面。"谁知，这个张仁根本不给她婉拒的机会，说完就自个儿收线，桑蕊无计可施：不理吧，他又不是一般客人，好歹是媒体人，不看僧面看佛面，不好得罪；但若真的和他一起去看电影，自己又算什么？别人怎么看，没想吃这羊肉，也没想惹这一身骚。

桑蕊直接找到公关部王经理，王经理本名王力，人如其名，中性的短发，难辨雌雄的平板身材。一听张仁要约会桑蕊，王力一脸狐疑："他好像有女朋友，还是电视台主播呢，怎么约你？"

“我哪里清楚，我才不想去呢，不过才见一面的人，你说该怎么办？去还是不去？还不是上回帮你……”桑蕊也很委屈。

“得，得，我来解决。唔，去吧，看场电影，也不算过分。再说了，你不去，还显得我们酒店的格局小。去，我批准你提前下班，收拾下，真穿工作服去，才显眼呢。”王力将桑蕊推出门，抓起电话，想打给张仁，想想，还是罢手。这男女的事，外人还是不要过问比较好，谁知道张仁打什么主意呢？脚踏两条船的男人大有人在，一个巴掌拍不响，关键看两人。

桑蕊才不会完全听令呢，穿酒店制服去看电影？傻了吧？她从宿舍换好便装，穿了花色的薄纱连身长裙，白色凉鞋，轻盈飘逸。明明清楚不是和男朋友约会，出于习惯，桑蕊还是很认真斟酌了一番：穿牛仔裤吧，太随便。想来想去，还是穿裙子，显出自己柔美的优势。

等电梯时，冷不丁撞见秃顶工程师跨出电梯门，他拎着工具箱，准备拐弯，突地回转身，在桑蕊面前站定后，上下好一番注视着她，皱眉挠头，似乎在竭力辨认：“我们是不是见过？”

桑蕊吓得脸色赤白，心如鹿撞，她强装笑脸：“没有，我没见过你。”年少无知犯下的傻事，她不会再回头。

“你不是在 ×× 工业园区的电子厂打过工吗？”秃顶工程师见四下无人，壮胆靠向桑蕊，脸上是吃不准的神情。

“真搞笑！你神经呀，认错人了。”电梯刚好到，桑蕊冲口而出半生不熟的粤语，以最快的速度跨进电梯内，狂按关门的按钮，捂住胸口，惊魂未定地喘息着。

下了电梯，她一溜小跑到酒店附近，心乱如麻，头昏脑涨：她还是害怕他，害怕面对过去的自己。

该怎么办？桑蕊怨恨自己懦弱，是他的不对，自己为何恐惧？是他的责任，自己还担心什么？

桑蕊左思右想一番，决定求助桑叶，这事只能找桑叶帮忙。“怕啥子，他要认出你来，不更好？找他算账赔款呗。”桑叶正在商城购物，她的生活简单充实：购物、做美容，陪男朋友吃饭、唱歌、旅行、花钱。

“天，他比我还穷的样子呢。”桑蕊觉得桑叶的想法当真不可思议。

“那，你到底怕啥子呢！是他对不起你，又不是你对不住他，你是受害者，你还害怕，啥子逻辑？这世道，人善被人欺，懂不懂？”桑叶说得头头是道，桑蕊听得泄气不已：是该怪自己没出息。

“也不是害怕，我就是不愿意再丢脸了。”她支支吾吾好半天，才找到挽回颜面的理由。

“噢，我懂起了，你是怕他说出来，酒店的人晓得你的过去？”桑叶压低嗓音，“嗯，是。”桑蕊被她猜出心思，坦然承认。

“这好办，打死都不要承认就是了！谎言说一千遍就成真理了，何况你的私事，你不主动承认，任他说得有鼻子有眼，也没屁用！”桑蕊耳边传来桑叶啊呸的吐痰声，响亮无比。

“你在哪里呀？随地吐痰？”桑蕊想起她不拘小节的豪放做派，忍住笑，握住话筒。

“在商城呀，我喉咙发痒，得吐出来呀，找不到垃圾桶，随便找个地方解决了，不会有人看见。好了，我挂了，电话都发烫了呢。”桑叶从不认为自己的行为有损雅观，桑蕊一再叮嘱也无效。

付完电话费，桑蕊思忖着，是该买个手机了，联络不方便。继而想起和张仁的约会，矛盾不安：这张仁会不会就是一句话？眼看天色渐晚，桑蕊后悔自己鲁莽，干吗要告诉王力，现在没后路了。

“喂，那个，桑靓女。”张仁看样子早到了，见到桑蕊，欣喜挥手，他高大魁梧的体型杵在酒店透明的落地玻璃前，甚是扎眼。

“你好，我们出发吧。”桑蕊心中落下一块石头，她微笑着，点点头，向酒店大门的反方向走去，门童都是认识她的，她可不想被人说三道四。

“去哪里？”离开酒店视野范围，桑蕊停下脚步，恢复起高傲的态度。

“请你吃饭，前面不远处有一家快餐店，那儿的招牌菜梅菜肉饼蒸饭味道很好，我尝过，走吧，没多远。”张仁说完，自顾大步流星向前走，桑蕊穿着高跟鞋，暗暗叫苦。不得已，跟在他身后，走了约莫二十分钟，还不到目的地，桑蕊的脚吃不住痛，走得辛苦，不免冒火赌气：“喂，我不吃了，我要回去了。”说完，就在原地站着，探头搜索路上川流不息的空的士、载客的摩托车。

“说好吃饭，怎么改变主意？”张仁听见后，凑近她，一脸傻乎乎不解。桑蕊真想对着他的鞋拔子脸，扇上几耳光，可她不能。

“我，我真的有事。”临时在肚内酝酿一个理由，桑蕊勉强挤出一丝笑容，她多想他放过她，怜香惜玉一把。

“那怎么行？说好的事，就在前面红灯路口。”张仁的脸拉得更长了，不依不饶地，指着不远处的红灯。桑蕊明白逃不过，硬着头皮答应：“呃，好吧。”

张仁这才转阴为晴，伸出汗毛浓重的大手：“我拉你。”一副英雄救美的神情自居。

“不啦。”桑蕊客气地笑着摇头，与他并肩而行。

终于到了这家店，店面不大，食客众多。好不容易找到空位，临窗的位置，桑蕊松口气，坐下来，翻看油迹斑斑的菜单。“干菜猪骨汤、梅菜肉饼蒸饭、白灼菜心，够了！”没等桑蕊想好，张仁张口熟练地报出菜名。

桑蕊心底不爽：这么霸道，一点也没绅士风度，都不晓得先问下女士？那还要她看菜单何用？她合拢菜单，啪地将破烂不堪的菜单扔在桌上，强忍不满，低头不发一言，决计不去看电影了。

张仁完全没意识到她的情绪变化，自顾自地玩着手机，好在，菜上得快，走了半天路，桑蕊着实饿了，菜上桌后，也不客气，也懒得装淑女，拿起筷子，就开战。

来南方多年，还是第一次吃梅菜肉饼蒸饭，也难怪，易荣带她吃饭的地方，不是酒店，就是饭店，路边小摊，她很少光顾。

自古美食在民间，这话不假，桑蕊将蒸饭吃得颗粒不剩，汤也一扫而光，汤饱饭足后，她的心情竟然也发生了奇妙的变化，晃荡着双腿，满足地用牙签剔牙，期盼着下半场的电影。

“怎么样？我没吹牛吧？”张仁买好单，小心翼翼查看着找回的零钱，核对准确无误后，才抬头得意笑问。

也真实惠，两人吃了还不到五十元。桑蕊想起酒店的消费以及易荣和她吃饭的费用，五十元至多不过是一道家常菜的价位。这悬殊也太大，刚刚的轻松心情立马被闷闷不乐取代。说不上为什么，就是觉得不值，是自己不值还是别的，她却说不上来。

“饭后散散步，好消化，我们还是走到电影院去。”站在街道中央，张仁很自然地去牵桑蕊的手，不由分说朝一个方向走去。

桑蕊晓得他不过是找借口，实际是为省钱，她没揭穿他，反正，她是不会和他有更深入的来往的。

主意打定，看电影再走些路，她也就不去计较了，脚也休整片刻，不那么痛了。桑蕊淡然一笑：“好哇。”慢悠悠地走。

看完电影后，桑蕊死活不要他护送自己回酒店的宿舍。在黑暗中摸索走夜路，她没那个胆量，冲出电影院门，急吼吼地挥手打车。刚巧一辆空车在路边候客，不管三七二十一，桑蕊拉开门，抬腿坐进去，出租车疾驰而过。桑蕊眼见张仁傻傻瞪眼，是没反应过来吧。她快意地偷笑：你那么爱走路，那就留你一个人慢慢走呗！恕本小姐没空陪你了。

世界很小，同宿舍的王宇也到桑蕊这间酒店上班了，顶替了公关部的王力。同学相见，分外亲热，在食堂吃饭碰上时，桑蕊就和王宇叽叽喳喳说个不停。正聊得起劲，桑蕊觉得背后一股冷飕飕的风吹来，她下意识转身，不是冷风，是比冷风更阴冷的目光——宁松坐在后排，秃头如灯泡明亮，他见到她，赶忙勾头，又不甘心抬头，露出猥琐的笑容。

桑蕊心底涌起一股嫌恶，她壮起胆，大方笑着迎向他：“Hello！”她用纯正的牛津腔打招呼，显示与他泾渭分明。

“你、你好。”宁松泛黄的面皮变红了，透出慌乱，是不能确定怕犯错误的慌乱，他举起手，不太自然地回应。

“行啊，蕊，都和工程部的人混得很熟了？”王宇的母亲是八千湘女上天山的那一拨人，她在家中排行老幺，天性里承袭着湘女多情的基因，她笑容暧昧地挤兑桑蕊。

“嗨，不都是同事么？打个招呼而已，小姐，这可是标准五星酒店，要有爱心。”桑蕊很是满意，宁松战战兢兢的反应——还是桑叶的话是真理，自己不承认，谁也拿她没办法。人在得意时，最爱信口开河。

她吃下定心丸，再也不用惧怕谁了。决定以新的姿态走未来的路，桑蕊的情绪如鼓胀起航的风帆：饱满、有力。

“呵呵呵，爱心？谁说五星酒店就一定要有爱心？”王宇爽朗地笑出声来，惹得周遭同事们的怒目而视。

桑蕊自知牛头不对马嘴，随即噤口咂舌。“对了，你男朋友呢？”王宇正用叉子随意地挑拣着盘中的红烧土豆，叉起一块小土豆，刚送到嘴边，听见桑蕊的话，脸上笑容倏忽不见，放下叉子，土豆也懒得吃。

“对不起，当我没说。”桑蕊见此情形，心知不妙，连忙致歉。“没什么，你不问，我迟早也会给你说，好啦，此地不宜说悄悄话，下了班，我们出去，我请你吃甜品，再慢慢给你道来。”

王宇看得很开，她又笑了，健康的麦色肌肤，衬着明黄色的衬衫，娇艳如黄玫瑰，在她的字典里，好像就没有“忧愁”二字。

“我男友出车祸死了。”王宇摆弄着粉色塑料吸管，折出“变形金刚”来，她们坐在“陈李济”明亮的店堂内，吹着丝丝冷气，南国的夏天，尝着冰凉凉的甜品，自有一番惬意。

桑蕊要了一瓶木瓜牛奶，王宇则喜欢吃龟苓膏，她不用调羹，用吸管在黑色龟苓膏碗内，四处乱戳。“天哪！好可惜！”桑蕊睁大双眼，痛心疾首。她见过她男友一次，在学校里，王宇的男友长得帅气，斯文有礼。

“是啊，我们晚上在酒吧喝醉酒，开车回家，半路上，我刚好尿急，先下车到路边方便，他也不等我，或者，他以为我还在车内，竟然将刹车错当油门！车子撞到路边的大树上，瞬间燃烧，我眼睁睁看着他在熊熊烈火中消失，我好像还听到他的呼救……”王宇说不下去了，眼中流露出惊恐，脸色却是平静如水。

“别说了，王宇，我听着都害怕，你，你……”桑蕊抓起王宇的手，她的手冰凉刺骨。她也说不下去了。

“没事的，我不是好好的。不过，房子没啦，花店也没啦。还背负一身克夫的骂名，所以，我就到这儿来啦，嘘。”王宇哧溜哧溜将龟苓膏一口气干掉，干瞪眼对着空荡荡的碗。

“谁，谁要骂你？”桑蕊一脸不解，又不是王宇的错，她永远失去了男朋友，已经很不幸了。谁，谁还这么不讲理？

“还能有谁？我男友的母亲，她把责任全推到我头上，把我说成是害人的妖怪，唉，我也不同她生气，就跑回老家避了半年风头。喏，才出来找工作噢。”王宇说着自己遭遇的这些，脸上也不见愁容。

“算了，在酒店好好做，大不了再找个男朋友！”桑蕊摇晃着她的手，安慰她，趁上厕所的机会，偷偷把单买了。

“嗯，我已经把他忘记了。”王宇在桑蕊的鼓舞下，恢复了信心。“蕊，你怎么也跑酒店上班了？是不是和你男友分手了？”王宇将手缩回来，托住腮，饶有兴趣问她。

“唉，是，我们分手了。”桑蕊想起易荣，竟然不再有伤感，他对她无疑是好，可是他的好是有条件的好。她平淡地说。

“在酒店上班，就没遇上老板追你？我听说，在五星级的酒店，来消费的人可都是有钱人呢。”王宇双手托着腮，眼里有闪闪发亮的希望火苗在跳动。

“哈，哈，有老板追我？你觉得有钱人会喜欢我？”桑蕊如听到天方夜谭，她双眼上翻，冷笑着说。

“凭什么有钱人就不喜欢你？有钱人的品位，谁也猜不透，我认识一个女孩子，长得丑陋肥胖，有个老板喜欢得不得了呢。运气，全靠运气。”王宇的神情很认真，不似开玩笑。

桑蕊听得好一阵失落：“还以为王宇说有钱人追求自己，是自己好赖也属好看女人呢。这家伙竟然说是有钱人品位怪，是在嘲笑自己么？哼，本小姐也不至于丑到无人要的地步。”后悔滥用同情心，替她买单了。

桑蕊独自愤愤然，王宇不理会，她又沉浸在自己的幻想中：“我呢，也没什么大的追求，还是这样，找有钱人，买房子，先安顿好自个儿，开间花店，当老板娘，接父母过来享清福。”

桑蕊这次还是保持沉默，不去打击她，也不违心祝福她，还是她自己说得好，靠各人运气。

至于自己会不会碰上有钱人，另当别论，她还是向往两情相悦的情感，有了美好的感情垫底，人生该是何等的丰饶？青春无悔，什么样的青春才能够说无悔？任性地爱，狂热地爱一场，恐怕才可以这样说吧。

“我是一个爱情至上者。”桑蕊悄然低语，脸上神色正气凛然——爱情，可不能用金钱来衡量。

“我也是啊，不过呢，最好，碰上爱我的是有钱人嘛。”王宇吐出粉嫩的舌头，撒娇似的说。“哪有这样的好事？又有钱，又懂得爱情？”桑蕊不信。

“野百合也会有春天呢，有钱人有什么了不起？脱下衣服，撕开那些牌子，还不就是个光生生的男人？只要是男人，就有男人所有的本性！”王宇自有不同见解。

“可能吧，也许吧。”桑蕊表面附和着，并不以为然。这世界呀，往往你不相信的事，偏偏就会突然降临，让你防不胜防，桑蕊还就真碰上了个有钱人。

他是常来消费的本地商人周王，和台湾人合资开了好几间家具厂，做的是出口家具，客户多为老外，平常的接待、吃住，都安排在桑蕊上班的酒店。

桑蕊从未留意过此人，也算缘分，那晚，轮到桑蕊值班，临近下班点，周王喝得醉醺醺地从前台经过，原本，他只是将客人送到酒店大门，就坐车离去，酒喝得多，内急了，他匆忙下车，直奔酒店洗手间。

走出来时，抬眼见到换上便装正要下夜班的桑蕊出来，他揉揉眼，低头、目不转睛地盯着她看，桑蕊扑哧一笑，很多客人都会有相似的表情：穿上职业套装和便装的桑蕊判若两人。

桑蕊今天穿湖绿的薄纱飘带领结连身裙，柔媚温婉，在酒店大堂的微光下，不同于着套装的干练成熟，灯下看美人，桑蕊的甜笑也格外惹人遐想。在酒精的刺激下，周王看得有些呆了。“我请你吃夜宵！”他流露出想要亲近的眼神，直白地邀请桑蕊。“谢谢，不去啦。”桑蕊咯咯轻笑，飞快跑出酒店大门，如一只在丛林中奔跑跳跃的小狐狸。

周王收回恋恋不舍的目光，朝她背影挥挥手，嘴里喃喃自语：“我们还会见面的。”

三天后，桑蕊收到一束血红的玫瑰，横竖猜不出谁会送她这花，卡片上只写了桑小姐收，没留下任何痕迹。

是桑叶搞怪？桑蕊这么以为，又觉得她没有必要，签收玫瑰后，她就到公关部找王宇，前台经理处，放这颜色的玫瑰，太不低调了。况且，酒店大堂中央有花台，上下三层，错落有致摆放着大束娇艳的迎春花，在南方的城市，北方的花卉，还是比较稀罕的。玫瑰，太俗气，太常见。

“呦呵，”王宇将玫瑰搂在怀里，一脸惊讶和笃定，“我就说嘛，是不是有钱老板送的？这可是追求你的前奏，等着吧，先送花，然后请吃饭，购物，到酒店开房……”

“你真是神算子，连后面的步骤都清楚？是不是经常被人追？”桑蕊也假装板起面孔奚落她，两人在清冷的办公室，低声说笑。

连续一周，桑蕊每天都收到相同的红玫瑰，送花的人却迟迟不现身影。桑蕊开始几天还强撑住无事，到了第七天，她再也沉不住气了，上班的心思也没有，脑子就萦绕一个问题，是谁？送花的是谁？甚至，她还想到是秃顶的工程师的恶作剧。

王宇看在眼里，羡慕、嫉妒在心中。语气也是酸溜溜的：“哎呀，蕊，你不要，就给我好啦。”

“我都不晓得是男是女，你就一往情深了？要是个女人呢？”桑蕊撇嘴气她。

“肯定是男人，这世界，只有两种动物，男人和女人。送花也只是男动物的专利。”王宇将头埋进花束中间，深深地吸口气，梦幻的语音：“真香，玫瑰的味道，独一无二，我最爱红玫瑰，有刺的红玫瑰，是不是让男人又爱又恨？”她兀自陶醉在花香中，闭上双眼的媚态，和坠入情网的情痴差不多呢。

“王宇，你老实告诉我，你到底谈过多少男朋友？一看你就是江湖老手。”桑蕊被她夸张的神情逗得哧哧笑。

“不告诉你，这是我的秘密，懂不懂？再好的友谊都需要秘密和距离，要不然，这友谊也不会长久。”王宇抿嘴偷笑着，不肯说真话。

“距离产生美。我知道呀，不过，你把男朋友的事都说了，这不是秘密？怎么问起你有几个男朋友的事，成了秘密？”桑蕊不解。

“你不懂了吧？我有几个男朋友，这比我男朋友的事重要得多。你笨，说给你听，你也不会明白。我就教教你吧，如果你要讨男人的欢心，永远不要说真话。你交往过几个男朋友，哪怕有一百个，也要说成只有一个，我只爱你，Only you。”王宇的神情，完全的情场老手。

“这怎么可能？我说不来谎话。”桑蕊顿足摇头，她确实做不到。

“爱情需要美丽的谎言，这世上本来没有爱情，想得人多了，爱情就被想象出来了。”王宇意味深长地笑说，她成了爱情专家。

“你这样认为？”桑蕊惊愕且无奈，两人的观念，一个来自火星、一个守在地球，风马牛不相及。

“不，不是我发明独创，是我死去男友的临终遗言。”王宇娇俏地摆摆手。

“他不是烧死了吗？熊熊烈火中，你还能凑到他耳边听他交代后事？”桑蕊惊吓得差点从座位上弹起身。

“这是我们那晚泡吧，他喝酒后说的话，说完没多会儿就出了事，不算临终遗言？”王宇的语言和桑叶的思维一样，总令人意想不到，桑蕊陷入无语中。

“喂，那个送花的老板约你吃饭，你可得带上我。”王宇给桑蕊上完课，又打起旁的主意来。

“你去干什么？当我的电灯泡？”桑蕊在潜意识里，不愿意带上她，不吉祥，她可是真正的红颜祸水。

“不，当你的绿叶，红花需要绿叶陪衬，这么简单的道理，不明白？”王宇笑盈盈地拍着桑蕊肩膀。

“去你的！”桑蕊嘴上呵斥，擂起粉拳，作势要打，心头可是乐滋滋的。

周王果真亲自出马邀请桑蕊共进晚餐，桑蕊没有叫上王宇，想着和这人还不熟，也不便擅自做主。

她以为去的地方必定是高档的海鲜酒店之类，可是错了，车子兜兜转转，驶上坑坑洼洼的偏僻乡村山道，还没停止的势头，桑蕊坐在奔驰车内，两眼直视车前方，神色自若，也不惧怕。

“你不怕我把你卖了？”周王逗她。“你不会！”桑蕊扭头瞄他一眼，仍旧不看他，只瞪着前方的路，山势愈加陡峭，两边野草丛生，山上树林幽静，耳边也是万籁俱寂的黑暗，桑蕊深深闭上双眼，这里分明有几分桑家沟的景致呢。

车子轰鸣着冲上山，轻缓地滑下坡，最终在山脚下的一排楼房前面停下。夜渐深，天上圆月高照，房内灯火通明，空地上停满高档轿车，桑蕊暗中讶然:“不知这有什么好吃的，引来这些达官贵人。”

周王下车，刚将车锁住，一个肥头大耳的中年黑胖子，旋风般飞跑出门，双手紧握举到头顶，跌跌撞撞高呼着：“周老板，好久不见你来了！”整个一拦路喊冤的姿态，唬得桑蕊硬生生收住脚。

“近来忙些，生意兴隆啊，林老板！”周王的神情，正如下江南的太上皇，又如领导下乡视察走访，居高临下挥挥手，客套作答。

“承你吉言，都好，你来更好！我留了野味给你，可滋补身子呢。”被叫作林老板的人走近周王，附耳嘀咕，眼神不时飘向桑蕊，透出不怀好意的艳羡之色。

桑蕊从来就不喜阿谀奉承的人，这林老板夸张的拍马屁举止，让她不由想起安禄山，这个大胖子胡人为了讨好杨贵妃，跳起风靡一时的“胡旋舞”，同样灵巧得很。但最后，他发动了“安史之乱”。

但她不能说什么，也不会表现在脸上，默然跟在周王身后，来到一个简陋的小包间，桌上有砂锅在咕噜咕噜冒烟，一股诱人的香气满室飘荡，桑蕊忍不住抽动鼻翼：“好香呀。”

周王面容浮现见怪不怪的平静微笑，他俯身坐下，手指关节有节奏地敲打桌面："这个当然香了，野生的王八，半个拿来清炖，喝汤，余下半只焖饭，用泰国的香米，油而不腻，每颗米粒被龟油浸透出金黄，那才叫好吃呢。这老板会做生意，山下的水池养乌龟、金钱龟，可以吃，可以卖，有钱人养家里招财进宝；山上呢，有野鸡、野兔、野猪。要不然，开在这鸟不生蛋的荒山野岭，谁来呀？做生意呢，吃喝最聚人气，这老板有头脑。"周王跷起拇指，夸赞林老板的满肚子生意经。

"王八？"桑蕊听得胃痉挛，在桑家沟，人们是不会吃王八、乌龟的，那可都是有灵性的神兽。

"还有什么好吃的呢？"桑蕊不好意思地笑了，她不能说不吃呀。"有哇，洞里的蛇、老鼠、猫，天上的鸟，树上的虫，你想吃什么？没有你吃不到，只有你想不到。"周王笑眯眯地侧脸道来。

桑蕊听得恶心不止，她做了个暂停的手势，强笑着："算了，我不是很饿，就少吃点。"

"正常，女生胆子小，一般都吃不惯，可惜，这里没美容滋补的燕窝，下回请你。"周王也不介意，略有歉意。他熟练地掀开陶瓷砂锅盖，用筷子哗啦啦拨动着。雾气蒸腾的朦胧中，桑蕊后悔了：该带上王宇来。她应付不了爱吃野味的有钱人。

门被推开，林老板端来一只钢化玻璃杯，里面盛满琥珀色的液体。"周老板，这是泡好的虎骨蚂蚁酒，效果立竿见影！"他说话的语气充满暧昧。

"先放下，给她呢，你喝点什么？可乐，还是马蹄爽？"周王点头，也不看她，目不斜视专心挑拣锅里的美味，他问桑蕊，语气淡漠客气。

"唔，不要，我就喝茶水。"桑蕊迟疑一下，决定不喝任何饮料。

她低头盯着乌黑的桌面，懊悔得很，不知该和眼前的这个男人说什么话，好像也无话可说。

王宇渴望的有钱人，一点趣也没有，有啥子好嘛。桑蕊独自想着。

“喝汤。”周王殷勤地给她舀汤，桑蕊推辞不过，喝了小半碗，她实在抵不住咕咕叫的肚子反抗，“要一盘青菜好不好？”可怜兮兮地请求，真受罪呀。

“哦！好，加一盘生菜。这锅里的肉，一时半会儿吃不完呢，我打包给狗吃。”周王根本视桑蕊透明，他吃得满嘴油汪汪，咀嚼得有滋有味，一口酒，一块肉，开怀享受。

“人生至此，夫复何求？”桑蕊正百无聊赖等待上蔬菜，周王用手背擦拭着唇边的油腻，昂然喷出这大义凛然的感叹。

桑蕊一怔：“这人还不算是大老粗。”

“你的人生追求是？”酒足饭饱后，周王将双手浸泡在热茶水的盆中，茶水去油污，也非广东人的首创。他露出大黄牙，时不时冒出几个臭饱嗝，眼神涣散发光，桑蕊想到一个词：饱暖思淫欲。

“我？我的追求？”桑蕊一脸糊涂，她还没想过呢？她最初的追求念大学，已经实现了，而今眼下呢，寻找爱情？她真的茫然无措。

“女人嘛，这一生，大不了，就是追求幸福生活，对不对？”周王用纸巾一张一张地揩干手掌，被茶水吸附湿润的纸巾一坨一坨随手丢在地上。

生菜上桌了，蚝油生菜，这边饮食清淡，桑蕊骨子里依旧是无辣不欢，她逮住没有瓶盖的辣椒酱，撒上没半点油星的海南黄辣椒酱，就着茶水，大啖生菜。

“幸福？什么是幸福？”扫光一盘生菜，桑蕊才停下筷，用纸巾擦嘴巴，静下来问他。

“嫁个有钱人，衣食无忧，这是漂亮女人都在追求的幸福生活。”周王没有吸烟嗜好，他一口接一口喝茶，在嘴里来来回回晃荡，呸，张嘴吐在灰黑水泥地面。

“那，不漂亮的女人呢，嫁不了有钱人的女人呢，就不幸福？”桑蕊没有认同，她考虑得更多，想得更远。

“那不是我关心的世界，我是有钱人，我的精力、时间有限，我愿意用金钱来解决问题，包括谈恋爱。”周王耸耸肩，神色倨傲。

桑蕊心里划过一丝哀愁与忧伤：“什么都可以用钱来解决么？”在桑家沟，可不是这么回事，谈恋爱，也得双方感觉印象好，彼此家庭同意、喜欢才行。

“怎么样？桑小姐，你想要幸福生活吗？我可以给你！”周王脸上写满自信，如手握大权的皇帝。

“你会给我什么？”桑蕊并不惊喜，她平静地问，只是这一问，她的心悄然发生变化。

“你想要什么？”周王抱起双臂，反客为主。

“想要幸福，想要一个人爱我一辈子不变心，想要白头到老。”桑蕊的嘴角掠过一丝浅笑。

“哈哈哈，你太天真了！一个有钱的男人，你知道他身边多少年轻貌美的女子围着他转？他能给你买房子、车子，给你花票子。就是不能要求他不变心，还一辈子！”周王露出霸道男人本性，他狂笑着，看怪物一样看桑蕊。

“我认为钱买不来幸福。”桑蕊冷冷打断他，不愿服气，他的笑声太刺耳了。

“是吗？那你可以试试，找个穷小子谈场恋爱结个婚？贫贱夫妻百事哀，你呀，太年轻，没经历过事。”周王开始鄙夷她：这个黄毛丫头，放着眼前的荣华富贵不要，说什么钱买不来幸福，纯粹的歪理。这世上，谁会傻到和钱作对？这开野味店的林老板，对我多恭敬、多尊重？没有我这样有钱人的固定消费，他这店开得起？他一家老小有饭吃？

“子非鱼，焉知鱼之乐？”桑蕊年轻气盛，她当场顶撞他。

“有个性！有性格！”周王对这位外地过来的漂亮女子，怀有复杂的情愫：有欣赏，有鄙视。在他的王国里，仰仗他吃饭的手下，谁敢说半个不字？可这位小小年纪的酒店服务员，身上还有股初生牛犊不怕虎的气质，他倒觉得新奇了。

在返回的途中，两人均不发一言，桑蕊刻意坐到后排，暗暗发誓，再也不见这人了：有钱有什么了不起？以后自己成了有钱人一定不会这么待人。和有钱人的初次接触，可算是尽兴而来，败兴而归。

“怎么会搞成不欢而散？”王宇听了桑蕊一番痛诉后，惊讶之余，不免又有幸灾乐祸。

“是你的问题。”王宇最后总结分析。

“怎么怪我？我就不信，这天下，金钱能买到一切？买得到阳光、暖风，买得到空气、水源？”桑蕊固执地坚持自己的观点，在王宇看来，她这是过分钻牛角尖。

“你不愿嫁有钱人，那是你的选择，可你不能阻拦别人成为有钱人！”王宇见劝说无效，也就不客气地和她斗嘴。

“我，我不是那意思。”桑蕊抬高音量，欲想分辩，却觉徒劳，欲描欲黑。

“好啦，好啦，你看，你多蠢！少一个机会了。”王宇替她唉声叹气，那失落的神情，比自己错过这个机会还懊恼。

“我才不觉得呢。”桑蕊撇撇嘴，两人第一次出现话不投机半句多的境况。

“你打球吗？”周王貌似早忘记几天前的不愉快，他到酒店，直接坐在桑蕊桌前，和酒店客人咨询时一样。他穿了一身嫩绿高尔夫服饰，头戴白色鸭舌帽，显得精神抖擞，跷起二郎腿，悠闲地与桑蕊套近乎。

过往的酒店人员、客户，多有认识他，招呼，点头，微笑，他一点也不觉得尴尬。

桑蕊吃不消，“我不会。”她硬邦邦地答复，希望他死了心，识趣离去。

“正好，我可以手把手教你，请个假，下午陪我打球，我们开车到另外一座城市！”周王霸道地命令，桑蕊成了他的下属。

“对不起，周董事长，”桑蕊暗觉好笑：他当自己是谁呀，这酒店是他开的？随随便便就叫酒店员工陪他打球？

“你不用担心，我直接给你们总经理打招呼！下午下班，我让司机来接你，带上换洗衣服，要过夜。”周王说完，俯身在她肩上亲昵地拍打，将椅子旋转一番，起身走人。

桑蕊最恨这种强人所难的行为，又不敢让不满情绪直接表露出来。

正生闷气呢，桌上电话响了，接起来，是她的直属上级的指令，果然，要她下班就陪周董事长打球。桑蕊，这可是千载难逢的好机会，周董事长即将成为酒店大股东。桑蕊无可奈何：说什么就成什么了。还能说啥，搞半天，他这么放肆，是有资本的：他就快成为给自己发薪水的衣食父母了。

到了下班时分，桑蕊和花枝招展的王宇，如一对姐妹花俏生生在酒店门口等待专车。叫王宇相伴，是桑蕊灵机一动的想法，她自知性格弱势，王宇活泼开朗，热心交往，正合她意。

一辆银灰色的奔驰，徐徐驶到她俩跟前，稳稳停住，门童低身将车门打开。桑蕊吃不准这就是周王安排的司机，正犹豫呢，王宇抢先一步猫腰钻进去，桑蕊见状，赶忙低头钻进车内，奔驰车绝尘而去。

四小时的车程，到达高尔夫球场的酒店，周王眼见桑蕊、王宇双双走来，笑得合不拢嘴。他一手拉起一个，左拥右抱，向座中的宾客炫耀：“看，我们酒店人才济济，人靓身材正！

桑蕊为他这亲热举动羞红了脸，她偷眼看周王身边的王宇，她落落大方地端坐着，面带微笑，神态优雅。桑蕊学她，当饭桌上的客人是酒店的客户。

晚上，王宇出去了一会儿，耽搁了一小时，桑蕊熬不住疲惫，先睡了。

从高尔夫球场回来路上，桑蕊明显觉得王宇心情极度欢愉，她一路上，嘻嘻哈哈笑不停，其实，桑蕊讲的笑话并没那么好笑。遇上什么好事了？桑蕊纳闷地揣度着。

一个月后，王宇请了长假，公关部处于无人状态，桑蕊空降过去任职公关部经理，算是升职了。她虽觉事发突然，也来不及想那么多，好事近嘛，高兴多过疑惑。

她买了新手机，在手里爱惜地摸索，脑子转动，第一个电话打给谁？按捺不住的激动，桑叶早些时候就返马来西亚了，说是要处理些事，至今未归。王宇呢，她的手机关机。原来，在这座城市里要失踪很容易，只要不接电话就行。很多人彼此之间所知道的仅仅只是一个电话号码而已。找不到人，桑蕊的兴奋化为乌有，此刻心境与项羽的“富贵不归故乡，如衣锦夜行”雷同。

搜肠刮肚好半天，桑蕊最后决定将第一个电话拨打给桑家沟的父亲，那是一部全村人公用的电话，在小卖部，须得先打过去，让小卖部的老板走到沟头呐喊父亲大名。约莫半小时后，桑蕊再打过去，乍然乡音在耳，很是激动，唠唠叨叨半天废话，桑蕊才记起把自己的手机号码告之家人。

升职加薪的赏心乐事，无人分享，不免倍觉遗憾，周王也不来骚扰她，桑蕊更觉这日子太过清静——原来，她也非圣贤，得意便张狂，乃人本性。

她盼望着谁来找她。没承想，看场电影就消失的张仁，居然心有灵犀一点通，主动致电。

“你到酒店来，我请客。”桑蕊是人逢喜事精神爽，胸间腾起豪情万丈，她顾不得矜持，大方请客。酒店的中餐厅，本就针对散客有优惠时段，她是公关部经理，手上握有请客吃饭的小权力，不用白不用。

“好，太好了。”张仁喜之不尽，在媒体圈混久了，他已养成吃饭不买单，参加活动收红包、礼物成常态的心理。他刚结束和女友的恋情，也是天助他矣，女友突然发神经辞职要到北京读研究生，少则两年，多则三五年，看架势，两地分居成定局。他才结束十年寒窗苦读书的生涯，不肯放弃刚到手的殷实生活，趁机说分手，女友也不多问，爽快答应。

这段感情不痛不痒，分手也就免去诸多不必要的情绪波动，张仁第一念头，就想到桑蕊，在酒店上班的那个漂亮女孩。窈窕淑女，君子好逑，自古使然，谁会放着漂亮女孩不要，偏挑那外貌平淡、心灵美的人同床共枕？起码他不会。

张仁拿起笔记本翻看上次留下的桑蕊联系电话，用报社的座机桑蕊加入南国电视台文艺中心设在京城一档做访谈类的栏目，做实习编导。算是巧合，面试她的女领导，也刚从南国过来，彼此相谈，很是亲切，就没走等通知的流程，当场拍板，桑蕊的工作就这么定下来。

此时，桑叶于一周前将公寓退租，参加欧洲游去了。不过数周，两人的处境都发生翻天覆地的变化。

明明还陷入热恋的桑叶和吴红军竟然猝然分手！

桑叶那晚一宿未归，次日返回公寓，也是匆匆收拾衣物，眉眼间是掩饰不住的喜悦。“我要出趟差，他在三亚打球，要我过去相会呢。”桑蕊极少见到桑叶的娇羞模样，与堕入情网的女子大抵类似。

“他对你这么好，真爱你。”此时此刻，桑蕊好生羡慕她，女人的幸福不就是得到深爱男人的宠爱么？

“我也很爱他，桑蕊。”桑叶拉上行李箱的拉链，认真地说。周旋在不同男人身边，她难得去爱一个男人，真正去爱他。

“爱他什么？”桑蕊好奇，开始刨根问底。

“你知道庄嘉德追过我吗？”桑叶突然提到庄嘉德，桑蕊心跳骤然加快，呼吸急促。

“在南国，那么多男人追求我，可我也只和庄嘉德保持这么长久的联系，唉，你是不会懂，我和他之间的这种情感，超越男女关系的情感，不是男女关系胜似男女关系。”桑叶瞄了一眼吴红军送她的卡地亚名表，离登机时间还早，她要打开天窗说亮话。

桑蕊也感觉到她有话要对她说，她抖开床头桌上一盒开封的香烟，是黄鹤楼——桑叶抽的烟从不用自己掏钱买，从男友那里随便带走几包，品牌杂乱，只一个特点，价格不便宜的好烟。

按照惯例，桑蕊将香烟点燃后递给她，桑叶利落地吐着烟圈，眼神里有桑蕊读不懂的东西在流淌，是回味，是哀伤，还是得意，抑或三者都有。

“庄嘉德算是男人中的爷们儿，他有辉煌的过去，对女人也好，听人说，他给他的女友生日礼物是一栋别墅呢。想想，五六年前的别墅值钱吧？这几年，碰上金融危机，他炒股亏了，女友也跟人跑了，落魄了，才混上银行行长的位置，领固定工资，不算有钱人。”桑蕊听得阵阵难受，为庄嘉德的遭遇。

“我们从刚认识，他就喜欢我，可这些年，他都没胆追我，是为啥子？就是他自卑，他了解我这样的女人，我这样的消费，一般男人负担不起。我好比爱马仕，一个世界名牌的包，起步价都在三十几万；我开着豪车，住在富人区，平常出入的都是高级场合。他的身份、财力和我不匹配时，是不好意思追我的，男人嘛，自尊很重要。”

桑叶一脸浅笑，脖子上挂着一块沉甸甸水头好的碧绿花生形翡翠，耳坠上晃动着蒂芙尼的18K金穿针耳坠，是悬坠而下的花式吊灯，流畅的盘旋螺纹，随着她轻盈灵动，忽左忽右，飘来荡去，更衬托出她的柔美与迷人。这样一身珠光宝气的贵妇名媛，头脑也好用，她如一位精于推理的侦探家，把一桩悬而未决的情事，分析得头头是道。

桑蕊屏息聆听，她也就只剩下屏息聆听的份儿了，眼前的桑叶，精明能干、美貌多金，令她不敢相认，时间是检验真理的唯一标准——她有太多实战的经验了。

“但我知道，他依然深爱我。”桑叶的眼神透出意犹未尽的得意，桑蕊很不是滋味：为什么，为什么那么多男人都只爱她？

很不客气地批评桑蕊的不专业。

“哦，对不起。”桑蕊倏忽吐出舌头，也不介意他这随性的语气。

“你还喜欢什么？”桑蕊吃得少，为了身材的苗条，桑叶早告诫她，少吃。她忠诚地遵守着。

“除了体育，我没别的爱好，还有，看书。文学、哲学之类的。”张仁的吃相甚为不雅，口里明明还有青菜，也不待咀嚼完毕再说话，边说边吃，随时会有唾沫飞溅开来。

桑蕊的眉头微皱，她都不敢对桌上的其他菜动筷了，这些菜，怕都喷洒了他的口水呢。

“吃呀，怎么不吃了？”张仁没有半点意识，他高举筷子指指点点。

“我减肥，吃得少。”桑蕊苦笑着解释，她更不敢吃了，只是不停端杯子喝茶。

“你不算肥，不过，丰满，嗯，性感。”张仁认真地看她，比划出S形，认真地回答，说到“性感”两个字时，他傻笑着，透有莫名亢奋。

桑蕊也有所感触，忙正了正自己的身子，怕是坐姿太歪，成为S形，引起不必要的误会。随着话题的深入和广泛，两人的距离愈发拉近，临别时，彼此竟然生出依依惜别之意呢。

八

张仁得了便宜就卖乖，他紧盯着桑蕊，三天不到，邀约她看球去，连着两次，桑蕊都推脱了，不是她耍大牌，是近段时间公关部的活动多。

张仁第三次打来电话，桑蕊正要张嘴推辞，没等她说出口，张仁在那端发火了，粗起二愣子大嗓门："喂，你要再这样，就没意思了。"嚯，脾气不小呢。桑蕊心觉歉意，也不计较他发飙，连忙叠声应承。张仁见桑蕊答应，语气才有所好转，两人就约定周末下午，在球场见面。

为了应景，桑蕊穿了白 T 恤、短裤、球鞋，一头黑发披散下来，她远远走过球场，打球的好几个男人不住瞄她，其中就有赵猛、张仁。

"嘿，这是谁家婆姨？水灵灵的好鲜活呢。"赵猛的陕西腔根深蒂固，他停下脚步，目不转睛随着桑蕊，将球抱在怀中，自言自语。

"喂，这可是我的马子。"张仁一把抢过球，纵身一跃，稳稳将球扣进去，喘息着拍打赵猛的肩膀，脸上是不可一世的骄傲自满，这就是他要桑蕊来球场的目的。

"不会吧？你小子不是有女朋友？脚踏两只船？"赵猛不服气地反驳他，嫉妒万分。"分了，谁让你下手慢？我们已经，你知道，都那个了。"张仁可得意了，他一把揽过赵猛的头颅，附耳咬牙示威。

"哼，算你有种，不玩了！"赵猛遭他袭击，极度不爽，他扔下球，扯过挂在树上的背包，大步离去，其余几位也尾随而去。

"咦，怎么不打了？"桑蕊走近球场，空空如也。"你来晚了，刚打好几场，激烈得很，我们吃饭去。"张仁正俯身收拾，头也不回，边系鞋带边说。

"哦，好哇。"桑蕊无所谓，她也看不懂球，只会看帅哥养眼。她坐在球场的石梯上，双手托腮，曲线美好的白腿伸展开来，张仁站起身，一下看呆了。

杯，整瓶百龄坛就空了一大半，瞅着渐空的酒瓶，灵歌无限欢喜——她又可以多卖一瓶酒。

酒吧的音乐随着人流增多，愈发劲爆，鼓点的锤击，一下一下，没有强大的心脏，怕是不能承受，撞击耳膜的声浪一阵接一阵，急促地催赶人们：扭动身躯，舞动起来。DJ 的嗓音，迷幻诱惑：“嗨起来没有？高潮到了没有？”尖叫声、呼哨声、大喊大叫声捆绑一起，灵歌自个儿把自个儿点燃了，干完一杯酒，她拖着桑蕊，挤出芜杂的人堆，穿过窒息的香味，来到舞池——这里人满为患，这里人人癫狂，舞池的地板自动弹跳，在一浪接一浪的亢奋跳跃中，两人瞬间淹没在无尽疯狂的迷离世界。

只至跳到浑身湿透，两人才手挽手回到卡座，桑叶和吴红军不见人影，桑蕊忙翻开手机，桑叶留下短信，他们到另外一个场去唱歌了，桑叶要她玩玩后，再去。

桑蕊怅然若失，告诉灵歌，他们不来了，灵歌轻笑着倒酒：“不来，更好！宝贝儿，干杯，我们自个儿快活！”说完，又是满杯酒下肚，桑蕊惊呆了：“你酒量可真好！”

“哼，没有金刚钻，哪敢揽瓷器活！卖酒的女人，哪个酒量不大？要不然，怎么会有钱赚呢？”灵歌从LV的挎包里掏出香烟点上，鼻孔里喷出袅袅青烟，她歪坐着，眼神呆滞，超短裙下，修长的大白腿交叠一起，经过的男士，没有谁不瞄她——她是适合夜色的美女，在光怪陆离的灯光下，灵歌的美，魅惑诱人。

很快，一位中年胖子过来，一屁股压在卡座上，手不经意搭在灵歌的大腿上，色眯眯地搭讪：“美女，请你喝酒要不要？”“要，怎么不要？人家最爱喝酒了！那就先来两瓶‘百龄坛’？”桑蕊以为灵歌会动怒，不想，她轻佻地朝他油汪汪的胖脸上吐了个勾人的烟圈，把他的手放到自己的大腿根部，上半身黏着他，吹气如兰，挑逗他。

“两瓶呀？你就不怕喝高，妹妹？”胖大汉没料到摸一把大腿，金钱的代价如此不菲，他为难了，畏畏缩缩要反悔，偷偷把自己的咸猪手收回来。已经太晚了，酒保真是有千里眼，他脸上挂着讨好的笑容，翩然而至，在他面前，躬腰服务：“老板，两瓶‘百龄坛’，要加饮料吗？有红茶、菊花蜂蜜水、脉动、红牛。”酒保谄媚地笑着推介，无比尊重。

“你敢喝完这两瓶，我今天就买这单！”胖大汉明白着道了，眼露凶光，威胁灵歌。他四处张望，还是有所忌惮——京城很大，水很深，谁也不敢担保在这种高消费的夜场卖酒的女孩子，背后会不会有什么人撑腰。

桑蕊暗中为她捏把汗，灵歌张嘴一笑，露出齐整的牙，在昏暗朦胧的灯影下，映出苍白无力的明朗：“当然啦，我一个人喝，好无趣，我要你陪我喝，你不愿意么？”说完，她主动拉过他的手，放在自己的大腿上。

“嘿嘿嘿，好，我们猜色子。”胖大汉悻悻掏钱付账后，嘴上也叼着烟，灵歌将短衫的衣袖卷起撸到臂膀上，将色盅举过头顶，用力甩动，色子在罐里哗啦啦乱响。

“三个五！不相信，开！喝，喝完！”胖大汉坚定不移，得意扬扬命令她。揭开色盅，灵歌输了，无奈，灌进满杯酒，一连几个回合，她都输了。

“大，大哥，你，你是东北银，我们用东北话唠唠嗑行不？”灵歌连连喝酒，舌头硬了，眼神游离，一瓶酒全装进她肚里了，想要去洗手间吐出来，死胖子也不让。桑蕊在旁干着急，灵歌酒量再大，业的大学生，也不知这小妖精哪里好了，他竟然一见面就送小妖精贵重的首饰，还带她到日本泡温泉……想起来就堵得慌。”王宇说到伤心处，忍不住洒下几行清泪。

“都这样了，你干吗还给他生孩子呀？”桑蕊听得后怕连连，庆幸之后，又替王宇不值。

“就是这样，才要给他生孩子呢，不管如何，他总要看在孩子面上，答应我的条件。”王宇说这话时，脸上褪去悲切，取而代之的是冷酷。

“这样好吗？”桑蕊想不明白，既然不相爱，何苦为难自己呢。

“走一步看一步，到这田地了，我别无选择。”王宇冷冷揩干眼泪，满不在乎地大口吞咽着冰块。

“你怀孕了，还不爱惜身体，吃生冷的东西？”桑蕊不禁为她担忧，嗔怪她。

“他都不在乎，不爱惜我，凭什么我要爱惜他的骨肉？”王宇鼻孔里冷哼一声，双腿叉开，吃力地揉腰眼。

“是不是痛啊？你看你，我劝你，好好保养身体，健健康康生下孩子，他肯定会回到你身边！”桑蕊发自内心鼓舞她，也是为她打气。

“真的？但愿吧。”王宇的眼里闪过一点光，转瞬即逝。

“我的气色是不是很不好？怀孕后，胃口好，脾气差，烦死啦，真想不通为什么说怀孕的妈妈最伟大，他妈的，当女人真不好。”她出口成“脏”埋怨着。

“呀，有空聊，我先走了。”桑蕊不晓得如何安慰她，桑叶已经在那边招手要她过去。

她满怀歉意地返回桑叶身边，还没落座，桑叶就如通晓世间万事的女巫，“被我猜准了吧？”她得意地偏着头，对着掌中的粉盒镜左右顾盼。

“什么呀，人家也不容易呢，找个有钱的男友也不容易哦，她怀孕了，男友又找别的女孩。”桑蕊摇头惋惜。

“那是她笨，把自己圈进去了，要男人的钱就好了，还生什么孩子？太笨了，看啥，你也一样笨！有条件找有钱人，硬是要和穷小伙子谈恋爱，更笨！”桑叶凤目圆瞪，声色俱厉教训她。

桑蕊默然承受。她已听惯了她的训话，可训也白训，她还是叛逆着自作自受。

两人走出咖啡馆，也不管商场人多耳杂，桑叶我行我素惯了，出得门来，就戴上咖啡色墨镜，向停车场走去。

“我们很好，在一起开心，有什么不好？”桑蕊面上唯唯诺诺，嘴上不服输地辩解。

上到桑叶的奔驰车内，桑蕊舒适地靠在真皮座椅上，车窗外，过往行人艳羡的目光纷纷扫来，桑蕊心底涌起一股无法言说的自信——豪车的功效大抵如此。

“我看呀，你们不会好多久，再过三个月，你恐怕要哭着来找我。那个男人，一看就不是善类，势力、懒惰。你姐姐我，别的本事没有，看男人的本事还是有的。”桑叶的嘴上功夫了得，好的坏的一网打尽全兜底。她不急于发动汽车，拉开车上的化妆镜，仔细查看妆容。

“宁拆一座庙，不毁一桩婚。你呀，就不会祝福我？还好意思说是我姐姐？”桑蕊听不下去了，虽然和张仁相处以来，摩擦、矛盾不断，也还不至于闹到分手的地步。

“蕊，不是我不祝福你，我当然想你好，可是，你天真，头脑简单，任性，又容易轻信人，这个社会，现实势力无比，你还不想方设法吴红军的脸唰地变白了，他镇定地弯腰捡起地上还未燃尽的烟头，丢在烟灰缸里，慢条斯理从纸巾盒扯出纸巾，仔仔细细地揩干手。

“你先出去吧。”他脸色逐渐恢复正常，随后好言安慰中年女人，从包里掏出一沓钞票塞入她怀：“以后，记得不要在我女朋友面前乱说话，这钱，算是请你喝茶赔礼道歉。”

“谢谢吴大哥，谢谢吴老板。”中年女子一边脸颊红肿，看来，桑叶下手不轻，她向吴红军连连躬身致谢，看也不看桑叶一眼，带门出去了。

“何必生气呢？人家不过是个妈咪，从外地到北京讨口饭吃，也不容易。”吴红军拉过桑叶的手，拍着她手背，和颜悦色说道。

桑蕊真心佩服吴红军的沉着，也认可他对妈咪的态度。桑叶呀桑叶，你是不是也忌讳曾经干过的营生？

“人家是见不得别的女人对你太热情嘛，她真不要脸，还搂着你，人家吃醋嘛。人家这么在乎你，还当人家做得不对么？”桑叶温柔地低头认罪状，桑蕊看这架势，又得是一场恩爱秀了，她借口上洗手间，刻意回避。

“我很爱他，桑蕊，怎么办？”桑叶又拉着桑蕊畅谈，在丰富多彩的情爱经历中，吴红军是她最为疯狂迷恋的男人。他对她出手阔绰，不足为怪；他对她深情款款，也不稀奇；他对她怜爱有加，可就稀罕了，她在他身上体验到真正被人爱，被人宠的甜蜜。

“你知道吗？他是一个真爷们儿，对女人好的爷们儿。”桑叶自有一套评价人的标准，爷们儿，她认可的爷们儿，都是对她有责任心，对她好到无以复加的男人。不然，是没有资格被她尊称为爷们儿的。

“你爱他什么？”桑蕊追问她。

“他爱我呀，所以我也爱他。”桑叶的逻辑，总让人觉得不可思议。

“我要给他生孩子，给我这辈子最爱的男人生 baby。”桑叶黑葡萄似的双眼，闪耀出钻石般耀眼的光芒。

“他给了我家的感觉。你不知道，我们一起逛燕莎，买完衣服，他就拉着我到超市买菜，买厨房用品，什么都是顶级的品牌。我大胆地挎着他胳膊，大声喊他老公，他不愿意，他贴着我耳朵说，换一个称呼。我说亲爱的，他摇头；我说，爱人，他更摇头；最后，我叫他老头子，他郑重其事点头认可。那一刻，好多人注视我们，我开心死了，我骄傲死啦。我们又去西餐厅吃饭，他说我太漂亮了，漂亮得惹人注目，我心里可得意了，看他虽是抱怨，明明是高兴的口吻呢。”

桑叶滔滔不绝，如黄河之水天上来，绘声绘色回味自己的情爱往事，其实，她和他分开不过两天而已。思念如此强烈，桑蕊也讶然，爱情的魔力无穷，她认识的那个理智、拜金的桑叶，自诩从不会用情的桑叶，还是堕入了万劫不复的情网。

“呀，他也想我了呢，发短信给我了，听听：人生第一重：看山是山，看水是水；人生第二重：看山不是山，看水不是水；人生第三重：看山还是山，看水还是水。啥子意思嘛？”桑叶抓耳挠腮，皱眉不解。

桑蕊听得清楚，这个吴红军不是一般的土财主，古人云，见山是山，见水是水者为庸人；见山不是山，见水不是水者为俗人；见山还是山，见水还是水者，方才为智者。

“快给我出主意，怎么回复他？文雅点，让他也见识下我的文采。”桑叶焦急地催促着桑蕊出谋划策。

前稳坐。不过，球赛已经结束了，打扰了他的好事，张仁没法好好吃饭了。

“你给我过来，把话说清楚！”他指着在门外畏缩着不进房的桑蕊，语气是山雨欲来风满楼前的隐忍。

“谁要你看电视不吃饭？”桑蕊鼓起勇气，怕他干啥？昂首挺胸走进来，气鼓鼓坐在沙发上。

“这场球赛我等了很久，知不知道？男人的球赛，你个女人懂个屁？少吃顿饭算个啥？这球赛不等人！”张仁理直气壮地和她讲道理。

桑蕊也觉吃亏，这哪是要过日子、结婚的人？就这态度？球赛比什么都重要！她上一天班回来，不顾劳累，做饭洗衣，打扫卫生，累得腰酸背疼，怎么，她都自降身份成老妈子了，他还挑剔她？

“那你和球赛过日子！”她横下心，赤脚跳下沙发，翻开衣柜，搜寻衣物，换上一条V领荷叶边的性感黑色超短裙，取下几件衣衫，穿上黑色高跟鞋，用力关上门，离家出走了！

“你打扮那么风骚，又去勾引男人吧？你走，那最好别回来啊！”张仁的大嗓门恶毒中竟然有几分沾沾自喜。

她充耳不闻，委屈地强忍着，走到大街上，已经泪流满面。她问自己，到底为了什么一定要和他生活？她现在又能去哪里？酒店宿舍的床位，她退了，此时又饿又冷，桑蕊伤心至极，第一次发现自己在这座城市孤苦无依。

她的自尊不许她回头认输，摸摸索索到街对面的一家烧鹅濑粉店，要了一碗素粉，顺便拨打桑叶的手机，她关机了。

桑蕊傻眼了，桑叶是她的底牌，接下来，她该去哪里度过这难堪的夜晚？说走容易，出走之后呢，想起易卜生的《娜拉的出走》，最终结局……唉，到酒店开房？泡吧到通宵？桑蕊此时才觉察冲动的后果。

一碗漂浮着两片生菜叶子的素粉被一只油腻、粗粝的手端上桌，桑蕊看得胃口全无，她强忍着，一口气吸掉半碗汤和粉。吃完米粉，她没有马上付钱，抱有侥幸心理，张仁会打电话追她回去。毕竟，他应该明白，除了他的狗窝，她无处可去。

没有，半小时过去了，她的手机安静无声，桑蕊失望中饱含怨恨，他不在乎她，不理她，好，她也可以不在乎他！愤怒之下，桑蕊气势汹汹结账走人，拦住一辆的士："到 BABY 酒吧！"

这间酒吧桑叶带她来玩过，自从与张仁谈恋爱以来，她就未再涉足外面的吃、喝、玩、乐半步。这也是引起桑叶不满的地方。每每她电她出来参加饭局，唱歌之类活动，在张仁授意之下，桑蕊均违心婉拒——她从来也不认为这样有什么不对，恋爱的状态就是居家生活。

可是居家的意外是她没料到的，她全身心投入这场感情，一件不起眼的小事，大有摧毁之前所有付出和努力之势，桑蕊不得不怀疑——以为有爱就好，两情相悦便可抵挡一切的认知，是否本身就有问题。

桑蕊高一脚、低一脚进到酒吧，走向吧台将装满衣物的超市购物袋随手扔给柜台内年轻的调酒师，跷起二郎腿半坐在吧台的高脚凳上，双手托腮盯着吧台酒柜上各式各样的酒瓶出神。

"靓妹，喝点什么？"年轻的调酒师接过她的包裹，塞在柜台下，变魔术似的弹出酒水单，眼睛贼亮，笑容明快。

红酒、洋酒、鸡尾酒、啤酒，看得桑蕊头昏脑涨，她在酒店工作过，晓得品红酒体现着名媛贵妇的优雅，喝洋酒彰显出有钱男人的豪气，看着电话本记录的几百号人的号码，既陌生又熟悉，谁能与之共享此时此刻的快乐？桑蕊踌躇不前，停止了无谓的搜索寻找。

灵歌的号码跳出来，那晚酒后，也不知她怎么样了。灵歌要她直接到“美丽会”找她。桑蕊犯难了，犹犹豫豫吐露实情：“呀，我消费不起那儿的酒呢。”“哈哈哈，宝贝儿，谁要你买单？买单是男人的本分，过来吧，有朋友来喝酒了，介绍新朋友给你认识。”灵歌的笑声爽朗，穿越酒吧的喧闹，她乐呵呵的天性感染了桑蕊，使得她精神为之一振，渴盼着要见到她所说的新朋友。

夜色里的灵歌，大敞肩的黑色蕾丝小上衣，露出漂亮的锁骨、浑圆的肩，磨边牛仔短裤，短到不能再短，双腿莹白修长，不变的马尾，束在脑后，侧面，别了根银簪，脸上洁净，眼大而无神采，嘴小而无颜色，鼻挺而无风度。虽是天生的美人，只可惜，她是不施粉黛，清水出芙蓉的木美人，美而无态，美则美矣，无突出的个性，反而，不似旁的年轻女孩，个头矮小，五官精致，一颦一笑，极为撩人心弦，吸引人兴致。

“宝贝儿，”灵歌张嘴，亮出她的东北大嗓门，人未走近，酒气先熏人。“喝了不少吧？”桑蕊有些心疼她，没来由的。

“没喝高，放心。”灵歌笑嘻嘻地安抚她，旁若无人领着桑蕊，在烟雾迷离中灵巧穿行。

卡座上一男一女，相对枯坐，该男戴眼镜，面色淡漠，像是久经沙场的战士，对眼前热火朝天的音乐、四处弥漫的烟雾，头戴兔子耳朵，卖力甩动干瘪身躯的领舞，无动于衷。

该女，容貌中等，中长卷发，婴儿肥的冬瓜脸，着装不时尚，也不老土，唯有身旁的方格子名包，为她平添些许不同凡响。

“小伟，莎莎，这是我好姐妹桑蕊，从南国过来，在一家公司当白领呢。”灵歌热情推销着桑蕊，桑蕊猝不及防，在两个面色诡异的人面前，点头招呼。

小伟面皮微微抽动：“坐。”莎莎也鹦鹉学舌，不带一丝笑容，以警惕的眼神打量着桑蕊，上下左右：“坐”。

桑蕊顶着被挑剔的压力，拘谨着，为坐在哪一边而迟疑。灵歌反应快，一屁股先紧挨小伟坐下，桑蕊见机行事，坐在莎莎这位非美女身旁，情非所愿，也不得不为之。

“来，干杯！”灵歌在努力营造欢快的氛围，她给三个人各自倒满酒，越俎代庖提议，小伟取下眼镜，揉揉鼻梁，才端起酒杯，象征性碰下；莎莎也是，场面冷清，喝酒的人彼此心照不宣，这酒可是桑蕊喝酒史以来，最憋屈的一杯了。

灵歌拉着小伟的手晃动，怂恿他起来跳舞，她的大腿在五色灯下，白得耀眼。小伟目不斜视，如传说中的柳下惠，稳坐着岿然不动：“不去，老了，身子骨不行。”灵歌遭拒绝，也不当回事，复又给自己倒满，莎莎缓缓起身，拍着灵歌的肩，哑声说：“俺们去。”

“还是俺东北姑娘好！”灵歌粲然一笑，眼角有细纹突显，小伟不以为然，嘴角轻微上扬：“去。”

桑蕊不愿和这样不近情理的男人面对干坐，她也起身，不想，莎莎决断拦住她：“陪陪我家小伟。”嗓音喑哑，桑蕊撇撇嘴，酒吧冷气太足，她不由得抱紧双臂，瑟缩在沙发角。

“你叫什么名儿？”小伟待两人走后，面色稍微活泛些，他俯身问她，高声大喊，所幸是好听的京腔。

“桑蕊。”桑蕊无声地努出名字的嘴型，老老实实作答，方才灵歌的介绍算是白搭了。

也不知小伟看明白没有，他手扶下巴，若有所思，酒吧的声浪什么脏不脏？在桑家沟，吃野果、半生不熟的红苕，哪会顾及呢，想通了，坐在小塑料凳上，学豪客，狮子大张口："老板，牛肉丸、鱼蛋各五串！"

"靓女，唔食菠萝？"戴斗笠，披围巾，脸庞黝黑的妇女，戴着发白的橡胶手套向桑蕊招呼，看着她为生计奔波的辛劳，桑蕊不禁动了恻隐之心，也要了两个菠萝。

有胃口不代表有肚量，吃不完，桑蕊将剩余的包好，满怀喜悦要带给张仁吃。酒店的班，还上不上呢？她想放弃了，结婚生子是人生的头等大事，赚钱，什么时候都可以。

晚上，张仁和桑蕊分别与家人联系报喜，本以为会获得家人们的祝福，事与愿违，两家人态度惊人一致：齐齐反对。

"蕊娃子，我们都没见过对方父母，他们的家庭条件、人品这些不了解，你就草率要结婚？这可是要过一辈子的人呀，不行，坚决不行！"桑蕊的父亲在桑家沟也算有头有脸面的人物，虽只是到处赶集补鞋的鞋匠，嘴巴灵活，手艺又好，也爱替人打抱不平，也赢得村中长者们的尊重。

在桑家沟，女方择婿嫁人，得有媒人先将男方家境交代详细，家中几口人，房子几间，地基、田地多寡，兄弟姐妹多不多，父母在本村的操行品德，为人都要搞明白。讲究点的家庭，还会托人私下打探，情况真实虚假、男女合生辰八字。

桑蕊全然不顾，一头就栽进去，还要嫁到远离故土的省外？再者，那地方的人精明，举国有名，桑蕊怎么驾驭得了？所以她父亲急着阻拦也是情有可原。

张仁父母的反对理由基本相似，挂上电话，两人呆坐床上，面面相觑。

“要不，先回趟我们家，见父母？”张仁是一遇事就无头绪的主，他在家中排行老幺，读书又最好，养成了骄横霸道脾性，真有事，反而束手无策，桑蕊就只有先提议。

“要见父母也是先到我家，哪有先到你家的理？”张仁闻言勃然大怒。“好端端地发火干啥呢？我不是在和你商量吗？”桑蕊也变脸了，两人脾气不相上下，都属有个性，遇强则强，遇弱则弱的刚烈人。

“你是嫁给我，不是我当你家的上门女婿，当然先回我家。”张仁嗓门高得要掀翻屋顶了，他说话就是吵吵嚷嚷的架势，天长日久，连桑蕊说话的嗓门也拔高了。

“好，就依你，那就定下日子，什么时候请假走？”桑蕊看在腹中胎儿的分上，强忍住怒火，去厨房拿出茶杯，清洗干净，泡上超市买来的茶，端过来给他。

“年底活动多，请假后，红包就少拿了，回趟家又是一笔大开销，过完春节，避过出游高峰期。”张仁将眉头皱出川字，脸上的青春痘发紫，是萎缩的迹象。

“可我的肚子一天大过一天，酒店的工作恐怕是干不长了。我问了领导，不可能让我请那么长的假。”桑蕊也犯难了。

“你那儿总共存了多少钱？”张仁突然抬头，闷声问。“我？我哪儿存什么钱，上班时间又不长，都花费了。”桑蕊心里不太舒服：他怎么还想着她的私房钱呢。

“我们结婚，得买房子，我就看能不能凑钱买房，我存了些，供楼的首付足够了。”张仁说起自己的存款，面有得意之色。

“我，我没有。”桑蕊心虚了，她确实没存多少钱，之前赚的钱，大部分邮寄给母亲治病了，母亲病好后，家里又修房子，花掉了。

“你没有，你不是有个开奔驰的堂姐？她那么有钱，就该找她借钱，我们结婚，就算包红包也得包最大，借钱买房，她肯定会借，你说是不是？”张仁说到钱，两眼像野狼放射绿光。

桑蕊低头不语，她和他很少谈钱，和他谈恋爱以来，他没给她买过新衣、化妆品，就是吃饭买菜、居住的生活用品，他负责。

桑叶肯定比自己有钱得多，可是，她有钱是她辛苦赚的，不能说她有钱，就找她借。据自己对桑叶的了解，桑叶并非轻易会借钱给朋友的人。

“算了，她不会借钱给我。”桑蕊打消他念头。

“你再想想，身边还有哪些是有钱人？”张仁不肯罢休，他穷追不舍。

“人家有钱，凭什么借钱给我？”桑蕊的不满愈来愈强烈，不能理解他的思维，朋友再有钱，也是朋友的，凭什么人家就一定要借给你?

“买房子，两人住，又不是我一个人的事，到时候，你也得拿出一半钱来！”张仁理直气壮，说得振振有词。

桑蕊被他这样自以为是、理所当然的嘴脸激怒了，就是在偏远地区的山村桑家沟，男方也要修房给新媳妇住，只有那条件极差者，才是婚后两口子一起努力，修建住房。

“我没钱，我家也没钱。”桑蕊愤恨地说，心中的不满化为汩汩流动的小溪，她真想一吐为快：“不要这孩子，分开算了。”还是没有说出口。人生的命运，很奇妙，一念、一动，也是大不同的世界。

张仁张嘴打了个大大的呵欠，伸伸懒腰：“不讨论这个了，今天跑好几个场，累坏了。你怀孕了，也早点休息。”

就是最后一句话，温暖了桑蕊的心，满腹怨恨也消失得无影无踪，她自我安慰，她图他什么，也就这份体贴了——女人对男人的欲望满足，源自男人给予的多寡——给得多，变本加厉索要更多；给得少，一点一滴也就满足，感激不尽。

九

桑蕊直到回家，也没和桑叶提及借钱的事，她打定主意不借钱，就是找人借也不是桑叶。

这会让她难堪，不仅是她，还有父母。桑家沟的世界很小，又重人情世故，倘若真向桑叶借钱，势必她的父亲晓得，他会在摆龙门阵时说给别人听，最终传到桑蕊的父母耳里，这样，桑蕊父母便会有在他面前低人一等的亏欠，自家的女娃受了人家的帮助，人情债不好还。

桑蕊孝顺父母，她宁可自己承受，也不愿意让父母承担这些无谓的人情债。怀孕第二月，桑蕊的呕吐状况非常严重，三天两头请假不是办法，她索性辞了职，也没和张仁先沟通。

张仁倒也没说什么，他只是发愁地盯着她："你不工作了，少了收入，孩子出生的重担，我一个人也扛不起来呀。"见他毫无担当的熊样，桑蕊再一次有了不要这孩子的冲动，可是，呕吐、厌食、嗜睡的孕后症状，也让她没了精力和他讨价还价。

"我坐满月子，就出去工作挣奶粉钱。"她憋口气，无力地替他分担。"好，你比我能干，又聪明。"张仁就等她这话，满脸愁云刹那间云开雾散。

在家静心养胎的桑蕊，窝在小空间内，没有工作指令电话的连续催促，甚觉不惯。她半躺在沙发上，摆弄着手机，翻看通讯录，一个个的人名，一串串陌生的数字号码，有了手机，记数字的能力也下降了，桑蕊翻看许久，发现，几乎是客户和同事，她的朋友，算得上是朋友的人，就桑叶、王宇。

找王宇，想到她怨妇的神色，就打了退堂鼓，不快乐的情绪也渲染了她，算了，就剩下个桑叶了，还能说上话，拨打她手机，关机。

看时间，上午九点，这个时候，桑叶关机是她的人生常态。她是夜猫子，晚出晚归晚醒，发短信留言，桑蕊思索再三，也放弃了。婚前怀孕，不是值得公布的光彩事。

桑蕊顿感百无聊赖，就干起清理手机联系人的活儿，周王的号码，被她干脆利落删掉，轮到易荣时，她矛盾了，啃起指甲盖来：要借钱买房子安家，桑蕊是指望不上了，父母那儿，更是一穷二白，也就还有这个易荣了。她知道他是真心喜欢过她，为她花钱，从不吝啬。如果，自己开口找他借钱，他会不会借？桑蕊开动小脑筋，思忖着。

她先发问候短信试水，很快，易荣回复了，还问她过得好吗。这话让桑蕊没来由地鼻子发酸，她不直接说好与不好，好又怎样？不好又怎样？她和他是回不去了。

许久，许久，桑蕊编辑要买房借钱付首付的短信，她不敢有十分把握，但也有五成希望，和他一起的日子，她从没向他主动索取过金钱，就连分手，也是桑叶出马。

男人对自己曾经喜欢过的女人，不是一刀两断相忘江湖，便是旧情绵绵藕断丝连。

易荣很快回了两个字：卡号。不问原因，不提要求，不理数字。桑蕊看到这两个字，顿时泪如雨下——他连面也不愿见了，可见，这一次找他借钱，是第一次，也是最后一次。自诩和他是纯粹的情感，不想，依旧跌入红尘纠结，陷入用金钱来了断这份感情的世俗。

发了卡号，尾附“谢谢”两字，合拢手机盖，桑蕊无法伪装，俯身床上号啕大哭，她以为自己不曾爱过他，只是他供养她读书的那份恩情支撑，现在看来，并非如此，恩情或许也是爱情里的小分子，他自然算得上有担当的男人，他也口口声声说爱她，她是他的初恋，可现实是他没有娶她。在她看来，爱一个女人最好的行为理应是爱她一辈子，结婚才是爱情的终极归宿。

在第二天的下午，桑蕊才收到易荣的短信，说是已经转账，要她查收，桑蕊直奔银行柜员机插卡查询，看到卡上金额，她的眼泪不由分说涌上来，他这是在折磨她吗？故意要她后悔没有选择他吗？

他给了桑蕊比之前桑叶索要的十倍，不是首付，远大于首付金额，完全可以全款购买一套小户型房。

桑蕊彻底死心了，他愈这样慷慨大方，愈表明他的心声：他不欠她了，永远不欠她了，他用这笔钱消弭了两人的感情，打发了两人在一起的美好光阴。

金钱真可爱，它平衡了两人的恩怨，从此，易荣是路人。桑蕊轻而易举解决了经济难题，心情豁然开朗，她不怨他，也不爱他，她和他，以后的人生道路上，像两条平行线，永不交会。

心平气和的桑蕊，只有一个念头：盼望着日子快快过，她要回家见父母，结婚，生子，过上与广大人民群众相似的平淡幸福日子。

坐火车、搭长途客车，再倒车，终于来到张仁偏远的老家。张仁的父母均为当地农民，桑蕊家世代务农，倒也门当户对。

虽然电话里反对这门婚事，可一见到怀孕的桑蕊，张仁的父母不再提半个不字，且还频频上前嘘寒问暖，这过分的热情令桑蕊不适，为了节约钱，这一路过来换车三趟，她非常疲乏。

出于要隆重款待家中最有出息的儿子带新媳妇归来，张仁父母、两个哥哥、一个姐姐全家出动，在当地的酒店宴请两人。

张仁家乡的方言，桑蕊常弄不清，坐在席间，她觉得自己成了动物园的猴子，被众人围观议论。和在桑家沟一样，哪家新媳妇上门做客，全村的人都会找借口去看看。忽而他家借锄头，另家寻跑错窝的鸡，说着话呢，眼睛到处巡视。新媳妇一般端坐于正屋八仙桌前，性子内向的呢，沉默地隐忍着；遇上那火暴个性的女子，就会张嘴热情招呼，反客为主，搞得想看新鲜图热闹的人还不好意思了。

这地方的人，说话嗓门普遍偏大，人身上最硬的部分是脾气，两三句话不投机，高声叫骂为常事，撸袖子动手的也多，张口闭口格老子，是张仁的口头禅，就连家里人说话也是格老子来格老子去，顺溜得很。

一桌七人，张仁自作主张，就点了莲藕饼、大闸蟹、粉蒸野生青鱼、炒青菜四道菜。桑蕊看不过眼，若不是怀孕，若不是身份未定，她真想站出来大吼质疑："这是有诚意的款待吗？"

她强按捺住不满，吃不惯菜的口味，只得充当看客。张仁听服务员介绍青鱼是野生的，筷子就锁定目标，边吃边赞不绝口："难得，太难得了，而今当下湖水已污染，能吃到正宗的野青鱼，不容易。"家人见他爱吃，故意让他食独食，待他津津有味吃得只剩下鱼头时，才醒悟过来一样："哎呀，你们连菜（吃菜）!"说完，将鱼头整个夹起来放进他母亲碗里。

“吃，吃，不够，再整一条！”张仁放话了，他两个老实巴交的哥哥唯唯诺诺领命一般，赶紧招呼服务员再上一盘青鱼，他姐姐笑嘻嘻地去扒拉盘中碎鱼肉末，一家人和和气气谦让着，倒似桑蕊不存在，受此冷遇，桑蕊心里颇不是滋味。

这顿饭吃完，结账时，张仁掏钱，唰唰唰好几张百元大钞呢，他哥哥们、姐姐、父母自顾自地用方言交谈，一副习以为常的样子。

桑蕊没吃饱，心里本就窝气，张仁吃饭买单显大气，可也不心疼她，好歹她肚里还怀有张家骨肉呢。

走出酒店，她拉扯着张仁的衣角，低声嘀咕：“我没吃饱。”算是赌气。“啊，格老子的，刚有饭不吃？”张仁的大嗓门突如其来一吼，走在前面的哥哥们、姐姐、父母全停下脚步，回身无言紧盯桑蕊，好像是怪她捣乱，破坏了好端端的家庭团圆氛围。

桑蕊也不胆怯，就是没吃饱，她忍住委屈，低眉顺眼：“吃不惯，我想吃热干面。”“喔，”众人听了，均松了口气，张仁母亲点点头说话了：“是，是，还以为你没胃口。”

“热干面是早点，晚上没人吃面的，你要真饿，买点饼干充饥。”张仁还想带家人唱卡拉 OK，这是最时兴的事。

“好嘛。”桑蕊万般无奈接受了，她不过用这个小伎俩引起他们的注意而已，谁让他们冷落她呢。

晚上，桑蕊缠着张仁赶快办理结婚登记手续，再不办理，肚子一天天大起来没商量，下一步就是回自己老家，她脸皮还没厚到挺起大肚子回去，专门遭桑家沟人笑话呢。

“那说好，不举行婚礼，不给彩礼，婚后一起供房。”张仁顺势提出他的要求，为自己和家里减轻负担。桑蕊满口答应，不答应又能如何？这一切不过是看在肚内的胎儿分上——孩子是无辜的，为了他（她），婚礼、彩礼又算什么？

半年后，孩子在南国城市的医院顺利出生，不足三月，张仁提出离婚，理由非常充分：孩子非他亲生。

这个结果，让桑蕊几乎崩溃，她不相信孩子不是张仁的，认为是他为了离婚故意找的借口。

张仁将孩子血型测试结果扔到她面前，桑蕊不服输地拿过来，上面写明孩子的血型是A，她瞪大眼不解地在张仁眼前抖动："这能说明什么？"

"说明什么，文盲，我给你普及下常识。我的血型是O，你的血型是B，孩子的血型是A，按照医学常识，父母双方的血型是B、O，孩子的血型不是B，就是O，不可能是第三种血型！"

桑蕊顿觉头脑一片空白，傻眼了。不可能，不可能呀！她嘶哑地辩解，身子一软，瘫在床上。孩子在床头睡得安稳，通红的小脸蛋，眉头皱得紧紧，像个忧愁满面的小老头，看得桑蕊揪心难过。

"格老子的，你竟敢骗老子，还不老实交代？"张仁气得浑身发抖，脸色由青转紫，呼一下，一巴掌扇在桑蕊脸上，脚下将凳子踢翻在地，嘴里气咻咻地狂骂不休。

桑蕊一把扯过被子，盖住头脸，她害怕，害怕他动粗，缩在床上，瑟瑟发抖，脸颊火辣辣地疼管不了，嘤嘤哭泣。

"哼，不给老子一个交代，饶不了你！"一脚将门踹开，木门炸响，似人挨打的惨叫，张仁的嗓音又粗重又沉闷，不用看，桑蕊也想得到他穷凶极恶的暴君相。

张仁出得门去，沿着马路奔跑一圈，将胸中恶气随汗蒸发，心情渐至归于平静，才掏出手机拨号："在哪里？今晚我去陪你。"语气亲热，与前半小时凶神恶煞的竟非同一人。

他要约见的女孩是本地一个磨具工厂主的女儿，名叫黄珍珍。桑蕊怀孕期间，他下镇区采访，到磨具厂，遇上刚大学毕业的黄珍珍，这个黄珍珍天真活泼，家境殷实，生就广东人的苗条身材，黝黑泛黄的皮肤，高颧骨、厚嘴巴，不算普通意义上的漂亮女子，是有广东特色的靓女。

“仁哥，请饮杯凉茶啦。”她端来一杯凉茶，嘴巴涂蜜地甜甜叫他。张仁许久没触碰女人了，黄玲玲的广东腔，清甜软糯，张仁禁不住多看她一眼，她却害羞地躲开了，这欲说还休的女儿情态，逗得张仁心痒难耐。临走前，工厂主本要开车送他回市区，临时有事走不开，瞅见女儿正好过来，就把送报社大记者的美差交给她，还嘱咐她定要请大记者吃饭。

张仁求之不得，嘴上虚伪地说客套话：“不用，不麻烦了。”眼睛却定在黄珍珍脸上，不肯移开。

上到工厂主的丰田越野吉普车，一路上，张仁不时找些话题与黄珍珍攀谈，桑蕊的电话进来，也故意掐断不接。话不投机半句多，酒逢知己千杯少，越野车跑得快，很快进入市区，分别之际，两人都有相见恨晚之意。

张仁看中黄珍珍家底好，本地人，住小洋房，有工厂实体，这样算来，攀上这门亲事，能少奋斗十年，了却供楼之辛苦，就算上门入赘，也划得来。黄珍珍则看上张仁有高学历、报社工作又体面。一个有钱，一个有才，真正意义上的门当户对。

目送黄珍珍的车绝尘而去，张仁站在原地直叹气跺脚，后悔结婚太早。好在，他向黄珍珍隐瞒了已婚的事实，说不出出于什么心理——男人都不愿意错失对年轻女孩示好的机会。

桑蕊还在娘家休养身体，近预产期一月时才回来入院临盆。此时，张仁和黄珍珍已经打得火热，她毫不知情。张仁心思重，请假也没告知报社是因为结婚，同事都不知他已婚。两人也还没买房，想着报社有宿舍，也不急于这一时。在别人眼里，张仁属于有政治前途的青年才俊——宣传部看中他高学历，有意将他借调过去。

张仁的如意算盘是：桑蕊生完孩子，就在家做全职太太照顾小孩；他自己则保持与黄珍珍的交往。待孩子大点，交由父母带，等时机成熟，向黄珍珍摊牌，她愿当后妈，就与桑蕊离婚；倘若黄珍珍不肯，那他也不强迫，分了手，他也不吃亏。只是，辛苦点，两边隐瞒。

天意呀，天助我也呀！张仁拍着大腿暗自庆幸，老天也是眷顾他，看上桑蕊时，女友就要远去求学，喜欢上黄珍珍后，桑蕊生下的孩子又非他亲生——这难道不是老天爷的格外垂青，还是什么？又可能这一切都是命中注定，命中注定他是有钱人！张仁愈想愈兴奋，他使劲搓手，来来回回迈方步，兴奋如怀春少女，充满人约黄昏后的急切。

新生活在向他招手，他忘却了作为一个正常男人被戴绿帽后歇斯底里的羞愤，他矛盾重重，恨桑蕊给他戴绿帽子，又暗中欢喜。从另外一面来说，桑蕊不出轨，也成全不了他的好事。这样一来，他正好脱离报社小记者身份，摇身一变成为本地有钱人的女婿。

至于孩子的父亲是谁，他没有兴趣弄清楚，懊悔自个儿看错人：这个桑蕊，平日里与自己也算形影不离，什么时候犯下这不守妇道的坏事？人心隔肚皮，这女人，铁定是不要了。亏得自个儿聪明，多长个心眼，要不然傻傻帮别人养孩子，沦为笑柄。好在，塞翁失马，焉知非福。

桑蕊剖腹生产时，同产房的另一位孕妇自然生产，也是一个女儿，两个孩子，同年同月同日同时生。张仁身为记者，随时保持敏锐的嗅觉，糊涂护士抱错孩子的新闻也看得多，他才抱了孩子，私底下去化验血型。这一看不打紧，真不同，他还以为是抱错了，直奔产科找人理论。产科的护士长认识他，不敢马虎，忙给他查阅资料，同时生产的孕妇住过院，查过血型，一家三口，对得上。

这个孩子，该不会？护士长满脸疑惑，有话不好说的迟疑。张仁脑中一激灵：难道这孩子不是自己亲生？

张仁出门后，桑蕊赶紧跳下床，将门死死反锁，恐惧、焦虑、后怕接二连三涌上心头，她只得抱紧女儿。她明白，依张仁不肯吃半点亏的个性，定不会饶了她，离婚是必然，好在女儿归她。她也想通了，这个地方是他的宿舍，宜早搬走，不然，整日见面，惹得大家难堪，又怕生出别的乱子，吃亏的还是自己。

桑叶接到桑蕊要她开车接她搬家的电话，并不惊讶，她本就不看好她的这段婚姻。她督促着正为她细心吹头的发型师："快点，我有急事。"

不到一小时，桑叶的奔驰车就停在桑蕊居住的楼下，抬头望着破旧的老式建筑楼房，脚踩十厘米高跟鞋的桑叶没有半分犹豫，咯吱咯吱，爬到五楼，已然娇喘连连。她敲开门，劈头就一个劲儿抱怨："我的妈呀，你就住这破地方，还没电梯？"

桑蕊没心思和她扯皮解释，她怀里抱着熟睡的女儿，努嘴歉意地哀求："亲爱的，抓紧时间，帮忙拿下箱子嘛。"逼仄的房间，床、沙发、餐桌、婴儿用品，拥挤凌乱，好在窗台一排米兰、文竹长得亭亭玉立，绿意盎然，透出蓬勃生机。桑叶横扫一眼，不忍再看，皱眉叹气："桑蕊，我真想不到，你跟这个男人，过成这样，唉，傻女人，有钱的生活不好么，偏要来这贫民窟？"

“我们先走吧，呀，那些盆栽呢，没人打理……”桑蕊被说到痛处，眼圈微红，抬头扫视一圈，舍不得扔下窗台的植物，欲言又止。

“哎哟，都啥子时候了，你看你的光景，泥菩萨过河，自身难保呢，还顾那些花花草草？”桑叶不耐烦地打断她幻想，扯着她胳膊。

“那，我们走嘛。”桑蕊想想也是，低头拍打女儿的背，胳膊挎着塞得鼓囊囊的大包，横过行李箱，站在门口等候。

“走喽，今日就告别这穷日子，离开这不是男人的男人！”桑叶昂首挺胸，如出征的将军，拉起行李下楼。打小在桑家沟的勤劳耕作，练就她一身好力气，就是鞋跟太高，才让她稍显吃力。

“搬到哪儿去呢？”桑叶发动汽车前问桑蕊，她眼下正和一个年轻的东北帅哥同居呢。桑蕊不笨，听出她不方便的弦外之音，想到易荣给她买房的钱没动，她有了底气：“在你家附近找个招待所先住几天，到时在你家小区寻一间合适小房租了暂住。”“好，钱不够，我先垫付！”桑叶松了口气，加大油门，疾驰而去。

张仁和黄珍珍幽会结束，第一时间回到办公室，他不愿面对桑蕊和来路不明的女儿。好不容易挨到天黑，开门拉灯，家中乱象，似遭遇入室盗窃，气不打一处来。他操起电话，拨打桑蕊号码，竟然占线。格老子的，这婊子偷偷跑了也不打下招呼？

桑蕊电话打进来，语气平静：“我们离婚吧，女儿由我抚养，我们也没共同财产，好聚好散，同不同意？”

“不同意！老子不同意就这么便宜离婚！”张仁关上门，任由自己的大嗓门高声叫嚷，他总是以这样凌人的气势压倒桑蕊。

“那你想怎么样？”桑蕊淡然地问，她不怕他，就算是自己对不住他，也谈不上要害怕他，难道他就没有错？

“是哪个王八蛋的，给老子坦白，找他赔钱！”张仁用尽全力，一字一顿吼出来。要是碰上这奸夫是有钱的主呢，自己当然可以向他索取精神补偿。

桑蕊耳边如炸雷狂响，她的火气呼地冒上来，冲着电话喊叫：“你就别痴心想妄想了，我也不知道是谁。你要钱，我没有；要命，有两条！”说完，就挂了电话。她才不怕人耍赖呢，桑家沟的烂人，见得多，整治的方法就一条，比谁更横，比谁更无赖。

“格老子的，还有理了？”张仁被桑蕊的态度激怒了。若不是桑蕊跑得快，他真会揪住这婆娘狠狠暴打一顿，方才解恨。

十

桑蕊抗拒着不愿和张仁见面，已经有半月了。这期间，她已搬进租好的房，住处有着落了，她便将重心放在接下来的日子，生活要怎么过？

她不敢再见张仁，那一巴掌，已将她对他的情意打得破碎不堪了。一个要见面谈，一个不肯见面，僵持不下，张仁就偏和她较上劲了，他怎能就此罢休？被人欺骗成了绿毛乌龟，咽不下这口气。本来该好聚好散，但桑蕊不经商量，就擅自离开，自己犯错，不守妇道，还装作没事人主动提离婚，什么道理？还有没有王法？张仁想起便满腹愤恨，无人诉说，苦、苦、苦！

冲动是魔鬼，桑蕊懒得搭理他的感受，她面临着将独自养育女儿的艰难生活，女儿是谁的，并不重要，重要的是她怀胎十月生出来的，就是她的，她就得为她负责。

张仁的电话催命般催促她，她也不接，将手机铃声调成振动。一味躲避，也不是解决问题的办法，桑蕊心知肚明。她抱着女儿，温暖的小身子，肉肉的粉脸，清澈无邪的眼神，多么可爱的小生命，可怜的是，她没有父亲，出生后就没有父亲。想到此处，桑蕊禁不住心酸落泪，是她的错，是她酿制的苦酒。女儿牙牙学语，哦哦地手舞足蹈，不知生命悲苦，桑蕊死死抱住她，仿佛一松手她就会被人夺走。

爱多深，恨就有多深。桑蕊觉得这话不对，起码对她和张仁而言不恰当。她爱张仁吗？爱，可不是深爱，但她恨张仁，非常恨，比如现在。

张仁找到她，拖她回宿舍，锁上门，就是一阵拳打脚踢，桑蕊没还手，也没哀求，更没哭喊。她抱住头和脸，默默承受，背、腰、腿轮番地挨打，轮流地疼痛，她知道，他必须要有这么一次暴风骤雨的发泄，这是最后一次，她对自己讲。

终于，张仁打得满足了，他爬上床沿，喘息着，桑蕊慢腾腾起来，哆哆嗦嗦扶着沙发，腿痛，站不稳，歪歪斜斜扶住沙发，倚靠着，她，该摊牌了，摊牌离了婚，就好。挨了这一顿打，她以为不再欠他了。

两人对峙着，在曾经恩爱缠绵的报社宿舍的小房内，正是盛夏，房内没有冷气，电风扇摇头晃脑呼呼转动着，吹来一股股热风。张仁休整好后，横眉冷眼，盘腿坐在床沿；桑蕊则咬牙强忍着痛，洁白的连身裙，沾满脚印、灰尘。她将半个屁股挨在沙发扶手背上，扭头不看他，张仁更不拿正眼瞧她，仇人相见分外眼红。

他还不肯放过她，要她给个说法，就是离婚也得给个说法。她能给他什么说法，她也给不出什么说法。

“那，钱，你总得给点，作为对我的补偿，你不是有笔钱，说要一起买房的钱？”张仁扯下一段卷纸，擦去额头上一层亮晶晶的汗，随意地说。

“没有，我骗你的，我根本就没钱！”桑蕊鼻尖上滴着汗珠，她一甩头不肯让步，对张仁要钱的言行嗤之以鼻：这钱，说什么也不会给他，她还要养女儿呢，大不了，象征性地给他一点，倘若不然，他不会罢休。她打定主意，斜睨着他，心底无比蔑视他：这样找女人要钱赔偿的男人，还算是顶天立地的男人吗？

“你这个婊子！”张仁要钱不得，爆粗了，他抡起拳头，凶巴巴地作势要打。

桑蕊听不得他骂自己是婊子，这么脏的话，她承受不起。“你骂我什么？”她霍然站直，眼里泪花闪烁，带着哭音。

“婊子，怎么啦，你不是吗？孩子都不晓得是哪个的，不是婊子是什么？”张仁晃动着拳头，牙齿吱吱响，他就是要气她，婚一离，两人什么关系也没有了，才会无所忌惮。

“你，你，你王八蛋！”桑蕊气懵了，她虽不是士，但可杀不可辱，她能忍受挨打，却不能忍受辱骂。她冲进厨房，拎起菜刀，旋风般奔到张仁面前：“你再骂，信不信老子砍你，砍死你，再一起死了算了！”桑蕊这一刻，半是吓唬，一半真有去死的心。和张仁这般纠缠折磨，使她平生第一次觉得活着没意思，活着没劲，她做错什么了，偏偏要和这样的男人牵扯不清？她无力地提着刀柄，眼泪汩汩倾泻而出。

“哈，格老子的，还想动武？你他妈的不想活，别连累我，要死你死去！离就离，明天就去办手续！”张仁嗓门虽大，可也害怕桑蕊动真格。他不过想要点钱，可不愿为此沾染血光。桑蕊这一闹，他也怕了，慌张地跳下床，趁其不备抢过菜刀，一掌将桑蕊推搡出门。

十一

在京城的寺庙，穿着黑白方格子职业套装的桑蕊，黑高跟鞋、微波浪黑卷发，在寺庙的后院悠闲地走来走去。烧完香，她就喜欢在清静的寺庙里闲散地逛一会儿，她任职于京城一家互联网公司。

三年了，她将女儿安置在家乡桑家沟念幼儿园，孤身一人北上京城。南都，那座伤心之地，她已然回不去了，她与桑叶南北相隔，遥遥相望。

三年前来京城，也是桑叶的主意，她的新男友是京城一位地产商，穷得只剩下钱的那种人。

桑叶见到有钱人，就如蚊子嗅到血腥味，必定要去叮咬一口，或者狠狠地吸一大口，才肯罢休。

两人相识于南都的一场饭局。请客的主人介绍时，场面尤其隆重。京城过来的老板，非富即贵，桑叶见惯大场面，见多有钱的大人物，不过，京城的老板还是第一次见识。

此老板姓吴名红军，1950 年后出生的人，名字也有时代特征，吴红军父母是老干部，算大院子弟。

赶上经济改革的趟，又有一定的政府关系，吴老板的地产生意做得顺风顺水，迅速成为国内最早靠地产发财成暴发户的那拨人。

可这吴红军，外貌清瘦，五官端正，举止斯文有礼，毫无半分时下通行的大肚腩、光头、白胖脸的有钱人形象。

他有礼貌，也不灌酒，这一点，桑叶就很喜欢，她见过太多有钱人的自以为是、目中无人、嚣张任性了。这个社会也是，点头哈腰都冲着有钱人，尊敬尊重也只对着开豪车、拎名牌包的人——说到底，不过是对着金钱奴颜媚骨，冲着权力地位低眉顺眼罢了。

可这吴红军文质彬彬地戴着眼镜，手上没有闪花眼的戒指、金表，不过是横挎一个设计简约，连 LOGO 都难觅踪迹的名包，真看不出来有钱。

他的话也不多，不似口若悬河、滔滔不绝的交际老手，喝酒也不仗势欺人，对谁敬酒都浅浅笑着，抿一小口，对谁都一视同仁。

“叶儿，叶儿今晚，怎得不和吴老板喝个交杯？”请客的潮汕老板，精瘦如猴、精明似狐，他眨巴着精光暴射的小眼睛，将桑叶的军，用这招，让这喝酒的气氛热闹起来，掀起高潮。

桑叶优雅地摇头，樱唇轻启，冷艳矜持地婉拒，她太懂男人心理了，能被邀请到这里来的女孩子，哪个不漂亮？谁个身材不好？漂亮的女人在一起，最后拼的是什么？唯手段尔。

放眼望去，她们都那么热情地推销自己，大杯喝酒、说着露骨的黄色笑话。众人都闹，她偏要独树一帜，安静，她深信，与众不同才是吸引男人注目的强效武器。

果然，吴红军留意她了，她的冷静与安然，她的巧笑倩兮美目盼兮之下，深藏一颗怎样的女人心。他不动声色地品味着。

那晚的饭局，桑叶从头至尾保持清醒。临近尾声，吴红军过来与她握手告别，桑叶浅笑着，腮边的小酒窝若隐若现。当他的手掌覆盖过来时，她的小手指悄悄划过他的掌心，这一招屡试不爽，吴红军浑身战栗，瞬间恢复常态，他深深地看了她一眼，桑叶装作若无其事，甜笑着与其他人握手告别。

吴红军即将成为她的裙下之臣，她极有信心，他的眼神出卖了他，他一定会找她，而且，很快。

不出桑叶所料，一天之后，吴红军的电话打过来了，寥寥几句，简单问候，也不道明什么来意，就挂了。桑叶放下电话，暗自发笑，他的沉闷，他的寡言，他的高深莫测，对她而言，是一种极为致命的诱惑力。

桑叶也不在意，愈是她真正在乎的男人，表面上，她恰恰是最不重视的——这是她的一种策略，吊人胃口的策略。

吴红军的第二通电话打过来，邀请桑叶到云南打高尔夫球，桑叶没有当即答应，不轻易答应男人，也是她的惯用招数。

“又不熟，我怎么可以随便跟一个男人乱跑呢？多没身价！”桑叶噗噗吹着刚涂好的粉紫指甲，掩藏着内心的窃喜，朝着桑蕊，面无表情地炫耀。

桑蕊已经把女儿送回乡下家中，由父母代为抚育。离婚后，她孤身一人，准备重新在南国开始生活。眼下，正要过年，她就暂住在桑叶家。

“这不像你性格嘛。”桑蕊脱口而出。确实，嗜钱如命的桑叶怎肯眼巴巴放过有钱的男人，从身边飘然而过？

“你不懂，要钓大鱼，要想让有钱男人心甘情愿、乖乖送钱给你，需要付出耐心与等待，你不见有多少漂亮年轻的女孩，过得并不好，仅有漂亮有屁用呀！”桑叶并不怪她，意味深长地瞟了桑蕊一眼。

“放心好了，他肯定会再约我，男人都很下贱，得不到的最好，也会给出最高的价码。”桑叶信心满满地说教。

“哦。”桑蕊傻乎乎地聆听教诲，男人这玩意，她暂时不敢沾惹了，她已是惊弓之鸟。

“你呀，赶快收拾好心情，把自己打扮漂亮些，找个男人，别去找什么工作了。一个月累死累活几千块，还没一件衣服贵！”桑叶再次旧话重提。

桑蕊不再出声反驳了，无业状态的她，心急如焚，女儿的奶粉钱，以后上学的费用等等，她不是没有打算。

桑叶是为她好，希望她能够赚到钱，可她不愿意接受这番好意，她知道自己一定做不好。她愿意吃苦受累干活，那样辛苦赚钱的乐趣，远远好过工于心计，向男人讨好获得金钱。

“要不，嗯，我想到北京学习一年，不如，你跟我到北京？换一座城市，也许，运气会好呢？”桑叶眨巴着黑葡萄般的美目，提议道。

“到北京？好哇。”桑蕊听得很兴奋，换一座城市工作，是她梦寐以求的事，北京，是她向往的地方。凭自己单身一人，她不会有勇气，可是有能干的桑叶一道，她有信心了。

“那，我这就在网上投简历，在北京找份工作！”桑蕊欢呼雀跃起来，全然不顾桑叶的忠告。

“你呀，就是个辛苦劳碌的命！”桑叶冲她背影啐一声，发誓不再替她操心了。桑蕊则把桑叶的忠告当成耳边风，她的倔强，她的固执，谁也撼动不了。

吴红军在春节前夕来到南国，他这一回是邀请桑叶吃饭，还要求她带上她的姐妹团，算是年前团圆。

桑叶欢心地满口答应，在镜前不停涂抹修饰原本就很标致的脸蛋，再到琳琅满目的衣橱前搭配着衣物配饰。末了，赶紧吩咐桑蕊也加快动作梳洗打扮。

“我干吗打扮呀，不就是当你电灯泡么？”桑蕊嘴上不太乐意，行动上却乖乖听命。面上的妆容，她坚决不画，素面朝天，胜在肤质天生就好，白里透红，健康饱满。随意在脸上抹点护肤液后，就该换衣服了。她弯腰在箱子里东翻西选，不得要领，还是桑叶眼毒，从一大摞色彩缤纷的衣服里，独独选中一件黑色贴身连衣裙、一件裸色长风衣："你这么多衣服，也就这两件值点钱，高档些。"

桑蕊接过来一看，正是当年易荣给她买的去游玩的服饰。当时的桑蕊穿上这裸色风衣，映衬出皮肤的白净，身材修长挺拔，气质典雅，非一般漂亮女孩可比。

她停顿了数秒，无言，还是无言，过往的岁月再美好，还是过去了，不能回首。换上连身裙，尺寸刚好，好在生完孩子不久，身材就恢复到了从前。穿上黑色绑带的丝绒高跟鞋，雪白的脚踝纤细性感，桑叶的目光落在那里不动，难得一见她的艳羡："别的女人，性感在外面；你的性感，在骨头里。桑蕊，要是我有这么白的肤色，这样好看的锁骨，天天就穿露胸衣！"

"咦，你已经够性感了哇！"桑蕊不以为然，套上风衣，她习惯桑叶比她貌美，习惯她是众星捧月的公主，自己是映衬红花的绿叶。

"你看你，啧啧啧，老话说得好，人靠衣装，佛靠金装。桑蕊，你这样穿衣服，真的很棒。不是漂亮的那种哈，是很有气质，很有女人味的那种，老男人会超级喜欢！"桑叶拉过桑蕊在镜前，毫不吝啬地夸赞她。

"哪有你说得那么好？"桑蕊的脸不觉羞红了，她从不认为自己有多美，况且，即使有几分颜色，这美貌也还没带给她好运呢。

饭桌上，桑叶的另外两位女友，同样地珠光宝气、光彩照人，一个肩挎 LV，一位手拎香奈儿，桑叶更高一筹，手里捏着黑色真皮芬迪方包，十厘米的高跟鞋，走起路来，轻盈之极，裹挟一股香风，飘然而至，引得男客们纷纷侧目。

桑叶上身是粉色紧身羊毛衫，胸前的亮片是很 Q 的小熊，白色阿玛尼的包臀窄脚牛仔裤，显出她苗条性感的身材。她的女友杏子穿着嫩黄的中长西服，超短的白色短裤，莹白的大腿，不消说，才是看点。另一位南京姑娘梅红，有着令女人嫉妒的瓜子脸，黑白粗呢的香奈儿开襟外套，里面是黑色透明的蕾丝上衣，一头黄卷发高高束在脑后，精致小巧的五官，令人过目不忘。

桑叶，论五官、肤色不如梅红；说性感，不比杏子；讲气质不如桑蕊；可她对男人的杀伤力确实不容小觑。她只要稍微嘟起小嘴，眨巴几下妩媚黑亮的大眼，就会有男人甘愿拜倒在她的石榴裙下。不由得人不服，说来说去还是她的眼睛，有着磁铁般的吸引力，与其说是和她说话，不如说是和她的眼睛说话，是的，她的眼睛最会说话了。

桑蕊是座中最不引人注目的，她朴素又寡言，怎么也难以想象她和桑叶会是姐妹，她镇定自若面对一切，近在咫尺的华服，妆容、名包，都是别人的。她不是不渴求，可是，她好像总也学不会，渴求不到。

吴红军没叫他的男性朋友，满座佳人，唯他一个大男人，独占花魁，或许是故意这样安排？

叶儿，他也这样亲昵地称呼桑叶，少见的京腔听起来甚为悦耳暧昧。呀，桑叶甜蜜作答，任是多愚笨的人都看得出来，萦绕在两人间的柔情蜜意。

桑叶挨个儿介绍姐妹们，吴红军礼貌点头，没有常见饭局上男人的油腔滑调，对着漂亮女人的过分热情，他的表现、举止得体，是桑叶准男友般的得体。

桑蕊暗中羡慕桑叶眼光毒辣，找了个这么优秀的男人。杏子和梅红双双起身，戏谑桑叶：“哎哟，叶儿呢，你好福气哦！来，我们敬你们这一对金童玉女，男才女貌的老公老婆，祝愿你们白头偕老、恩爱一辈子！”两人配合默契，撇下桑蕊一个人孤零零地坐立不安。

“不要乱说，我们可是纯洁的友谊！”桑叶调皮地飞了下媚眼，故作正经地说。吴红军压抑着不笑，他连忙拉起桑叶的手，举杯附和着她：“是，咱们很纯洁，现在很纯洁。”

桑蕊在旁扑哧笑了，她不能干坐，也凑热闹起身，斗胆助兴：“姐姐、姐夫，祝你们幸福美满。”说完，自己忍不住先笑了。

“就你嘴滑！”桑叶狠狠地白了她一眼，笑意更浓。桑蕊明白，她要的就是这个效果，欲迎还拒。

吴红军也笑了，这个饭局的欢乐氛围掀起来了，五人同步仰头干杯，坐下后，吴红军凑近桑叶窃窃私语。

“你俩就别秀恩爱了，我们几个电灯泡还不够大？”杏子率先不满了，扭动着上半身，丰满的双峰若隐若现。“人家好心问我，是不是给我的好姐妹们一人来一盅燕窝呢？那你们要不要呀？”桑叶脑袋一偏，带着睥睨众生的女王气派。

“要，怎么不要呢？燕窝可是美容滋补的好东西，要，我要牛油官燕！”杏子顿时喜出望外，立马拍掌响应，娃娃音，娇气得很。

桑蕊才不在乎什么燕窝不燕窝呢，她对许多贴上养颜标签，昂贵的化妆品也好，还是古老养生品也罢，并不相信。

她看着桑叶，明眸善睐，顾盼生辉，被人宠爱的骄傲，光芒四射，怎么伪装也伪装不了，她不免自怨自艾：为何就遇不上这样的男人呢？对桑叶的羡慕更添一层。

吴红军并不搭理梅红的戏谑，“听说你是文科生？”他趋身问桑蕊，脸上挂着冷静的笑，双眼则炯炯有神。他的笑也与众不同，不是谄媚，不是讨好，就是极为冷静。如不是嘴角上扬，也看不出他是在笑。

“嗯，是。”桑蕊迟疑一下，略微垂头，不敢与他对视。他的眼神太明亮了，明亮到不敢让人正视。

“那，你应该对古典诗词很熟，我也爱写来玩玩。”吴红军似笑非笑地说道，桑蕊不知该如何作答，求助地望向桑叶，要她指点迷津。桑叶倏地一笑，微微扬起秀丽的柳叶眉，眼神冰冷：“今晚，不谈诗歌，我们唱歌！”

吴红军搂着她肩，作为回应，望着桑蕊，桑蕊抿嘴嫣然一笑：“嗨，我，我不太懂。”她怎么不懂？熟读唐诗三百首，不会作诗也会吟。平仄对仗工整的诗做不好，打油诗、自由体诗和有古韵古风的诗歌，可是信手拈来。桑叶明显不愿她出此风头，她才这样违心回他。

“噢，太可惜了，我新近作了一首，还想找人帮忙指点指点呢。”吴红军的眼神黯淡，转瞬发亮：“我写下来，你先看看？点评下？”桑蕊不忍拒绝他——难得还有人愿意花时间和她谈谈古典诗词，她想起唐代文人间的唱酬赠答，多么风雅！

可她生在这个时代，这个让一部分人先富起来的黄金时代。金钱是准则。

吴红军招手叫来服务员，要过纸和笔，低头疾书。

饭桌陷入一阵难得的安静，杏子也不淘气了，转动着手腕上的卡地亚腕表，梅红安心享用美味佳肴，桑蕊则无地自容，傻呆呆等待，她有浑身的不自在，说不出来。桑叶突然用胳膊肘碰了她下。“你慢慢写，我们先去下洗手间。”桑叶俯身在吴红军身后，前胸有意触及他后背，她附耳嘀咕，嗓音分明故意大，大到身边的人和旁边服务的服务生都能听见。

一前一后，两人来到洗手间阔大的镜前，上洗手间不过是个借口，桑蕊等待着桑叶的指示。

“你该不会当真点评吧？”桑叶瞅着镜中的自己，高傲地昂起头，审视着无可挑剔的脸上，有无瑕疵。水润光泽的脸蛋，如刚成熟的樱桃；眼眸明亮，似天上的星辰；吹弹即破的嫩肤，没有瑕疵，就连黑痣、斑点都没有，完美无比！桑叶得意地冲镜中的美人儿笑了。

“嗯，当然不会。”桑蕊在她身后的阴影处，恭敬地说，从心底来讲，她有点害怕她，怕违背她意愿，惹她生气。

她也没有勇气，如桑叶这样在镜子里严格审视自己。她不够美，不如桑叶美，毫无疑问，桑叶的美，能让过往认识她的人，都念念不忘。

“对，这才是好姐妹嘛！”桑叶回身甜笑，勾住桑蕊小手指头，亲热地挽起她走入包间。

吴红军不知情，他笑容满面地来到桑蕊近前，还没伸出手，桑叶半嗔半怒拦住，抢过他手里的纸张，伸到空中，桑蕊会意，连忙接过。桑叶端起酒杯浅浅抿一小口，郁金香型的高脚杯的边沿留下一圈粉紫的口红印，她将酒杯挡住他的嘴，也不说什么，只是那样含情脉脉地凝望他。她很明白，男人们最吃不消的就是她这样，含羞带笑，不言不语的娇媚。

吴红军眼神迷离了，他乖乖握住她的小手，眼神不离开她半步，也不顾众人围观，就着她喝过的残酒，大口吞饮。

“哦哇，吴总威武哦。”杏子娇滴滴地手握酒杯探身敬酒，吴红军来者不拒，照例干了；梅红见状，也凑过去，吴红军就有偎红倚翠的姿态，应对自若。桑蕊迟疑着要不要也去敬酒显示礼节，又不敢贸然行动，习惯性地朝桑叶望去。只见桑叶双手托腮，满眼追着眼前应付喝酒的男人，她怎么不吃醋？桑蕊暗暗奇怪，还是罢手，不去了，反正她这一杯酒，多一杯少一杯，意义不大。

她独自溜出来，展开吴红军写诗的纸条，好奇他的诗词功底究竟如何。“杨柳渡头行客稀，霸陵桥边别泪多，也曾相思似春色，不如离歌解新愁。”一首离别诗，黯然销魂，离别也。这厢刚与桑叶堕入情网，就写上了离别，是否太早？

桑蕊狐疑，桑叶与吴红军的这段情，她自以为与宋代文学家韩驹笔下的离别诗相当：“君去东山踏乱云，后车何不载红裙？罗衣浥尽伤春泪，只有无言持送君。”桑蕊惨淡苦笑，只可惜，桑叶不是这般伤春悲秋的女子，难以体会离别的销魂滋味。

桑蕊本要扔掉，复想到桑叶，恐怕她会问起，不如完璧归赵。

十二

饭后，一行人开车到南国闻名遐迩的威尼斯酒店顶层的 V 吧，这里有菲律宾乐队现场演奏，也是城中俊男美女、名流富商云集之地。

“喝什么酒？”吴红军领队，一帮美女穿过人流，来到大露台上的游泳池边坐下。高楼眺望，夜景璀璨，海风吹来，惬意非常。

“洋酒啊，人头马 XO？轩尼诗？皇家礼炮？”杏子如数家珍报出一串洋酒名，桑蕊暗中咂舌，乖乖，洋酒的价位可不低，又是在这样的酒吧，无疑引火烧钱。

“你想喝什么？”吴红军不动声色，挨近询问抽烟的桑叶。“你的地盘，你做主！”桑叶嫣然一笑，按住他手背，吐出一口缥缈的烟圈。

“那，嗯，就芝华士？酒吧假酒多，我家里珍藏了一瓶路易十三，味道甘洌，改天我拿出来再喝。”吴红军不是见了美女就腿发软，唯唯诺诺的主，他自有主张，不理边上杏子的嘟嘴不满。

叫来两瓶芝华士，向来用雪碧或红茶兑饮，吴红军统统不要。喝洋酒，就得纯粹，最多倒点依云的矿泉水，加些其他饮料，会败坏酒的本味，也糟蹋了酒。付完款，零钱直接不要当小费，美得年轻的侍应生，跑前跑后，老板老板叫得欢，殷勤至极。

安顿完事，他才从随身的棕色牛皮包里掏出烟斗、火柴，舒服地跷起二郎腿，划亮火柴，轻含烟斗，轻呼轻吸，神色愉悦。桑蕊觉得新鲜，第一次见男人抽烟斗，她脑海里闪现出散文大家林语堂的一段话：“口含烟斗者是最合我意的人，这种人较为和蔼、较为恳切、较为坦白，又大多善于谈天。我总觉得我和这般人能彼此结交相亲。”

杏子和梅红枯坐无趣，双双跑进舞池间跳舞去，桑叶偎依在吴红军身旁，桑蕊走也不是，站也不是，唯有静坐。

他独自娴熟地抽烟斗，陷入一个人的乐趣中，像一位正在思考的学者，和当下腆着大肚腩，系着金光耀眼皮带的暴发户老板，有着天壤之别。

“你抽什么牌子的烟斗呢？”桑叶凑拢他发问，是没话找话说，也是变相挑逗的前奏。

“登喜路，用地中海的石楠木手工制作。”吴红军淡淡地取下烟斗，搁在腿上，腾出一只手揽住她的腰，耐心作答。

烟草的味道在三人之间回旋蔓延，桑蕊深深地吸气，这样好闻的烟草味，还是头一次闻到呢，“怎么有水果的香气呢？”她难免大惊小怪起来。

“你嗅觉敏锐，眼神澄净，你有灵气！这就是有苹果味。”吴红军闻言，欣然松开揽住桑叶腰身的手，端起酒杯，嘴上说着半仙的话，向桑蕊敬酒，眼神在暗黑中，明亮依然。

“她呀，属狗的，哪有好吃的，就到处闻！”桑叶的话酸溜溜地插进来，不经意地使她难堪。桑蕊反驳也不好，倒显得自己小家子气了，索性不接茬，傻笑着将杯中洋酒满杯饮下。

“我们跳舞去？”突然，桑叶大胆地坐到他大腿上，双手托起他脸，玩耍着他胸前的衣扣，像跳钢管舞的舞娘勾引客人。

桑蕊假装若无其事，背转身望着远方南国的繁盛夜景，一杯洋酒，也让她脸发烧，心跳加速。她赶紧拿起一瓶矿泉水咕咚咕咚灌下肚，缓解这撩人心弦的酒意。

“好，我们进去跳舞？”吴红军将桑叶紧紧抱入怀，拉起她手说。“不，就在这儿跳，里面人多，味道好杂。”桑叶噘嘴不去，她反客为主，牵住他的手走到无人的露台边，身体倚靠在栏杆上，身躯随着音乐的节奏扭动着。她身材娇小，肉感十足，苗条玲珑，像体态轻盈的猎豹，喝了酒的脸色微红，眼神加倍迷离，卷发不时飘散下来。夜色之下，露台之上，桑蕊的嘴张成O型，她痴迷地观望着陶醉在音乐中的桑叶，她真是精灵一般迷惑人的女人，哪里会是以前在田里勤力劳作的农村女孩？

吴红军也忍不了她如此风情的舞姿，他向前搂住她，贴着面，两人如缠绕在一起的藤蔓，谁也离不开谁，腿挨腿，脸对脸，胸挤胸。旁边有此起彼伏的口哨声响起，为他们精彩的表演助兴。

桑蕊看得落泪，为自己，她想到自己的情感，想到经历过的男人们，何曾，何曾如此欢爱？

她追寻真挚的爱情，幸福的婚姻，为此，不肯掺假半分，更不愿为了金钱随意与男人上床，可她如此坚持，命运又给予了她什么？

一段婚姻，她和张仁的短命婚姻，让她得到了一个来历不明的女儿，还遭受了不可言说的羞辱。

有什么用！桑叶耻笑她：何必呢？当了婊子，就不要立牌坊了。还不如趁年轻，尚有几分姿色，在男人身上多赚钱，有了钱，男人们，就不敢小瞧了，爱情，爱情不就来了！

念及往事，桑蕊的头炸裂般的痛，她目光呆滞，仰头靠在椅背上，仰望广袤的夜空，刹那间，泪如泉涌。她承认，她动摇了，迷惑了，为自己的坚持，为自以为的原则。自己努力的方向，是否错了？都错了？可错在何处？她不甚明了。一时半会儿也理不清头绪，她闭上眼，干脆不去想了，一只手摸索着端起酒杯，自斟自饮。这些苦，这些委屈，她闷在心底，太久，太久了，恐怕早已捂烂了。不如，干掉这杯酒，喝他个一醉方休！

到底没能如桑蕊顺意，喝到六成醉时，正晕乎乎地自个儿傻笑呢，桑叶香汗淋漓跑过来，附耳悄声说："嘿，对面有个男人对你有兴趣哦，你看他，一个晚上，眼睛都不眨地看着你呢！"

"你不是陪吴老板跳舞，还有心思放在我身上？"桑蕊不理她，以为她又在捉弄自己呢。

"嗨，我是谁呀，一心两用，眼观六路，耳听八方。真的，说真的，今晚，不如你就放纵下嘛，搞搞一夜情？说不准还有点收获呢？"桑叶摸摸她头发，替她出了个馊主意。

啊？一夜情？桑蕊酒醒了，她睁大双眼，桑叶的目光意蕴深远，她噘嘴犹豫不定。自打离婚后，她就没沾过男人了，她害怕，她担心，她毫无准备。

“唉，今晚，我肯定逃不脱他的魔掌了，所以，你得让位置了，我要带他回家去。”遮遮掩掩半天，桑叶才吐出真实意图来。

不早说，还兜那么大圈子。桑蕊暗暗不爽，人在屋檐下，不得不低头。“你确定他真的看了我？”她还是不太自信，自己真有如此大魅力？

“当然啦，你呀，离婚后，怎么变了个人一样？干吗那么不自信呢？你瞅瞅自个儿，哪点比旁人差？皮肤白，有胸，有屁股，五官清秀端庄，肚子里还有几滴墨水，大有市场，就一点，性格。你到现在没赚到钱，全毁在性格上了，太自以为是，自尊心太强。说白了，还是自卑！今晚，就当你的初夜了，你还是少女！嘻嘻嘻。”桑蕊拍着她肩，语重心长，从批评到教导，临了，不忘打趣。

“什么少女？都快人老珠黄的中年妇女了！”桑蕊狠狠咬住嘴唇，欲哭无泪。

“今晚，你是少女，我说错啦？你不是很久没尝到肉味了吗，开戒了，我送佛送到西，好人做到底，记住，一定不要辜负我的好意，一定要大开杀戒！”桑叶忍住笑，说完，就向对面的男人招招手，果然，身型矮小矫健的一位中年男子迈步走来。桑蕊慌了手脚，“你说真的呀！”她保持着面上的从容淡定，低低惊呼。

“哈罗。”桑叶哪里顾得上她，早用她川式英语与人打招呼了。

“你好！我可以请两位大美女喝杯酒吗？”中年男人并不用英语回答，是听出桑叶发音不准，还是吃定她就不懂英语？

“你请她就好，我们这儿有酒，我请客，麻烦你今晚照顾我这位妹妹。”桑叶娇笑着说，一点也不怕生。桑蕊在旁，羞得无地自容，真想飞身就跑，可她的脚不听使唤，牢牢站定，乖乖坐在中年男人对面，傻傻微笑。

桑叶陪两人喝了一杯酒后，吴红军从舞池里走过来，不等他靠近，桑叶连忙起身告辞，走前还得意地扮鬼脸：“玩得高兴哦！”

剩下桑蕊硬撑场面，见到桑蕊身旁突然冒出来的陌生男人，吴红军一脸迷惑，他似乎很想过来弄清楚，可桑叶不给他任何机会，十指相扣，拥着他钻进人群。

桑蕊心中很不是滋味，她怎会不明白桑叶突如其来的这一招，她还是担心自己会去抢夺她的男人吴红军，要带他回家，也是借口，依她的习性，都是上酒店开房，今晚，还故意拉她下水，不就是要让吴红军眼睁睁看到自己不过是一个水性杨花，作风随便的女人？要他死心，也让自己对他，不得有半点非分的念想。

桑蕊一时难过、伤心、失望，她横下一条心，不就是一个晚上么？不就是一夜情嘛，有什么大不了？自己可以玩，放开后，她才认真打量对面的这位男人，还好，面容不猥琐，看上去也不是不讲究的人，就他了！下决心的这一刻，她颇为悲壮，牺牲自己，遂桑叶心愿。

十三

次年三月，京城黄沙漫漫，桑蕊、桑叶已如约在京城住下了。

桑叶缴了大笔钱进入京城名校之一的 × 大经济总裁班上课，她当真实现了多年前对桑蕊说过的，有了钱，她就会到一流的大学读书。她做到了！桑蕊跟着她坐在这令众多学子向往的学府里，感慨万千：倘若她当初跟随她出国，今日又是何等风景呢？

桑叶时不时在她耳边提及，和她一同去马来西亚的那个女孩，三年下来，也赚有不菲身家，回到家乡县城，买楼、买铺面，找了公务员结婚生子，过上了优越的少奶奶生活。

“你羡慕嫉妒吧？”桑叶得意地问。“嗯，有啥好嫉妒呢？她始终还是没走出县城，不过就是县城的小富婆而已！不值得我羡慕！”桑蕊扭头细想后，反击她。

“那你肯定羡慕我？”桑叶没说下去，眼神内涵丰富，她非常肯定桑蕊会嫉妒她，毋庸置疑，她有百分之百的把握。

“羡慕你？”桑蕊扪心自问，她真的羡慕桑叶吗？嫉妒她吗？也许有点吧。她的人前风光，她的光鲜外表背后，是常人难以企及的心酸与努力。所以，也就没那么的羡慕，你有付出，该你所得罢了。桑蕊没有说出口。这并不是桑叶想要的答案，她明了。

桑蕊在网上投简历，找了一份在互联网公司做策划的工作，她没再继续干酒店行业，想告别过去，连带职业生涯一并告别。

京城米贵，居之不易。桑蕊有着与白居易初到京城的相似感慨，房租贵，交通不方便，挤公交，赶地铁，就连搭的士也是乌泱泱的全是人，桑蕊最为头大，难道全国的精英都涌入首都？私底下，她苦恼着每天为赶公交车上班路上的费劲。

桑蕊咬牙忍了，再怎么辛苦，也好过在家乡烈日下干体力活呀，不就是人多点嘛，挤挤更健康！她苦笑着自嘲打趣。

她任职的这家互联网公司与赫赫有名的新浪网站办公大厦面对面，公司是做比较购物网，还是个新词，投资的老板是河南焦作的煤矿老板，总经理是美国归来的 IT 精英，同事们不是名校毕业，就是软件工程师，都是行业里的翘楚。能够在梦寐以求的京城上班，桑蕊内心充满无限满足，遗憾的是薪资真心不高。桑蕊掐指一算，扣掉房租、生活费，所剩无几，面对低薪的现实，她有些泄气了，想打退堂鼓，可耳边回荡着电影《阿甘正传》那段话：“生活就像一盒巧克力，你永远不知道下一颗是什么味道。”既来之则安之，她鼓励自己。

穿戴一新上班去，到了前台，她就被安排在策划部，不多会儿，她的直属领导、策划主管黄婉莹就领她到处看看熟悉环境，随后引荐与各大主管相识，最后，才敲门到总经理办公室。

门虚掩着。“请进！”一声粗哑的男低音，桑蕊有些耳熟，但不真切。两人推门进入，室内陈设简单，没有真皮旋转的老板椅，三张黑色丝网轻便椅随意摆放着，白晃晃的墙上挂着大白板，蓝色油性笔写出密密麻麻的数据分析，看得桑蕊惊心。

总经理专注埋头打字，噼噼啪啪，听得键盘和手指触碰发出的声响，桑蕊纳闷着不晓得他用五笔还是拼音，能这样快？

“付总，这是策划部新来的策划人员桑蕊。”黄婉莹的口音带有改不掉的福建味，她推着咖啡色的近视眼镜，微笑着说。她稳重大方，像知心姐姐，不是做策划人的时髦范儿，面试桑蕊时，她话说得也不多，可做起决定，很爽快，当场拍板要了她。

“唔，先坐下。”付总经理敲完最后个字，长舒一口气，抬眼看了桑蕊一眼，就这一下，他的神色也开始不镇定：“喔，你就是新来的？”他清清喉咙，哑声问。

桑蕊同样如此，她没料到眼前的付总竟然是在南国威尼斯V吧邂逅的男人，有过一夜之欢，双方都没留姓名、电话的人。

她不安地扭动着身躯，侧身而坐，双腿并得更拢，脸腮飞过一抹红云，笑容也不自然：“额，是，我就是。”

“怎么？你们认识？”黄婉莹觉察出异样，她诧异地询问。

“喔，怎么会？怎么可能认识？不过嘛，你长得很像我一个朋友了，对了，你叫什么名字来着？”付总，全名付光辉，英文名文森的男人，一副受了惊吓的样子，随即换上另一张面孔，看似漫不经心地发问，手上把玩着签字笔，眼神飘忽。

“桑蕊，桑树的桑，花蕊的蕊。”不等黄婉莹出声，桑蕊回过神来，她极为蔑视他刚才打死不承认的衰样，口齿清晰地自我介绍，面上比他还冷静，心里翻江倒海，有后悔莫及，有叫苦不迭：怎么这么巧，怎么收场呀？

“好，挺好，你们出去忙吧，我还得向老板写邮件汇报工作。”文森点点头，眼光落在门口的一盆发财树上，长假归来，有几片树叶泛黄了。

桑蕊从椅子上起身，不巧，高跟鞋的鞋跟绊住椅腿，差点跌倒，文森正待起身过来英雄救美，黄婉莹一个健步，托住桑蕊，这才化险为夷。

“小心点，女孩子嘛，动作斯文些比较好。”文森话里有话安慰她，笑容暧昧不清，桑蕊真想飞奔过去，甩他一耳光解气，可是，不能。她定定神，回眸一笑：“谢谢付总提醒。”

坐回岗位上，桑蕊无心工作，对着电脑页面发蒙，那晚酒后的疯狂缠绵，记忆犹新，她羞愧难当，又有点小惊喜，原来他就是被策划主管喻为神人的“海龟”。没过三秒钟，她又发愁了，和他有一腿，这家伙会不会杀人灭口，把她辞掉呢？桑蕊是心里藏不住事的主，她跑到洗手间，掏出手机就打给桑叶，好一通描绘，边说边叹息。

桑叶正敷面膜呢，按理，她不能多说话，会影响美容效果，可她听桑蕊这么一说，情不自禁一把撕了面膜，嬉皮笑脸挤兑她：“好事呀，好事！都上床了，他还能在你面前一本正经？太能装了，哈哈哈。”

“天哪，你还有心情笑，我哭都哭不出来呢，你说，他不会炒掉我吧？好不容易找到工作，屁股都没坐热呢，可不想又换。”桑蕊憋了一肚皮的慌乱。

“我打包票，不会，搞不好，你们接下来还会有戏呢，你就等着吧。”桑叶很有信心地安抚她。

“不可能吧，他见我那样，惊慌失措地不愿承认呢。”桑蕊听得心情大好，依然有不可名状的担忧。

“哎哟，真啰唆，我又不是你妈，整天要替你操这心，该干吗干吗去呗。再说了，管他怎么变，你怕啥！”桑叶有些不耐烦了，她心里头还装有大事呢。

“好吧，好吧，谢谢亲爱的啦。”桑蕊见她发威了，只得怅然挂断电话。

下午下班前，黄主管特意叮嘱桑蕊可以迟点走，避开高峰期搭车，公司很多人都这样，楼下有食堂，吃完饭，八点过，出门搭车不拥挤。桑蕊记在心里，照做，反正回去一个人也是无聊看电视，何苦要那么辛苦去和众人“争峰”？

她偷偷瞄了总经理办公室，也还亮着灯呢，暗喜，心儿狂跳：该不会他也是躲避着高峰期吧？

办公室的人走得七零八落，最后，就剩下桑蕊，她熄灭了灯，单独留下前台的射灯，一个人上网浏览新闻打发时间。

“怎么，你还不走？”耳畔传来文森的声音，她偏偏不看，盯着娱乐新闻不动：“等高峰期过去。”

“喔。”文森若有所思地拖长腔调，“要不要一起吃饭？”他晃动着手里的钥匙，桑蕊心头一喜：看来桑叶真是神人，有戏。

“你不是说不认识我么？”她面无表情地反击他，手上触动鼠标，关电脑。

“哈，当着公司的人，我肯定要这样说，对你、对我都好。”文森见四下无人，搂住她说。

“付总，这可是在公司，你不注意点领导的高大形象？”桑蕊一把打掉他手，无动于衷的冷漠。

“好，那我在电梯口等你。”文森被拒绝，脸上有点过不去，他忙正色为自己解围。

坐在文森的香槟色奥迪 A8 车内，桑蕊有一阵眩晕般的快乐，太意外了！她按捺住激动的心，久久沉默着，文森也不找话说，他放上音乐，许巍的专辑。“你也喜欢许巍呀！”桑蕊再也装不下去了，她惊喜地扭头问他。

“还好，我听英文歌多些，这是黄婉莹在我生日派对上送我的。”文森淡然说道，他开车速度很稳，车窗外的世界，林立的高楼大厦，公交车站牌前，人头攒动，赶路的人，行色匆匆，路边的煎饼推车，围聚着年轻的男女们。

晚饭，每个人有不同内容的晚饭，简便的一个烧饼、一张煎饼果腹；豪华的，一顿大餐，都在为生活打拼。躲在这车内，音乐、温度，使人安宁、惬意，暂时抛开尘世烦恼，偷得浮生半日闲。

“我们去吃‘宏状元’，清粥小菜，清淡，我这几天拉肚子，先将就吃着，以后呀，请你吃烤鸭，来北京不吃烤鸭，等于没来过嘛！”文森将车开到一座红色墙体的小楼前，不由分说先在前头带路。

“好呀！”桑蕊尾随他，掀开厚厚的门帘，生意火爆，吃客不少呢，两人等了一会儿，才喊号有空位。

桑蕊环顾四周，装潢简单，客人们不是拖家带口，就是年轻的情侣，看得出来，这是一间实惠的家常餐厅。换在从前，和易荣的光阴，桑蕊是万万不会来这样的馆子吃饭，她突然想起桑叶，在追求她的男人面前，她是有身价的女人，吃饭必定在高档酒楼，住宿非五星级酒店不可。

这里有股人间烟火的平实温暖，倒像是过日子的寻常夫妻生活，桑蕊想起她短暂的婚姻，想起张仁，也就是过这样的普通老百姓日子，她心底想要的不过是这样的岁月，可，终归没能到头。

往事不堪回首。桑蕊扫视下菜单，大众菜名，面食居多，她马马虎虎凑合点了南瓜粥、手撕饼、小黄鱼烧豆腐、韭菜盒子，文森听她报菜名就皱眉："吃得完？可不要浪费了！"他要了一小碗青菜粥，白灼生菜。

桑蕊奇怪地瞟他一眼，嗔怪着他真小家子气，她是见这些菜价格便宜，才多点的，就这些，她略微估价，最多一百五十元打住。

"女孩子爱美嘛，谁不怕发胖呀，晚上嘛，睡觉前少吃为妙，对身体好。"文森大约猜出她心思，忙解释。

桑蕊噘着嘴，没搭话，心里反抗他：我就是不减肥，我就爱吃了怎么着？

"喂，你怎上北京来工作？工资那么低，还去高消费？"他双手揉着两侧太阳穴，眯缝着眼问，近距离下，桑蕊这才看清，他脸色发青，印堂发黑，疲态十足，果然大病未愈之相。

桑蕊明白他所指是那晚南国威尼斯酒店顶层的V吧消费，"哼，谁规定工资低的人就不能高消费？谁就没几个有钱的朋友？"她反唇相讥。

香气四溢，油光酥脆的手撕饼上来了，桑蕊用纸巾擦了下手，就动手抓起，一小块一小块撕着吃，真香，她像吃到了家乡桑家沟的馍，妈妈亲手给她做的香葱腊肉馍馍的滋味。

三下五除二，桑蕊将一盘油汪汪的手撕饼消灭掉，她这风卷残云的吃相，看呆了文森；韭菜盒子来了，又被她毫不留情地干掉，肚子塞得满当当的，再也喝不下粥了。多少年了，她还没这么痛快地吃过东西，大为快意，她猛然间有喝酒的欲望。

“你这么爱吃面食，祖辈肯定是北方人吧？是内蒙古？满族后裔？”文森皮笑肉不笑地说，他连一碗粥都喝不下，此时，眼馋着桑蕊的好胃口。“怎么会？我们家乡物产丰饶，小麦、水稻都产，不过，我是偏爱吃面。”桑蕊舒坦地眉开眼笑，她不去理会他话里的嘲讽。

“你住哪儿？我送你回去！”结完账，文森有气无力地发话，桑蕊偏头想了想，见他今天气色不佳，自己住得也不远，等下搭车回去算了，决计不要他送。

“不告诉你，我住得很近，走路就可以到了，你要好好休息哦。”桑蕊起身伸展腰肢，先行一步。

“喂，桑蕊！”文森买完单出门，早不见她人影，这个可恶的家伙，太没礼貌了，找机会给你颜色看！他气哼哼上车。

工作一月，两人再无交集，期间，文森一直当空中飞人，一会儿是美国绿卡到期，在美国滞留半月，接着又直飞南国，黄婉莹说是跑去找投资人。

“我们这位总经理，看着显老，可还是单身王老五呢，他离异后去美国读研究生，毕业后在硅谷工作，回国就获得启动资金五千万创业，做了这间比较购物网站，在国内是第一家呢！还是了不起！”

黄婉莹对文森佩服得紧，桑蕊却看不出他到底哪里牛掰。“他也很厉害嘛，刚回国就开那么好的车，是自己买的？”她假装漫不经心打探他的私人情况。“车子是公司财产，他租的房也是公司付账呀，可在公司，他算是老板之后的大股东，以后上市套了现，可不是一笔小钱，最起码也是千万富翁呢！”黄婉莹一点也不避忌，滔滔不绝泄露她顶头上司的秘密。

看着是高学历、高收入的风光“海龟”，实则是无房无车的“海带”。桑蕊搞明白情况后，因距离产生的美瞬间破灭，也不对他心存幻想了，平常心上班。

“公司的实际投资人是河南的王老板，不过，现在公司还缺钱，付总这段时间出差到南国、上海都是去找投资人。”黄婉莹竹筒倒豆子，彻底出卖了文森的去向了。

桑蕊恍然大悟，酒醉那晚，说不定就是和南国资本界的大佬们一起呢，阴差阳错被她歪打正着碰上了。

公司通讯录上有他的电话号码，她动过无数次念头，给他发个问候关心的短信，左思右想后，还是罢手，就是不肯先妥协。

倒是他先打来了。周五的夜晚，桑蕊留在公司，一个人百无聊赖地泡在雅虎的聊天室找人聊天，手机响了，一串陌生的京城号码，她正奇怪，偌大的京城，谁还会惦记她呢？

竟然是文森！他刚下飞机，正坐的士回来公司。“桑蕊，桑小姐，麻烦给我在楼下买一份肯德基套餐，饿死了，赶飞机，错过吃饭的点。”

“你怎么知道我一定会在公司？”桑蕊存心和他开玩笑，这一个月的不见，她对他生出几分怀恋了。

“我猜的，你不在，我还是会叫你帮忙买，不过就送到我家，仅此而已，哈哈哈，我知道，你想念我了！”文森的口气狂妄得很，气焰嚣张。

桑蕊心情颇好，不计较他这德行，偏偏嘴上逞强：“凭什么，凭什么给你跑腿，还没费用？”

“这样，你请我吃肯德基，我请你到王府井看电影！这个交易公平吧？你得快，直接打包，我十五分钟到公司，在地下停车库等你！”文森的语气里是不容商量的命令，桑蕊没法抗拒这诱惑，看电影，她多少年没好好看场电影了？

十四

黄婉莹打电话要桑蕊参加一个相亲活动，代表公司去，美其名曰为了提升公司的知名度和影响力。

“相亲的活动，我去合适吗？”桑蕊接到电话，大吃一惊，支支吾吾不肯去，她已经和文森再续前缘了。

“有什么不合适呀？你不也单身，没结婚嘛！这个相亲活动在喜来登酒店举办，规格不低，是以大龄中年为主的圈层，你是代表公司去参加，就当是公事公办，搭车去，公司报销！”黄婉莹在泰国度假，她遥控桑蕊，她不得不听从，毕竟黄婉莹是她的直接领导。

文森和她说好了，两人的恋情不可公开，公司明文规定，不可谈恋爱，一旦发现，就得开除一人，顾全大局，桑蕊也同意，两人不公开恋情。

遵照黄婉莹提供的地址，桑蕊穿上白色衬衫，黑色 A 字裙，黑色丝袜、高跟鞋，一头乌油油的中分直发，涂抹粉紫的口红，手臂上挎着巴宝莉的格子方包，这是桑叶用旧了甩给她的二手货，桑蕊挎着，也挺像那么回事，走到公司前台，迎面撞上工程部的工程师，他眼里闪过一抹亮色：“哇，您今儿个真漂亮！”

桑蕊被当面夸赞，不禁羞红了脸，怀着小小的得意，她快步跑到洗手间照镜子，果然，镜子里的女子，体态苗条，肤质光泽，气质超群，她都不敢相信，怎么来到这三四月刮风沙的干燥地方，皮肤还水灵灵如剥壳的鸡蛋，难道这就是传说中的爱情的滋润？

桑蕊顿时心情大好，拦了车，兴冲冲就奔酒店，进到酒店大堂咖啡吧，在指示牌提示下，找位置一个人悄无声息坐下，女主持人的妆容精致艳丽，她热情洋溢地介绍着本场活动的来宾们。

桑蕊偷偷扫视全场，女性数量超过男性，她心头一紧：怎么，大城市的未婚女性还这么多？不管了，自己是有目的而来，并非相亲，无所谓女多男少了。她调整好心态，翻出名片和笔记本，瞅准机会上台自我介绍，顺道宣传下公司的业务，就算完成任务了。

“那边的女士，请上台来，自我推荐，毛遂自荐嘛！做女人要挺好，还要胆子挺大！”女主持人说着时兴的广告语，赢得几位男士不怀好意的干笑。

桑蕊见主持人召唤她，忙走上台，清清嗓门，台下，那么多双眼睛对着她，她开始紧张，这样众目睽睽之下即兴推销，还是头一遭呢。

“大家好，我，我是来自京城比较购物网站的桑蕊，我们公司的主营业务是购物，类似美国的比较购物……”桑蕊磕磕巴巴总算将公司的业务说完了，至于，台下人有没有听懂，有没人感兴趣，她无法掌控。

“哟，这位桑女士原来是位创业女王呀，来，为她的勇气鼓掌加油！”女主持人接过话筒，不失时机将气氛推向高潮。

“不，不是的，我只是打工……”桑蕊一听，坏了，她理解错了，慌乱地摆手不肯承认，苦于嗓音太小，估计没人听见她的解释。

艳丽的女主持人才不理会她的狼狈呢，嗓音清脆地叫下一位男同胞上来，桑蕊不得已讪笑着下台，找到自己的位置，低头翻看空白的笔记本掩盖心中的慌乱。

“你好，桑小姐，我们可以聊聊吗？”有人俯身伸出一张光洁的名片过来，桑蕊蓦然抬头，一位年约五十岁的男子，西装革履，满面堆笑地朝她说话呢。

“哦，当然，当然可以！”她反应过来，叠声点头。“那，我可以请你到那边喝杯咖啡吗？这里太吵了。”男子很绅士地征询她的意见。

桑蕊还在琢磨着他名片上的内容：上海盛天投资公司董事长，朱能。她翻来覆去看了又看，不敢确定其身份的真假。

“怎么？桑小姐不相信鄙人是投资公司老板？”朱能抿嘴一乐，他是狡猾的老狐狸，看穿她凌乱的心思。

“哎哟，不是啦，怎么会不相信呢，我们过去吧。”桑蕊难为情地笑了，立马回过神来，意识到自己刚才的言行举止，大约会令对方不爽，出于心理补偿，她用迅速的行动回报他。

“桑小姐请。”朱能彬彬有礼地伸出手，好像民国时期大上海老派人家出来的纨绔子弟，桑蕊并不喜欢这样的做作——这都什么年代了，还需要这样吗？

他深以此为荣——努力收缩着微凸的肚腩，使得发福的身型尽量维持到年轻时的健壮弧形，事实上，并不可能。

朱能侧身让路，桑蕊昂首先走，等桑蕊走在前面，他跟随她身后，仔细打量着她的身影：浑圆的臀部，纤细的腰肢，修长的双腿，他暗中赞许她拥有一副堪比模特匀称的好身材。

“来杯什么咖啡？桑小姐是喜欢卡布奇诺还是拿铁？”朱能上半身向前倾，很贴心地推介。桑蕊对咖啡文化知之甚少，并不太爱那苦涩的滋味。不过，在人人以喝咖啡为小资情调的风气下，她也常去星巴克，端上一杯香草的拿铁就此消磨大半天，借此标榜自己也是小资女一枚——每个人活在这世上，都得有个标签，她也屈从了。

“拿铁好了，谢谢。”她冲朱能笑着示谢，神情拘谨，不清楚他何以单独找她交流。

“桑小姐也是单身？”朱能剑眉小眼，塌鼻猪孔，厚薄均匀的嘴唇，泛着油光，白皙细嫩的肉团脸，一看就保养得当。

一个也字，桑蕊惊出一身冷汗，他真当她来相亲了。“嗯，哦，也算是吧。”她假装低头找电话本，搪塞着。

“也算是，什么话？单身不单身这是个黑白分明的原则问题，哪里谈得上也算是！”朱能突地将声调提高，浓黑的剑眉紧皱成川字，嘴唇抿得紧紧的，团脸拉长，似对桑蕊的无心之语甚为不满。

“是，我单身。”桑蕊见他变色之快，笑容凝固，肩膀不舒服地为之一颤。

“对不起，我是军人，不瞒你说，我的个性，和《亮剑》里李云龙的性格很相似，请别见怪。”朱能抓起柠檬水，小口吞咽，神色缓和些，酒店大堂的温暖如春的氛围，着实不适合板起面孔训人。

都梁的小说《血色浪漫》，桑蕊最为熟悉，《亮剑》的收视率也极高，她追电视剧少，只听闻这部电视剧精彩，念及《血色浪漫》

主角钟跃民放荡不羁的脾性，也能猜测到这柳云龙脾气好不到哪里去，他愿以他为荣，寻着这出处，她也不去计较。

“我从部队转业后，就在上海做生意，刚离婚了，儿子上大学，给了前妻三百万，我单身，需要寻求一位知书达理的女孩和我享受人生。钱，对于我不是问题，在上海，我有别墅、汽车。”朱能念演讲稿一样流畅，一口气说完，舔舔嘴唇，双臂交叉于胸前，眉宇间踌躇满志，静待桑蕊表态。

不可否认，他说的这些硬件，对一位经济实力不强的未婚女性来说，肯定是不小的诱惑，对桑蕊而言同样如此。想起文森，正在创业的文森，她面上浮现一丝苦涩的笑容——严格意义来说，她不算是单身，丧失和这位男士交往的资格。

“年轻漂亮的好女孩很多，你这样的条件，很好找啊！”桑蕊双手托腮，笑意盈盈，事不关己，她才可以如此笃定。

“是啊，我也见过大眼睛的女明星，漂亮是漂亮，我找的是老婆，像桑小姐这样好气质的，又不是明星。”咖啡来了，桑蕊的这杯香草拿铁，有完美的桃心图案，她端到嘴边，心儿猛然一跳，用力一口气将这颗心吹破裂，朱能的眼里闪烁出不可名状的光芒，话中有深意。

两人各怀心思品尝自己的咖啡，不加糖的咖啡味道很苦，如同生活的本质——生下来，活下去。

酒店大堂的台灯此起彼伏有序地盏盏发亮，蛋黄的暖色光影中，人如同游走在提香的油画里，桑蕊扭头望向外面，透过大块玻璃，夜幕降临下，树木、高楼、流动的人群，影影绰绰，模糊且不真切，好似一座缥缈虚幻的海市蜃楼。

“我得走了。”桑蕊的身子突然变得懒散了，窝在柔软舒适的沙发上，真不想动弹，可她必须得走。

“好，桑小姐搭车回去？”朱能也起身，扬手招呼侍应生过来买单。

“不，我搭地铁，谢谢你的咖啡。”桑蕊不卑不亢笑着，微躬身整理有皱的裙边，她矜持地等待着他买单。

“好，我就不送了，今晚，我有饭局安排，对了，我就住这酒店，明晚，不知你有空吗？我想请你吃个便饭？先预约下，漂亮的女孩，请吃饭的人都得排队嘛。”朱能撸起衣袖，抬腕看表，说着悦耳动听的漂亮话，和他严厉的军人形象相去甚远。他的腕表四周镶了一圈钻石，桑蕊瞥了一眼，是劳力士，土财主、暴发户们的选择。桑蕊面上不动声色，在酒店工作期间，有钱人见得不少，她能泰然处之。

第二天下午下班后，桑蕊没等到朱能的电话，以为他不过是随嘴说说，也不当真，等到公司人走光后，她来到地下车库，四周瞟下，没见到公司的人影，快速上车，坐文森车内，才系上安全带。手机响了，她用的是三星翻盖手机，音乐是蓝色的多瑙河，悠扬舒缓。

是朱能打过来的，要她到明珠饭店吃饭，挂上电话，她问文森，明珠饭店在哪里？有朋友约她吃饭。

“哟，那可是个高档的地方，你什么朋友呀？约你去那儿吃饭，可真下本了。”文森警惕起来，边调转方向，边调侃。

“我能有什么朋友，不过是黄主管要我代表公司参加的相亲活动，碰上一个做投资的上海人，他请客呀。”桑蕊不以为然回他。

“哦，好事呀，那你今天也是代表公司赴宴！”文森的语气有明显的醋意。

“什么呀，不过吃顿饭，看你这样。”桑蕊心头暗喜，白了他一眼，他的心眼可真小，比针眼也大不了多少。

“不管你，你是自由的。我送你过去。”文森略微无奈地瞟她一眼，桑蕊穿着白色蕾丝边的吊带衣，外套黑色西服，漂亮的锁骨，修长如天鹅的脖颈，比起她秀美的脸庞更易令人想入非非。

一个小时后，桑蕊坐在朱能对面，这是情侣卡座，有小木门虚掩着，别具浪漫。

他点了菜，没要酒，脸色泛红，不时搓手，言谈举止比醉酒后还兴奋，貌似情人重逢的愉悦。

两人以鲜榨玉米汁代酒举杯，浓香的玉米汁，带有甜味，桑蕊一度以为在啃鲜嫩的小玉米棒子。

“桑小姐，你们公司做互联网？”朱能用筷子夹住一片上汤娃娃菜，在半空停顿，先发问，才一口吞进嘴，细嚼慢咽。

“嗯，是呀。”桑蕊挑起一块被侍应生分割均匀的鱼肉——高档酒店，无非是让人更懒动手。

入口鲜嫩，她忍不住，再挑一块，“这是什么鱼呀，怎么比我在南国吃的鱼还鲜嫩呢？”桑蕊咂嘴赞叹着。

“苏眉呀，这种鱼可是石斑鱼中一等一的品种了，很名贵。”朱能的语气是有钱人常见的优越感，看似语气平淡，实际得意非凡。

“哦，是么？我吃过河豚，河豚的汤可也是一等一的鲜美哩。”桑蕊飞起眼角，不是逞强，只是见不惯他隐藏于内心的那份自以为是——有钱人的自以为是，有钱就有一切，就能藐视一切的自以为是。

“河豚有毒，我不会拿自己的生命去冒险过嘴瘾，我是控制力强的军人！”朱能意识清醒，他又变脸了，俨然是有社会责任感的军官，维护人间正道的君子。

“哈，我不这么看，这世间，唯有爱和美食不可辜负。”桑蕊神色认真地顶嘴，话说快了，就没过脑子。

“爱？爱情不可辜负？”朱能会错意，他再次变脸，长脸成团脸，亲热地用公筷夹起一片她爱吃的苏眉鱼肉，贴心地放进她碗内。

桑蕊的脸“腾”的一下变红：爱情，是她视为崇高的天籁之音，并非他信口开河。

“我可以为你公司投资几百万，在上海开间分公司，有没有兴趣？”朱能被她的沉默气势震慑住了，他聪明地转移到会使她感兴趣的话题。

“真的！？”桑蕊的嗓门由于过度惊喜，乍然提高，朱能眼角的笑意浓郁，细微的鱼尾纹在近距离下明显深刻——岁月终不饶人，他是有钱的中老年人。

“当然，几百万而已！对于我的投资公司是很小的数目。”朱能气定神闲地盯着她，从胸到锁骨，一路攀缘，定在她因激动涨红的脸蛋上。

“是真的么？是真的？”可怜的桑蕊心跳加快，上半身毫无节制地向前倾，丝毫不担心自己这样的姿态，缺乏淑女的优雅。

这对于她而言是多么有成就感的事！想想，她，一个进公司不到半年的新人，竟然引入几百万的资金，无疑值得公司从上到下的人对她尊重，最主要，最主要她欣赏文森的创业精神，她是在帮中意的男朋友解决难题。

朱能似乎早料到他这句话会引出的爆炸效果，他不紧不慢放下竹筷，双手交叉顶住下颚，欣赏一部舞台剧一样，感同身受着桑蕊的情绪变动，可爱、涉世未深的单纯女人的共同反应。这是他早已缺失的功能：轻信、易激动，很容易就满足，达到快乐的巅峰。

“不骗你。明天我回上海，想麻烦桑小姐送我下。”他在最恰当的时机提出他想要的条件。

“可以呀！肯定可以！”桑蕊脸颊上的红晕还没散退，神经还处在极度亢奋中，她不假思索地答应，眼睛明亮，嘴唇红艳，整个人如灯光下的宝石一般光彩夺目。

朱能凝视着她，团脸上展现出可亲可敬的笑容，是年老的长者对年轻的小辈溺爱的神情。

在人潮涌动的火车站，桑蕊陪着朱能，蹒跚挪步，脚步匆匆的旅人们，像蝗虫一样从四面面八方涌来，谁也顾不得多看谁一眼，着装考究的朱能，混杂在寒酸或比他还考究的众多躯壳内，黯然失色，他们不时互撞，客气点头后，谁也不睬谁，各奔东西。

朱能坐的是卧铺，提前上到车厢，桑蕊的手机响了，是文森。她趁他走远。不露声色地调为无声震动，文森的短信又追来，询问她的去处。桑蕊急于脱身，又不能流露出半分想走的神色，朱能慢吞吞地靠窗坐下，他向她招手，拍着空的下铺位置：“坐坐，还早呢，陪我一会儿。”

桑蕊并不想挨他那么近，她迟疑着举步不前，让开，让开！急促的呼喝声，一位牛高马大的北方汉子拖着笨重的行李箱大步流星过来，桑蕊躲避不及，向后退步：“朱总，我先走了，电话联系！”她将手放在耳朵后面，做了个打电话的动作，顺势溜下车。

“跑哪儿去了，电话也不接？”文森面带愠色，他半躺在卧室的摇椅上，穿着条纹睡袍，手里握住紫砂壶茶盅，眼睛盯着电视画面。

他没开灯，卧室的光线稍显黑暗，他租的这间大房朝向不好，鲜有阳光照射，桑蕊搬进来和他同居已有一个月了。

“喔唷，我去工作了啦，怎么，今儿不吃饭？”她娇俏地回答他，走进厨房，拉开冰箱，空空如也。

“我今天不吃饭，排毒！”在美国的上层社会，人们都会在每月抽出几天不吃饭，让身体排毒。文森随手捡起盘中的一粒花生米，丢进嘴里有滋有味地咀嚼着看片。

为了缓解紧绷的神经，回到家，他多半看美国大片，在紧张刺激的节奏中放松情绪。

现在看的正是《越狱》。

“那我吃什么？”桑蕊小声嘟囔着叹气，她可没想到用饿肚子来排什么毒，她走过来，身体斜靠在门框上。“你随便煮碗面也可以呀，吃饭嘛，简单最好。”文森的语气中有些恼怒，看也不愿多看她一眼。

“好嘛，我最拿手的菜就是葱花煎蛋面！”桑蕊也没注意他的冷淡，她还沉浸在自己的想象中，准备等下告诉他，给他一个惊喜。

金黄的煎蛋面上洒一撮细碎青绿的葱花，光是热气散发出的香气，也令桑蕊流口水了，她端起面条坐在他脚边的矮凳上，兴致勃勃地吸拉着面条，与他一起看电视。

沏好茶后，桑蕊才故作神秘地对文森说出朱能有兴趣投资公司的消息，文森一听，差点从椅子上掉下来。他哐当放下不离手的茶盅，啪地关掉电视，扔下遥控器，抓住桑蕊的手，他的目光，透出熠熠生辉的晶莹，这光芒足以照耀世界的黑暗：“桑蕊，你太棒了，要真做成这事，你可是公司的大功臣！”

“我还没有把握呢，上午，我就是去送他。”桑蕊也被他爆发出的激情与兴奋所感染，前方的道路，她看到了光明和希望，她竭力压抑住狂喜的心情，腼腆羞涩。

“你接下来准备怎么做？”文森不理会她，直接盘问，恢复了身为她上司的冷静、精明。

“我，我也不懂。”桑蕊确实不清楚，如何跟进？

“下周一你联系他，要他再来北京就到公司考察。现在做资本运作的人，忽悠也多，我们要谨慎，不过，这世界就是，忽悠做成事了，就是成功，做不成就成了忽悠。”

文森的眼神里一丝冷酷的狠劲一闪而过，他双手交叉于胸前，这是他在思考问题的时候的常规动作，缓缓走向客厅正中央，这里，唯有这里，会有一丝光亮透进来。

“我要亲自见见他，才能判断他的真实意图，好了，我带你出去兜兜风！”文森脱掉睡袍，向卧室走去，神色温柔。

“哇，这样才浪漫哦！”桑蕊高兴地原地旋转起来，兴冲冲地到洗手间梳洗。

朱能爽快答应了桑蕊的请求，并定下日期，一周后，文森开车，桑蕊陪同，从朱能住的香格里拉酒店接走他，桑蕊与朱能坐在后排位置，文森稍微有不舒服，这样一来，他竟成了朱能的专职司机了。

上到办公室，朱能转悠一圈，回到文森的总经理办公室，让他谈谈他的商业模式和盈利模式。朱能坐在文森的对面，饶有兴趣。

文森见他单刀直入，也不废话，桑蕊与朱能并肩坐一起，他走到墙上黑板前，清清喉咙，面对他的女友和陌生的男人，开始他惯常的路演。

不过，路演至半途，文森就进不了状态，他留意到朱能对他的项目，兴趣不浓。他靠拢桑蕊，不时低头和她说笑，他很气愤，觉得得不到他的尊重，觉得他不是真心实意要来投资，更多是用投资的幌子泡妞。

多年来在国外的生活，让他变得性格简单，看透朱能的把戏后，他再也无法伪装热情，他觉得再讲下去，也是徒劳无功。他沮丧地停顿下来，嘴边涌出一圈同样疲沓的白色碎沫，桑蕊正专心聆听，目光定格在他嘴边自己也不知情的唾沫星上，她焦灼不安，又难堪之极，她想不到他竟然对自己创业的商业模式，没有信心，没有希望，他竟然说不下去，可嘴边的白色泡沫是怎么回事？太难看，太丢人了！桑蕊替他难受，她真想上前为他抹去，她不能，当着朱能的面，她做不到，她与文森只是上下级关系。

朱能神色笃定假装没见到他嘴边的白碎沫，怎么，就这些？他觉察到他的异样，双手缓慢松开，疑惑地问他，有轻视，也有不解。桑蕊在旁瞪眼干着急。

按照计划，接下来就该由文森做东邀请朱能午宴。文森回国两年了，他在渐近调整这二愣子的性格，他努力挤出真诚的笑，竭力控制自己拂袖扬长而去的冲动："抱歉，朱总，我状态不好，这个商业模式就说到这儿，咱们就当交个朋友，我们先吃饭去。"

"就是嘛，在饭桌上边吃边聊，完全不用搞得这样正式紧张。"朱能暗中长吁一口气，整个人松懈下来，拖长腔调。

文森做不出他这般自来熟，他保持着距离，向他伸手做出个请的手势。

"Lady first！"朱能嘴里竟然冒出一句不熟练的英文，文森闻言，刚迈出的一条腿，生生定住，他尴尬地杵在门口，进退两难。"朱总真有风度！"桑蕊适时插话，忙起身，向前走。

"我来请客吧。"朱能上到香槟色的奥迪 A8 车内，他爱抚地摩挲着真皮椅座，冲驾驶的文森提议。

"怎么能让你破费呢？这是北京，我们公司做东。"文森心里暗骂他是老狐狸，嘴上却不得不说着言不由衷的客套话。

"是呀，朱总，你就别客气了！"桑蕊也接嘴。"那，我就不客气！”朱能半躺在车后，宽大的空间，他能伸长腿，完全放松。

“哎哟，人说开宝马是有钱人，开 POLO 必定是二奶，这奥迪车呢，得是部长级别的官才有资格坐哩。”朱能以为这话好笑，说完自己就先笑了。文森听得很不是滋味，假装开车，没听见，桑蕊在后座，她难为情地跟着笑，算是配合朱能，心里嘀咕，这人说话怎么老没正经？

午饭后，文森送朱能回香格里拉酒店，在酒店门口，文森停好车，下来与他握手告别，不进去喝杯咖啡？朱能摇晃着文森的手，眼睛瞟向桑蕊，满含渴求。桑蕊与文森并肩而立。

“要不，就进去小坐下？”桑蕊不忍拂他好心，侧头询问。“好。我去停车，桑蕊，你先陪朱总进去。”文森点头同意，吩咐她。

朱能待文森上车，他就伸手想要牵桑蕊，桑蕊巧妙地躲过去，他也不介意。香格里拉的大堂，香气熏人，朱能选了窗边的长沙发坐下，桑蕊掂量着该坐在哪一边，与朱能同坐，还是与文森一起？两边相对的长沙发，唯独就缺一个单人座椅。

左思右想，她选择与朱能相对而坐，也应对她身份，她是文森公司的策划人员。

朱能不觉意外，昂首一笑，他是那种对不服从他意愿的人或者事，都持以无所谓态度，起码面上这样流露，真实的心底是否也这样洒脱，就不得而知了。

“今晚，你留下来，我们一起游泳，我要欣赏你的好身材。”文森不在，朱能说话大胆露骨，桑蕊听得脸红心跳，一丝得意，一丝羞恼，恨不得马上走开，又不能。她一声不吭俯就桌前，不错眼珠盯着小方玻璃里的插花出神。

朱能全然不理会她的冷落，侍应生过来，他叫了两杯咖啡，一杯卡布奇诺，一杯香草拿铁，难为他还记得桑蕊的喜好。

桑蕊旋即抬头，以眼神示谢，文森走过来，落座于桑蕊这厢，两个男人开始热烈交谈，话题无非围绕时下的政策动态。政治是男人永恒的话题，桑蕊不理政治，也不懂男人，只安静小口啜饮咖啡。

文森要告辞了，他起身前，朱能看似随意地与他开玩笑："付总，我想邀请你的部下桑蕊小姐留下与我共进晚餐，你批准吗？"

"我，我还有事呢。"桑蕊大感意外，他会耍这样低级的手腕——用行政命令强迫，就这样，她看清了他，强压心中不快，她委婉向文森求助。

"这个嘛，属于桑小姐的私人时间，得尊重她，我做不了主。"文森愕然后虚弱反击，他双手一摊，像电影里的老外一样无奈地耸耸肩。

"我先行一步，桑蕊，你自己决定。"文森说完，就慌张离去，朱能笑眯眯地双手抱胸，胸有成竹地静候桑蕊。

桑蕊很纠结，她紧咬住下唇，留下陪他？她一点也不喜欢他，凭什么要陪他？她清楚，文森的心里肯定不好过，看他走得那么快，步伐那么不稳。

难道真的为了他嘴上所说的投资，她就必须要陪他，还要一起游泳？桑蕊想想也觉恶心，她不愿意，宁愿不要这什么玩意儿的投资，她又不是卖身。

"对不起，朱总，我有事，恕不相陪。"桑蕊微笑着，坚定地拒绝他。

"怎么？桑小姐不考虑一下？"朱能胜券在握，团脸上浮现一抹暧昧不清的笑，浓黑的剑眉皱成川纹，桑蕊很惊奇，这个男人的脸上，怎能容忍两种表情同时存在？

“嗯，我真有事。”桑蕊怎会不懂他所指，她不是不可以被人豢养，也不是不可以被人收买，不过，她委实瞧不上他这套以利诱逼的把戏。

男女的感情，你情我愿才好，生意是生意，感情是感情，两码事。

快步冲出酒店大门，拦下一部的士，桑蕊就拨打文森的电话，他的电话通了许久才接听，声音疲惫不堪：“怎么了？”“我回来，你等我。”桑蕊从未如此想见到他，她想紧紧抱住他，抚慰他受伤的心，告诉他，她爱他。

“你怎么不陪朱大哥？”开门后，满面欢喜的桑蕊就被文森阴阳怪气的话整懵了，“我，我干吗要陪他？”她很是憋屈，将包扔在沙发上。

“我看出来了，朱大哥对你有兴趣，他说的投资，也冲你而来。”文森冷冷地说，神情沮丧，他走到客厅中央的窗前，护栏外面的天空，一片灰败。

“我，我对他没兴趣，我只想他能出资帮帮你。”桑蕊走到他身旁，柔情对他说。

“没用，桑蕊。你跟着我没用。”文森像遭受重创的困兽，躲闪着桑蕊的热情，瞪大双眼，直勾勾望向窗外，喃喃自语中，唇边跑出一圈细碎的白沫。

桑蕊酸楚不已，是他被朱能打败了吗？还是他压根就没想与她一起好好过？她默然走过，伸出双手紧紧箍住他腰。在这座城市，她与他本质上都是天涯沦落人，她莫名地心疼他，就如心痛自己。

是夜，两人躺在床上，看电视节目《面对面》，时钟指向十点半，桑蕊正要起身梳洗休息，手机短信嘀嘀响了，“要是你在我身边就好，想你。”是朱能发来的，也不知是故意捣蛋还是明明挑战。

桑蕊看后无语，正要删除，“是朱大哥？这么晚，肯定没什么好话。”文森眼皮也不抬，脸色突得微红，语气冲得很。

“嗯，不理他。我们洗洗睡吧。”桑蕊莞尔一笑，文森目不斜视地盯着电视画面中缤纷耀眼的洗发水广告。今夜，注定无眠，两人背身而睡，有了相识以来的第一次失语。

十五

桑叶接到桑蕊的电话，要她火速赶过去，她要搬家离开文森。两人的感情，因了朱能的介入，走到尽头。

“东西可都收拾好了？”桑叶关切地问，这么多年了，她已经成为她亲密的战友，她的一惊一乍，桑叶都以平常心相对。

“男人嘛，不过是我们的工具，用完就扔掉，何须动真情？”桑叶的经验之谈，对桑蕊起不了任何警示作用。就是到了与男人绝交的田地，遭遇男人的抛弃，桑蕊，她还是要寻找男人，好了伤疤忘了痛。

“说你什么好呢？这回，你该对男人死心了？”“下一个，下一个，我相信会好！”坐在桑叶的车上，前十分钟还为文森泪如雨下，伤心欲绝的桑蕊，当桑叶的讽刺为耳边风，破涕为笑，给自己鼓气。

“接下来，你怎么打算？”桑叶没问，桑蕊自己也心慌，公司，是回不去了，和文森的关系决裂后，她不可能厚着脸皮去上班，也毫无意义！

竟然就真的走到这一步了！桑蕊唏嘘着，鼻子无端发酸，车窗外的高楼鳞次栉比，夜色下的城市，鬼魅般迷人，精彩纷繁的霓虹灯下，她将何去何从？孤苦无依的漂泊感油然而生，她加倍感激桑叶，在危难中的援手帮忙。

“也别多想了，男人嘛，早和你说过千遍万遍，不要当真，你喜欢受伤，怨得了哪个，嘻嘻嘻？”桑叶半是安慰半是戏弄，一手握住方向盘，一手麻利地撕开帝王香烟：“尝尝，这烟，味道可呛人了，刺激过瘾！”

“怎么？你不抽韩国女士细烟了？”桑蕊接过来，从包里掏出火机点燃，递给她，她也时不时来两支，时髦的都市女郎，谁不会抽烟？就为这，文森没和她少吵架，不过，都过去了。现在，她想怎么抽就怎么抽！

“我讨厌细烟，还是喜欢粗的，男人嘛，还是粗点好。”桑叶放肆地说笑，她粗野的幽默，桑蕊最能欣赏，她也开怀畅笑。窗上雨滴飘落，雨声淅淅沥沥，路面陡然空旷，桑叶加大油门，将音乐的音量调高，许巍的《完美生活》：“青春的岁月，我们身不由己，青春的岁月，放浪的生涯，就任这时光，奔腾如流水，体会这狂野，体会孤独……”两人跟着高声哼唱，相视一笑，在欢唱中前进，前方的道路在大雨滂沱中迷茫不清。

桑叶领着桑蕊到豪华的酒店大堂等电梯。“不回去？”桑蕊抖动着连帽衫上的雨滴。“有个朋友过来了，晚上一起唱歌。”桑叶镇静地说。

“也不早说？我好好打扮下呀！”桑蕊听到要见新人，不由嗔怪她。“打扮什么？这样最好，你将头发扎在脑后，很有活力！”桑叶瞅了她一眼，赞赏指点道。

桑蕊穿了白色连帽紧身衫，水蓝包臀牛仔裤，白色小羊皮高跟鞋，头发在脑后束成发髻，露出光洁紧致的脸庞，眼眸明亮，红唇鲜艳，哪有半点失恋女子的颓败之势。

桑叶沿袭她大姐大女王一贯风格，白色长喇叭麻裤，白色桃心领长袖紧身薄羊毛衫，胯间的 LV 花纹皮带，相得益彰。

推开包房门，座中两位男子正低声交谈。“哇呀，女王驾到！有失远迎！”戴黑框眼镜的黑小个男子，忙起身，张开双臂，作势拥抱桑叶。

“哎哟，北京欢迎你们！黄总，庄行长！”桑叶媚笑着，以京城女主人的高姿态，与两位男人左右拥抱。

桑蕊羞涩地在旁，傻傻痴笑看这一幕。

“哟，还带了美女过来？介绍下？”庄行长戴着金边高度近视眼镜，他一身军绿的休闲衣裤，不好辨认实际年龄，桑蕊瞅着他是挺眼熟，就是想不起在哪里见过。

“你们认识呀，我妹妹桑蕊。以前在南国一家五星级酒店上班，我们一起吃过饭，喝过酒，这么快就忘啦？”桑叶娇滴滴地提醒着。

“嗨，是有这档子事。”庄行长一拍脑门，“桑蕊，哎哟，桑蕊，好身材，你的样貌不及你身材好！”庄行长跷起大拇指，客观公正地赞赏她后，很商务地掏出名片双手递给她。

庄嘉德，桑蕊看清了，名片上的头衔是行长，记起他来，在南国酒店吃过饭，一下拉近距离，她亲热地坐在他身边。

“你怎么也跑北京了？‘北漂’可不好当。”庄嘉德侧身问她，桑叶与黄总谈得热络，顾不上这两人。

“桑叶，黄总在北京，那是杠杠的牛！他是清华毕业的高才生，北京的校友，做高官的，多得很。”庄嘉德不失时机在桑叶面前吹嘘黄总的实力，桑叶一听，笑容灿烂如绽放的春花。“来，黄总，这是第二次见面，喝酒！”桑叶拉着黄总的手，将杯子递到他手中。

“嗨，这，这桑小姐可豪爽！庄行长，你身边的美女，太厉害，太不一般了！”黄总乐呵呵地，拽住桑叶的手不放。

“桑叶在南国，就是大美人大名人！年轻、漂亮、能干！人见人爱！一般老板看不上眼，是你黄总有魅力，人家才和你喝酒呢！”庄嘉德扭头过去，舌绽莲花，桑叶听得全身舒畅，她腰身笔挺，嘴角上扬，举杯的姿态也是动人之极。这庄嘉德，就是有这能耐，明明是赞美别人，无形中抬高了自己的身份。

“哦呦，那，我说什么也得喝两杯！”黄总被两人撩拨得兴起，他大呼小叫起身忙活着倒酒，锁定桑叶。

庄嘉德见桑蕊性格不如桑叶活跃，他也不强行找话题，起身点了一首辛晓琪的《味道》，站在电视前，握住话筒，深情款款唱着情歌。

我想念你的笑……想念你白色袜子和你身上的味道……桑蕊听在耳里，甚为诧异：这样的老男人竟然将如此深情的女性歌曲演绎出另一番滋味来，有点意思。她不禁多看了他一眼，他似乎注意到了，唱得更为投入。突然，一阵掌声、口哨声响起来，打破温馨的画面，桑蕊正觉奇怪，回头一看，是桑叶捣蛋，她绕过众人，跑到点歌电脑的页面，用了电子音的鼓掌声、吹口哨声，营造出搞怪的氛围。

庄行长丝毫不受影响，用心将歌唱罢，来到桑叶面前，邀请她跳舞，是邓丽君的《小城故事》软绵绵的靡靡之音，适合跳贴面舞。

桑蕊安静地坐着，黄总端着酒杯过来，向她敬酒，桑蕊客气地轻轻抿一小口，他们喝燕京啤酒，桑蕊一向不爱啤酒，马尿味，肚子发胀不说，还得老跑厕所。

“怎么，不去点歌？”黄总估计喝得不少，醉醺醺地歪倒在沙发上，领带也扯松了，桑蕊来不及回话，黄总又冲着跳舞的两人高声嚷嚷："桑叶，桑叶，喝酒，喝酒！"

桑叶和庄行长贴着耳朵说悄悄话呢，她回身粲然一笑：桑蕊，你先陪黄总喝一杯！

她发话了，桑蕊不敢不从，她倒满两杯金黄的液体，一杯交到黄总手里，他的手发抖，酒溢出洒在他手背上，他浑然不觉。"黄总，我敬你，祝黄总生意兴隆，财源滚滚！"桑蕊说着生意人都爱听的吉利话，一仰头，将杯中的啤酒一饮而尽，空杯在黄总眼前晃动着："该你啦。"

"好！"黄总也是一滴不剩。"来猜拳！""我不会。"桑蕊投降了，她是真不会。"我来！"桑叶走来，一把推开桑蕊，坐在黄总面前，张开粉拳，和他玩游戏。

桑蕊有上厕所的欲望，赶忙开门出去，到了明亮的洗手间，她见到镜子中的女孩，面若桃花，嘴唇绯红，气质温婉，这么美丽不可方物的女人，还不是照样过得不如意？还遭人抛弃成弃妇，她的情绪无端低落，着实高兴不起来。

懒懒进到包房，就见庄嘉德站着，正动情唱歌，他眼角瞥见她，丢下话筒，微躬身，一手在背后，一手做了请的动作，桑蕊不敢擅作主张，她惊慌失措朝桑叶瞟去，征得桑叶点头，她也就笑着接受。

"你很有女人味！"庄嘉德附耳赞美，桑蕊听得多了，心头难免不涌起一股幽怨的哀伤，难道她不漂亮？男人们只有委婉地用"气质""味道"来奉承她。她默然笑着回敬他："你很有男人味呀！"他很乐意她的唱和，张嘴笑了，搂着她腰身的手，猛然用力，桑蕊没防备，几乎扑入他怀中，舞步凌乱，踩到他脚背，"哎哟——对不起，对不起！"她松开手，俯身查看，怕伤到他。

"不要紧，那就休息会儿。"庄嘉和颜悦色笑道，牵她手坐到沙发上，拧开一瓶矿泉水瓶盖，交给她，桑蕊正口渴，仰头就喝。“你的电话号码没给我呢？”庄嘉德耐心等她灌完水，才轻轻地说。

“哦，我也有名片。”桑蕊翻出名片夹，偏头迟疑数秒，还是递给他，尽管事实上，从明天起，她就不再是名片公司上的成员。

“你们公司做互联网？可以找个机会聊聊，我有朋友开投资公司，到处找项目呢。”庄嘉德抬起眼镜，凑拢看清楚，颇为认真地对桑蕊说。她毫不动心，她甜笑着和他敬完酒，一个人落寞地盯着电视屏幕上的画面，若有所思：明天，她的明天在哪里？

桑叶住在海淀区，学校附近的单身公寓。桑叶的新相好吴红军是在北京拥有自己事业版图的成功老板，她选择这样的时机来到北京进修，桑蕊隐约猜到，是为了靠近吴红军的一种策略。

在京城，桑蕊举目无亲，好在还有一位桑叶，万能的桑叶，总在她最需要的时候出现，这也养成桑蕊对她的精神依赖，凡事以她为主心骨。

早上八点，桑叶也不见人影，她就是有这本事，昨晚酒醉，次日照常醒来，该干吗干吗。桑蕊睁大双眼，躺在床上，思量着下一步在京城如何谋生。

还是找工作呗！梦里想过千万次，还得落实到行动上，桑蕊起床，洗漱后出门买报纸，正在招聘广告栏专注搜寻适合的岗位，手机响了，是一串陌生的号码，她疑惑着接听。“桑小姐早！”庄嘉德浑厚的嗓音直灌耳门，“咦，你好，庄行长。”桑蕊惊奇之下，回想昨晚与他跳舞的糗事，不禁会心一笑。

“我在机场，要回南国，五一假期，我会再来北京，到时候单独请你吃饭！”庄嘉德像与她是交往多年的老朋友，语气亲切。

“好哇！”桑蕊听得心头一沉：怎么，就要到五一假期了？时间太快了，和文森纠缠的日子，使她忽略了宝贵时间的悄然流逝，浪费，太浪费了。

“好，我登机了，下回见！”庄嘉德语气甚为欢欣，桑蕊心头惆怅无比，“那，祝你一路平安。”她客套话说完，挂断电话，心里掠过一丝惊喜的狐疑：他怎么会给她打电话呢？罢了，一个电话而已，说明不了什么。

相比桑蕊的闲散而言，桑叶从来都是忙碌飞行的花蝴蝶，在南国，晚晚必定有饭局应酬，吃饭、唱歌、酒吧、吃夜宵。来到京城，她还是这样忙碌，天南海北的朋友多如过江之鲫，纷纷涌入京城，寻找商机，三里屯的酒吧、工体的时尚餐馆，她很快成为常客。

“晚上打扮漂亮点，到‘美丽会’潇洒去！南国的姐妹们来了！先到簋街吃小龙虾！”天刚擦黑，桑蕊就接到桑叶的指令，她在放学归来的途中。

沉寂了一天，桑蕊也想活动活动身子骨，她好生奇怪，离开文森后，竟然没有一丁点不适，当他提出分手时，她是多么惧怕自己会离不开他，在她拖着行李出门时，他却如释重负地悄然舒了口气，她愤怒地浑身发抖。一个夜晚之后，这个世界，谁离开谁，都没那么重要。这不，太阳照样升起，地球照样在转。

这是桑叶的口头禅，她走路风风火火，从来也不会为身边哪个男人浪费时间伤神落泪，旧的不去，新的不来，下一个更好！

出发！桑叶开着车在公寓楼下，等待的空隙，她充分利用时间，对着车上的小镜子涂抹口红，扫匀胭脂，头发，用手胡乱抓出随意的发型，别上亮闪闪的发夹，姣好的容颜，人见人爱。

桑蕊一上车，她扭头媚笑：“今天，我漂亮吗？”“不，不漂亮，今天，你更漂亮。”桑蕊故作正经，一板一眼逗她，两人一起快乐大笑。

簋街是小吃一条街，远远就见红光一片，还未靠近，麻辣的香气就在空中像鬼魂一样四处游荡，每一座城市，每一片区都有它的体味，工体是酒味，三里屯是脂粉香味，簋街就是红红火火的麻辣味。

“独一味”烤鱼、“胡大”麻辣小龙虾店内食客坐得满满当当，两人叫上老板在门口搭桌子，先来六只最贵的小龙虾，再来两瓶啤酒。“我俩先吃着，她们还在飞机上呢！”桑叶拉过塑料凳子，将过万元的 LV 提包塞在怀中，坏笑着吩咐店家。

“你请客？”桑蕊见她如此安排。“有男人在，怎么会要我们女人买单呢？”桑叶撇撇嘴。

噢，桑蕊放下心来，白吃白喝，何乐而不为？

麻辣的香气萦绕四周，两人都忍不住吞口水，这香辣的气息可不和桑家沟晒干的“二荆条”红海椒晒干捣碎的海椒面一个味儿？

全身红彤彤的小龙虾端上来了，香气和油气一阵阵往两人鼻孔里钻，两人目光交汇，心有灵犀一点通，迫不及待胡乱套上白色塑料手套，不顾形象，一人抓一只，张嘴撕咬起来，不多会儿，就辣得两眼冒泪花。

“爽！”桑叶攥住一瓶啤酒，咕咚咕咚倒进嗓子眼，动作豪迈，神清气爽。“这样吃东西才过瘾呢，是不是？在高档地方喝酒吃饭，都要装，累得慌。可是不装吧，这些男人又不喜欢。哼，干杯，为装的好生活！”她酒量大得惊人，一瓶空了，挥手又来一瓶。

搂着一把快枯萎红玫瑰的卖花男孩走过来，黑乎乎的脸蛋上一双乌溜溜的大眼睛，这是他整个人身上最大的亮点。“姐姐好漂亮，买朵花吧？”他走到两人桌前，扯出一枝耷拉着脑袋的带刺玫瑰，娴熟地拉着生意，可怜兮兮。

“姐姐不要花，给你钱买东西吃去。”桑叶摆摆手，从包里抽出一张百元大钞，想想，又换成五十元的钞票塞给男孩。“谢谢姐姐，祝姐姐青春永驻！”卖花男孩弯腰鞠躬道谢，随后一下跑开，不见了人影。

“你真好心。”桑蕊舔着小龙虾涂满香料的壳，这哪是在吃龙虾肉，分明就为咂巴着这口麻辣的滋味。

“唉，我们小时候，可不比他好，要不是改革开放，我们还不是面朝黄土、背朝天干活，嫁人生娃？”桑叶难得收敛笑容，严肃说道。

“确实是呢。”桑蕊放下手上的吃食，脱下弄脏的塑料手套，抬头仰望，蓝色的夜空，深邃幽远，宇宙浩渺，人类渺小。尽管只是女生，不懂政治，可她也明白活在这个时代的好，生于1970年后，赶上了改革开放，赶上了个人奋斗创造各种可能的时机。

“桑蕊，别成天看书做梦了，要行动，行动起来，找有钱的男人，这年头，干得好不如嫁得好，女人做事赚钱，辛苦得很，哪有男人给钱那么轻松？”桑叶苦口婆心劝说她。

“我，我晓得。”桑蕊低头接受，心里想的却是另外一回事，女人就一定要依靠男人么？

“说到底，这些臭男人，都靠不住！女人的出路，最终还是靠自己。”桑叶吹完半瓶酒，神色一反常态的冷峻，她看穿男人，不相信男人，可还得周旋于男人之间，为了体现她的价值，实现她的人生目标。

“怎么靠自己？怎么就能不靠男人？”桑蕊性急地追问，这也是她在苦苦探寻的课题。

“找有钱男人多要钱，女人有了钱，就有了安全感，就不怕被男人抛弃，就能与男人平起平坐！他们可以找年轻漂亮的女人，我们有钱也可以找年轻的帅哥呀，对不对嘛？”桑叶涨红了脸，微醉的她，手舞足蹈，很是兴奋。

“就这样呀？”桑蕊有些失望，平常视桑叶的话为真理，今日这样的论断，她嘴上虽没说什么，心底是不认可的。女性的独立，具体是什么，她也说不出个所以然来。

桑叶的两姐妹，杏子、梅红，一位喷洒着香奈儿的邂逅，一位滴着迪奥的真我，带着清淡与浓艳混杂的香味，风尘仆仆赶到了，她们顺道将残留在身后的南国阳光味一并带入京城。见到桑叶，三人热烈拥抱在一起，姐妹情深，羡煞旁人。

梅红的男友紧随其后，和年前在南国见到的不是同一人。桑蕊淡然而视，默不作声，她们的男友走马灯似的换，短则三月，长则一年半载。

“我的初恋男朋友吕亮，他在南国做地产生意。梅红大方地向众人介绍，娇羞之下，神情自得。桑蕊大惊：转性了不谈钱谈起恋爱了？还初恋男友呢！”

“哇，吕总好幸福哟，梅红可是我们这帮姐妹团里最漂亮的一朵小红花，身后有几个连队的人排队追她呢。”桑叶会意，发挥起她夸夸其谈的本事，好一通高水平的褒扬，不光梅红开心，她男友也得意。桑蕊听惯了她讨人喜欢的甜言蜜语，只以嗯、啊、哦的惊叹附和她。

看得出，梅红的新男友很是宠爱她，他一手揽住她腰，肉贴肉地挨着她，眼里再也容不下其他人，就连桑叶，他也绝不多看一眼。

梅红的眼是细长的丹凤眼，像极了媚惑的狐狸眼，她描的黑眼线在眼角处向上一勾，就这化妆的水平，已令桑蕊佩服得紧。桑叶告诉过她，梅红是不化妆就不会出门的女人，迄今而已，身边的女性朋友，没有谁见过她没化妆的模样。她永远都是香奈儿套装的淑女范，她见到油腻的桌面，柳叶眉轻微地皱了下，双腿合拢，从包里掏出薰衣草图案的精致纸巾，很细心地一张张铺在腿上，尽可能地与桌面保持距离，她担心会弄脏她价格不菲的衣裙。

“吃点小龙虾？很好味哦。”桑蕊招呼她，贪婪地盯着她精巧的瓜子脸，百看不厌呀，这样妖精级别的女人。

“不，我不吃沾油的食物，会影响我身材。”梅红躲避着，高傲地拒绝美食的诱惑。“亲爱的，喝点鲜榨果汁如何？”吕亮亲昵地征询她意见，她的侧脸角度完美到无可挑剔。

店家过来，在围裙上擦拭着粗大的汗手：“我们店没有鲜榨果汁，有椰子汁，前头有卖北京炸酱面，要不要来一碗？”店家眼馋地偷瞄众位美人。

“我从来不吃主食，面食沾都不沾，会长肉的好不好？”梅红娇嫩的脸上闪现厌恶之色，无辜且认真地反驳，清纯得让人怜爱。桑蕊听得头晕，生平第一次听说不吃主食，也就是米饭、面食一律不沾？“明星、模特都这样呀！要不然怎么保持好身段、上镜的小脸呢！”杏子端起啤酒杯，喝上一口后，不以为然地帮腔。

桑蕊难以置信：为了保持身材，不吃米饭，哪有力气做事？她恨恨发现，她做不到。可惜了这一大盘小龙虾了，不是她买单，她也肉疼。在桑家沟吃饭，一粒米掉在桌上，都不得浪费，不然会遭大人责备。她悄然将没丢弃的塑料手套重新戴上，抓一把小龙虾，低头无声地咀嚼着，尽量不打搅她们的谈兴。

“我叫一位大师过来，他算命很准！”不知是否受了梅红的影响，她男友吕亮也没胃口，到底是秀色可餐呢，他举起电话，语速极快，叽里咕噜的广东土话，桑蕊也没听明白。

俄顷，路口浓烟滚滚，唬得众人纷纷引颈张望，以为是出什么事故，原是一辆高级轿车飞驰而来，哧溜一个紧急刹车，在小龙虾档口停下，车门打开，一位穿着中山装，脖颈缠绕一条烟灰色围巾，形态儒雅的中年男子迈腿下车，施施然过来。

“宋大师！”吕亮忙躬身疾步趋前，热情低唤，老远就伸手迎接。“吕老板好！”被称为宋大师的男子，目光灼灼，扫视座中众美人一番，昂然坐下。

“很忙哩？”吕亮笑容谦卑，比之前对梅红的态度还要谦逊。“噢，刚从一位领导家里出来。”宋大师神色高深莫测，欲言又止。

“我懂，我懂，哈哈哈，领导也是人，领导也有爱好，领导信服你，你是大师嘛，神通广大！”吕亮心领神会，拿出大红的中华香烟，低眉顺眼双手递给他。

宋大师不语，接过香烟，放在唇边巡回擦拭，像是在闻烟味，又像是在回忆什么事儿，眼角不经意偷瞟四位美女。

“你看，宋大师，我的女朋友，我很爱她，帮忙看看我和她的缘分到底有多深？”吕亮点燃烟，用力猛吸一口，抓过梅红的手，十指相扣盖住，眼神闪烁不定，神色焦躁。

“尊夫人年轻貌美，不过，缘分深浅，还在你控制。”宋大师神色安详，把玩着香烟，胸有成竹，淡然道来。

“宋大师，给我看看，财运好不好？”桑叶坐不住了，她向来是最沉得住气的人，眼下正有一桩心事烦扰她。

“你？”宋大师转头仔仔细细盯着她，随后爆发出快意的大笑：“哈哈哈，你可是有钱人，不久就会有大笔钱进账！”

“怎么会呢？人家现在连房租都交不起呢！”桑叶扭捏作态哭穷。

“哎哟，叶儿，你在南国住着富人区，开着奔驰，还说这些？”杏子看不下去，酸溜溜地愤然反击。

宋大师并不理会她的做作，认真追问了桑叶的生辰八字，掐指一算，略一思索便断言：“三月内，不超过三个月，你就会开更豪华的跑车了！”

“哇！”梅红一手掩嘴惊叹，吕亮也不禁艳羡：“桑叶，宋大师是高人，常给高官指点迷津，你可得请客！记得给人家宋大师封个大红包。”

桑蕊听得一个激灵，不羡慕不嫉妒是假话，自己呢？她心事重重垂头不语。

“给我看看，给我看看！”杏子兴奋地喊道，桑蕊不想凑这个热闹，再者，自己的命运，自己把握吧。她起身到洗手间，慢慢把头发束在脑后，松松垮垮掉下几缕，随意轻松。

“就剩你啦！又跑哪儿去啦？宋大师，快，快，给我这位好妹妹看看！还不快坐下！”桑叶小声呵斥她后又堆起笑脸转向宋大师，宋大师大约疲了，他朝桑蕊瞄一眼，在她耳朵上停顿良久：“你的耳朵很有灵气，形状好，肤色白，耳珠如水滴，有贵人相，是有福气的人。”估计他的兴奋点已用尽了，宋大师的声调软绵绵不带丝毫感情。

做有福气的人，还是当有钱人？在座各位，包括桑蕊自己或许都会选择做有钱人，大师断定桑蕊是有福气的人，没谁在意——正如桑蕊本人。

十六

五一劳动节快到了，桑叶要回南国，她的好友在香港结婚，她去参加婚礼。临行前，桑叶拉着桑蕊逛街购物，在燕莎商场，桑叶兴致勃勃试穿不同品牌的华服，不管价码，只要上身的惊艳效果，桑蕊作为随行参谋兼拎包，桑叶一阵血拼，买了紫色连身裙、高跟鞋、真丝手工刺绣睡衣、SK−II 化妆品，能想到的都买了。

“还有什么忘记买啦？”桑叶转动着乌溜溜的眼珠，“还差一套像样的首饰，去香港，我肯定要打扮得比明星还明星！”桑叶的口头禅。

“你这样招摇，不怕抢了人家新娘子的风头？”桑蕊逗她。“不怕，我就是专门抢她风头呢！”桑叶更来劲了，两人拎着大包小包直奔珠宝店。

路过金店，桑叶目不斜视，直接忽略。“钻石戒指，我有啦，翡翠，我也有啦，嗯，我还没有珍珠项链呢！”桑叶嘴上念叨着，发现新大陆样，牵起桑叶的手到装潢典雅的黑珍珠首饰店。

“哪套最贵？”像桑叶这样，只买最贵不买最对的客户，想必是所有商家都热烈追捧的主。

妆容精致的店员，看多了这样的豪客，她稳重地将镇店之宝取来，神态矜持点到为止缓慢介绍。桑叶不等听完，就喜滋滋让店员帮忙戴上项链、耳环、手串，在镜子前左顾右盼，随后，慢悠悠打电话，声音娇柔到肉麻：“老公，我看中一套黑珍珠，好喜欢哦，怎么办呢？”

桑蕊离得近，听出电话那边的男人声音：“喜欢就买呗，多少钱？卡上钱不够，我马上让人打过来！”“老公，你真好，我好爱你，爱你一辈子！嗯，”略一停顿，“也就十万块啦！”桑叶对着电话嘟嘴亲吻。

店员们素质极高，低头忙碌，装作没看见，桑蕊也悄然移步，忍住笑，离远点。

不过数分钟，桑叶的卡上就多了十万，全套黑珍珠不过八万，凭空又多得两万，她喜不自胜，阔步向前，边走边教导桑蕊：“看到没？找男人要钱也得讲究策略，在他最喜欢你的阶段，抓住好机会，就能有求必应！”

桑蕊哦哦点头，事实是检验真理的唯一标准，桑叶的成功案例就在眼前，她不得不心悦诚服。

桑叶飞走后，桑蕊陷入困顿中，五一放假，她无处可去，到网上投完简历，窝在桑叶的电梯公寓等待面试的消息。

假期的第一天，接到庄嘉德电话，她未曾预料到。“桑小姐，明晚有空吗？约你吃饭？”庄嘉德保持着令人愉悦的礼貌和风度。

她当然有空，是太有空了。桑蕊本已不太轻信别人的客套话，这个庄嘉德让她刮目相看了，第一通电话，他说约她吃饭，还以为是随口就那么一说而已——在现实生活里，这样的人也多得是，桑蕊已习惯这样真诚的虚伪。

为了照顾桑蕊，庄嘉德将吃饭的地点选在她借住公寓的附近，到一间会所吃日本料理。出门前，桑蕊花了功夫修饰自己，先是穿了豌豆紫的上衣，配香槟色的紧身裤，又嫌不够出彩，换上黄色连衣裙，又觉太装嫩，翻来覆去，最终还是第一套，蹬上米白色高跟鞋。头发呢，原本中分的直发，索性扎上马尾，盘起来，看上去利索简约，又不失女性的柔媚。

进到推拉门的包间，庄嘉德和一位面容敦厚的老年男子在榻榻米上正襟危坐，一位清秀纤弱的女孩打横半跪着，她小小的瓜子脸上，笼罩着一层不可侵犯的寒气。

桑蕊见到门口排列整齐的鞋，也脱掉高跟鞋，赤脚走上去，在不熟悉的男性面前，暴露出大脚丫，她还是不自在，赶紧放到桌下面，庄嘉德瞅着她，始终面带微笑。

“桑蕊呀，我来介绍一下，这位是黄老板，在北京做生意。这位呢……”不等他说完，黄老板神色倨傲地接话：“这位可是正黄旗的格格小姐，文工团的台柱子！”

“格格？”桑蕊吐了下舌头，清朝的格格，她不由得好奇地打量她。格格的容貌并不特别漂亮，五官普通，气质平平，只是眉眼有几分冷傲，显出她的不平凡来。

但凡漂在京城的女性，大都会有凸显身份的标签，名校毕业、海归留学生、高干子弟、名门望族之后，这格格也是一种身份的标签吧，区别于其他容颜美丽的外来女子。

桑蕊冲格格小姐微微点头。八旗制度是清太祖努尔哈赤创建的一种耕战合一的社会组织形态，是军政合一的最高一级单位，正黄旗，以旗色纯黄而得名，正黄、镶黄、正白旗被列为上三旗，上三旗无王，都归皇帝所领，亲兵、侍卫也从上三旗中选。康熙的爱臣、一等侍卫、著名的词人纳兰性德就是正黄旗人呢。桑蕊敬重纳兰，不管真假，也连带尊重格格小姐。

庄嘉德是酒场饭局的常客，有他在的聚会，必定是不时爆发笑声的场合。他会说话，说得每个人都舒舒坦坦，他对每一个人都不偏心，敬酒的致辞，常博得饮酒者开心大笑。

“格格，你看，我祖上虽不是清朝皇族，可也是开中药铺的书香门第，我呢，天性顽劣，不学祖传的手艺，整起了金融，你呢，没当成格格，成了比格格还牛的文工团团长，我们是不是该整一杯？”一圈酒下来，庄嘉德脸色不变，思维更加敏捷。

本来满面寒霜笼罩的格格扑哧笑了：“换大杯！这小盅，一嘴一口，忒不爽利了。”格格伸展身躯，挥动小手，嗓音清脆悦耳。

不愧是大户人家出来的，豪气！桑蕊点头称是，暗暗赞叹。

庄嘉德也没料到，他的好酒量在这位身材纤细的格格面前，只是大巫见小巫，一瓶清酒空了，格格坐姿端正；两瓶清酒没了，庄嘉德面皮泛红；三瓶清酒见底，格格不过是脸颊上飞起一团红云，庄嘉德，可就说话结巴了。

“不信我就喝不过一个女流之辈？”男人争强好胜的本性暴露出来，庄嘉德还要酒，被黄老板坏笑着当场阻拦：“庄行长，格格在蒙古长大，每天早起就喝“早酒”，一天三顿喝马奶子酒，甭提是你，就是三个你一起上，都喝不过她！”

庄嘉德这才放过格格，也挽回自己的颜面。轮到桑蕊了，她哧哧笑着，不甘示弱，斟满酒，仰头饮尽！

酒足饭饱，天色尚早，庄嘉德乘了酒意：“唱歌！唱歌！格格不是号称文工团民歌金嗓子？咱们也欣赏欣赏格格的美妙歌声去！”

格格不同意了，她不紧不慢地扑打着裙面，就连这动作，也透出大家闺秀的风范。她嗲声嗲气地说：“天天唱歌，烦都烦死人了，庄行长，不如请我们做次头发！”末了，她转向桑蕊，关怀备至：“桑蕊小姐的直发太过时了，现在流行大波浪，你也去做次头发，我带你去那些明星常去的店，好不好？”她这样撒着娇提议，任凭铁石心肠的男人，也会答应，庄嘉德当然不好拒绝，就连桑蕊也听得甚为蠢蠢欲动。

格格身形娇弱，可性子执拗，脑瓜子也灵活，她说出的话照应了在座每个人的需求。她抓住庄嘉德的命门，他看桑蕊的眼神，让她猜出其中端倪。何况她不是给人唱歌的酒吧驻场歌手，任凭人呼来喝去，不要忘了，她是有身份的格格！

一行人坐上黄老板的轿车，格格坐在副驾驶位指路，在胡同里转来转去。在车上，格格以骄傲的北京人自居，娓娓道来："这北京城，就没有我不知道的地儿，别小瞧开在胡同里的店，都是最低调、最有实力的人开的。"

庄嘉德微醉无语，桑蕊默默聆听，看着车窗外的风景，到了一个车身无法进入的逼仄胡同口，格格先下车，语带欢快地呼唤她："桑蕊，下车！"没等桑蕊动作，庄嘉德下来，为她打开车门，桑蕊心底涌起一股被人尊重的暖流。"谢谢！"她低声致谢。

胡同深处，一家门廊上挂着宫灯的红灯笼，在夜色里，随风飘来荡去，似在召唤又似在引诱。

"我陪你们去。"庄嘉德伸伸懒腰，义无反顾甩腿向前走。"还是庄行长有风度，黄老板，怎么，你不跟来？"格格奚落着蜷缩在驾驶位上的黄老板。

"我困了，就在车上眯会，庄行长喜欢美女，他作陪就够啦。"黄老板嘿嘿嘿讪笑着，巧妙地躲避了买单。

"哦，好哇！老年人的瞌睡多，我个人相当理解。"格格的嘴可不饶人，骂人也不带一个脏字。

进到里间，桑蕊算是大开眼界了，和在南国高档发型中心的风格大相径庭，北京终究是文化古城，发型设计中心布置得如大户人家的中堂，古朴的家具，茶器、插花、挂画、香具，室内萦绕着不知名的甜香。

桑蕊蒙了："这儿确定是做头发？""当然，"格格得意地笑了，

“比起广东来，是有文化吧？他们家做头发的发型师，可都是服务明星呢！”

庄嘉德四顾张望一番，也频频点头：“是个好地儿！你们就安心做头发。”说完，他出门远去了。

“走，上楼去，今儿，我让厉害的大师傅给你好好设计一下新发型，不做白不做！有人付款，咱们就心安理得，拾掇拾掇！”格格调皮地眨巴着眼，她和桑蕊根本不熟，却能做出闺蜜般的举动。

两人做完头发，庄嘉德过来结账，接近五千。桑蕊惊讶于这家店店面有限，价格却如此高，她还没烫头呢，不过修剪一下。不由感叹京城之大，消费不低。她对庄嘉德内疚地致谢：“不好意思，让你破费了。”格格清脆如黄鹂鸟的嗓音表达了不满：“怎么这样说话呢？为美女买单，是男士们的荣耀，对不对，庄行长？”

“你们饿不饿？要不要去‘金鼎轩’吃夜宵？”庄行长微微点头，关切询问，果然没辜负格格左右一个有风度的男士称谓。

“不啦，我要睡觉啦，女孩子早点睡，皮肤才好呢。”格格捂嘴打了个哈欠，冷冷婉拒——此时，她就如热情的推销员，销售成功后，就不愿浪费表情搭理客户了。

庄嘉德送桑蕊回到公寓楼下，他下车，展开双臂，桑蕊迟疑着，他是要拥抱她，这是他热衷的告别仪式。她迟疑了一会儿，随后又抛开一切的束缚，顺从地投入到他怀中。他胸膛坚实，衣服上散发出淡而好闻的气味。

“走前，我们再见一面，可好？”庄嘉德似乎很是受用她的温柔顺从，他恋恋不舍握着她的手不肯放。

“好的，你打电话给我。”桑蕊难以抗拒他，他的邀请，他的热忱，他的幽默风趣。可眼下，两人什么也不是，她不得不狠心抽回手来。

桑叶匆匆赶回来，粉碎桑蕊的春梦，好像，她这次回京就是为了偷袭她。

和庄嘉德见面后的几天，桑叶打电话询问桑蕊近况，桑蕊口快，原原本本告诉她，和庄嘉德一起吃饭的细枝末节，她想桑叶一定会撮合她和他，桑叶不是口口声声要她找到靠谱的男人照顾吗？

“哈，你终于攀上高枝了？他请你吃饭还做头发了，花了不少钱，你可能还是第一次做这么贵的头发吧？”桑叶的腔调陡然转变，语气冷冰冰地嘲讽她。桑蕊听得心一沉：什么叫她攀上高枝？这话太伤她自尊了，庄嘉德有什么了不起？难道自己很差劲？他和自己不过是一对普通男女罢了，以什么来论高低呢？桑蕊真心不服，她闹不明白桑叶的态度何以一百八十度大转弯。

第二天，庄嘉德发短信邀请她出来坐坐，他要回南国了，桑蕊没那么爽快答应，回想着桑叶得知自己和他交往后的反常言语，如锥子尖锐，刺痛她的心。一边顾虑着桑叶的感受，一边另一个声音在督促她要去。去还是不去？桑蕊烦躁起来，犹豫再三，她还是决定去，不就是见下面么？

桑蕊提出到一间名为“星期五”的咖啡馆，这里是她和桑叶常来之地。

她早早就到了，穿上第一晚和他见面时的服饰，黑发披肩，那晚吹出波浪卷的发式犹在，妩媚柔情。

桑蕊选了靠窗的卡座，蓝色碎花的布艺沙发，桌上有盏白色台灯，窗台上绿色盆栽，蓬勃茂盛，有家的温馨气息。

时钟指向两点，楼梯响起嘎嘎嘎声，桑蕊抬头，就见穿着白色休闲装的庄嘉德上来，他准时抵达。她笑盈盈起身，说不清为什么，见到他，内心即刻充满欢愉。

“来啦。”庄嘉德满脸笑意，坐在她对面的沙发上，眼神明亮：“你适合烫卷发，去烫了吧。”他似乎在请求她，桑蕊哧哧笑了，还有男人像个女伴一样劝她烫头。

两人相谈甚欢，从咖啡馆出来，都有些意兴阑珊，庄嘉德要去另一个地方参加聚会，桑蕊则回公寓，两人并肩走出来，大路两旁在大兴土木搞建设，灰尘扬天，噪音入耳，根本不影响两人的好心情。桑蕊视眼前漫天尘土为无物，身子轻飘飘的，以为漫步在云端。

桑叶当晚就突然袭击回到公寓，她在楼下打电话给桑蕊，要她帮忙拿行李。桑蕊大惊：这可不是她的风格，悄无声息就到了。

她从电梯间出来，桑叶扶着LV的旅行箱，俏生生立在大门口，甚是扎眼，引得过往住户频频回头，桑蕊走近时，她和保安聊得正欢。

桑蕊心虚地拉过行李箱，垂手而立，真有几分伺候人的丫鬟样，桑叶描成咖啡色的秀眉向上一挑，盛气凌人：“以为你出去幽会了呢。”

“我能和谁幽会呀？你又不是不知道我的底细。”桑蕊委屈还嘴。那晚和她的不快，还郁结在心。

“庄行长呀，你不是和他谈恋爱？”桑叶白了她一言，趾高气扬向前走去，咯吱咯吱的高跟鞋响声刺耳，桑蕊再笨也听出她话里的不满。

“你男朋友呢？”在公寓的房内，桑蕊站立不安，措辞谨慎，公寓真正的主人是桑叶，她心底挥散不去寄人篱下的苦闷与无助。

“他？他在忙他的事呀，好像是准备移民到国外，正忙收购公司呢。”桑叶从敞开的行李箱取出各种生活用品，头也不抬。

桑蕊弯腰伸手要帮忙，“不用，不用，你过一边去！”桑叶不耐烦地将她推开，脸上神色写明了嫌弃，她挥手的动作，就如挥赶苍蝇。桑蕊很受伤，她默然退到墙角。

房内陷入一片难堪的沉静，桑蕊欲言又止，她想向桑叶表明心迹，她和庄嘉德是清白的，讨她的欢心，她住在她这里，这份情谊，真不能为莫须有的事破坏。

桑叶热情起来如火，冷硬起来比冰还凉。她眼角也不扫桑蕊，当她透明，忙碌着自己的事，电话响了，跑进洗手间，咣当，关上门，压低嗓门说着悄悄话。

桑蕊苦笑着，她无聊地翻看着新买的书，杜拉斯的《情人》、卢梭的《忏悔录》，哗啦啦，哪有心思看书？

整晚，桑叶刻意不和她说话，桑蕊几次张嘴打破沉默，想主动修好，桑叶均爱理不理，随后，敷了面膜闭眼躺在床上，自顾昏沉睡去。在黑暗中，桑蕊第一次失眠到天微微亮。迷迷糊糊勉强睡着，又被桑叶起床梳洗声音弄醒，睁大眼，桑蕊躺在床上想着心事，洗手间狭窄，她等桑叶用完，自己才起身，桑叶要上课，自己工作还没着落呢。

桑叶关门出去后，桑蕊才长吁一口气，一骨碌翻身起来，一夜未眠，精神依然饱满。不是她精力充沛，是生存的焦虑使得她不得不保持亢奋状态。

她第一时间翻看手机，看有没面试的未接电话，庄嘉德的短信跳出来：平安抵达，祝好。

祝好？但愿吧。桑蕊本就不平静的心泛起一圈甜丝丝的涟漪，生活再难再没希望，可有人惦记着，有个盼头，这日子，也就好过了。

上午，有两家公司打来面试电话，桑蕊大致了解下，薪资待遇委实不高，不太有动力去，又接着找，接着投简历。

临近傍晚，桑叶打来电话，语气一如既往的欢喜——似乎连日来的不快，从来不曾存在过。

桑蕊当然希望她这般健忘。“京城一位领导，杏子的大哥做东宴请她们，我就直接过去了，在海淀区的一间水疗会所，你搭车过来就是了。”桑叶干脆利落吩咐完毕挂断电话。

桑蕊提不起往日参加这种活动的兴奋劲头，无事可做，无地可去，她还是遵照桑叶的嘱咐，穿戴一新在指定的时间到达指定的地点。

水疗会所通宵营业，门口穿高腰开叉金黄缎面旗袍的迎宾小姐笑靥如花，将桑蕊迎进去后，将外面的风沙干冷一并关在身后，室内温暖如春，水气湿润，香雾缭绕。

水疗大堂左右分为男宾部、女宾部入口处，桑蕊登记好名字后，手腕戴上钥匙牌，换鞋脱衣、换衣进去，桑叶等一干人已经在里面大厅边吃自助餐边候着了。

水疗室内，全部人等统一着竖条纹、阔大的长衣短裤，将所有身材包裹其中，看不出所以然来，人头攒动，一律同款式、同花色短装打扮的人群，让人产生来到精神病院的错觉。

手机已放进箱里，桑蕊只得凭借眼力寻找桑叶她们，她只认得一个桑叶。“嗨，你怎么才来？”还是杏子眼尖，先瞅见她，跑过来，亲热地拉过她手。

“桑叶呢？”桑蕊偷眼细瞄，座中一位富态的中年男子，正低头讲电话，手腕上土金色的镶钻劳力士，很是吸引人眼球。他右手拿着沉甸甸的刀叉，叉上一只咬掉肉的鸡腿，随他说话的音量高低，鸡腿上下抖动。他对着桑蕊，客气点头。他讲电话的声音不小，四周都听得见的洪亮：“对，见面没问题，先给几万块见面费！我得给老爷子买礼物不是！对，不给钱，免谈！”

“桑叶？到那边端水果去了，来，介绍下，哥，这是桑叶的妹妹桑蕊。桑蕊，这是我大哥，宫智勇。”杏子个头较小，性格却是豪爽派，她大咧咧地随意介绍，摁住桑蕊坐下。

“唔，从哪里来？”宫智勇举起刀叉将鸡腿塞入口中，咀嚼着，含含糊糊发问。

“南国。”桑蕊真替他担忧，这么大条腿，他的嘴巴能容下吗？事实证明，她的担心真无谓。

“我也是三年前从南国来北京，好好混，北京机会很多，你看，不过三年，我已经买房、开奔驰了！”宫智勇腾出手来，彻底扯下刀叉，双手撕扯着鸡腿，三下五除二，只听得鸡骨头咔擦几下声响，他已经将整只鸡腿吃得不剩骨头了。

“我和我大哥都是从新疆兵团过来，我们生在新疆，长在南国，父母都是军人。”杏子也拿起盘中鸡腿，边吃边解释。

“哦。”桑蕊客套地微笑，心里很是抵触他们这么粗野的吃相，桑叶端着满盘色彩艳丽的水果坐下，也不瞧桑蕊，用小巧的水果叉叉起一片菠萝，斯文地细嚼慢咽。

“你的姐妹们什么时候来呢？”宫智勇抬腕看表，弹指烟灰，眯缝着狭长的泡眼，油光水嫩的肌肤，保养得当，语气焦躁。

“快了，在路上呢，哥。”杏子张嘴讨好谄媚地笑，露出粉红的牙床：“吃，快吃，去拿爱吃的嘛，多吃点，要不可亏大发了！这门票老贵老贵了！”杏子腮帮鼓起大包，口沫飞溅，一手拿刀叉，一手握筷子，长牙舞爪，热情地张罗着。

桑蕊用手肘碰了碰桑叶，算是和她打招呼，桑叶不冷不热，头也不抬：“去呗！”桑蕊得令，舒口气，心头清明，步伐轻快，来到摆满食物的自助餐区，俯身托住一个大盘，琳琅满目，有咸有甜，有冷有热，广式经典粤菜、北方本土菜肴、南北混合的精巧点心，罗列一堆，高高低低，使人目不暇接。

桑蕊捡了透明如琥珀的桂花糕、葡式蛋挞、豌豆黄、驴打滚、冰皮绿豆糕，一色精巧可人的甜点回到桌面上，杏子立马瞪眼训斥：“天，你真浪费了这价值不菲的门票，怎么不要鲍鱼、海参呢，这些廉价货，大街上多了去了。”桑蕊平白遭一顿抢白，脸臊得通红，她端着满盘的点心，放也不是，不放也不是。

“算啦，每人爱好不同，吃自个儿爱吃的就成。你快催催她们，怎么还不到？”宫智勇果然有大哥气势，见不得手下小妹为点小事斗嘴不愉快。

“哟，来啦。在那儿呢！”杏子正要打手机，四下张望，就瞥见不远处，两位个子高挑，穿着时髦，扎着马尾的漂亮姑娘东张西望，她们没换上水疗会所的衣衫，在一大帮灰头土脸的条纹衫人群中，鹤立鸡群。

宫智勇立马起身离座，与杏子一道迎接美人前来，桑叶放下水果叉，用纸巾轻轻擦拭唇边，冷眼旁观。桑蕊趁机享受糕点的美味，挑起一块桂花糕，口感滑溜细软，含着桂花的清香，唇齿留香。桑蕊想起八月桂花香，虽在离故乡遥远的京城，可这一块桂花糕又勾起她无限的思乡情。

“美人驾到！”宫智勇笑得太厉害，脸庞上冒出一条一条细纹，和绽放的蟹爪菊很相似，他殷勤地拉开两张椅子，请年轻的女孩分别坐下，眼中写满深情与关怀。

“哥，她们可是我同学的女儿，是京城电影学院的学生，以后呀，都是明星哟！”杏子嘴快，半是骄傲半是得意地显摆。

“知道，知道！你们有二十岁没有？”宫智勇笑眯眯地说，那眼神浸透着爱意，好像眼前的女孩子们是他的女儿。——不是有人说女儿是父亲前世的情人么？

“今年刚十八呢！”杏子骄傲地替她们答了，以为是她十八。两位青春逼人的漂亮女孩保持着未来明星的范儿，一语未发，她们的皮肤，吹弹可破，初生的婴孩也不过如此，五官立体，愈看愈惹人喜欢。

“她们真年轻，又那么漂亮，世界是她们的呢。”桑蕊附耳桑叶，由衷赞叹。

“我们又不是没年轻过！有什么了不起！”桑叶冷哼，她岂是随便服气的人？这当口，宫智勇带着两位美女去挑选食物。

“唉哟，这男人呀，谁都爱年轻貌美的女孩，没办法，狗改不了吃屎的本性。桑叶，我们老了，快退出江湖！”杏子颇有夕阳无限好，只是近黄昏的认命，南国的姐妹团中，她的外貌最不出众，也不上心在此，她的门道是通过搭建各种资源赚取钱财，平生嗜好做美容、玩麻将。杏子目光清冷，追随着宫智勇，像在看一出男追女的大戏。

“亲爱的，叹什么气呀，你以前不是也风光过？不在乎天长地久，就在乎曾经拥有嘛，说点靠谱的话，你这个大哥究竟有没有实力？给我家妹妹找份工作呗。”桑叶一贯自信心爆棚，她安抚着杏子沧桑的心，递过细长的韩国香烟。

桑蕊闻言，向她投去感激的眼神，不由心生愧疚——两人差些闹掰了，她还对自己这么好，还处处想着她。

“当然有实力啦！他的后台老板是某位大领导的孩子，一份工作而已，包在我头上，过会儿推油的时候，我就给他说说，事成后，记得给我包个大红包！”杏子最禁不住别人的激将法，爱面子，虚荣心又重的她，信誓旦旦，就差拍胸脯保证了。

“亲爱的，等会儿你就跟着杏子混，我有事，晚上，我不回公寓睡了。”桑叶交代完毕，飘然离去。

桑蕊一人在此，有些惶恐不安，杏子安慰她：“没事，我们等下去做按摩推油，今晚，我跟你一起回去陪你住。”

“噢，那劳驾你费心了。”桑蕊勉强挤出一丝笑容，不知该不该答应。这公寓是桑叶的男友出钱租下，桑叶才是主人，她可没权随便做主，可她分明还要求助于她。

杏子才不管桑蕊的左右为难呢。“走，我们吃完了，先去按摩按摩，等下我哥他自己来，不用怕，我们的消费，他一起签单买就是了。”

桑蕊走前，搜寻着宫智勇，见他春风满面，和两位美女说说笑笑，看来一时半会儿，他是过不来了。

杏子上到楼上，开了两间包房，等待技师的空档，她掩耳对桑蕊嘀咕：“你也叫个帅哥服务嘛，小费随便给，享受下，人生难得！这样白吃白玩的机会不多！”

“不，我不需要。”桑蕊听得脸红到耳根上，她明白杏子的意思，“你不怕你老公？”她从桑叶嘴中大致了解杏子的情况，假装不知，转移话题。

“宝贝，我早离婚了！本来我和他一起从新疆过来南国开公司创业，后来，公司做大了，他就有了别的女人，要和我离婚，给我一笔钱，让我抚养儿子，把我蹬掉了，就这样简单。”杏子三两句就总结了自己的经历，丝毫也不伤感，语气平常，似乎诉说旁人的故事。

“我已老了，也不像你们年轻，漂亮、我只能今天有酒喝，今天就喝醉！享受，尽情享受！懂不，宝贝？”杏子说完，又是一阵无忧大笑。桑蕊听得揪心，她看着杏子，眼神空洞，空洞到纯粹，一头染得金黄的卷发，隐约有白发夹杂其间，她看她，重新认识她，原来，世人的内心大都隐藏着一段不堪回首的伤心往事。

宫智勇上来了，杏子待他爬上床，俯身接受推油时，将桑蕊找工作的事简略说了。宫智勇果然给她面子，问了桑蕊几句，不外乎学什么专业，有哪些工作经历，直接当面打电话。桑蕊在旁听得真切，对方语气恭敬，唯唯诺诺答应。

“电话号码给你，过完节就找他去，他是我一哥们儿，也是我们下属单位的头，做人物访谈的网站，适合你！”宫智勇报出一串号码，桑蕊见机行事，赶紧存在手机上，暗叹，还是有人好，办事有效率呢。

十七

五月底，桑蕊总算将工作的事定下来，不是去宫智勇介绍的地方，她抱着极大的希望去面见了该公司老总，相谈之下，大失所望。

该公司建立了网站，依靠全国各地找名人采访为由头，实则拉赞助，桑蕊一听就头大，要全国各处出差跑动，她吃不消；二则，这老总的面相不佳，肤色黝黑如田间耕种多年的老农不算，语气粗鲁，和文化人不沾半点边，面试的半小时内，他接个电话多次爆粗口，桑蕊难以接受——选对领导，是成功的一半不是么？选领导，好赖也得感觉过得去吧。

桑蕊加入南国电视台文艺中心设在京城一档做访谈类的栏目，做实习编导。算是巧合，面试她的女领导，也刚从南国过来，彼此相谈，很是亲切，就没走等通知的流程，当场拍板，桑蕊的工作就这么定下来。

此时，桑叶于一周前将公寓退租，参加欧洲游去了。不过数周，两人的处境都发生翻天覆地的变化。

明明还陷入热恋的桑叶和吴红军竟然猝然分手！

桑叶那晚一宿未归，次日返回公寓，也是匆匆收拾衣物，眉眼间是掩饰不住的喜悦。“我要出趟差，他在三亚打球，要我过去相会呢。”桑蕊极少见到桑叶的娇羞模样，与堕入情网的女子大抵类似。

“他对你这么好，真爱你。”此时此刻，桑蕊好生羡慕她，女人的幸福不就是得到深爱男人的宠爱么？

“我也很爱他，桑蕊。”桑叶拉上行李箱的拉链，认真地说。周旋在不同男人身边，她难得去爱一个男人，真正去爱他。

“爱他什么？”桑蕊好奇，开始刨根问底。

“你知道庄嘉德追过我吗？”桑叶突然提到庄嘉德，桑蕊心跳骤然加快，呼吸急促。

“在南国，那么多男人追求我，可我也只和庄嘉德保持这么长久的联系，唉，你是不会懂，我和他之间的这种情感，超越男女关系的情感，不是男女关系胜似男女关系。”桑叶瞄了一眼吴红军送她的卡地亚名表，离登机时间还早，她要打开天窗说亮话。

桑蕊也感觉到她有话要对她说，她抖开床头桌上一盒开封的香烟，是黄鹤楼——桑叶抽的烟从不用自己掏钱买，从男友那里随便带走几包，品牌杂乱，只一个特点，价格不便宜的好烟。

按照惯例，桑蕊将香烟点燃后递给她，桑叶利落地吐着烟圈，眼神里有桑蕊读不懂的东西在流淌，是回味，是哀伤，还是得意，抑或三者都有。

“庄嘉德算是男人中的爷们儿，他有辉煌的过去，对女人也好，听人说，他给他的女友生日礼物是一栋别墅呢。想想，五六年前的别墅值钱吧？这几年，碰上金融危机，他炒股亏了，女友也跟人跑了，落魄了，才混上银行行长的位置，领固定工资，不算有钱人。”桑蕊听得阵阵难受，为庄嘉德的遭遇。

“我们从刚认识，他就喜欢我，可这些年，他都没胆追我，是为啥子？就是他自卑，他了解我这样的女人，我这样的消费，一般男人负担不起。我好比爱马仕，一个世界名牌的包，起步价都在三十几万；我开着豪车，住在富人区，平常出入的都是高级场合。他的身份、财力和我不匹配时，是不好意思追我的，男人嘛，自尊很重要。”

桑叶一脸浅笑，脖子上挂着一块沉甸甸水头好的碧绿花生形翡翠，耳坠上晃动着蒂芙尼的18K金穿针耳坠，是悬坠而下的花式吊灯，流畅的盘旋螺纹，随着她轻盈灵动，忽左忽右，飘来荡去，更衬托出她的柔美与迷人。这样一身珠光宝气的贵妇名媛，头脑也好用，她如一位精于推理的侦探家，把一桩悬而未决的情事，分析得头头是道。

桑蕊屏息聆听，她也就只剩下屏息聆听的份儿了，眼前的桑叶，精明能干、美貌多金，令她不敢相认，时间是检验真理的唯一标准——她有太多实战的经验了。

“但我知道，他依然深爱我。”桑叶的眼神透出意犹未尽的得意，桑蕊很不是滋味：为什么，为什么那么多男人都只爱她？

“唉，有啥子办法呢，谁让我身上长了块男人都爱的肉嘛！”桑叶故作痛苦状哀叹，还有人抱怨自己长得招人喜欢？也就是她才会口出此言了。桑蕊哭笑不得，单凭桑叶超于常人的自恋、自信，她已胜过无数漂亮，甚至比她漂亮的女人了。

“不过呢，你真要和他好，我劝你一句，他可不是省油的灯。哎呀，他养不起我，你反正要求低，养你没问题。”桑叶温言软语，撂下这绵里藏针的话，即以翩若惊鸿，婉若游龙之态飘然离去。

剩下桑蕊一人呆若木鸡。是心有灵犀一点通？桑叶前脚才走，庄嘉德的短信便悄然而至。

一如既往的简洁，每一次收到他的短信，桑蕊的心，都会有欢喜的跳跃，她喜欢他，发自内心地喜欢，她再清楚不过。

在她情感、工作两头没着落的人生低谷期，在异地他乡，他对她的这点好，这点惦记，暖融融地浸润着孤苦无依的她。

桑蕊何尝不知晓，桑叶，打心底就不愿她和庄嘉德交往，纵然两人姐妹情深，可她不似桑叶，成天都被不同的有成就的男人追求。

她只不过想要和一个彼此喜欢的男人真心相爱一场，偏偏她喜欢上他，偏偏他又对她示好，为了桑叶喜欢，难道就此放弃吗？

她做不到，她非圣贤，她左右不过是世俗的饮食男女，她没理由拒绝庄嘉德；再说了，庄嘉德又没有和你桑叶好，我并不是抢你男朋友。桑蕊心头辗转万千，自己给自己鼓气，她回了他短信，虽然不过寥寥数语，也有呼之欲出的情意。

两天后，桑蕊接到桑叶的电话，嗓音分外甜腻：“亲爱的，晚上来‘春夏秋冬’吃火锅，下半场呢，就去‘美丽会’嗨翻天哦！”

“这么快？回北京了？”桑蕊在前程无忧翻看招聘启事。“不，在机场等待登机呢，到北京，刚好是饭点呀，先预约你啦。”桑叶旁边必定有她男友，要不然，她的嗓音不会如此性感动人，不会如此温柔似水。

桑蕊叠声答应，看时间，四点半，不早了，她扔下报纸，翻看衣橱，为晚上饭局穿什么发愁——桑叶是衣服太多，不愁；她是衣服太少，来来回回就那么几件，苦恼。

头戴棒球帽的吴红军搂着一脸甜笑的桑叶进来，两人如连体婴儿，难分难舍，早等候在此的桑蕊看得脸红。另一位高个子东北女孩灵歌，是桑叶在“美丽会”泡吧相识的做“百龄坛”酒销售的女孩。她站起来，咧嘴一笑，露出齐整无光的白牙。桑蕊直觉是满口烤瓷牙，现在时兴做牙齿美容，追求完美，拥有满口白森森烤瓷牙的女孩不少见。

“宝贝儿，累了吧？快，等得我好心痛哦，酒吧的位置已经订好啦，生意太好，不早订位，就没位置啦。”灵歌个子高挑，瘦削的瓜子脸，大眼、高鼻、小嘴，一头乌黑的浓发扎成马尾，用渔网发髻兜住——京城的美人，最常见的发型，露出整张脸，光洁清爽。美中不足的是肤色发青，由夜场上班，熬夜所致。粗黑的眼线，眼尾向上收，冷艳无敌。

“谢谢宝贝。”桑叶的声音软糯，坐在吴红军身旁，多日不见，吴红军面色微黑，他还是一贯的沉稳寡言，冲桑蕊点点头，算是打过招呼。

为了赶赴“美丽会”四人吃饭，也就速战速决，到了酒吧，果然音乐震天，坐到灵歌订的卡座，吴红军轻微皱眉，喧哗而躁动的酒吧，对他这个年龄的人并不适合。

灵歌兴致盎然，她开了一瓶百龄坛，要兑菊花蜂蜜饮料，被吴红军挡住，他不让酒保服务，自己动手，喝纯粹的酒，四人一人一杯，整瓶百龄坛就空了一大半，瞅着渐空的酒瓶，灵歌无限欢喜——她又可以多卖一瓶酒。

酒吧的音乐随着人流增多，愈发劲爆，鼓点的锤击，一下一下，没有强大的心脏，怕是不能承受，撞击耳膜的声浪一阵接一阵，急促地催赶人们：扭动身躯，舞动起来。DJ 的嗓音，迷幻诱惑："嗨起来没有？高潮到了没有？"尖叫声、呼哨声、大喊大叫声捆绑一起，灵歌自个儿把自个儿点燃了，干完一杯酒，她拖着桑蕊，挤出芜杂的人堆，穿过窒息的香味，来到舞池——这里人满为患，这里人人癫狂，舞池的地板自动弹跳，在一浪接一浪的亢奋跳跃中，两人瞬间淹没在无尽疯狂的迷离世界。

只至跳到浑身湿透，两人才手挽手回到卡座，桑叶和吴红军不见人影，桑蕊忙翻开手机，桑叶留下短信，他们到另外一个场去唱歌了，桑叶要她玩玩后，再去。

桑蕊怅然若失，告诉灵歌，他们不来了，灵歌轻笑着倒酒："不来，更好！宝贝儿，干杯，我们自个儿快活！"说完，又是满杯酒下肚，桑蕊惊呆了："你酒量可真好！"

"哼，没有金刚钻，哪敢揽瓷器活！卖酒的女人，哪个酒量不大？要不然，怎么会有钱赚呢？"灵歌从LV的挎包里掏出香烟点上，鼻孔里喷出袅袅青烟，她歪坐着，眼神呆滞，超短裙下，修长的大白腿交叠一起，经过的男士，没有谁不瞄她——她是适合夜色的美女，在光怪陆离的灯光下，灵歌的美，魅惑诱人。

很快，一位中年胖子过来，一屁股压在卡座上，手不经意搭在灵歌的大腿上，色眯眯地搭讪："美女，请你喝酒要不要？""要，怎么不要？人家最爱喝酒了！那就先来两瓶'百龄坛'？"桑蕊以为灵歌会动怒，不想，她轻佻地朝他油汪汪的胖脸上吐了个勾人的烟圈，把他的手放到自己的大腿根部，上半身黏着他，吹气如兰，挑逗他。

“两瓶呀？你就不怕喝高，妹妹？”胖大汉没料到摸一把大腿，金钱的代价如此不菲，他为难了，畏畏缩缩要反悔，偷偷把自己的咸猪手收回来。已经太晚了，酒保真是有千里眼，他脸上挂着讨好的笑容，翩然而至，在他面前，躬腰服务：“老板，两瓶‘百龄坛’，要加饮料吗？有红茶、菊花蜂蜜水、脉动、红牛。”酒保谄媚地笑着推介，无比尊重。

“你敢喝完这两瓶，我今天就买这单！”胖大汉明白着道了，眼露凶光，威胁灵歌。他四处张望，还是有所忌惮——京城很大，水很深，谁也不敢担保在这种高消费的夜场卖酒的女孩子，背后会不会有什么人撑腰。

桑蕊暗中为她捏把汗，灵歌张嘴一笑，露出齐整的牙，在昏暗朦胧的灯影下，映出苍白无力的明朗：“当然啦，我一个人喝，好无趣，我要你陪我喝，你不愿意么？”说完，她主动拉过他的手，放在自己的大腿上。

“嘿嘿嘿，好，我们猜色子。”胖大汉悻悻掏钱付账后，嘴上也叼着烟，灵歌将短衫的衣袖卷起撸到臂膀上，将色盅举过头顶，用力甩动，色子在罐里哗啦啦乱响。

“三个五！不相信，开！喝，喝完！”胖大汉坚定不移，得意扬扬命令她。揭开色盅，灵歌输了，无奈，灌进满杯酒，一连几个回合，她都输了。

“大，大哥，你，你是东北银，我们用东北话唠唠嗑行不？”灵歌连连喝酒，舌头硬了，眼神游离，一瓶酒全装进她肚里了，想要去洗手间吐出来，死胖子也不让。桑蕊在旁干着急，灵歌酒量再大，也抵不过，话语开始不连贯了，酒醉脑子还清醒，她在套近乎——变相求情。

“什么东北人？老子最烦这东北土匪，全是大忽悠，东北女人就没个好东西，好吃懒做。喝，今晚你不喝完，就不准走人！”胖大汉借酒撒疯，解方才胸中闷气，丝毫不肯让步，钳住灵歌嫩藕般的手臂不放。灵歌听他语气不善，不敢得罪，小心赔笑：“喝就喝嘛，发什么火呢？”一边向桑蕊使眼色。桑蕊对大汉，早看不过眼，虽和灵歌并无交集，也无交情，但同为女人，同为在外、艰难讨生活的女人，她愿意帮灵歌一把，于是凑前来，自作聪明，豪爽地抢过灵歌的酒杯：“老板，她喝醉了，我来代她喝！”说完，也不看他，仰头喝掉，酒入愁肠，化成一行清泪，桑蕊一抹鼻涕眼泪，展颜强笑：“怎么样？”头顷刻发昏，她站立不住，扶住沙发坐下。“继续！你要讲义气，成全你！”胖大汉狞笑着，他拎起酒瓶，注满酒杯，桑蕊脸红心跳，呼吸加快，她强撑着，晃动色盅，走了狗屎运，竟然是胖大汉输掉了。“喝！快喝！”灵歌开心地大笑，笑到眼泪沿着脸颊滑落，以胜利者的姿态，她同样气焰嚣张命令他。

胖大汉悻然咕咚咕咚喝下，又来，他剥开桑蕊的手，要和灵歌对赌。酒喝完了，胖大汉、灵歌都醉到不省人事，桑叶的电话打来，催促她过去唱歌。桑蕊放心不下灵歌，“她喝醉了！”她朝着手机听筒大喊。“她喝醉，关你啥子事，她这样的女人，在夜场混得多，就把她扔在酒吧卡座好啦，天亮，酒醒，她自己会回去！”桑叶不为所动，言辞冷漠，这灵歌根本就不是她什么朋友。

前一分钟还亲爱的亲爱的，后一分钟，就互不认识，桑蕊转不过弯来，她嘟着嘴，叫来酒保，吩咐他照看酣然入睡的灵歌，把她的短裙理好，扶着她到墙角，不引人注意。“我走了，灵歌。”桑蕊附耳告别，明知道在声浪喧嚣的地方，她听不到。

搭车到“花都”夜总会，这里装饰豪华，安静不吵，桑蕊跟随面貌清丽的迎宾小姐，进入包间，桑叶和吴红军正手握话筒，双双对唱情歌《读你》呢。

“哎哟，我又当你们的灯泡了。”桑蕊见他们作恩爱状，不由得局促不安。阔气的包间，紫色丝绒的宫廷金边扶手椅背，雍容华贵。

桑叶见到她，无声地摆摆手，屏幕上显示后面一段歌词，她顾不上她，桑蕊选位置坐下，当一名安静的听众，也不错。

音乐戛然而止，桑叶坐过来埋怨：“怎么这么迟？本来我老公一个做地产的朋友也来玩，想介绍给你认识呢，谁让你姗姗来迟呢，人家早走了。”

“嗯，没听见。”桑蕊感激她用心良苦，随时随地想到她，吴红军也坐过来，贴心地问她要不要喝点什么。桑蕊摆手，酒气还没散透呢。门推开了，一股香风进来，一位浓妆艳抹的中年女人，紧挨着吴红军坐下，扫了一眼桑叶、桑蕊，毫不顾忌，就亲热地搂住吴红军脖颈，满面堆笑：“哎哟，吴老板，你有多久没来见我了，也不关照下我的生意，原来，是有新的小姐了，这位小姐长得不错，在哪个场子混呀？”

啪，一记响亮的耳光，迅雷不及掩耳之势扇在中年女人脸上，吴红军当场愣了，夹在手指里的香烟也因受到惊吓掉在地上。桑叶霍然起身双手叉腰，气急败坏地冲女人大骂：“谁是小姐，看清楚点，老娘是小姐吗？”

桑蕊第一次见到桑叶如此动怒，中年妇女捂住火辣辣的脸庞，眼泪花冒出来，她带着哭声央求：“吴老板，你，你这朋友怎么打人呢，有话好好说嘛。”

吴红军的脸唰地变白了，他镇定地弯腰捡起地上还未燃尽的烟头，丢在烟灰缸里，慢条斯理从纸巾盒扯出纸巾，仔仔细细地揩干手。

“你先出去吧。”他脸色逐渐恢复正常，随后好言安慰中年女人，从包里掏出一沓钞票塞入她怀：“以后，记得不要在我女朋友面前乱说话，这钱，算是请你喝茶赔礼道歉。”

“谢谢吴大哥，谢谢吴老板。”中年女子一边脸颊红肿，看来，桑叶下手不轻，她向吴红军连连躬身致谢，看也不看桑叶一眼，带门出去了。

“何必生气呢？人家不过是个妈咪，从外地到北京讨口饭吃，也不容易。”吴红军拉过桑叶的手，拍着她手背，和颜悦色说道。

桑蕊真心佩服吴红军的沉着，也认可他对妈咪的态度。桑叶呀桑叶，你是不是也忌讳曾经干过的营生？

“人家是见不得别的女人对你太热情嘛，她真不要脸，还搂着你，人家吃醋嘛。人家这么在乎你，还当人家做得不对么？”桑叶温柔地低头认罪状，桑蕊看这架势，又得是一场恩爱秀了，她借口上洗手间，刻意回避。

“我很爱他，桑蕊，怎么办？”桑叶又拉着桑蕊畅谈，在丰富多彩的情爱经历中，吴红军是她最为疯狂迷恋的男人。他对她出手阔绰，不足为怪；他对她深情款款，也不稀奇；他对她怜爱有加，可就稀罕了，她在他身上体验到真正被人爱，被人宠的甜蜜。

“你知道吗？他是一个真爷们儿，对女人好的爷们儿。”桑叶自有一套评价人的标准，爷们儿，她认可的爷们儿，都是对她有责任心，对她好到无以复加的男人。不然，是没有资格被她尊称为爷们儿的。

“你爱他什么？”桑蕊追问她。

“他爱我呀，所以我也爱他。”桑叶的逻辑，总让人觉得不可思议。

“我要给他生孩子，给我这辈子最爱的男人生 baby。”桑叶黑葡萄似的双眼，闪耀出钻石般耀眼的光芒。

“他给了我家的感觉。你不知道，我们一起逛燕莎，买完衣服，他就拉着我到超市买菜，买厨房用品，什么都是顶级的品牌。我大胆地挎着他胳膊，大声喊他老公，他不愿意，他贴着我耳朵说，换一个称呼。我说亲爱的，他摇头；我说，爱人，他更摇头；最后，我叫他老头子，他郑重其事点头认可。那一刻，好多人注视我们，我开心死了，我骄傲死啦。我们又去西餐厅吃饭，他说我太漂亮了，漂亮得惹人注目，我心里可得意了，看他虽是抱怨，明明是高兴的口吻呢。”

桑叶滔滔不绝，如黄河之水天上来，绘声绘色回味自己的情爱往事，其实，她和他分开不过两天而已。思念如此强烈，桑蕊也讶然，爱情的魔力无穷，她认识的那个理智、拜金的桑叶，自诩从不会用情的桑叶，还是堕入了万劫不复的情网。

“呀，他也想我了呢，发短信给我了，听听：人生第一重：看山是山，看水是水；人生第二重：看山不是山，看水不是水；人生第三重：看山还是山，看水还是水。啥子意思嘛？”桑叶抓耳挠腮，皱眉不解。

桑蕊听得清楚，这个吴红军不是一般的土财主，古人云，见山是山，见水是水者为庸人；见山不是山，见水不是水者为俗人；见山还是山，见水还是水者，方才为智者。

“快给我出主意，怎么回复他？文雅点，让他也见识下我的文采。”桑叶焦急地催促着桑蕊出谋划策。

“便欲开船去，因君更写蕉，要知相忆地，叶上雨潇潇。”桑蕊低头吟哦良久，套用了别人的诗句，取其诗句里有桑叶的名字，含而不露的相思雨，也算应景应时，得体大方。

桑叶迅速转发，不出十秒，吴红军的电话就来了，桑叶握着手机，脸蛋兴奋得放光，她冲桑蕊举起胜利的手势，掩门，躲到外边诉说衷情。

这一次通话，足足有两小时！打破交往以来任何一次的通话时长纪录。

“桑蕊，我的好桑蕊，你太棒了，亲爱的，他和我说了这么多我从来没听过的情话，我好爱他喔。”桑叶旋风般推门进来，对着桑蕊的脸蛋亲个不停，一口气说完。她心情太好了，一首小诗产生的影响力如此大，她怎么能不开心，这可是无成本付出！

桑蕊傻笑着，又是忧伤又是欢喜，满腹才情也要有知音欣赏，高山流水遇知音，人生一大乐事，可她的知音在何方？

趁桑叶睡前敷面膜的时间，她突发奇想，给庄嘉德发了一首古诗，是明代大画家、传世之作《庐山高图》作者沈周的诗。她稍作调整：花尽来寻竹主人，留连樱笋送残春。与君再见当今岁，分付清觞缓缓巡。

才发，即后悔，懊恼自己太唐突、冒失，倘若，他的电话也追过来，怎么办？桑叶在场呢。事实证明，是桑蕊想多了，整个晚上，手机毫无动静，庄嘉德如在上空，窥透了她的内心，非常配合。

桑蕊松了口气，心底还是惆怅不已。次日上午，庄嘉德总算回了短信，舒缓从容，赞溢之外有丝丝缕缕的示好。桑蕊暗自窃喜：他对她，也有心。

她和桑叶，最近一直刻意回避提及庄嘉德，桑蕊不笨，既然明白庄嘉德是拜倒在桑叶石榴裙下的追求者之一，桑叶反常应对此事，桑蕊也明白八九分：再好的姐妹情深，也抵不过一个无关紧要的男人的大献殷勤，女人之间的友情重要还是男人重要？桑蕊故意忽略不去思考这类没有标准答案的问题。

她羡慕、嫉妒但没有恨桑叶，吴红军那样出色的男人，在她面前，照样服服帖帖，她对男人是有致命诱惑的女人，难得一见的浑身散发出无穷魅力的女人——她永远也做不到，也成为不了桑叶这样的女人。

现实生存的残酷，容不得桑蕊多愁善感，她不得不奔跑在面试的路上，不是在面试中，就是在面试的路上！饿了，买块麻酱烧饼充饥；渴了，喝瓶矿泉水。赶地铁，倒公交，从朝阳到海淀，路上就用了大半天时间。

桑叶和吴红军恋情升温加热，两人又跑山西五台山求佛去了。桑蕊面试完毕，回到公寓，脱掉鞋子，就累得瘫坐在沙发上。不是她懒，也不是工作多累，还没开始上班呢，就这一路的上车挤、下车逃，再转车挤，再下车冲，反复折腾得人筋疲力尽。京城人多，从古至今使然呢。桑蕊摇头悲叹，看窗外五彩斑斓的高楼大厦林立，哪一扇窗户的灯是为她守候？

连续几天来的面试无果，她差不多快绝望了，但她不能就此倒下，明天，还有明天一家，电话里聊的感觉还不错，早上床休息，决战明天！

她握紧拳头，自己给自己打气——从何时开始，她懂得为孤单的自己加油了？形势所逼。

老天垂怜，面试成功了！且待遇不薄！桑蕊真想将这好消息与人分享，桑叶处在你侬我侬中，不好打扰，又没认识其他朋友，翻看着电话本记录的几百号人的号码，既陌生又熟悉，谁能与之共享此时此刻的快乐？桑蕊踌躇不前，停止了无谓的搜索寻找。

灵歌的号码跳出来，那晚酒后，也不知她怎么样了。灵歌要她直接到“美丽会”找她。桑蕊犯难了，犹犹豫豫吐露实情：“呀，我消费不起那儿的酒呢。”“哈哈哈，宝贝儿，谁要你买单？买单是男人的本分，过来吧，有朋友来喝酒了，介绍新朋友给你认识。”灵歌的笑声爽朗，穿越酒吧的喧闹，她乐呵呵的天性感染了桑蕊，使得她精神为之一振，渴盼着要见到她所说的新朋友。

夜色里的灵歌，大敞肩的黑色蕾丝小上衣，露出漂亮的锁骨、浑圆的肩，磨边牛仔短裤，短到不能再短，双腿莹白修长，不变的马尾，束在脑后，侧面，别了根银簪，脸上洁净，眼大而无神采，嘴小而无颜色，鼻挺而无风度。虽是天生的美人，只可惜，她是不施粉黛，清水出芙蓉的木美人，美而无态，美则美矣，无突出的个性，反而，不似旁的年轻女孩，个头矮小，五官精致，一颦一笑，极为撩人心弦，吸引人兴致。

“宝贝儿，”灵歌张嘴，亮出她的东北大嗓门，人未走近，酒气先熏人。“喝了不少吧？”桑蕊有些心疼她，没来由的。

“没喝高，放心。”灵歌笑嘻嘻地安抚她，旁若无人领着桑蕊，在烟雾迷离中灵巧穿行。

卡座上一男一女，相对枯坐，该男戴眼镜，面色淡漠，像是久经沙场的战士，对眼前热火朝天的音乐、四处弥漫的烟雾，头戴兔子耳朵，卖力甩动干瘪身躯的领舞，无动于衷。

该女，容貌中等，中长卷发，婴儿肥的冬瓜脸，着装不时尚，也不老土，唯有身旁的方格子名包，为她平添些许不同凡响。

“小伟，莎莎，这是我好姐妹桑蕊，从南国过来，在一家公司当白领呢。”灵歌热情推销着桑蕊，桑蕊猝不及防，在两个面色诡异的人面前，点头招呼。

小伟面皮微微抽动：“坐。”莎莎也鹦鹉学舌，不带一丝笑容，以警惕的眼神打量着桑蕊，上下左右：“坐”。

桑蕊顶着被挑剔的压力，拘谨着，为坐在哪一边而迟疑。灵歌反应快，一屁股先紧挨小伟坐下，桑蕊见机行事，坐在莎莎这位非美女身旁，情非所愿，也不得不为之。

“来，干杯！”灵歌在努力营造欢快的氛围，她给三个人各自倒满酒，越俎代庖提议，小伟取下眼镜，揉揉鼻梁，才端起酒杯，象征性碰下；莎莎也是，场面冷清，喝酒的人彼此心照不宣，这酒可是桑蕊喝酒史以来，最憋屈的一杯了。

灵歌拉着小伟的手晃动，怂恿他起来跳舞，她的大腿在五色灯下，白得耀眼。小伟目不斜视，如传说中的柳下惠，稳坐着岿然不动：“不去，老了，身子骨不行。”灵歌遭拒绝，也不当回事，复又给自己倒满，莎莎缓缓起身，拍着灵歌的肩，哑声说：“俺们去。”

“还是俺东北姑娘好！”灵歌粲然一笑，眼角有细纹突显，小伟不以为然，嘴角轻微上扬：“去。”

桑蕊不愿和这样不近情理的男人面对干坐，她也起身，不想，莎莎决断拦住她：“陪陪我家小伟。”嗓音喑哑，桑蕊撇撇嘴，酒吧冷气太足，她不由得抱紧双臂，瑟缩在沙发角。

“你叫什么名儿？”小伟待两人走后，面色稍微活泛些，他俯身问她，高声大喊，所幸是好听的京腔。

“桑蕊。”桑蕊无声地努出名字的嘴型，老老实实作答，方才灵歌的介绍算是白搭了。

也不知小伟看明白没有，他手扶下巴，若有所思，酒吧的声浪铺天盖地，委实不宜清谈，还是初次相识的男女。桑蕊身处此地，才感同身受莎莎为何与小伟只能无言相对而坐了。

为了打破这无聊的喧哗与沉闷的难堪，桑蕊半歪头，主动举杯，眼神定定望着小伟，准确的肢体语言比不恰当的话还要有效果。小伟默契地配合喝酒，此时，无声胜有声。

就这样彼此静坐，桑蕊受不了，她本意是来放松，而非应对这该死的沉默，她伺机跑了好几趟厕所，快到午夜下半场，莎莎附耳对桑蕊说吃夜宵，桑蕊扭头大声问灵歌，灵歌摇头不去，她指指手机，暗示还有订位的客人要来，她得招呼生意。

桑蕊独自一人，不肯与不相熟的人出门，她也果断摇头不去。莎莎还是没什么表情，脸色冷漠，走上前，摊开双手，桑蕊配合地轻轻搂了她一下，两人与两国外交使者来访一样，客套而有距离。

“你手机号码多少，告诉我。”她既不寒暄，也不套近乎，出于礼貌和平等对待，桑蕊也来个宠辱不惊，将手机号码给了她。

莎莎和小伟走时，勾肩搭背的动作，说明了他们的关系并非看上去那么遥远，走至门口，小伟趁其不备，猛然回首，冷酷地向桑蕊摆摆手，桑蕊没料到，他还有此调皮玩性，遂莞尔一笑，算是回应。

“跟我来！”灵歌带路桑蕊，回到小伟他们的座位上，拎起半瓶喝剩的芝华士晃动，“来，我俩喝！”灵歌貌似无比热爱喝酒，她吐着舌头，占了多大便宜似的，分别注满酒杯。

午夜，酒吧的音乐舒缓下来，忧伤缠绵的情歌环绕着，桑蕊小口抿着喝酒，灵歌也不豪饮了。

“你住在哪里？”桑蕊问她，实则，她想找她打探下租房的事，工作定下来后，她就得换地方住了，不可能长久住在桑叶公寓。

“丰台呀。”灵歌捡着小碟上的爆米花，一粒一粒丢进樱桃小嘴中，精准无比。

“哇，好远。”桑蕊听说过丰台区，离这朝阳区的工体，可不是一般距离。“晚上这么晚，你怎么回去呀？”她急急地问了不该问的傻话，出于同为女性的关心。

灵歌不置可否地轻笑，用纸巾把手擦拭干净，双手拢着马尾，取下发簪，黑发散下来，她以手指代替梳子梳理着：“喝醉了就在酒吧沙发上睡到天亮，有时坐朋友的顺风车回去，就这样简单！”

桑蕊抬头张望，酒吧客人稀落，漂亮年轻的女孩子居多，三五成群抽烟喝酒或嬉闹。曾经熟悉的画面，桑蕊低下头，莫名地心疼她们，一如心疼自己。

“以前你做什么。”她问道，灵歌猛地愣了一下，忙活的手指稍作停顿，继而哈哈哈大笑：“卖酒，珠江啤酒小姐。”

“卖酒？”桑蕊自言自语，她难忘她的一愣，在那之前呢，是不是也是和她一样，有着快活无忧常挨打的童年？有着幻象无边现实残酷的少女时代？她没再问了，再问也是无趣。

我们生在同时代，相似的出生背景，相似的漂泊命运，也许，飘零是这个时代的女人的共通命运？

从五台山拜佛归来，桑叶又马不停蹄飞赴南国，参加高尔夫明星赛，连南大总裁班的课程，也抛诸脑后。

临走前，房东打来电话，催促下月交房租，北京租房一般为季付，桑叶瞟了桑蕊一眼，拖长腔调对付房东：“我要去国外一趟呢，下个月中旬才回来，迟几天打款。”

桑蕊听得心头一紧，这电梯单身公寓三千一月，她租不起，得加快找房子的脚步了，好在，工作落实了，就在上班附近寻找，坐怕了地铁，挤厌了地铁。

没两天，莎莎约她吃饭，态度友好，要开车来接她，桑蕊以为是客气话，连连说不用，拗不过莎莎坚定，只得随她，自己也乐得省去一笔出租车费。

一小时后，桑蕊坐上了由小伟驾驶的崭新银灰奔驰轿车，她熟悉桑叶的车，坐进去，感受到比她的奔驰配置还高一档次。

“美女都住朝阳，你怎么住海淀呢？”刚系好安全带，莎莎迎头就来这么一句，桑蕊听得莫名其妙，又心有窃喜，哟，自个儿也成美女了。

“宝贝，想吃什么？今儿请你，你做主！”莎莎偏头询问，脸上还是没有笑意，桑蕊听她这样说话，很是舒坦，她闹不明白，为何这两人对她热情相待。

小伟默不作声，专注开车。“想好没有？到哪里去吃饭，美女们。”车子驶出公寓门口大路，向朝阳奔去。

“你爱吃辣，就去‘俏江南’，中不中？”莎莎征求桑蕊意见，实则也是她自己做了主。

俏江南是京城这几年火起来的高端餐饮品牌，三人进入富丽堂皇的包间，莎莎要桑蕊点菜，桑蕊怕让人破费，欠人情，就要了最便宜的夫妻肺片。莎莎一听菜名，就嘟嘴抗议：“你不会点菜，上这种地方，怎么吃小馆子的菜品呢？”她毫不客气抢过菜单，龙虾、鲍鱼，她麻溜地报出一长串海鲜名。

桑蕊被当场羞辱，脸色绯红，她局促地低头，暗骂自己，没见过大场面，竟然被这小女子耍弄。

小伟为平衡两人争高低，忙喝住莎莎：“夫妻肺片还是点上，你不爱吃，人家爱吃。”莎莎抬眉扫了他一眼，没再言语，桑蕊心头大为好受，小伟的目光落在她带来的格子提包上，似乎在分辨真假。这包是桑叶给她撑门面的超A货，一般人不细看，分不清真伪。

三人的饭局，安静如斯，小伟的食量不大，每道菜，只是象征性夹一筷子了事，桑蕊心疼粮食的老毛病又犯了，只可惜肚子就那么大，眼睁睁看着盘中剩下大半的佳肴白白浪费。

莎莎曾经在韩国留过学，她有同学要过生日，请她吃生日蛋糕，下半场，就开车到韩国人开的餐吧。莎莎进去后，整个人完全变样，热情高涨，见人就说韩语，拥抱亲吻。

桑蕊好奇地问小伟："你听得懂韩语吗？"小伟叼着烟，轻蔑地笑："听不懂，也不喜欢！"

"我也不喜欢。"桑蕊想起韩剧里某些整形得比妖精还要勾人的女明星，同样地不置可否。

两人终于找到共同语言，莎莎成为场里的女王，忙得顾不上招呼两人，小伟寻到空位，叫桑蕊过来，相对坐下。

有人端来两份切好的蛋糕，小伟突然恶作剧一般，叉起一小块，送到桑蕊嘴边，他要喂食呢，桑蕊害羞地躲避，小伟目光鼓励她，她才羞答答接受，蛋糕松软，入口即化，十分美味。

是女人的直觉在提醒莎莎，她旋风般跑过来，张开红唇，娇蛮地撒娇："我也要，你喂给我吃！"小伟面色笑意加浓，他叉起一块，又喂给她吃。貌似很享受这样被女人环绕的感觉。此时，两人不约而同斜睨着桑蕊，桑蕊假装没看见，她半侧身，专注地打量着室内的装潢——这简单的装潢比起俏江南可是千差万别。

吃完蛋糕，莎莎叫嚷着要放音乐，跳舞，桑蕊不愿卷入其中，她恳求小伟："我想回去了，麻烦送我下好吗？"

"我肯定送你，等等，她正在兴头上，这样离开，不礼貌。"小伟看着舞池中央的莎莎，她喝了酒，面色红润，也不知为什么那么乐，大笑不停。桑蕊微笑表示理解。

终于等到莎莎面色通红摇摇晃晃走过来，桑蕊起身扶着她，小伟手快，拉着她附耳嘀咕，桑蕊忙别过头去。

“走，我送你！”小伟掏出车钥匙，喜笑颜开，“要不要和她说下？”莎莎已经转身融入韩国人的圈中了——她早已清楚和桑蕊不过是这一晚的缘分。

“不用。我们走！”小伟甩开步子，桑蕊尾随其后。背后，莎莎的嘴角有丝冷笑，冷冷注视两人离去。

小伟打开天窗，任凭夜风呼呼灌进来，桑蕊不得不用手压住头发，小伟见了贴心地关上了天窗。

“莎莎是我在南国做工程时认识的女孩子，她当时在南国的星级酒店上班，”小伟或是为了打破沉闷，又或是一种没话找话说，他主动说出他和莎莎的事。

“后来，我的公司从南国撤回北京，她得知我走了后，就打电话给我，说想跟我一起，我就订票让她飞过来，断断续续，拉拉扯扯，我们就好了这几年，她是个好女孩。”后面这话来得好没由头，应有难言之隐。桑蕊“恶毒”地揣摩。

“你们很相爱？”耐着性子等他讲完罗曼史，桑蕊好奇地问。

小伟沉寂良久，车速提高后，兀自嗤笑不语。

“她要和我分手，我同意，不过，得给我找位新女友，她才能离开我。”小伟转换语境，神色漠然。

桑蕊听得云里雾里，什么强盗逻辑？还有这样条件交换的分手？当真是大千世界，无奇不有。她黯然悲叹——她可不愿成为被替代的女朋友。

到了公寓大门，桑蕊下车落地，潇洒致谢后，正要离去，小伟叫住她，像迷路的大男孩一脸苦恼：“我不熟回去的路呢。”桑蕊猜不透他葫芦里卖什么药，她翘起嘴角，耸耸肩，表示自己也是无能为力——滚滚红尘，他和她不过就是这一晚的浅淡缘分，她犯不着操心他。

桑蕊赶在桑叶返京前，找到住处，与同层楼上班的女孩合租。价格、地段、距离都合心意，她抢先收拾好衣物，搭了的士，搬好家，回归一个人的蜗居，简单，自在。

桑蕊刚给桑叶发了搬家短信，桑叶的电话就追进来：“动作够快嘛，过几天，我回来，也是搬家，不在北京住了。”她的嗓音无精打采，丧失往日的激情与活力。

“怎么，连课也不上了？”桑蕊大感意外的同时，也认为在情理之中，桑叶来北京读书，不过是她靠拢吴红军的手段，并非真为求学。

“我们分手了，呜——想不到吧？”桑叶边讲电话，边揩鼻涕，浓重的鼻音，桑蕊误以为她刚大哭过。

“不是在热恋吗？怎么这么快就变了？”桑蕊身为局外人，自然摸不清头绪。

桑叶心头敞亮着呢，她和吴红军迟早要分手，她一心想选择对自己最有利的时机。从前，多是自己掌控局面；现今，却被吴红军把控了局面。

“电话里三两句也说不清，我等他兑现我的承诺后，就来北京托运行李，先这样。”桑叶揉鼻子的声响，桑蕊听得分明，她也懒得去胡乱猜想，桑叶做事，有她的分寸。

桑叶终于没再回来，半月后，她拜托桑蕊将房退租，把行李打包邮寄给她。后来，又觉不妥，她的衣服，件件都是名牌，万一邮寄途中，出了什么乱子，因小失大。

“桑蕊，这周五你把我的行李给送回来呗，机票我报销！”桑叶说得爽快利落，桑蕊哪好意思要她的钱，自己不也白住她公寓好几月？权当帮忙，当即应承。

下了飞机，推着行李，玻璃门自动开启，一辆崭新的橙黄保时捷停在路边，弧线优美，耀眼之极。桑叶戴着遮住半张脸的大咖啡色墨镜，神态倨傲，姿态妖娆倚靠在车门前，过往的旅客——不管认不认识此车，全投以好奇、羡慕、嫉妒、不屑的复杂眼光，频频回头者居多。

桑蕊被突如其来的惊喜吓到了，脑海里闪现出在北京的算命大师的话：“哇，什么速度？你买新车了？太牛了吧？我嫉妒你！”她兴奋到语无伦次，全身所有的毛孔只剩下甜蜜的骄傲、欢喜的嫉妒——自己最要好的姐妹，身边最亲近的人呢。

桑叶则一反常态，神色冰冷淡漠，桑蕊被她的平静刺痛了，她成为狂热的粉丝，而偶像却并不稀罕这位粉丝。

“哇，算命大师，好准啊！”桑蕊还沉浸在并不属于自己的巨大狂喜中，她后悔那晚自己没有多向大师咨询。

新车内的皮革质感精良，呀，一分钱一分货呢！桑蕊爱怜地摩挲着真皮椅背，不忍坐上去。看她缩手缩脚的村妇样，桑叶不免得意地数落她：“唉哟，豪车就是用来坐，你心疼啥！”桑蕊淘气地吐出舌头，笑着捣蛋：“原谅我，刚从农村出来，没见过世面。”“滚犊子去！”桑叶操起北方话，佯装嗔怒，两人说说笑笑，心情大好。

桑叶驾驶保时捷奔驰在深北大道上，车窗微启，头发在风中飞舞，此时的她，与古人孟郊四十岁中进士时的意气风发相似：春风得意马蹄疾，一日看尽长安花。桑蕊嘟嘴眯眼，举目四望，车玻璃前方，笔直的马路延伸，两旁的椰林排列齐整，车内回响着劲爆的夜场嗨曲，由不得人不疯狂，不沉醉，不幻想。远方的道路在这样热闹的氛围烘托下，看上去无限光明。

桑叶在一座风格典雅的咖啡馆停下车，两人进去，选了一处屏风挡住的卡座——私密性极强。

餐桌上方的水晶吊灯层次烦琐，造型华丽，如利剑直射下来，桑蕊不喜这吊灯，太诡异。刚从癫狂状态里苏醒，桑叶要了两杯鲜榨橙汁，卡座寂静无人，南国的天气酷热难耐，可街上，车水马龙，人来人往，脚步匆匆，谁也不肯停下来。这就是南国的生活节奏，和京城一般无二，匆匆，太匆匆。

“我和他分手了！”桑叶的脸色从阳光明媚转到阴雨天，她冷冷地咬着桃红色塑料吸管，上来就丢出这句话。

不出所料，桑蕊暗暗心惊：“不是好好的么？”她的脸色也阴沉下来，默哀。

“迟早要分开，不过比我预期的时间提前了点，这样也好，我的钱早点到手了。”桑叶看似轻松洒脱，神色明显有挥之不去的挫败失落。

桑蕊无言地咕咕咕吸着橙汁，甘甜的橙汁，有股酸味，她被呛住了，猛烈咳嗽，拍打胸腔。

“你是嫉妒我了吧？”桑叶射来一道冷傲的眼光——她总是看穿她所有，直抵肺腑。

“有点。”桑蕊并不辩解，既然无法伪装，不如坦白承认。上百万的保时捷呢，吴红军应当给了她非常多的钱。

“我本来想给他生孩子，他对我这样大方又这样疼我……”话未说完，她刹那收声，桑叶掏出烟，点燃后，冷艳地喷烟圈，烟嘴上一圈殷红的唇膏痕，与她涂满紫色蔻丹的手指甲，交相辉映，艳丽夺目。

桑蕊轻轻吮吸着杯中物，不再猴急追问，接下来呢。正处敏感时期，又是关于他人金钱的隐私，在金钱不是万能，但没有钱是万万不能的时下，她可不敢造次追问。

“他带我去五台山，原来是陪同他还愿。你晓得不？他每年都要去那些大庙宇拜佛去呢，说五台山的五爷庙求财很灵光。没发达前，他求过佛，后来发达了，每年定要去求，来年再还愿，循环往复。”

“有钱人也信命？”桑蕊眨巴着眼，撇嘴不肯相信。

“你懂得啥哟，不光是有钱人迷信，那些当官的更信。从古到今，皇帝都信呢，亏你还混了大学，这也不晓得？”桑叶对她的见识浅薄，更报以蔑视。

“哦。”桑蕊乖巧吐出舌头，不敢言语了。

“我还在寺庙里许愿，祈求佛祖呢。没承想回来后没多久，他就主动提出分手。哼，不就是怕我生孩子缠上他，分他家产！”桑叶用力将烟嘴摁进烟灰缸，愤愤不平。

“你不是说，男人都喜欢女人给他生孩子么？他怎么会不喜欢呢？”桑蕊想不透其中奥妙。

“凡事有例外嘛，我不过是在试探他，哪知，他倒害怕了，主动提出给我钱，我都还没开过口呢。”桑叶抬起下巴，眼神空洞，仰视着阳光折射下，变幻无穷的水晶灯，沉思不语。

“你很爱很爱他吧？”桑蕊见状，内心滑过一丝兔死狐悲的悲悯——桑叶，貌美如花的桑叶也还是会遭人抛弃，尽管有不可捉摸的大笔分手费。

“原来很爱，现在不爱了。不过，他是值得女人去爱的男人。”

桑叶重申她选择的男人，嘴角有隐忍的伤感，她的个性素来坚强开朗，难得多愁善感。

“你知道他给了我好多钱？”说到了钱，桑叶旋即眉飞色舞，脸上光芒四溅，整个人又神气活现起来。

桑蕊的心顿被刺痛，她迷惘困顿，她沉默不语。她无法领会她的愉悦——身无分文的乞丐，无法体会身家千万的富豪的快感。

桑叶也打住话头，两人同时沉默。

“算了，告诉你也无用。以后，我不用再看人脸色了，我成了真正的有钱人了！哈哈哈！看看这整个南国，像我这样又富有又年轻漂亮，开保时捷的女孩子，有多少？”桑叶按捺不住内心的狂喜，一通自说自话的炫耀后，方才收敛些，神色冷峻。

“你还和庄嘉德有来往？”桑叶像想起什么似的，又或者是找话说，语气恢复平静。

“正常的短信而已。”桑蕊不敢隐瞒，心虚作答。

“别怨我没早告诉你，他有老婆，儿子在美国念书。对了，他还和我另外一位姐妹偷偷交好呢。是我这姐妹前不久才透露给我的。”说完，桑叶冷冰冰注视着她，有试探，也有不屑。

桑蕊惭愧地迅速低头，用力咬住下唇不语：她成了什么女人了？下贱无耻？在桑叶面前，她清楚她会看不起自己，最最令她伤心难过的是庄嘉德，竟然如此滥情！桑蕊的心在滴血，愤怒不已，恨自己有眼无珠，恨庄嘉德对她明修栈道，暗度陈仓。

“好啦，男人嘛，谁不花心？哪个不好色？很正常！况且我这女友出了名的漂亮，用什么东西都要用最好的，除了漂亮，一无是处。以前是模特，追求者一大把。”桑叶嘻嘻笑道，神色轻松，说着无关痛痒的八卦。

桑蕊听得字字滴血，她内心悲愤，面上还得强装若无其事：“无所谓啦，我和他又没啥子关系。”

桑叶笑而不语，眼神是不再信任的高冷，桑蕊看得心惊肉跳，她不再是从前的桑叶了，她们的友谊还能和从前一样不分彼此要好吗？她黯然神伤，不得而知。

“他说过，他要我这一辈子衣食无忧，他要我开美美的跑车在路上心花怒放地奔跑，香车美人，人生乐事。他果然实现了对我说过的话，所以，我说他才是值得我去爱的男人，我爱上他，不后悔！”桑叶目光游离，动情地感叹着她和吴红军短暂、热烈如酒的感情。

桑蕊默默洗耳恭听，做个安静的听众，是桑叶目前的需要，她满足她的需要就好。一直以来，她是红花，自己是绿叶，不发声陪衬的绿叶。

十八

一年过去了。

庄嘉德往返京城的次数极有规律，一月一次，雷打不动，原是他有九十岁老母亲在此养老，他是孝子，每月必定定期探望老人家。

桑蕊忙得团团转，采访写稿、参与拍摄等，作为一名合格的电视从业人员，她已逐渐驾轻就熟。

再繁忙，她都会腾出空来与庄嘉德幽会，时间就像女人的乳沟，挤挤就会有。她与庄嘉德相交，是独自偷着乐的好，不见天日的好，她刻意隐瞒所有人，当然包括桑叶。

庄嘉德每次见她，都不空手，左右不过是带些小玩意儿，杭州的龙井茶、西安的蓝田玉挂件、苏州的丝绸，就连参加活动时主办方送的小礼品也有——他当真不见外了，随手礼包。

这次相见，他送她一条施华洛世奇的水晶项链，桑蕊收到深蓝的小礼盒，已满怀欢喜。她当然懂得这个品牌的价值，不是大品牌，只算是轻奢华，不过是小女生热捧而已，她还是喜欢。她需要他，需要他这份实在的温情，哪怕并不常见，并不常有，并非长久。

不论物品贵贱，桑蕊都珍藏起来，在她人生旅途中，除了易荣，就是他，这样对她好，这样惦记着她。

“谢谢你。”她冲他甜笑着。“嗨，飞机晚点，我在机场顺便买了，我们认识也快两年了？真快呀！”靠在酒店房间内沙发上，庄嘉德烟不离手，吞云吐雾中没来由地感叹时光荏苒。

“噢，好像是？”桑蕊没有时间概念，她细细摩挲着项链上玫瑰金天鹅标识。

不问未来，桑蕊从不多嘴问未来。两人在一起一天就少一天，是她和他的宿命。

离别前，他们一起吃饭，然后，他到机场，她搭车回住处，各自忙活各自的事业。

桑蕊自己也说不清，故意和庄嘉德深交，是否是自己的一种虚荣心在作祟？

自从听了桑叶的话后，冲动之下，她决定要和他了断，趁还在南国。辞了桑叶，桑蕊谎称返回京城，到机场后，她先发短信给庄嘉德，说自己已到南国，专程归来给他一个惊喜，要见他。

庄嘉德电话立马打过来，笑声朗朗，说要派人去接她，并表示非常欢迎，他来管吃住行。桑蕊听得云开雾散，豁然开朗，不由得怀疑起桑叶的情报信息的真假来。

退了返程机票，不过半个时钟，桑蕊又被人迎接到一处酒店住下，庄嘉德本人并未现身，桑蕊也不着急心慌，放宽了心看电视，一夜无眠。

次日，庄嘉德还是不见人影，等到中午，还不见半分动静。桑蕊坐不住了，她发了短信要回京城，庄嘉德说明天见她，中午请她吃饭算是践行。

桑蕊这才作罢，正在无聊时，桑叶的电话打过来，劈头就问："你在哪儿呢？""你知道我在哪儿，干吗呢？"桑蕊学乖了，并不实情告知。

"我姐妹到处在找庄嘉德呢，我还以为他去北京约会你了呢。"桑叶急火火地说，桑蕊心下明白大半，看来，这庄嘉德也是在躲她，忙不过来，无暇分身呢。

桑蕊清楚了，他在做选择，便不在意了。

庄嘉德请她吃丰盛的午餐，开了瓶红酒，席间相谈甚欢，桑蕊听他说，自己不言语，也不忍心揭穿他。途中，他有电话进来，看了号码，果断掐断。桑蕊见状故意撒娇："怎么不接电话呀，好不礼貌哦。"说完，举起杯与他相碰。

"嗨，还不是售楼小姐打来的骚扰电话。"庄嘉德面不改色，仰起脖子，喝完酒，桑蕊吃口菜，看似无意偏头开玩笑："听说你有女朋友了，是桑叶的姐妹，非常漂亮。"

"胡扯！都是谁在胡说啊！"庄嘉德脸色通红，借酒意，矢口否认。

桑蕊偷乐取笑："你这么有魅力的男人，有漂亮女人喜欢也是常事呀。"

"那是必须的，我这样优秀的男人也不多见，你不也喜欢我？"

庄嘉德得意作答，世间男人谁不爱听奉承话，戴高帽子呢。

“你怎么知道我喜欢你！”桑蕊不服气，借了酒劲。

“我是男人，我有男人的感应，你不喜欢我，我也不会主动找你，我只做有把握的事。”庄嘉德镜片后的眼神闪烁，话有深意。

桑蕊扑哧笑了，她无语举杯，仰头喝酒。在这方面，两人极其相似，情场上的步伐，不过你来我往，你进我退。

“以后就在京城上班了？京城，可是我常去的地方，到时找你去！”庄嘉德关心起她的工作。“是呀，房子也租好了，你来就是了，我还怕你不成？就怕你空口说白话，哄我呢。”桑蕊白了他一眼，端起酒杯，媚眼如丝。

“放心，我懂你，你喜欢我，我也喜欢你。”庄嘉德轻抚她脸颊，碰了下酒杯，语调意味深长。桑蕊微醉后面色酡红，这下，连脖子都红了，愈发显出娇羞可人的女儿态。

临走前，庄嘉德注意到桑蕊喜欢吃酒店的榴莲酥，又打包两盒，带给她，桑蕊心头一热，感怀他的贴心。

两人真正好上，是在下半年的元旦，庄嘉德逗留京城数日，往日，他邀请桑蕊吃饭，说是请她吃饭，不如说是让她去蹭饭更为贴切。每次都是一大桌男女，胡吃海喝，胡言乱语，之后各回各家，各找各妈。

桑蕊纳闷得很，又享受这般嘈杂的热闹：他这样，可就和其他男人分出高下了。她不能接受当下男人和女人发展的快餐式关系，没有追求的过程，初识几天，就直奔主题。桑蕊厌恶又抵触，在心底，她憧憬的还是那份两情相悦，水到渠成，刻骨铭心的真情。

庄嘉德的行为，符合了她对爱情的幻想，他不对她毛手毛脚，他尊重她，他不和她即刻行鱼水之欢，他重视她。

时间渐长，桑蕊已习以为常，一月一次的见面，没有互诉衷肠的悲切，只有相见围坐的欢声笑语，她内心暗暗等待这一天的到来——就如少女时期盼嫁一位如意郎君，那样渴望，那样欣喜。

“小桑，今晚，我们在一起，你带上证件住酒店。”庄嘉德这次的电话邀请，终于开门见山了。

“唔，好。”桑蕊惊喜得差点跳起来，她虽是离婚有女的中年妇人，但在这一当下，心境宛如初嫁少女——那是因为她从未真正出嫁过。

晚上，庄嘉德与桑蕊酒足饭饱后，沿着酒店泳池的林荫小道闲逛消食。昏黄灯光下，桑蕊挽住他胳膊，她想要向他倾吐，埋藏在心里这么多年的，让她备受煎熬的事。

“你一个人带孩子，前夫不出点抚养费替你分担？”庄嘉德随口问她，他已对她说了实情，他已婚有儿子，没有俗套的借口，他不提半点他妻子的事，桑蕊无从得知他是否还爱着他妻子。可她顾及不了，眼下，她就需要他温暖的怀抱，厚实可依靠的臂膀。

“没，他，他不管。”桑蕊吞吞吐吐，欲言又止。

“怎么会？自己的亲生女儿，天下还有这样狠心的父亲？这还算什么男人！”庄嘉德替她打抱不平，愤然说道。

“不，不怪他，女儿，不是他的。”桑蕊鼓起勇气，向他坦陈一切，这个不能见光的秘密，藏在内心太久了，她羞于启齿，自责多年，她快撑不住了。终于，她可以向他说，毫无顾忌——他不是有家室，还要和她好么？他也是红尘中的饮食男女，谁无过？她也不忠过，就算彼此扯平，门当户对，半斤八两吧。

果然，庄嘉德无语，止住脚步，挽住她的手，稍有松懈，他转向她，在黑暗里注视她的眼。这位端庄清高的女子，为何也做出良家妇女不齿的行为来？桑蕊含羞低头，心中却不怕，挽得更紧：倘若他在意，也无所谓，她坚信，他不会在意。

“你也不容易呀。”半晌，庄嘉德并不追究始末，发出深深的叹息，年过半百，饱经沧桑的他，已看穿世间人事的诸多无奈，或许，他也曾有他的过失？他没责备她。

人活于世，谁能保证无过？庄嘉德的这一声叹息，让桑蕊悬着的心即刻放下，两行清泪喷涌而出。她伏在他胸前，嘤嘤哭泣。几年来，憋在内心的委屈，被他这一声叹息化解掉——她视他为知己，懂得她，体谅她，她并非天生的荡妇，女儿不是前夫亲生，也不是她有意背叛造成。

不是爱风尘似被前缘误！

这一夜，金风玉露一相逢，便胜却人间无数。

“你是我的女人，我会照顾你一辈子。”庄嘉德在灯下对她郑重承诺。“真的？一辈子？”桑蕊喜极而泣，她紧紧抱住他，觉得此刻，自己是世界上最幸福的女子。

两人好上后，桑蕊吸取前车之鉴，不走漏半点风声，桑叶说庄嘉德的那些话，当成耳边风。她相信庄嘉德，相信自己，也许，她和他也是没有结果的一段孽缘，正因如此，她才倍加珍惜，才不愿去理会他在南国那些捕风捉影的风流韵事。

来年春上，桑叶在姐妹圈高调宣布，她要结婚了，新郎是与她同龄的云南小伙子，邀请天南海北的姐妹们到昆明参加她的婚礼。

桑蕊向庄嘉德求证，还故意调戏他，问他桑叶有没有邀请他。“邀请了，我要出差，去不了。”庄嘉德说得客客气气。隔着千万里，桑蕊着实猜不透他此时真实的心境。

桑蕊也着手准备贺礼，不少人认为送金额庞大的钱，才是最能体现友谊的方式，可她不这么认为。思前想后，她买了一套精美的床上用品，依照桑家沟的习俗，女方结婚，亲戚好友送日用品，实惠实用。

从北京飞到昆明，有奔驰车迎接，桑蕊了解桑叶的豪华做派，暗地里嘀咕，不晓得她的婚礼该是多大的排场呢。

被人迎入昆明的五星级酒店翠湖宾馆，听桑蕊电话里讲，婚礼全由她的老公一手安排。

两人在南国生活、工作，有众多朋友，来宾皆奔驰接送，住宿、婚宴全在这间酒店。

在酒店安顿下来后，桑蕊就没机会和桑叶碰面，她忙得很，只是在晚饭后，才着一身华丽的装束出场。土黄色的丝绸长袍，遮挡不住微微凸起的小腹，金色高跟鞋，大卷发，桑蕊看着富贵逼人的桑叶，不敢上前相认了。

“怎么，都不抱我一下？”桑叶不改耿直脾性，白了傻坐一旁的桑蕊一眼，桑叶连忙起身，与她拥抱，贴面相吻。

她的女朋友悉数到场，桑蕊一眼扫过去，梅红、杏子、灵歌都来了。

“恭喜哦，宝贝！”她们上前，分别和桑叶行拥抱贴面的见面仪式。

桑蕊看到这一幕，极有黑帮电影《教父》里头的浩大声势，她不禁哑然失笑，迎头挨个招呼这帮漂亮、时尚、性感、风情的尤物。

“宝贝，你还好吗？”梅红娇滴滴地扬起白嫩的小手，胳膊肘上挎着烟灰色气质不凡的名包，黑发高耸，束在脑后，耳边垂挂着翠绿的椭圆翡翠耳环，瓜子脸愈发消瘦，眉宇间有隐隐的忧虑，可不像从前那会儿，细长的狐狸眼永远笑眯眯地勾人。

“凑合，在上班呢，你呢，听说你老公给你在上海投资开酒吧？”桑蕊颇为关切地询问，这消息还是半年前桑叶顺嘴说出来呢。没法子，她得找话题闲聊不是。

梅红闻言神色黯淡，摇摇头嘁嘴：“你是不知道，我这人，除了会逛街买衣服，从没上过班，不会管理，什么也做不了，唉。”

没等桑蕊出言安慰，桑叶走近前，眉头一皱：“怎么？不是说好给你开，怎么变卦了？”

“哎呀呀，他就给了我两套房，又不和我结婚，有什么用嘛，我一天天老去了……”梅红说不下去了，眼圈泛红。

“那，你就给他生儿子，当老二呢？”桑叶继续出主意。

“我也这么想，可他不愿意呢。”梅红擦擦眼泪，一脸的无可奈何。

“不愿意就给钱分手，可不能耽误你的青春了！”桑叶干脆直接，神色凌厉。

“暂时这样吧，分手也得找个好时机，现在他手头的地产项目资金紧张，没多少钱，摊牌也没用。我这年纪，也该回老家寻个老实人嫁了。”梅红蒙眬狐狸眼突然发亮，看来早有此心，主意已定，不过是在等待最佳时机。

“你呢，亲爱的？”桑叶转身接拍拍杏子的肩，正在抽烟发呆的杏子猛然惊醒：“嗨，我能干啥，还不是照吃照玩，胡吃海喝呗。我都成老妖怪了，嗨嗨嗨，谁愿意要我呀？”杏子一副破罐子破扔的心态。

“还是得找个男人做伴。”桑叶好心劝慰她。

“不找了，就这样混呗，混一天是一天，麻将打得昏天黑地，挺好呀。”杏子满不在乎憨笑着，对她的好意并不以为然。

桑蕊听得心底发紧，抬头看到灵歌，她满面春色，手上是新款红樱桃图案的LV包，头发烫成大波浪了，苹果绿的连衣蓬蓬裙，很有春日里的花仙子味道呢。

“亲爱的宝贝们！”她迎风摆柳，款款走来，淡雅的花香扑来，众人刹那间皆醉了。

“灵歌，看你这嘚瑟样，肯定是傍上有钱佬了对不对？”桑叶眼光毒辣，嘴上也不饶人，直截了当。

“哎哟，不过是换了个男朋友而已，刚刚好，他有点小钱，哪里谈得上什么大款呢？我家的男人，再怎么大款，也买不起保时捷给我呀。”灵歌将包放在桌上，媚笑着反驳。言语中，全是故弄玄虚的显摆。

众女闻言，有冷笑，有偷乐，多数无所谓——情场厮杀如舞台，你方唱罢，我登台。一一轮流登台完毕，个个打道回府休整。

“亲爱的姐妹们，明天是我大喜的日子，我真诚希望各位姐妹都嫁个富豪，大家有钱，才是真的有钱，对不对？走，唱歌去！”桑叶起身，对众美女振臂一呼，众人莫不点头称是。

桑叶前头开路，众人浩浩荡荡尾随，一路香风飘荡，进入开好的大包间，一帮美女莺声燕语，各自落座后，一群醉醺醺的男客人嬉笑着涌进来，他们嘴里喷着酒气，眼光肆无忌惮，扫向众美人。

桑叶起身，牵了梅红的手上前招呼，桑蕊挑了很隐蔽的角落坐下，她明白，一场玩乐又将开始。

虽然是久违夜场，桑蕊没有半点兴奋，反倒有些迟钝和麻木。无论外面世界是何等光景，夜场像是时间停滞的地方，喝酒、划拳、抽烟、唱歌、调笑，周而复始，貌似什么都不重要，其实重要的藏在心里，谁也不说。

桑叶将男客人们安插在不同美女身旁，独独不见桑蕊身影，转身就抓住麦克风大叫：“桑蕊，桑蕊，你在哪儿啊？”

桑蕊没料到她如此张扬，情绪立即高涨起来，扬手脆声答应：“在这儿呢。”

“嗨，躲这里干啥子，黑咕隆咚的，谁能见到你？今儿这里的帅哥，好多也是单身，还不赶快过去接触下，说不定，缘分就在这里呢。”桑叶拉着他，好一番急促热心劝说。

桑蕊心里有人，就提不起精神来：“算了，我是来参加你的婚礼，又不是相亲，随缘吧。”她讪笑着谢绝她的好意，懒懒靠着沙发不愿动。

“我知道你眼界高，看不上这小地方的男人，你不会还在想着我们的庄嘉德？”桑叶试探着问，挨近她坐下。

提到庄嘉德，桑蕊不吭声了。

桑叶何等精明，她耐着性子，苦口婆心劝她：“你就别犯傻了，他现在年纪大了，过几年退休，带着老婆儿子安度晚年享清福，和你半毛钱关系也没有，你想他干吗。他又能给你什么，什么也给不了你！你呀，别浪费时间在无谓的男人身上了……”

“他身体还好吗？”桑蕊突然打断她的话，冷不防冒出一句无关紧要的话。

“你！不说你了，自己不关心自己，关心不相干的人，他的身体，你又不是不清楚，本来就有心脏病，医生嘱咐不能喝酒，偏偏他又是性情中人，逢酒必喝的！”桑叶见劝不了她，只得悻悻作罢。

“上回我们一起应酬吃饭，他一边喝酒一边吃药呢，看上去，身体不太好。”桑叶是诚心要她难受么？她跷起二郎腿，摇晃着酒杯，脸色冷漠。

“是吗？”桑蕊听得心房阵阵紧缩，那是一种钻心的疼痛，倒像是自己受了一拳袭击，黑暗中，她偷偷吐气，鼓起勇气，问桑叶：“你现在还喜欢他吗？”这是让她永远忌讳和纠结的问题。

桑叶愣了，明亮的眼神透出戒备，警惕，她思索良久，抚摸着嘴唇，斟酌着说：“喜欢呀，不是我喜欢他，是他喜欢我，我们不是情人胜似情人，这是一种境界，你不会明白的。”

是吗？这真不是她想要的答案，不是我喜欢他，是他喜欢我。这句话如一把尖刀，深深刺进桑蕊的心。说到底，她还是争不过她，即使自己和他有肌肤之亲，他还是喜欢她，甚至发展为更深入的男女关系。

“那你们以后会发展成男女关系吗？”桑蕊不死心。今晚之后，桑叶就嫁作他人妇，且看她如何应对。

“未来的事，谁知道呢，可能会，也可能不会！”桑叶卖起关子，留下悬念。

桑蕊心头酸楚，无语凝噎，桑叶懒得再费口舌，她起身拍拍她的手背：“我要忙去了，你自己照顾自己，玩得开心点哈。”

“好。”桑蕊抿嘴一笑，是苦涩的笑，她感念她的善解人意，此时此刻，她正需要独自待上一会儿。阴暗的角落将她隐藏，让她能够独自待上一会儿，就一会儿。

有人在唱歌，是她熟悉的汪峰，他的《时光倒流》：那天傍晚，我走在街边，看着往来如浪的人群，想起曾经走过的岁月，想起曾经热爱的你……她跟随旋律轻轻哼唱，止不住泪眼婆娑。

她回忆起与他的相识，和他的交往，缠绵不休，琐碎的细节，无一不令她肝肠寸断。桑叶说她不懂她和庄嘉德的境界，那么，桑叶又怎能理解她对庄嘉德的情意？也是一种旁人所不能理解的意境呢。

她想要的，不过是一场心灵与心灵的沟通，一场情投意合，高处相逢的真情罢了！接下来，是继续维持这份岌岌可危的感情，还是斩断情丝，寻觅她生命中的另一半？桑蕊犹豫不决，还是桑叶说得对，未来的事，谁知道呢？那就交给上苍吧。

再见庄嘉德，桑蕊试探着向他提及桑叶，她还是在意。庄嘉德抱住她，神色笃定，给她吃定心丸：“放心，我不会和她怎么样，要是我和她好，一早就好上了，你才是我心仪的女人！”桑蕊这才破涕为笑——庄嘉德能给她一种希望和安全感，这种希望是爱的希望，使得她内心温暖。奔波在京城的日子里，庄嘉德对她的呵护关心，就成了她生命中的一抹亮色，她离不开他，她需要他，尽管，她明白，也许两人的关系注定短暂不持久。

桑蕊全心全意做好工作，每月给家里邮寄生活费，盼望着与庄嘉德见面，就这样，过着规律、简单的上班族生活，心里踏实自在。她以为这就是她的幸福时光：有喜欢的工作，有相爱的人，有延续她基因的女儿，有热爱絮絮叨叨、身体健康的父母。

再次与桑叶见面，已是一年后的京城。桑叶恢复单身，她生完儿子，就离婚了。听到她说离婚，桑蕊一点也不惊讶，她的个性强硬，需要包容心强的成熟男人，但她嫁的先生与她同龄，个性同样逞强。

桑叶走过来，脚步不再轻快，也不再是光彩夺目的钻石，她瘦了，依旧是名牌包、做工考究的华服傍身，但难以掩饰她脸上的沧桑。那是一种无形却清晰的沧桑，不是抬头纹，不是雀斑——有些女人把沧桑放在内心，但她把沧桑写在脸上。她的脸庞光洁，却黯淡无光；她的眼睛很大，却空洞；就连她的嘴角，都微微向下垂。

“离个婚，不至于这样吧？”桑蕊看得心痛。

“如果单纯离个婚，当然不算什么？主要是我亏钱了。”桑叶细长的手指狠狠夹住香烟，眉头紧皱。

“啊？怎么会？”桑蕊不敢相信自己的耳朵。

“我遭人陷害，放高利贷，几百万给人放贷，现在，人跑路了，钱要不回来了。”桑叶颓然闭上双眼，就是到了这地步，她也不会飙泪，桑蕊暗中佩服她的坚强。

“还记得杏子吗？是她介绍的一个朋友，那家伙说放高利贷很赚钱，天天缠着我，请我吃饭、喝酒、玩耍，时间久了，大家也熟了。我就放松戒备，先投点小钱试试水，开头几个月，返利很高，再后来，经不住对方的诱惑，一下将全部身家投进去。不光是我，我身边几个富婆姐们全遭了，阴沟里翻船呀，谁想得到呢。”桑叶一口气说完，猛力吸了口烟。

“后来，才发现，杏子拿了回扣，这个老娘们儿，根本就不能交往，眼里只有一个钱字！”桑叶发着狠，眼神冷冽。

“那报警没有？”桑蕊听来就是天方夜谭。

“报了，人抓住了，钱没啦，有啥子用！”桑叶撇撇嘴，颓然摇头。

“以后打算怎么办？”桑蕊一颗心悬吊着，桑叶需要的是钱，她帮不上忙，唯有干着急。

“还能怎么办？”桑叶扫了她一下，没有说透，一个人闷闷抽烟。

“我打算找庄嘉德借钱，你觉得他会不会借呢？”桑叶突然换了一种口吻，俯身低头和她商议。

桑蕊的心，跳得厉害。“你找他借就是了，问我有啥子用。”她面带浅笑，避重就轻。“唉，我和他交情虽好，可还没到谈钱的程度。这年头，能借钱给你，帮你的人，不多呀。”桑叶若有所思。

“杏子的大哥不是很有钱么？干吗不找他借？”桑蕊拍打脑门，

想到宫智勇，同在京城，可几年没联系过了。

“他？哼，势利之徒。上次，本来有项目要找他合作，一来就是狮子大开口，先给钱，才办事。这些男人啊，请你吃饭、唱歌、洗桑拿没问题，反正，花的钱又不是他自己的。真要花他们的钱，可就难了。”桑叶呸了声，满脸的嫌恶之色。

“我只能找找老情人们借点钱呗。”桑叶脸色渐趋缓和，她沉默了。

“那个，吴红军呢？”桑蕊壮胆出主意。桑叶闻言，神情仓皇，竟然有些失魂落魄：“他再也不会理我了。”

“为啥子呢，不管如何，你们不也是很爱，很爱过吗？”桑蕊真心替她鸣不平，继而念及自身与庄嘉德，以后，倘若以后分开，又是怎般光景？

“很爱很爱，那又怎么样？”桑叶怅然若失，疲惫地挥手止语。

这次相见，桑叶没有入住豪华酒店，就暂住桑蕊的房内。上班去后，桑蕊不免感叹，人生，当真是此一时彼一时，念及桑叶对她的种种好，她有心要帮帮她，尽自己所能。

“桑叶遇上困难了，找你借钱是不是？”她拨通庄嘉德电话。

“是，前两天的事，我还在考虑要不要借给她呢。”庄嘉德坦然承认。

“肯定借呀，好歹，我们也是通过她交往的嘛。”桑蕊恳求他。

“好，看在你的面上，我答应就是了。”庄嘉德顺手卖个人情给她，其实，桑蕊不说，他还是会借给她。桑蕊满心欢喜，压抑着欢快，对桑叶一个字也不提。

办完事后，桑叶返回南国，三两天工夫，她打电话给桑蕊，语气里透出喜悦与兴奋：“庄嘉德同意借钱给我了！”

“哦，那很好哇。”桑蕊也难掩喜色，不过还是假装平静，着实开心，为自己，也为桑叶。她加倍爱庄嘉德，还未与他交往前，桑叶曾多次在她面前吹嘘他，说他如何重情重义，热心助人。他的一位朋友，之前富有，后来不得志，亲朋好友皆鸟兽散，朋友忧郁得病，独居远离都市的农村乡下，唯庄嘉德专程跑去那座偏僻的小城探望，此事在圈内传为佳话。

“我欣赏他，就是他的品德。只可惜，他唯一的毛病就是钱太少，相对于我来说。”桑叶每每不厌其烦讲述庄嘉德的传闻后，总以遗憾结束，调皮笑着摇头。

桑蕊听得如痴如醉，或许，在桑叶的描绘中，她就爱上了他，被桑叶描绘成英雄一般的男子汉的他——她爱的是想象出来的他。

庄嘉德的生日在八月初，桑蕊并不知晓，还是通过桑叶，两人通话刚至一半时，桑叶猛然惊呼：“呀，是庄老大生日呢，晚上，他请客，宴请我们一帮姐们儿呢。”桑蕊听得醋意大发，姐妹团中必然有他的旧爱，这么大事，他也没对自己提呢。

傍晚时分，桑蕊忍不住给庄嘉德发了生日快乐的短信，庄嘉德打电话给她：“嗨，你消息倒很灵通嘛，我是老人家了，不过生日，权且和她们聚聚。”“哪里老？正当壮年呢！”桑蕊嘴上鼓励他，心中有些凄楚：他的年纪，确实算老者了。想着他被众人花团锦簇围绕的艳福，吃醋的心就淡了，竟然是心疼他，心疼他的年迈与日渐衰老。

“我要到南国出趟差呢，这周末。”桑蕊想他了，也巧，她要回南国电视台开会。“好，我们小聚下！”庄嘉德语气欣然。

住在南国新开的大中华喜来登酒店，庄嘉德请她吃酒店的意大利餐，酒至半酣，一个急电，将他召唤匆匆离去。桑蕊只得将吃剩的披萨打包，在酒店大房百无聊赖，不敢找桑叶，这样的时间，在这样崭新漂亮的空间，一个人浪费光阴，岂不辜负了？桑蕊极度渴望有人与自己共享。

记起在京城做节目，采访过一位自称“八袋弟子”的美食家。何谓八袋呢，便是柴、米、油、盐、酱、醋，茶和酒。据说世间美食，均与这人物分不开。

试探着打一个电话，听闻在喜来登，此君飞速赶来，并频频称赞：“这间酒店的披萨最正宗。”桑蕊忙端出打包的披萨，此君为大胖子，一点也不客气，当客房为自家一般随意。从冰箱里拣出一听可乐，左一口披萨，右一口可乐，满脑门滴汗而不顾。

“真棒，松软可口，明天我要去参加一个美食活动，你和我同去，我做豆豉炒饭给你们尝尝！”八袋弟子吃完披萨，喝光可乐，一屁股坐在旋转的椅子上，悠然剔牙。

“哇，豆豉炒饭？没吃过，太好了，那就一言为定！”桑蕊着实开心，双手张开，与他击掌约定。

次日上午，八袋弟子果然来接她，有专人开着黑色大奔，他体型硕大，占据后面大半个位置，一位娇小玲珑的清丽美女黏在他身旁，桑蕊识趣坐前排。

到了距南国一小时车程的农庄，三人被接进大包房，悄无声息转动的圆盘上，各式各样菜品早已摆满备好，桌前坐了几位年轻女孩，农庄男主人搓着双手，咧嘴笑着邀请众人落座。主人是当地餐饮界老大，以开连锁粥城扬名，专程请到美食家八袋弟子为荣事，需得大力宣扬，座中女子，皆为媒体界人士。

桑蕊白捡了品尝美食的机会，胃口大开，瞅着满桌的土菜：莞味鱼丸、鲍汁鸡脚、腊味蒸鱼干、冰镇罗氏虾、石锅猪手豆腐、海参百灵菇、蒜香骨、莲子扣肉、石排冬瓜煮大鱼，光听这菜名，也是垂涎欲滴。

南方人吃饭，饭前喝汤，紫砂盅的石斛肉汁汤，味道鲜美。石斛养生，他们才是会生活的人呢，桑蕊这么以为。

八袋弟子，油光满面，桌上菜品一次试过后，放下筷子，撩袖起身：“我来为大家做道豆豉炒饭。”“请。”一应材质都已备好，主人家等的就是他动手。年轻的女子们不约而同起身，举起手中相机，围绕拍照。

余下桑蕊与八袋弟子带来的女孩，相视一笑，安享美味。

“大家对蛋炒饭肯定熟悉，谁能告诉我，蛋炒饭的来历？”八袋弟子三两下工夫就炒好饭，放在桌中间。他慢腾腾拿毛巾擦手，发话询问。大家面面相觑，均一脸迷惑状。

“蛋炒饭又名‘菩提玉斋’，典故出自明初《南华僧手札》。有一高官至佛寺，南华僧人向其奉上一道斋饭，高官食毕，念念不忘，遂命家中厨师制作此菜，可惜，难以做出寺庙的味道。后一日，大厨病倒，徒弟做饭，不懂什么菩提玉斋，只得照搬家中老母亲的蛋炒饭做法，却深受高官大赞，说总算吃到菩提玉斋的味道了。”

“哇，原来如此！精彩，受教了！这才是饮食文化，不愧为美食家！”听完典故，座中美女们发出不同赞词，桌上的也被服务人员盛到每人面前的小碗中。桑蕊低头细看，米粒金黄饱满，葱花青翠，胡萝卜橙红，豆豉粒点缀其间。桑蕊细嚼慢咽，静心体味，个中滋味，果真美妙。桑蕊心想，天下能称之为美味，经历岁月还流传至今的菜品，不一定需要昂贵的食材、烦琐的工艺，用最为平常的食材，往往能炮制出最美味的食品。

“最好吃的菜是什么？”八袋弟子扒拉完炒饭后，又发问了。

众人七嘴八舌，争先恐后，不外乎就是常吃的菜，或地方小吃。

桑蕊心头一动，她想起了母亲做的菜。桑家沟青山迢迢，物产并不丰富，土地贫瘠，盛产红苕，人们以此为主粮。她吃不厌母亲做的腊肉红苕菜干饭，食材简单，将大叶子青菜腌制半月后，洗净切碎，选取大小均匀的红心苕几块，切成两半，再将风干的五花腊肉，切成丝，什么调料也不用放，架上柴火煮，腊肉的香，青菜的鲜，红苕的甜，全融入米饭里，那才是好吃，这饭也就是来客人，或是家中有值得庆贺的喜事才能吃上。

“妈妈做的饭最好吃！”桑蕊回想起来，就满心欢喜，她嗓音清脆，盖过所有杂音。

“回答正确！”八袋弟子用赞赏的目光瞧了瞧桑蕊，所有人的眼光都聚集到她身上，桑蕊始料不及，闹了个大红脸——她不过说了句心里话。

“妈妈做的饭最好味！”八袋弟子郑重其事重申，“做菜也是讲感情的。和谈恋爱一样，心情好，做的菜，味道都好，不信，诸位可以试试。”八袋弟子话音刚落，美女们垂头窃窃私语，点头信服者多。

回程途中，八袋弟子接了个电话，合上手机，他对桑蕊说，他在万象城一家餐厅任职餐饮总监，明天晚上，有人包场，是上市公司老板为女友庆生，得忙活大半天。

“包场？哇，很多人吧？”桑蕊咂舌睁大眼，嘀咕这有钱人的生活果真是随心所欲，挥金如土。

“不，就十位。”八袋弟子挠着光头，神色是司空见惯的淡定。

“天，啧啧啧，好浪费。”桑蕊扁嘴，有钱人的消费思维，就是不同一般人，桑叶最懂。

“他们最不缺的就是钱，包场一个晚上几十万呢，很正常，你没见有些香港富豪为女明星花几百万做生日派对呢，他们包场更绝，就两人。”八袋弟子张嘴大笑，一点也不觉得有什么不对。

第二天，桑蕊到电视台开会，接到桑叶的电话，心头一惊，还以为她知道自己来了，略略镇定，清清嗓子，想着编什么理由圆谎。“告诉你个特大喜讯。”桑叶的声音，打消她所有顾虑，“什么喜讯呀？你又找到有钱男朋友啦？”“去你的，我哪个男朋友没有钱？”桑叶压低嗓门，透出不快。“你还记得我和你提过庄嘉德和我女友有一腿的事不，人家现在傍上富豪了，上市公司的老板呢，见面礼就是一部跑车，今晚还在万象城的法国餐厅包场为她庆祝生日呢，邀请了我们几个女朋友，去的人，都有几万块钱一瓶的拉菲红酒赠送！”桑叶一口气说完，语气饱含羡慕嫉妒。

桑蕊暗地里乐了：这世界真小，昨晚八袋弟子嘴上说的老板，就是桑叶姐妹的新男友，想不到，想不到。

“那不是比你排场还大？”桑蕊快人快语。“有什么了不起？我也收到过九千九百九十九朵玫瑰呢，有钱的男人，我见得还少？况且，还不是人家的小老婆，没啥子了不起。”桑叶争强好胜的性格，从未改变，愈发变本加厉了。她历来对好姐妹成为别人的小老婆嗤之以鼻，却忘了自己靠着成为男人们的小女友，才积累了原始资本，赚到第一桶金呢。

桑蕊不愿破坏她大好心情，看在她提供这有利于她的情报的分上。

“你不晓得，那晚，庄嘉德宴请我们，见到我姐妹开着跑车过来的样子，就差吹胡子瞪眼了。哈哈哈，可惜他没胡子，整晚，他脸色不好，状态不佳。”桑叶嘻嘻笑着，像是看一出闹剧。

“你呀，你，这算哪门子好消息呀！”桑蕊故意埋怨她。“你就别装了，你不是一直喜欢庄嘉德？现在没了竞争对手，你就可以上了”。桑叶说得情真意切，桑蕊却分明听出她虎牙咬紧的不乐意。

为了谨慎和稳妥起见，桑蕊决定真诚地撒谎——美丽的谎言是生活中的必需品：“不可能了，如果，我还在南国，可以考虑，但我在北京，千里之遥，不现实。”

“哦，不管你了，爱跟谁跟谁吧。我可是把话带到了。”桑叶暗中松口气，桑蕊似乎都听得见，她的神经也松弛下来，再补充一句：“我找也要找有实力的男人，你说得对，青春短暂，该抓住青春的尾巴，找个有钱的老男人，存点钱给孩子。”这才是她心底的大实话，她并不是不愿和有钱人交往，只是，一旦面对有钱的男人时，她又忍受不了一丝半点的冷落或者不待见，这才是她的根本问题所在——她没有活明白，忍辱方能负重。

庄嘉德不算有钱人，与他相处舒适开心，正如吃饭，有人爱燕窝、鲍鱼，有人喜青菜、萝卜。和谁在一起开心，就和谁在一起，生命的乐趣，并非全都能以金钱衡量。

这事就告一段落，桑蕊与庄嘉德见面，闭口不谈这些八卦，两人相处的时间，本来就短暂，一年十二次，每次见面不过几小时，有时，顶多过夜，早起，又是各奔东西。

他不能陪她购物，不能看场电影，不能牵手散步，不能通宵畅谈，太多不能了。

他只能和她吃饭、睡觉，就这两件事，见面的主题，例行的公务。

桑蕊不和他谈钱，她想自己是爱他的人，不是他的钱，再者，他没什么钱，尽可能保持这样美好的男女关系。

可庄嘉德不这么想，他每次见她，就留下一笔现金，好像发工资，又好像精确核算过。

刚开始，桑蕊推辞不要，庄嘉德强行硬塞，桑蕊的喜悦浸透着苦涩。她明白他的用心良苦，他不愿意欠她，次次不落空的背后，是他随时能脱身劈腿的心安。

正是因为彼此没有未来可言，她才珍惜这份情，她竭力要和桑叶不一样。桑叶爱男人的钱，她爱男人的人，这样，她心里才认为自己有别于他交往的旁的女人——多少女人都爱他容光焕发有钱人的派头，我只爱你气宇轩昂背后的颓丧和真实的丑陋。

她在他面前，尽力以完美形象示人，从修剪指甲到头发、衣服的搭配，再到香水的选用，样样精心。她想用自己还没褪色的青春容颜挽留他，久一点，再久一点。

逢年过节，庄嘉德考虑周全，他送她家人礼物，父亲爱喝酒、抽烟，那就一条高档香烟，中华或黄鹤楼；喜喝酒，不是茅台，便是五粮液。母亲、女儿就是全国通用的商场购物卡，她则是现金——满足她及家人的需求。

桑叶火眼金睛，料事如神，她才没有和他纠缠不清，她知道，庄嘉德满足不了她的物质欲望，她与他没有可能。不动真格的关系与交情，才能长久保持。

年年岁岁，岁岁年年，两人竟然就这样平稳好了四年！

十九

光阴似箭，年华已老，桑蕊想到京城房价贵，凭了她的工资，再干二十年，也未必买得了；此时栏目组又要撤离北京，工作面临无着落，不由得忧心忡忡。

寄养在桑家沟父母身边的女儿已在念小学，难不成女儿只能一直在农村受教育？桑蕊焦头烂额，方寸大乱。怎么办？怎么办？是回家乡省城生活，还是留在北京苦苦挣扎？

桑叶资金上吃紧后，又开投资公司，在南国开疆拓土，表面是风光无限，实则是苦苦挣扎——南国也在转型中，工厂纷纷撤退，要占据金融、创新制高点。

处于人生的紧急关头，桑蕊习惯性求助于桑叶拿主意。

“这是你自己的事，你自己拿主意吧，老麻烦朋友，你烦不烦？”遇上桑叶正一筹莫展呢，烦恼着这个月的办公室是不是要继续租下去。

从前是收银子的大好时光，凡事身后有男人跟着买单，吃饭购物，哪用自己操心；现在自己做事，人工、场租、请客，哪样不从自己包里掏钱？天壤之别。

桑蕊碰了一鼻子灰，自讨无趣，有点恼怒桑叶的不近人情，过后思量，也就不计较，桑叶说的也对，这么多年了，自己是该学会独立处理了，再好的姐妹也无法替代彼此做决定。

她本要找庄嘉德，还是否决了，他更不可能给自己什么好的建议，正这么胡思猜想，庄嘉德打电话过来，日常的寒暄后，桑蕊还是说出想离开北京的打算。

“离开呀，离开也好，你在北京孤身一人，父母年岁也大了，还是回到亲人身边，找份工作，安安稳稳的也好。”庄嘉德并不意外，他循循善诱，桑蕊做任何决定，他都不会反对。

“那我们呢？”桑蕊带着哭音，她离开北京，自然难以见到他。

“我们？顺其自然呗！你该回去找个男人嫁了，我是枯枝败叶的老树了，你不需要吊在我这儿。”庄嘉德恳切又小心地说。

“你，你不是说要照顾我一辈子么？”桑蕊再也忍不住哭喊出声。她深信他的承诺，相交四年，他是言出必行的人，诚信是他最大的优点。

“唉，感情的事，不是我所能控制的。这样吧，电话里说不清，我明天要过来出差，见面聊。”庄嘉德怕再说下去，收不了尾，抢先挂断电话。

听着“嘟嘟嘟”断线声，桑蕊忍不住泪流满面：他真的不要她了？还是他又有了新欢？一时，心乱如麻，悲从中来。当真几年的感情，就此毁于一旦，她割舍不下。不是因为他给她的物质享受，而是他已成为她的精神依赖。都说女人为爱而生，她从来都觉得活着，就是遭罪，生活如意或不如意的罪，倘若内心没有坚定的信念，单纯为了吃喝拉撒睡，而无人相爱，那岂不是太苍凉？桑蕊扑倒在床上，痛哭流涕，她害怕，没有他的生活，日子还会好过吗？就算明白地球离开谁也会转的道理，面对现实，还是难以忍受离别之苦。

他来了，脸色灰败。在酒店房内，门开刹那，她扑入他怀里，什么话也说不出口。庄嘉德最不喜欢悲伤的氛围，他温和地拍拍她背，推开她，将她稳稳摁在床沿边坐下，把外套抖平展，挂在衣橱中，絮絮叨叨：“外人看我，谁不拿我当有钱人，他们哪里清楚，我把钱全投在股市上，还拉上一帮哥们儿。原指望赚上一笔，嗨，事与愿违，亏了，全赔了。我得说话算数不是，现在还得用工资偿还兄弟们的债呢。”

桑蕊闷闷听着，不知他此时说这些话，意欲何为。

她只能安静地傻坐着，不发一言。

他躬身从行李箱里翻找着，塞给桑蕊一只朱红缎面绣花的首饰盒。她接到手，打开看，是一只象牙白的玉手镯。

“这是和田羊脂玉手镯，送给你做个念想。”庄嘉德坐在她身边，将玉镯套进她右手腕上，大小刚合适。他从来都是喜欢说玩笑话的人，用不正经的话说正经的事。眼下，他面色凝重，露出少有的严肃表情。

离别在望，桑蕊听得眼泪扑簌扑簌直下掉：“你不要我了么？”声调哀怨，手腕上的玉镯泛出冷冷的哑光，君子比德于玉，她心目中的谦谦君子，同样温润如玉。

“云在青天水在瓶。”庄嘉德突然冒出这句话来。桑蕊迷茫伤感，一时没听清领会：“什么？”“我说，你还年轻，人又这么好，找个男人没问题。唉，看你运气了，现如今的好男人，也不多。我管不着啦。”他矛盾重重，又无可奈何。

“不，我就跟你一辈子。”桑蕊抬起泪水涟涟的脸，耍赖，无望地耍赖。

“回去吧，一个女人，最终都要嫁人有归宿。你有女儿，父母，已是幸事了。”他抚摸着她娇嫩的脸庞，不忍。

说得轻巧，回去省城陪伴父母女儿，又得从头开始？桑蕊心里赌气，生自己的气，需要钱，又不敢找他讨要。

“我回去了，我们就很难再见面了吧？”她眼泪汪汪，说的是另一番话，既憋屈又怨恨。

“唉，时间久了，你过上你的新生活，恐怕也不会想起我啦。”庄嘉德撩拨着她微卷如云的黑发喟然长叹，不舍是真，狠心也不假。

“我舍不得离开你，我不要离开你。”桑蕊泪眼婆娑，扯着他衣袖撒娇不放，偷眼瞟他神色变化。庄嘉德脸上极少愁云密布，如今，也是这般明朗，他为她擦拭眼泪，抚慰她：“别说这些了，人生的事，计划再好，赶不上变化，各人有各人的命！”

桑蕊止住啼哭，大势已去，她不得不为自己谋划，忆及去年到南国，与庄嘉德的京城朋友一道吃饭，席间，庄嘉德起身接电话半小时之久。他的京城朋友对桑蕊感叹：“庄老大就是有魅力，昨晚，他请客，身边也有位和你一样漂亮的女孩子陪伴，我看他，是不缺女人的男人哦。”桑蕊听得醋意翻滚，勉强微笑不吱声，仔细想来，庄嘉德的表现举动，是不太对劲。

接什么电话，需要离席避人呢？桑蕊心知肚明。晚上，他送她去宾馆，相处的几小时内，电话不断，他当着她面好言解释：“不要乱猜，我在和朋友谈公事，晚点回来，买燕窝给你。”

桑蕊乖巧，不去过问，心里难受，面上却不得不强装欢颜。他，不是只有她一个女性朋友。这么多年来，是她一厢情愿地去爱他，怨不得旁人。

想通了，遂打定主意，豁出去接受现状，难不成换座城市生活，就不能活了？

辞掉工作，收拾行装，桑蕊正在安排托运的事，桑叶已在故乡省城打电话给她：“我一个朋友刚好在这里有项目，需要人，我推荐你了，你赶快来面试吧。”

前方有好事，桑蕊喜滋滋起程，对方公司派人到机场迎接。办公地点在市中心的寺庙旁，周边是城府新建的仿古街，一色的仿苏州园林式建筑，小桥流水人家。

安宁雅致的环境首先对桑蕊就有吸引力，老板是桑叶的新男友，此种交情，面试不过走形式。

“我帮你把工作搞定了，你拿什么谢我呀？”桑叶随桑蕊到住的酒店房间内，还没坐下，她就迫不及待开口问。

“哎哟，我也没什么值钱的宝贝，你要什么吗？”桑蕊没料到桑叶来这一着，她是打算要谢她，可桑叶要得太快了。

“你的这个手镯不错，给我吧。”桑叶东张西望，瞅到她手腕上的玉镯。“不行，这个不行。”桑蕊大惊，吓得摇头缩手。

“看把你吓得，你以为我缺手镯呀，哼，我的钻石戒指都是三克拉以上的，几十万一个呢，你这来历不明的什么破手镯，你舍不得，我还看不上眼呢。”桑叶就是这暴躁的脾气，得不到的东西，她就会出言糟蹋，方才息怒。

“是呀，我这个，真不能给。”桑蕊心虚了，她勾着头，想起在香港买了一部相机。“我送这个给你吧。”她拿出相机来，还没开封呢，有些不舍，但必须要给她，她帮了忙呢，得懂江湖规矩。

“哼，这还差不多，拿过来，我正好需要一个相机。”桑叶的脸色好看多了，她一把抢过来，就装进包里，看也不看一眼。桑蕊拿她无可奈何，这就是桑叶！

一年之内，桑蕊把积攒多年的私房钱用来供了套房的首付，将父母、女儿接过来，一家人在省城安居生活，桑叶介绍的工作，她干了大半年，就跳槽到工资更高的地产公司做策划。

与庄嘉德保持短信来往，不过日渐稀少，人情凉薄，自古使然，是桑蕊自己痴情，忘不了他，真心投入付出过的男人，如满杯的水，全都浇灌在他身上，现在，她的情感世界，一片荒芜。

地产策划，工作强度高，尤其在假期，元旦来临，又得做营销活动，花样翻新，桑蕊在办公室加班到夜深，是常有的事。

这晚，她忙到十二点，才走出办公大厦，拦车回家。街上灯火通明，红色中国结高挂在城市的路灯上，新年快乐的字样张贴在楼宇门面，酒馆、夜场，涌满等待敲响新年钟声的人群，为这座云雾笼罩的城市，平添出喜庆热闹。

又过元旦了！桑蕊在车内独自感叹，午夜的电台正播放歌手翻唱日本女歌星中岛美雪的歌——《给我一个永远的谎言》：“……却因为莫名地想听一个永远的谎言，至今仍在街头买醉，想听你说一个永远的谎言，说我俩仍在旅途当中，想听你说一个永远的谎言，千万别告诉我事情的真相，告诉我无论如何，这一切都是因为爱我……请给我一个永远的谎言，过去是你让我望着梦想的不是吗？像是受了伤的野兽，四声呐喊，用尽最后的力量说别管我，用谎言来代替永远的分离吧。代替一切无奈的事实……请给我一个永远的谎言，笑着说你从不后悔我们相遇的一切……”

她强忍着酸楚，用力闭上双眼，今夕何年，旧时光阴，念桥边红药，为谁而生？多想听听他的声音，浑厚的男低音，意念翻动，她不敢贸然打电话。

一夜无眠，早起，收到庄嘉德的短信，新年好。三个简单的字，与从前甜蜜的妙语连珠的情话相比，天地已不同。桑蕊压抑不住内心喷涌的怨气，直接抄录元代散曲家徐再思的《双调蟾宫曲·春情》：“平生不会相思，才会相思，便害相思，身似浮云，心如飞絮，气若游丝，空一缕余香在此，盼千金游子何之？证候来时，正是何时？灯半昏时，月半明时。”

晚上，才收到庄嘉德胡诌的诗：“五指山上有险峰，碧云连天不见边。信马游走嗅山花，闲趣无人识老翁。庄嘉德在海南即兴小诗一首，遥祝友人新年快乐。”

无望，无妄。桑蕊从他的诗里读到几条信息，一，他不方便；二，他在享受假期，不想被打扰；三，他心情很好。她受此冷遇，滋味万千，抽出经书，默诵《心经》平息起伏难平的心境。

好几次，她合计着提分手，权衡半天，难以启齿。分手这话，是该由他来说，他多么精明，不会提出来，桑蕊知晓其中利害，他提出来，就得有条件，所以，他装傻，不说。

桑蕊等不了，也无法做到不明不白下去，她还是主动提出分手，岂料，庄嘉德的回应，让她大跌眼镜："从没在一起过，何谈分手。"她"嘿嘿嘿"冷笑着，自己当真是天底下最大的傻瓜！闷气堵在胸中，郁结难解。

从没在一起过？那些年的甜言蜜语，原来不过是水中月、镜中花。桑蕊禁不起男人的变脸。

"你是不是从没爱过我？"她单刀直入，换张面孔，首次以泼妇面相逼问他——男女之间，总得撕破脸皮后，才能弄清爱与不爱。

"我们是好朋友，什么爱不爱。"庄嘉德胸有成竹，平和解释。

"好朋友！？我们只是好朋友？！"桑蕊觉得他这一刻就是厚颜无耻的混蛋。她索性放开了，报以相似的无耻，再次讪笑着求证——明明清醒，偏生要他这样说，伤口撒盐，痛到极致后，反而不会太痛。

"你呀，怎么说你好呢，我们都是成年人，你怎么不懂游戏规则呢？"庄嘉德面皮战栗，动怒了，极少见他发火，他的发火也是隐忍的，符合他人品好的赞誉，在她面前，他可是以温文尔雅、风度翩翩自居。

"哪来的游戏规则？"桑蕊生性单纯，固执而倔强，爱就爱，恨就恨，离开就离开！她要的是干脆的了断。

"到了我们这个年龄，有些话，就不要说出口，伤害感情。"庄嘉德语气冷漠，她这才发现，原来，他也会这般无情。陈继儒在《小窗幽记》里也说过："情最难久，故多情人必至寡情。"

“好吧，我们永远别再见面了。”桑蕊强撑着，说完后，顿感天旋地转，她用手撑住桌面，眼泪早就流干了，整个人如行尸走肉。

这是她最后一次见他，第一次也是最后一次的不欢而散。

“我没亏待你，也不欠你。”庄嘉德发来这条短信，警示桑蕊，他和她分开，好聚好散。

“是，你不欠我，相反，你对我很好，我很感激你。”桑蕊这样回应他，真的感激他？她扪心自问，从前会，现在不会。

人生最大的痛苦莫过于此：原以为自己是和别的女人不一样的，在他眼里，都一样；而自己，也发现，和别的女人相比，自己也并不特别。

她一度骄傲，认为自己不是爱他的钱，可她收了他的钱，不论多寡，不仅收了，愈往后，愈计较。说到底，她还是爱他的钱——谁也不能保证自己就不龌龊、肮脏。

情爱最大的绝望莫过于此：发现被爱的对象远非自己所想，她这么多年来，爱上的不过是自己幻想中的男人，爱和不爱，都是一个人的独角戏。

桑叶当年和吴红军的热恋闹得满城风雨，恩爱一场，最后，还是为钱闹得不可开交，桑叶甚至动过要将吴红军搞臭的念头。桑蕊百般劝阻，吴红军请身份特殊的南国朋友出面，方才将此事化了，至此，两人关系恶化形同陌路了。

“我不是为了钱，就为这口气，他明明答应的事，才给我了一大半，怎么能说话不算数呢，狗屁的北京爷们儿！”桑叶愤恨不平，拍桌怒骂。

数月前大为赞赏的人是他，数月后极力贬低的还是他。爱情，宛如易碎的水晶，晶莹剔透，闪烁不定，飘忽无形。

卿卿我我时，也曾相濡以沫；恩断义绝后，也就相忘于江湖。

桑蕊不愿步人后尘。我还是爱过他，很爱很爱他，不是为了钱，真不是。桑蕊强作镇定，违心地安抚自己。

二十

桑蕊在省城，过着平稳且无惊喜又无憧憬的平实日子。

女儿上小学了，放学到家后，桑蕊发现早上出门前给她梳的两条马尾辫和辫梢上鲜艳的蝴蝶结散落了，她噘着嘴，眼里噙泪，整个人如霜打的茄子，无精打采。桑蕊关切询问，许久，她才偏着小脑袋，迟疑地发问："妈妈，啥子是野种，同学们说我没爸爸，是野种。"

桑蕊闻言，当头挨棒捶，泪如雨下，她该怎么对女儿说，她这个糊涂的妈妈，也不知道她的父亲是谁。她背过身，揩干眼泪，蹲下抱住女儿，额头蹭着女儿娇嫩的脸颊："乖乖，你当然有爸爸，你又不是孙悟空，从石头缝里蹦出来，你爸爸呀，很爱很爱你，你上学的学费都是他给你缴的呢。"

"爸爸怎么不来看我，他不想念妈妈么？"女儿眨巴着澄澈的大眼，泪珠儿未干，很是委屈。

"不，不是，爸爸很忙，呃……他是开飞机的飞行员，空中飞人，呜呜呜。"桑蕊灵机一动，编出高大上的谎言，还逼真地模仿着飞机起飞。

"哇哦，爸爸好伟大，爸爸开飞机！"女儿眼睛亮了，开心地拍着小手掌，欢呼雀跃起来。

桑蕊看在眼里，痛在心头。她不知道，这个谎言，她以后该如何去圆，对自己以及不知名的女儿父亲心生怨恨。

“蕊呀，你这年龄，一天比一天大，以后老了，还这样，日子咋个过哟？”桑蕊母亲默然等她演完戏，拉她到房间，眼眶发红。可怜天下父母心，老人家忧心女儿的婚姻大事，又担心她以后的生活难挨。

“妈，你就不要操心了，相信女儿，未来一定前途光明！”桑蕊握紧拳头，神色坚定，安慰她。出门在外时间久了，她愿意报喜不报忧，父母老了，许多事不需要老人家知道，空操心，烦人烦己。

“我老了，管不了，儿孙自有儿孙福。”母亲摇晃着斑白的头，蹒跚着步伐离去。

桑蕊方才松口气，人到中年，上有老，下有小，自己的工作，不温不火，勉强糊口，不是长久之计。

不如，做点啥子小本生意，应付逐渐庞大的日常开销，打工，不是出路。她开动脑筋，做生意，对，就开店做生意！桑蕊暗想，自己不是爱看书、爱音乐、爱美食么，不如就开一家以音乐和图书为主题的迷你餐吧。母亲在桑家沟时包得一手可口的香葱包，满沟的人吃过，谁不夸赞？嘴巴、肚皮哄不了人。桑蕊愈想愈兴奋，愈想愈感觉会赚钱，有市场需求。

可是，梦想照进现实，开店的本钱呢，桑蕊陷入金钱匮乏的痛苦中，思索着对策。

找桑叶！多年的友情，她从未开口向她求助过，她肯定会帮这个忙。桑蕊信心满满打电话给桑叶：“亲爱的，在哪儿呢？”“在家，怎么啦？”桑叶大约又在敷面膜，语气漫不经心。

“有件事，想找你帮个忙。”说到借钱，任是英雄好汉也为难。桑蕊变得胆怯害羞，畏畏缩缩。“是借钱吧？”桑叶有超强的预感，她就这么直来直去。

“呃，是，不好意思。我……”桑蕊急得抓耳挠腮，竟然口吃说不成句。

“给个理由呗。”桑叶的语气里听不出什么名堂，她还是那样，“噗噗——”她应该在吹气，对着刚做完的指甲油。桑蕊眼前浮现出桑叶慵懒的迷人模样。

“我，我想借点钱自己做生意……”还没等桑蕊支支吾吾说完，桑叶便抬高了音量打断她：“你这样子，能做啥子生意？不是我小瞧你，你根本就不是做生意的料。还有，你要借钱，也要编个说得过去的理由，别人才相信你，是不是？”

桑蕊听得满腹委屈：她说的是实情，怎么变成她为了借钱编理由呢？

“还有，你多大了，还不独立懂事？碰上芝麻大的事，又来烦人家，你不烦，我还烦呢！”桑叶的腔调透出无名之火，她动怒了。

桑蕊不停致歉，挂上电话后，真觉得找桑叶借钱是自取其辱。她有些怨恨桑叶不近人情，不念及多年的姐妹情谊。

她犯傻了，原以为的友情，并非坚不可摧，该怎么办？该怎么办？

万般无奈之下，她不得不想到庄嘉德，虽然是闹得不欢而散，但她还对他抱有幻想。可刚经受桑叶毫不留情面的拒绝后，她怕，又会遭受他的婉拒，如果事实如此，她怕自己会崩溃。友情不可靠，爱情更难以相信，她这么多年引以为傲的两样东西，瞬间崩塌，那么以后，她活着的意义与价值又在何方？

桑蕊还是让自己暂且搁置，可是人一旦有念想，就会在内心翻滚，自己做生意的意念，纠缠着她，她工作的劲头开始不足，银行存折不多的数字，荷包干瘪，依然阻拦不了她要开店做事的干劲与脚步。

她是无钱有胆，暗中考察着口岸、人流、消费水平，一天一天记下来，钱的事，她秉承着桑家沟人的乐观本性：船到桥头自然直。

秘密筹划了三个月，桑蕊也大致估算了开店的成本，最少也要数十万，还是租不怎么花费装修，地段也不繁华的店面。

桑蕊将想法与家人商量，父母也同意，东拼西凑，还是差一半，找谁借呢？书到用时方恨少，钱也如此呀。

磨叽老半天，费心思一上午，这世上，只剩下一个人，她还能去开口。桑蕊吸取前车之鉴，给庄嘉德发借钱短信，实话实说，她的想法，她的现状，她所需的金额，她会还钱的保证。然后，就双手合十，向苍天祈求，向佛祖祷告，向天地之间她所知晓的各路神灵求助。

心诚则灵，庄嘉德打电话过来了，语气和蔼："我借给你，过几天，我把手上的股票卖了就转账给你。"桑蕊心里好不激动，她本不抱希望，甚至做好被他婉拒的心理准备，瞬间被突如其来的喜悦冲昏了头，口齿伶俐的她变得语无伦次："谢，谢谢你，我，我该，怎么，谢谢你。"

"你知道谢我就好，我没亏待过你。"庄嘉德没她那么眼窝子浅，他平静地说，还是有隐隐约约的优越感，他成了她的恩人，恩公。桑蕊骤然情绪低落，这原本不是她想要的，她以为自己和他是平等的，如果，她没开口找他帮忙的话。

形势急剧转变，她始终和他做不到平等。桑蕊从惊喜的高潮跌到失落的低谷，庄嘉德借钱给她本身就说明了一个真相：她和别的女人是一样的，没什么大不同。

坚持多年的信念——她爱他，不是贪图他的钱财地位，可恼人的是，她口口声声不贪图庄嘉德钱财，最终，还不是以借钱的名义找他要了钱。

桑蕊懊恼着，欣喜着，各种心境复杂，各种情绪波动，最终还是快乐压倒一切，创业的新奇、兴奋将复杂的情愫一挥而去，她下定决心，要辞职，找店面。

她刚将辞职报告呈交领导批示，就接到一个陌生来电，电话那头传来嗲声嗲气、拿腔拿调的台湾娃娃声："你好啦，桑小姐，我是庄嘉德的女朋友啦，想见见你，喝杯咖啡啦。"

庄嘉德的女朋友？桑蕊听得头冒汗，心发慌，从哪里又钻出来个女朋友？她强摁住醋意，担忧的是自身难保，莫非是庄嘉德的老婆发现了，找她的麻烦？不对呀，两人的实质关系早就断了，这人从何得知她的电话号码，一连串的疑问，萦绕心头，桑蕊心跳加快，她舔舔干涩的嘴唇，不知该如何作答。

"哎哟，你就不要不好意思啦，我们都是女人，又不是老虎，放心，我找你可是有好事哦。"对方的话让桑蕊放松戒备，当机立断，怕什么！不就是见下面么？

来到约定的咖啡厅，桑蕊故意收拾得极为普通：一条连身几何图案的烟灰色薄纱长裙，灰色尖头绑带平跟鞋，不卑不亢，既不风骚，也不迷人，质朴端庄。

靠窗的位置上坐了一位肤色白皙，丰满的女子，戴着大墨镜，单薄的双唇涂着橘色唇彩，低胸的橙色紧身衣，刺鼻浓烈的香水味在她周遭蔓延。凭借女人的直觉，桑蕊猜她就是电话里庄嘉德的女朋友。

“你好。”墨镜女郎大剌剌向她挥舞着双手，桑蕊抿嘴微笑，心里咯噔一下：这庄嘉德口味怎如此重，她捂住胸口，低头整理裙裾，瞄着女人粗大白嫩的双腿，脚上是船型的松糕鞋——多少年前流行的老古董了。

桑蕊微微皱眉，开始怀疑是谁设的骗局。她不相信庄嘉德挑选女人的品位，换作是桑叶，是强过自己的女人，她能理解，心里也会平衡。

可现实是这样着装抢眼，妆容艳俗的女子，桑蕊不禁满怀悲凉。她从容坐下，身板挺得笔直僵硬，不带表情，冷漠且嫌恶：“说吧，找我什么事。”

“哎哟，何必呢，是不是觉得我这样的配不上你的庄哥哥？”墨镜女郎跷起兰花指，古铜色的指甲油，土豪范儿十足，她取下墨镜，大眼睛，就是不水灵，眼线描得粗黑，棕色的眉绣得过分长，风尘味相当浓。

她当然很年轻，五官一般，胜在皮肤白嫩。“桑小姐，气质蛮好嘛。”她不错眼珠打量着桑蕊，目光肆无忌惮，捂嘴笑着，不知是揶揄还是夸奖。

“你很年轻啊！”桑蕊言不由衷还嘴，再年轻，她也不输她。

“给你看，我和他是不是很般配？哦，我叫黄小蔷，黄色的黄，小巧的小，蔷薇的蔷。”她说完，动作幅度很大起身，胳膊一挥，将手提包扫翻在地，她撅着屁股去捡，姿态非常不雅。

她的橙色超短裙下，是一双肥厚白皙的腿——肉感，又不失婴儿肥的可爱，正合丧失青春的老男人胃口。随后，她拿着手机坐在桑蕊身旁，点开手机，图片一张张翻给桑蕊看。她和庄嘉德穿着酒店浴袍睡在床上，他趴在她怀中，她搂着他肩，各种亲密，各种不堪。桑蕊看得胃里翻江倒海般难受，她忍不住要呕吐。

“不看啦。”桑蕊无力地摆摆手，捂住嘴，一阵恶心涌上来，她不顾礼貌，越过她，匆匆奔向洗手间，头伏在洗手池，哇哇哇干呕着，眼泪哗哗哗流下来，和着水声。

是真的，是庄嘉德。坊间关于他的风流传闻，并非空穴来风，神像轰然坍塌，桑蕊不再仰视被光环圈住的男人，她开始藐视他。所谓的精英人士，所谓的英雄人物，底色依旧有凡夫俗子的七情六欲；蔑视自己，透过现象看本质，永恒的哲学命题，自己真成书呆子了。

手掌沾上水，轻轻拍打脸颊，调整心绪，顷刻间，她对他的爱，烟消云散，她爱的是她理想国里的英雄好汉，不是现实世界中真实的他，她不再爱他，那么，什么样的女人和他好，她也无所谓了。

“我给你点了一杯咖啡，香草拿铁。”黄小蔷托着腮，睁着粗黑的大眼，眼白有多条交错的红血丝，估计是常熬夜落下的毛病。

“谢谢。”桑蕊客气地致谢，她坐下来，重新审视眼前的女人，和她一样的女人，庄嘉德交往过的女人。

“你不用生气，桑小姐。庄嘉德这个老色鬼，背后还藏着好多不要脸、见不得光的丑事呢。你，我不过是其中的两个小角色啦。我找你来，就是要和你一起揭穿他的虚伪面具！”黄小蔷，一改方才的轻佻，转为义愤填膺，怒火冲天。

“什么？”桑蕊听迷糊了，要她一起揭穿庄嘉德的面具？她没听懂，也没搞明白，这个凭空冒出的黄小蔷，怎么要联手她去搞臭庄嘉德。此人来历不明，她不会轻举妄动，成为别人的枪。

“桑姐姐，你糊涂呀，庄嘉德欺骗你，你就不想报仇，出这口气？”黄小蔷见桑蕊宠辱不惊的淡定范儿，她着急了，在旁竭力煽风点火。

“我，我和他没什么关系呀。”桑蕊说得云淡风轻，事不关己。

“你开什么国际玩笑！装啥装！你和他的短信，那些肉麻话的短信，我都见过，相不相信？”黄小蔷扑哧冷笑着，鼻孔里哼出一股愤怒的青烟。

面对她的粗野，桑蕊并不害怕，也不惊慌，她平静而淡漠：“那又怎样？我说过我和他没有关系。对不起，没别的事的话，我要走了。”她霍然起身，作势要走。

黄小蔷强拉着她。“有话好说嘛，桑姐姐。”小小年纪的她，反应敏捷。看得出来，她在江湖闯荡多年，风风雨雨见过不少。

“等我说完，你再走不迟。”黄小蔷从银色坤包里摸出一包红得耀眼没开封的中华，桑蕊的心再次被刺痛，庄嘉德就爱抽中华，一模一样的中华。

她别过头，假装看窗外风景，不知从什么时候起，天空飞扬着淅淅沥沥的小雨，桑蕊想起“清明时节雨纷纷，路人行人欲断魂”的诗句来，此刻，坐在溢满咖啡香味的火车头包厢里的她，才是真正的断肠人，失魂人。

“我不是能吃亏的人，桑姐姐，他骗了我，答应我的事，不愿办，你说，天理何在？我这么年轻跟了他这糟老头子，他还真以为是自己的魅力四射吸引我？放屁，自恋的老东西，不是看在钱的分上，谁他妈找他去，浑身上下散发出老年人的臭味……”黄小蔷的嘴里飙出难听的脏话，比炒豆子还脆响。

桑蕊听不下去了，她用手势止住她，才不耐烦听她的诉苦和唠叨，说到底，她还不是一样的伤痕累累。

“好，我就长话短说，我掌握了他与众多女性交往的信息，就凭这些证据，足以让他身败名裂。我要挟他，让他给一大笔钱，我们两人来分，如何？赚快钱就这么简单喔！”黄小蔷得意地狞笑着，粗黑眼线的眼睛，看起来像大熊猫，怎么看，也难和美女沾上边。

桑蕊深深替庄嘉德不值，好歹，以他的身份，也不该和这样心地不良的女人在一起。

她更不会苟同黄小蔷自鸣得意的赚快钱的方式和手段。

“我呀，也不贪，他也不是什么大富豪，能拿出一百万就不错了！怎么样？我们一起联手合作，你也告上他一状，拿到钱，平分，五十万，如何？”

黄小蔷眉开眼笑，露出排列不齐整的上牙，桑蕊注意到她的嘴型很特别，嘴向下垂，且看不到嘴角，如吹火状而合，心头一惊，记起看过一本面相的书，特别提到过这种嘴型的女人爱搬弄是非，心术不正。

“不，我不缺钱。”桑蕊坚定摇头。五十万，对正要开店的桑蕊不亚于是一笔及时雨的资金，但她却毫不动心，自小父母就教育她，不可贪图不属于自己的钱财，君子爱财，取之有道。她非君子，可也明白，敲诈人钱财的方法，乃下三滥的手段，她不齿。

“哼，你能有什么钱？你就装呗，庄嘉德是多小气的老头，他能给你多少钱？你最近不是还找他借钱么？他会借给你？”黄小蔷脸上的厚粉，被嘴角牵扯，如落雪簌簌飘洒在她裸露的肩上。她双手交叉于胸，眼露凶光，是没得逞后的恼羞成怒。

“你，你，怎会知道，知道这么多事？”桑蕊也被激怒了，左眼皮剧烈跳动，嗓音战抖着，说话不利索，太离谱了，自己的隐私，全然被一个别有用心的陌生人掌控了。

“现在科技发达，没有什么不可能，只要你敢想，一切皆有可能。”黄小蔷跷起二郎腿，白腻的肥腿，不规则地抖动着，高抬下颌，眼神里透出一丝戏谑。桑蕊看在眼里，内心无比厌恶她——她从来没有这样讨厌一位同性。母亲常告诫她：男抖穷，女抖贱。桑家沟很忌讳女性跷二郎腿晃动腿脚不停。

“对不起，我要走了。”桑蕊惧怕与黄小蔷这样心怀叵测的女人打交道，自认不是对手，打不赢躲得起，遂扔下一张百元大钞，仓皇夺路而逃。

她的钱包里只有为数不多的几张大钞，爽快地丢下百元钞票买单，乃是下意识的动作，她不想被人看扁，也不愿意欠任何人情，哪怕此人是令她厌恶的女人。

雨停了，走在大街上，被人流裹挟着，桑蕊跌跌撞撞走着，停止脚步在红绿灯的斑马线外，欲哭无泪。呼啸而过的车辆，毫不留情疾驰远去，耳旁是不同人的说话声，她累极了，不是体力劳动后的疲乏，是伤透心后的疲惫与倦怠。

她走啊走，沿着街心漫无目的向前走，终于再也走不动了，她无力坐在路旁一间迷你书吧的小凳子上，清新可人的女服务生过来，笑容可掬递上酒水单，桑蕊不好意思白坐别人的位子，谁也不容易，都要养家糊口呢。

她赌气般要了粉红、嫩黄、苹果绿的三种颜色的冰淇淋球，从来就怕长胖，不敢乱吃这乱吃那，什么女为悦己者容，统统见鬼去吧！她大口大口嚼着冰淇淋，碎冰块与融化的冰冷快感在唇齿间游走，令她暂时忘却方才的不如意。

她发誓今后的生活不再是仰人鼻息，不再是讨好男人，不再是以他人为中心。

打着冷嗝，桑蕊刚刚长舒口气，电话响了，是公司的人事经理，她的辞职报告批准了。桑蕊脸上挂着哭笑不得的神情，她嘿嘿嘿干笑着，工作没了，开店的计划泡汤了，友情不可靠，爱情遭背叛，前途渺茫，人生凄凉，莫过于此。桑蕊趴在桌上，大笑不止，笑得眼泪花迸裂。

天色暗黑，桑蕊情绪逐渐舒缓，她翻出手机，盯着蓝光下庄嘉德的电话号码，自身是泥菩萨过河，还挂念着庄嘉德，她想用什么方式提醒他呢，发短信，黄小蕾会知道，徒劳无功；打电话，会不会也安装了窃听器呢？曲线救国，找桑叶转达，更是不打自招，真真为难，她坐立不安，相比起庄嘉德身处的危险，她这点事，根本就不是什么事。

夜深了，桑蕊还赖在凳子上不动，家里母亲的电话催了无数遍，她就是不想回去，庄嘉德，庄嘉德怎么办？

还是横下一条心，用杂货铺的公用电话打过去，出乎意料，电话不通，不是占线就是忙音，桑蕊直觉不妙，也不顾忌什么了，打电话给桑叶，桑叶没接听，太奇怪了，这两人是最有电话“公德”的人，不管多忙，不管多不方便，都不可能不接电话，除非是忘记带电话出门，另当别论。

也不可能这么凑巧，都忘记带电话出门呀，难不成，两人在一起？桑蕊天马行空猜想着，一时心乱如麻，急得如热锅上的蚂蚁，团团转。

接呀，接电话呀！桑蕊不放弃，连续拨打桑叶的号码，通了，就是无人接听，她沮丧极了，一个人拖着沉重的步伐返家。

睡到半夜，桑蕊被一阵刺耳的电话铃声惊醒，她揉着惺忪的睡眼，打开台灯，是桑叶的电话，她刚接起来就抱怨：“晚上干啥子不接电话……”话还没说完，“桑蕊，大事不好，庄嘉德下午正开会，就被人带走谈话了。”桑叶猛然打断她，她的声音是从来没有过的惊慌失措。

“怎么会？”桑蕊不由自主打了一个冷战，把瞌睡虫全吓跑了。“我也是才得知，晚上我出去做美容，忘记带电话，又去吃夜宵，回到家，就有人告诉我这事，还仅限几个要好朋友知道呢。不过，庄嘉德工作的银行全炸锅了，你想想，刚在台上讲完话，走出两位便衣，众目睽睽下带走，这回，庄老大的脸丢大了。”桑叶啧啧哀叹着，惋惜她心目中的英雄，真爷们儿遭此一劫。

“究竟是犯啥子错了？”桑蕊努力吞咽着口水，抚摸着怦怦乱跳的小心脏，太快了，她回想起黄小蔷艳丽的模样，不敢想象，这么快，她就说到做到。

“好像是经济案，他负责的这间支行卷入一桩高息贷款收不回来的土地项目，老板卷款外逃。”桑叶恢复平静，不再一惊一乍了。

“不是男女关系的作风问题？”太令人意外了，桑蕊不禁讶然。

“照你这么讲，他不是因为女人问题被逮住？”桑蕊心中的石头才落下地，好险，好险。她捂住胸口，暗暗松气。

“他多情又花心，你又不是没听说过。他坐在行长的位置上，多少女人为了各自的目的，主动投怀送抱，不算事。唉，不过，他也倒霉，碰上个女人偏偏不图他的钱，就为他的人。这女人也犯贱了，不懂规矩！哪有不要男人的钱的？神经错乱了！”桑叶的口吻，比真正的男人还硬气。

“不会吧？我以为他是高品位的男人，不可能是只要数量不要质量吧？”桑蕊小心谨慎地试探她的口风。

“哈哈哈，桑蕊，你好天真，你还这么天真，你才搞笑呢，庄嘉德是爷们儿不假，他花心滥情也是真，你信不信，我身边好多个姐妹，都和他上过床，你不知道吧？她们都以为我和庄嘉德关系好，个个和他上床了，还跑来告诉我，想在我面前炫耀她们的魅力。我才不在乎呢，她们这帮傻女人！男人嘛，不就是我的工具，我的提款机，我想用就要，不想用，滚一边去！”桑叶的语气狂妄自大，桑蕊听得步步惊心。

“说不定，你也和他在一起过了，你不好意思告诉我呗，对不对？”桑叶冷不丁撂出一句来，语气是九成把握的笃定。

“没有，没有，怎么可能？”桑蕊听得魂飞魄散，她连连保证，矢口否认。

“即使有，也没什么大不了。”桑蕊咬紧牙关，不让自己出声，她太熟悉桑叶了，这，不过是她的一个伎俩，打死也不能承认。坦白从宽，抗拒从严，桑蕊脑海里涌现出乡下墙上刷的标语。是坦白从严，还是抗拒从宽？她颠倒不清了。

“不过，你没有呢，算你走运，我估计，这次，庄老大翻不了身。和他好过的女人，也倒霉，啥也捞不着。”桑叶的语气有幸灾乐祸的庆幸。

“是啊，我不能相信，他那样值得人敬重的男人，怎么也……”桑蕊说不下去了，哽咽着。——生活的真相如此残酷，让人难以接受。

“是你太不懂男人，我早说过，男人的本性都是喜新厌旧，我看一本书上也写道，他们是下半身思考的动物，见到哪个女人，身体有欲望，就想立马要她，不管她是娼妓，还是冰清玉洁的处女，这和爱不爱本身毫无关系。”

桑蕊微微点头，真相虽不可爱，但她还是憧憬红尘浊世有这样独特的男人，值得她这般女子为之相守的英雄。

“不是所有的男人都这样吧？如果，人人都任性所为，没有自制力，放任欲望，岂不乱套了？我觉得，还是有遵守道德准则约束的男性，他们，可能为数不多。”

长吁一口气，桑蕊的心、桑蕊的情回落到平实，苏东坡所言，文章之事，绚烂之极归于平淡，生活的节奏，不也如是？

“应该有，大千世界，无奇不有嘛。唉，女人就不同，女人讲感觉，就像你，没感觉，不来电的男人，再有钱，地位再高，对你也没吸引力，是不是？”桑叶的深夜来电，又将两人的友谊拉到从前，从前的老生常谈。

桑蕊莞尔一笑，这就是她念念不忘桑叶的可爱之处，她懂她，她也需要她的聆听。桑叶曾多次重复，她的真实性情，只能在桑蕊面前肆意宣泄，她说粗话，她行为粗鄙，她无拘无束，她不过脑冲口而出。而这一切，她是不可能在男人面前，在饭局、聚会场合上表现出来，她不也在控制？不也在收敛？不也在伪装？为了达到自己的目的，为了树立自己在他人眼中高贵、美好的形象？

结束通话，桑蕊睡意全消，辗转难眠，她在黑暗中睁大双眼，默默落泪，替庄嘉德忧心，她尽管发誓不再爱他，可他毕竟是她人生中一道极为深刻的烙印，永远存在。

她不敢打电话，不能发短信，桑叶隐约透露出来的信息表明，庄嘉德和他的手机一并被带走了。

想起他的衰老，想起他对她的好，或许虚伪，或许真诚；想起他在酒桌上意气风发，谈天说地；想起他，从没皱眉抱怨，外人面前展示出他笑眯眯的亲切和蔼，一切的一切，她伤心到痛彻心扉，怕母亲听见，咬住被角，嘤嘤抽泣。

还是想要他过得好，虽然他好或者不好，与她了无关系。她明白，桑叶嘴上说的那种犯贱的女人，自身都潦倒如此，还有闲心关心别人安危，恐怕就是她自己吧。

窗外，天色发白，曙光重现，桑蕊哭累了，乏了，昏昏沉沉睡着了。管他外面世界变化莫测，我自酣睡不醒。

二十一

桑蕊想睡个安稳觉，这在平日来，最易不过，现在，变成难以企及的奢望。

她被骚扰电话搅得不安宁，这个黄小蔷，忽而短信，忽而电话，三五秒的间隔，就是要折磨她，猫捉老鼠耍弄她。

桑蕊知晓她的把戏，索性关机蒙头大睡，可又不能一整天关机，她还要有正常的生活，人际交往联系。

挨到下午，她按捺不住开机，不得了，黄小蔷的短信连串跳出来，占满空间，全是脏话连篇的威胁，桑蕊看得柳眉倒竖，怒火顿生，意志坚定不搭理她。

有电话进来，号码陌生，桑蕊迟疑着不接，铃声固执地响着，大有不达目的誓不罢休的气势，桑蕊无奈接听："你以为你关机、不接电话，老娘就找不到你？实话告诉你，姓庄的进去了，和他有牵连的女人，一个也跑不掉，你不配合我，你会死得很难看！"

黄小蔷刺耳的口气与农村撒野的泼妇没两样，虽是隔着电话，桑蕊都能想象得到，她满口唾沫星子乱喷的刁蛮样。

"他都进去了，你又拿不到钱，还搅和什么呀？"桑蕊不是不想和她争执。口头上一较高低，这是最容易不过的事，在桑家沟，此等泼妇除了口头上逞能以外，背地里，不受人欢迎，还会遭到歧视。从小她就不希望成为那样的女人，何况如今？她竭力控制，冲动是魔鬼，她深呼吸三下，思路清晰反问她。

“这个，你管不着，他怎么样，和我没什么关系，我就是看不惯你一副清高的样子，装什么装嘛！不都是婊子么，还立啥子牌坊呢？”黄小蔷的话说得很难听。

桑蕊听得眼泪稀里哗啦落下来，满腹委屈心酸，向何人诉说？

桑叶也说她装，本质是婊子，偏要装清高，难道，所有的女人都一样吗？她不，她就爱装了，又怎么样？这不是个人人都在伪装的世界么？

“是啊，我就爱装，犯法啦？碍你眼啦？”她挺起胸，冷冷承认——应付流氓，制胜之道就是更流氓。

“现在你横了，你等着，有人收拾你，看你还横不横？”黄小蔷的霸道消减不少，大约，她也是个欺软怕硬的主，撂下一句狠话，悻悻作罢。

桑蕊心头冷笑，兵来将挡，水来土掩，谁怕谁！放下手机，颓然倒在床上，幸好她买的是跃层户型，她住楼上，与母亲女儿隔开，彼此有私密空间。

接下来是找份工作，还是抵押房子贷款开店做生意？桑蕊决计将庄嘉德、黄小蔷搁置一边，谋划好自己的事，方为正道。

才下眉头，又上心头，桑叶的电话尾随而来，桑蕊懒懒贴在耳朵上，打算闭目养神，静心聆听，肯定是关于庄嘉德的消息，方才与黄小蔷一番口舌、心理交战，她已心累到全身散架。

“庄老大已经被立案侦查了，可能要判刑呢。”桑叶第一句话，就惊得桑蕊一跃而起：“怎么？犯下啥子罪了？”

“我也是道听途说，这事闹得满城风雨，上午和公安局的一帮朋友喝早茶，他们瞎聊，也不知真假。南国的新闻报纸都报道出来了，你百度一下，就清楚来龙去脉了！”女人都爱八卦，桑叶的情绪饱满，她和桑蕊一样关心事态进展变化，理由只有一个，庄嘉德是彼此熟悉的朋友。

桑蕊连忙打开电脑，输入庄嘉德名字，果然，一条接一条的新闻瞬间跃入眼帘，她仔细阅读着。

原来是庄老大被人设局拍下与年轻女性的风流床照，被要挟之下，贷下巨款，该老板携款逃亡海外，和他上床的女人没捞到承诺的利益分配，遂起报复心，捅出这事。

桑蕊原以为该女子就是黄小蕾，结果并非如此，搜索下发现，另一名为庄秋水女孩图片弹出来，气质高贵，面貌冷艳，特别引人注目的是她高挺笔直的鼻梁，有着拒人千里之外的冷漠，是庄嘉德的山东老乡。怨不得了，她后脊背生出冷森森的寒气，心冷如冰。蓦然明白，个中缘由。

关上电脑，桑蕊躺在椅背上，揉着发胀的眼睛，摇头叹息。她略微了解他，他信誓旦旦说过：没有感情为基础的女人，我不会与她亲近，任何有违我良心的事，我也不会去做！他重乡情，倒不全是有人用心设计陷害，多半也有男女双方的好感在前。身为大权在握的分行行长，想要贷款的企业老板会求着他，也是情理之中，被人设圈套上当，原来，看似精明的庄嘉德也过不了美人关，会犯下天下男人大都会犯的大错。

庄嘉德，昔日魅力十足的男人，像洋葱般被层层剥开后，面对着他赤裸着要人掉泪的内核，桑蕊唯有含泪苦笑。他太复杂了，手段太高明了，穿梭在众多年轻漂亮、成熟风韵的女性中游刃有余而没落下什么把柄，此等功力，此般哄骗功夫，桑蕊不得不佩服得紧，不能不心如死灰。

黄小蔷怎么冒出来了？还专挑她，唆使她一道去敲诈庄嘉德？

桑蕊百思不得其解，进而激发她一探究竟的好奇，她倒渴盼着黄小蔷的来电骚扰，她要弄明白，她和庄嘉德之间究竟有多大的仇恨，需要如此大动干戈。

黄小蔷没等到，她等来了两位身着便衣的不速之客。

黄昏时节，正在家中，有人敲门，开门后，两位陌生男子亮出工作证，桑蕊当场愣住，她眼冒金花，扶住门框，才缓缓站定。自认为一生行事坦荡，不怕鬼敲门，她镇定下情绪："我，我犯啥子罪了？"她张口结舌。

"请桑女士跟我们到南国去接受一桩经济案件的调查。"一脸正气的男子不苟言笑，也不正面回答她的问题，例行公务说着官话。

桑蕊的心扑通扑通跳不停，她低下头，吸口气，镇定下来，恳求工作人员，容许她交代下家事。

两位便衣人员相互对视，点头同意她这不过分的请求。

桑蕊走到桑妈妈身边，俯身小声嘱咐母亲，叫她不要惊慌，是公司领导，有急事，需要她出趟远门，少则半月，多则一月。

桑妈妈老眼昏花，信以为真，鸡啄米般点头，还反复叮咛桑蕊放心，她会好好照看外孙女。桑蕊眼含热泪，捂脸转身下楼，两位便衣工作人员紧紧跟随，生怕她逃跑。

一月有余，憔悴不堪的桑蕊，在一个夜色苍茫的周日，毫发无损、安然无恙，走进家门。

母亲紧紧追着她脚步，不住打探她这一个月的行踪。她不发一言，逼得急了，才惨然一笑，坚定摇头：“妈，别问了，没事。我好饿，煮碗麻辣小面给我吃嘛。”桑妈妈也是明事理的老人家，她中断唠叨，进到厨房忙碌：烧水、洗莴笋叶、切葱花、剁蒜片、蘸调料。

桑蕊呼哧呼哧吃面，桑妈妈慈爱地看着她狼吞虎咽，明白女儿纵然受了天大的冤屈，也不会告诉她，她是桑家沟走出来的孝顺女儿，她又是心疼又是揪心。

“没事，妈，明天会更好！”桑蕊将热辣鲜香的面汤喝完后，满足地擦擦油腻鲜艳的红唇，冲着母亲灿笑打气，果真是吃饱，精神好。

躺在楼上的床上，床单、床罩散发出阳光晒干后的清新气味，桑蕊钻进被窝，深深地将这好闻的味道吸进五脏六腑，久违了，久违了，自由的气味，洁净的味道，她默默念叨着，大滴大滴眼泪滑过脸庞。

休整半月后，桑蕊去美发厅新做了头发，将栗色的长发烫卷、染黑，穿上白色衬衫，印染白花蓝长裙。她穿戴一新，为工作面试。

再苦再难，日子总要过，日子可不管你今天发生什么事了，明天又怎么样了，一天一天地要花钱，一顿顿地要买菜吃饭。

新工作是一家不大、名声在外的生活馆，名为“可以居”，桑蕊当店长，俗称管家。

“不开店了？”母亲戴着老花镜，给外孙女缝补破线的书包，小心询问。

“暂时不开了，妈，时机未到呢。我要去偷师学艺，时机成熟才开，开一间不大，很有格调，很受人喜欢的店，到时候，就有得你忙了。”桑蕊搂住母亲的肩，亲密地说。

“那就好，赶快去学会人家的手艺，趁妈还跑得动，腿脚还灵活，帮你一把，你一个女人，拉扯孩子的苦，妈懂。”桑妈妈笑了，笑得苦涩。

“妈，放心，你们会享福的。”桑蕊抱住母亲的肩，在心里暗暗发誓。

“可以居”的老板是五十出头的王老五，和钻石沾点边，勉强算得上是成色差点的钻石。

小老头龚子，是土生土长的省城人，父母都是川剧演员，文艺家庭出身的他，平生就好吃爱耍。一辈子好命，得父母庇佑，两位老人家去世后，留给他一套四合院在主城区内，政府将其规划为城市文化的名片，获得拆迁的大笔赔偿金。龚子就跑到三环郊外，买下两百平方米的空地，上下两层共四百平方米，建造了古色古香的院落，偷了苏州园林的趣味天成，粉墙黛瓦，花窗漏影，月白色拱门，海棠花纹窗棂，两拢细竹，在窗前摇曳多姿，繁华都市里，难见这样雅致场所，路人也多为之惊艳驻足。

“可以居”能喝茶、吃饭、买书看画，小到花草器皿，大到桌椅板凳，均能出售，唯老板及丫鬟不能售矣。

“龚老板，干吗叫‘可以居’呀？”桑蕊很是困惑，她猜不出来，这名字的背后有啥子名堂，直接问。小老头脚蹬北京千层圆口布鞋，大白绸缎长袖中式褂子，一张脸吃得油亮滚圆，闲来无事，他不是低头翻线装古书，就是手握一根鸡毛掸子，轻扫博古架上的梅瓶，拍墙上裱好装框的画心，总之，他不肯闲着，下面的几位服务人员，都不好意思偷懒。

他费劲地俯身，脑门青筋暴涨，鼓着腮帮子，吹落桌上一片细微到肉眼看不见的茶叶渣，末了，才脸色通红抬起脑袋，戏谑说道：“你真没文化，连‘可以居’都不晓得？”

桑蕊被闹个大红脸，讷讷无语，抬腿到后院，捡起墙角的喷洒水壶，朝青砖院墙悬挂满当当的绿萝喷洒，水珠之下，翠幽幽一墙，煞是赏心悦目。

后院布局成天井，中心是一棵移栽成活的老皂荚树，树下，摆一张老榆木方桌，四把竹节躺椅。省城多懒人，他们多爱来此地，泡杯盖碗茶，点份私家秘制的土法拌鸡片，素椒炸酱面，淋上龚子自创的、好吃到无与伦比的臊子，优哉游哉打发时光。

楼上分隔四间榻榻米，用芦苇的帘子遮挡，喝日式禅茶，吃日式简餐，木制的走廊，也有桌椅，抬头见飒飒作响的树叶和树叶缝隙之上的高空碧蓝。桑蕊留下来工作，一大半是迷上了“可以居”的典雅，一小半是她理想中要开的店，就是这样物品丰饶的杂货精品，说为偷师学艺也不为过。

龚子哪里知晓桑蕊心中的小九九，他当她是离婚后养家糊口艰难的中年美少妇，录取不懂茶道、不会弹古琴，也不了解画的桑蕊，一则因了她的美丽外貌，二则出于一种男子对弱势女子的保护与爱怜。

桑蕊乏善可陈的简历，略去了京城的职场生涯，是有意要遗忘，遗忘那段开始的美好与结束的伤痛。

“小桑，我告诉你，‘可以居’是张大千在美国的寓所名称，我借来用用，你得看点书，艺术史方面的书，这里的客人学识渊博，你不懂，要出洋相，开黄腔，闹笑话哦。”龚子突然在她身后，气定神闲悠悠道来。

桑蕊穿了印染的墨蓝麻布长袍，两侧开叉，黑卷发束在脑后，蓬松在头顶，背影窈窕，正面清爽雅致，和院内的景物相得益彰。

她执花洒的手腕，洁白纤细，空无一物，生了这样美的手腕，可惜了。龚子嘬着牙花子忒惋惜，他转身爬楼，吃力地弯腰，肚腩太突，弯腰不易，吭哧吭哧趴在地毯上，翻出罗汉床下珍藏的老式抽屉扒拉，哗啦啦倒出各种材质的佛珠，玉石，挂件，他取出一只紫色透亮的蓝田玉手镯，双手背在身后，也不避讳其他茶艺师："小桑，过来，戴上这镯子，就当免费打广告，卖给客人。"

"哎哟，会不会很贵，打碎了，我可赔不起，龚老板。"桑蕊瞅见粉紫的光泽，心下已有八分喜欢，可又惧怕太过昂贵，想要又不敢要的神色，可爱娇羞。

"西安的蓝田玉，不贵，你放心戴就是了。说穿了，这是蛇纹石头，也需要滋养，人养玉，玉养人。"龚子递过去，权当送她，哪里还会想要回来，横竖不过是爱惜她的手腕儿，他就有这嗜好。有朋友打趣给他写了副对联，上联：爱美，爱美人，爱装扮美人；下联：爱吃，爱做吃，爱亲自做吃；横批：龚子生活。

"那我就恭敬不如从命啦。"桑蕊喜上眉梢，谨慎地接来，套进去，大小刚好，粉紫手镯衬托出手腕洁白粉嫩，她左右端详，猛然记起庄嘉德也夸奖过她的手，生得好看，戴镯子好，他还送过她和田玉手镯呢，她从不敢示人。

咋个还记得他？她暗地里责怪自己，扭身不语，龚子早已上楼，门洞里走进来三位着装休闲的中年男士，她笑脸盈盈走上前招呼："几位先生是喝茶还是吃饭？""看看，随便逛逛，就是，看看。"三人同时出声，桑蕊抿嘴轻笑，也不跟随了，任他们看去，逛去，总会留下来喝杯盖碗茶、吃碗素面，走时，必定也会顺带买盒茶或是一盆花。

"你家老板在吗？"三位男子在天井停留良久，不肯离去，不待人伺候，已先后躺在竹椅上，跷脚晃晃悠悠，桑蕊嫣然一笑，她就知道他们会舍不得走。

“在呢，各位先生，先喝点什么茶呢？”她双手捧住木简制成、以书法名家秀丽小楷写就的茶单。“新鲜呢，有文化的地方就是不同，菜谱都搞成书简啦。”座中一位男子挑起眉头，不敢小觑眼前低眉顺眼、气质隐然不同的桑蕊。

“要不，先给各位上一杯盖碗绿茶？我去请老板出来陪你们。”桑蕊察言观色，妥帖建议。

“可以！”三人均点头称是，桑蕊张罗手下的茶艺师安排上茶、托盘装茶点，自己蹑手蹑脚上楼，龚子赤脚仰面躺在官帽椅背打瞌睡呢。桑蕊不能推醒他，不能高声吵醒他，她安静坐在走廊上，等他自然醒。

背靠木墙，抬头望向天空，初秋的天，澄澈无云，她又开始走神了，南国的天空，也曾这般高远，隐藏内心的秘密，将要伴随她到老么？她满怀幽怨，眸子射向窗棂花纹空处，斜伸出一枝干枯的莲蓬，成了一幅意境悠远的画，桑蕊想象着莲蓬的前世今生，李义山那句“留得残荷听雨声”，也是它么？她突然就想这样安静地待上一辈子，宁愿过去种种，一笔抹去。像这枝枯萎的莲蓬，被主人放进细长腰型的龙泉窑瓶中，寂静度过残生，也未尝不可。

啊嚏！龚子一个响亮的喷嚏惊醒她的春梦。“你干啥子哦？”龚子懒懒瞄她一眼，伸展肥腰，神态茫然。

“楼下有三位客人找你。”桑蕊徐徐起来，柔声细语汇报，经历的事多了去了，她遇事不慌慌张张了，沉着应对，才能万无一失。

“嗨，从哪儿过来的客人？”龚子光脚下地找鞋，桑蕊早就将圆口布鞋给放到他脚前，排列整齐——他爱次序，爱整齐。

“听口音，是广东，南方过来的人。”桑蕊侧耳凝听，似乎有她听得懂的粤语。

“可能是我朋友介绍的客人，不早点叫醒我，怠慢客人了，拿你问罪！”龚子半是严厉半是玩笑，一双大白光脚塞进鞋内，直接跑步下楼。

“哎哟，是黄兄，失敬失敬！”桑蕊偷眼望去，龚子满脸堆笑，双手交叉相拱，学着武侠小说中的江湖好汉，迎接三位客人。

哈，还真当自己是江湖侠客了，老古董一枚。桑蕊掩嘴偷乐，她才不怕他呢，他是心慈手软，刀子嘴、豆腐心的土著男人。

她不急着下去，楼上被龚子弄得一片狼藉，梨儿的核、瓜子的皮、泛黄的茶汤、嚼碎的茶渣，全在桌上。她将剩余的茶水沾湿茶巾，擦拭着纹理清晰的海南黄花梨木桌面，拾掇完垃圾，再到洗手间洗干净手。泡茶的手不能涂指甲油，不能擦润手霜，好在，双手浸泡在茶汤里，手也会滋养得细嫩修长。

收拾好后，她才缓慢下楼，吃饭的时间到了，客人纷至沓来，她忙着应付、下单，无暇分身，今天她值晚上的夜班，直到八点过，客人才走尽。

桑蕊揉揉酸痛的腰眼，拣了楼上的一间榻榻米盘腿休养，老板龚子是神人，他酷爱神仙道术，辟谷养生，禅修训练，他绝对是省城最爱出此风头的人。

盘腿打坐冥想，是他教习手下人放松的方式，他遵循过午不食的长寿之道，久而久之，桑蕊也受其影响。晚上八点前，吃点水果、糕点，基本不吃主食，饿是饿点，倒也神清气爽。

“可以居”晚上十点打烊，八点以后，客人不多，稀稀拉拉几位，不是龚子的熟人朋友，就是误撞进来的闲人，喝点散茶，说点段子逗趣，方才尽兴离去。

桑蕊见缝插针，闭目养神。头脑身体放空后，她才徐徐睁眼，吓了一跳，龚子目不转睛瞪着她呢，是师傅检查徒儿的神色。

“老板,你这白眉赤眼的,也不打声招呼,怪吓人呢。”桑蕊起身，拍打着蓝袍上的褶皱，蹙眉嗔怪他。

“我来看看你进入状态没。走，到‘逍遥谷’吃茶去。”龚子给天井胡诌了“逍遥谷”的名，本是对内部员工讲，后来叫开了。“下午那拨朋友送我一罐‘太平猴魁’！”龚子是得了什么好东西，就急着要卖弄的主儿。

他兴冲冲下楼，木板楼梯随着他愉快的节奏发出痛苦的咯吱咯吱哀号。桑蕊无奈摇头，拿这顽性不改的活宝没奈何，这世上就偏偏有这号老顽童一般的人，不愁吃穿，不忧前后，不按部就班结婚生子传宗接代，不理睬旁人评说，由着本心，过自己的生活。

“老板，猴魁刺激性大，睡前喝，你不怕晚上失眠？”桑蕊好意提醒，猴魁外形修长，泡在玻璃杯中，与浮在水面的竹叶青类似，姿态优美。

“不怕，怕啥，取几颗红枣、花生米来佐茶。对了，顺道舀一提泡酒过来。”龚子还不过瘾，非得要饮酒，桑蕊遵命照办。

说起这泡酒，也是“可以居”的招牌之一。龚子跑到白酒厂，动用关系买上好的原浆白酒，将西藏林芝的手掌参、乡间野桑葚、宁夏枸杞混泡，他美其名曰“龚家酒”。

“晚上还有客人来么？”“不，不会了，今儿可早点关门，你在南国工作过？”龚子半眯着双眼，冷不丁问她。

桑蕊愣了，瞬间停顿，随即欢笑：“嗯，打过工。”她敏感意识到他有话要说，专注洗茶，注水。

猴魁的水温要高冲，不宜用盖碗、紫砂壶，长透明玻璃方杯最相宜，绿叶在水中翻滚，缓缓舒展，如同睡醒的美人，懒散伸腰。

“下午的朋友从南国来，他们给我闲扯了个‘聊斋’，一桩发生在南国金融圈的大事，传得沸沸扬扬，挺有意思。哎哟，红枣搭配花生米愈嚼愈香呢。”龚子摇头晃脑，不忘扯上食经，两个手指并拢夹紧红枣，再抓花生米，准确无误丢进嘴里。

“怎么有意思了？”桑蕊用碗底浮动几片竹叶的土陶小碗盛酒，手微微战抖，心跳不规则地加快，放下酒碗，她也拈一粒花生米，埋首喝茶，无声无味咀嚼着。

“一个银行行长，遭他情妇举报，不为钱，就为情，问世间情为何物？直叫人争风吃醋！嚯嚯嚯。”龚子行事、说话素来玩性不改，总能把严肃的事，当成市井俗话，成他的一碟下酒菜。

“不是说被人设计陷害进去的么？”桑蕊闻之愕然，心头震动，脸色煞白，爆出自言自语的嘀咕。

“哦？这帮人爆料出来的信息靠谱，他们是南国金融圈层的媒体人，手握猛料。值得信任，你，值得拥有。”龚子一怔，立马打趣。

“我，不值得拥有。”桑蕊冷眼调侃，表面附和他的意趣，内心翻滚如浪。

“也不怪人家情妇，那家伙有好几位情人，别人都逢场作戏，偏巧一个当真了，她要嫁给行长，怎可能？我真佩服他，这得要多好的身体，多有闲的时间？日理万‘鸡’，哼，这下，沦为笑柄。”龚子的语气讽刺中杂有艳羡。

桑蕊面无表情，置若罔闻。

她的生命总有败笔，羞于启齿的岁月，那一月的黑暗生涯，白天、夜晚轮番的重复追问，让她的精神几度崩溃，承认吧，招了吧，他干了哪些伤天害理的事，为了她做了多少损人利益的事，早说早解脱，反正对方又不是什么好男人，一个过街老鼠人人喊打的渣男，一个道德败坏十足的混蛋。

她的耳边反反复复回荡着、充斥着类似的话语，她不能说，不是说她多么坚贞，不是说她多么伟大，确实没有，她和他，只是正常的男女交往，她没要他做什么出格的事，她有工作，有收入，他不过是在他收入里分拨出那么一点生活费帮补她。

“那你检举他！”

“不，我不检举他。”她惊恐地睁大双眼，连连摇头。他人很好，也对她好，她为什么要检举他，检举他什么？

“他背着你，利用职权玩弄其他女性，和多名女性有不正当关系，这样十恶不赦的男人，你不该检举？不该怨恨？不该揭发？”

“不，我不。”她意志坚定，倔强地咬住嘴，打定主意不说一句和他无关的话。

她不会撒谎，不愿违背良心，他的花心行为固然使她痛心、痛恨，可她不能，在他跌到深渊的时候，再落井下石，再墙倒众人推，不能这样做，况且，他的很多事，她根本不知情。

“你中毒太深，何苦为了这样的男人，自己受罪？”关押的同伴也替她不值。

她凄楚地笑，不予理会。

另一位老大姐挨近她：“呀，你挺够意思，我看你斯斯文文，就不是有坏心眼的人，我有位远方亲戚在省城开店做生意，你要是不好找事做，可去他那碰碰运气。”

她才来到“可以居”。

不过，她没有遵照老大姐的指示，要她亲戚的电话，假装另寻活路，实则暗中留心，过来看看情况，瞅见毛笔字写在红纸上的招聘启事，院内景物，又是她所向往的，于是，当机立断，直接面试——她不愿意更多人知道她太多难为情的事。

一段精神与肉体备受摧残的时期，她一下老了十岁，确实，心智成熟了十岁不止。回到现实，眼前安逸雅致的室内陈设，也不能使她静心，她仍然止不住瑟瑟发抖。

“怎么？你冷？”龚子注意到了，停住喝酒，关切问她，桑蕊惊醒后，不自然地笑了，语无伦次：“天，天变冷。”说完，牙齿上下战抖，真的很冷——她抱紧双臂。

“走，走，你先下班，我再坐坐。”龚子颇为扫兴，“龙门阵”还没摆完呢。

桑蕊顾不得他，她不是没有见识的女人，也不是懵懂少女，不经情事，龚子对她有好感，可她不喜欢他，感情是很奇怪的事，由不得人。

她的心，扑在女儿身上，女儿一天天长大，一天天懂事，她缠着她要爸爸。这是让桑蕊最为难的事，谎言编了无数次，可总有被识破的一天。

她害怕，她期待。

女儿的亲生父亲到底是谁？夜深人静，她常会盘腿打坐冥想，进入当年，努力搜索一些蛛丝马迹，渴望能发现，她究竟和谁糊涂之下在一起怀了孕？

剪不断理还乱，桑叶的一个深夜急电，又把桑蕊推入无边的黑暗中。

“你是不是和他好过？”桑叶的逼问，急急如令，桑蕊哑口无言，承认还是不承认？

“没有的事，只是短信传情的暧昧，真没有。”桑蕊艰难回答，不肯对她和盘托出，这也是当初和庄嘉德好上后，两人的约定。他说不想伤害桑叶，桑蕊考虑的是不想失去桑叶这个好姐妹、好朋友。

“哦，你不当我好姐妹，也算了。”桑叶的内心，也不想自己的妹妹和庄嘉德深交吧，她不再追问。

桑蕊捂着胸口，松口气，生活的谎言远比生活的真相温柔可爱。

“庄老大的事，比电影还精彩。本来，他刚进去，什么也不肯说，都还以为他是遭遇别人陷害，哪里想到，他宠爱的情妇——山东老乡庄秋水，把他给彻底出卖，全招供了，涉案金额巨大，这下，他玩大发了。”

“哼，都说最毒不过女人心，我看他庄老大精明一世，糊涂一时呢，常在河边走，哪有不湿鞋？他贪杯好色，也是活该。”桑叶满不在乎评价他，怨气醋意横飞。

桑蕊听得麻木，她毫不惊讶桑叶此时的态度，只得间或以嗯、哦敷衍。

“你怎么不开腔呢？”桑叶不耐烦了，她性子急躁，从来就是快人快语，放鞭炮一样噼里啪啦炸响。

“唉，我能说什么呢？现在忙女儿，忙养活家人的生活费，都恼火得很。”

桑蕊愁眉苦脸，声调也是有气无力。她想要快速结束与桑叶的通话，说不上来原因，现在，她心里排斥她，比排斥庄嘉德还甚。

“你喊你女儿的父亲给抚养费啥，干吗老吃亏，什么都自己扛着，扛不动，自己哭，假装啥呀！”桑叶又是一通振振有词的教训。

桑蕊听惯了，平静得很，脸皮未动，曾经膜拜过桑叶，看她凭借年轻貌美、聪明才智一步步跻身上流社会，自惭形秽与她不是一个等级。

经历岁月的洗礼后，她不再仰视她，改用平视的角度去看她，她还是桑家沟出去的桑叶，摆脱不了桑家沟女子的本性，她好打抱不平，她精明世故，她自私无情，她也无私有情。

她看庄嘉德也一样，他曾是如钻石般面面俱到，面面熠熠生辉的优秀男人，而今，她再看他，平庸男人所具有的德行，他也有，卓越成功人士所具备的操守，他也有。他亦正亦邪，他痴情又滥情，他勤奋又懒散，他重情又薄情。

和她的双面本质同出一辙，和世间寻常男女雷同：我们谁也不比谁高尚，谁也不比谁庸俗，谁也难保不犯傻成人渣。

那么，她有什么资格去指责别人，做道德的标杆？她不是，桑叶也不是，庄嘉德更不是。

“好啦，我能解决，相信我，桑叶。”桑蕊疲倦地为自己打气，人生很多时候，需要的就是自己相信自己，自己鼓励自己，因为，没有谁会为你时时刻刻承担鼓励的义务。

“哦，你能这样想，就最好了，说明你懂事了，懂得替别人着想了，懂得别人的不容易了。”桑叶稍有停顿，惊讶于桑蕊脱胎换骨的成长，一直以来，她都希望桑蕊能够如她一般独立、坚强、不依靠男人而活。可真当桑蕊成长起来时，她又有隐隐的失落和百般的滋味，她可不愿桑蕊超过她，不管是财富还是其他。做一枝独秀、冠压群芳的大姐很多年了，谁还愿意退回去当过气小妹？

两人的通话，第一次产生了微妙的变化，桑蕊不知，没敢告诉桑叶真相，女儿亲生父亲的真相，这事性质与庄嘉德同等重要，不可说。

二十二

黄小蔷再也没找过她，为了躲她，桑蕊还动过换电话号码的念头，最后关头，被否决了。

她不是怕她，庄嘉德的事，一波未平一波又起。

桑蕊在街上，再次被不明身份的两位戴墨镜的壮年男子拦住，拖她上车，她以为遇上人贩子了，死命挣扎呼喊，路人纷纷停下围观，桑蕊力弱，抵不过壮汉的撕扯，被迫抬起胳膊挡脸拖上别克商务车。

上车后，才发现，黄小蔷坐在后排位置上，得意微笑呢。

“你究竟要耍什么花样啊？”桑蕊衣衫不整，黑发凌乱，狼狈不堪，她当场热泪滚滚了，积压在心的愤怒、冤屈全部爆发出来，她声嘶力竭地哀号。

“不耍什么花样。我就是想不明白，你为什么要维护那个欺骗你的王八蛋！”黄小蔷神色淡定，摆弄着手机。

“就为了这个？你疯了？你这样迟早会把自己玩进去的！”桑蕊觉得她的思维简直不可理喻，她冷笑着，为她处心积虑的下作方式不齿。

“我爱他，行了吗？我就爱他，爱这个王八蛋，爱你们唾骂、瞧不上眼的男人，可以吗？”桑蕊呼呼喘息粗气，用尽全身力气，大喊大叫大哭。

她在黄小蔷面前，什么也不顾，没有羞耻，没有道德，没有尊严，没有，什么都没有，什么都不是。她就是一个可怜虫，被人欺骗、玩弄、出卖，还帮人数钱。

哭到伤心处，桑蕊连哭带号，把黄小蔷吓一跳，她以为她好欺负，她端庄温婉，她天真愚昧。谁想到她撒泼发横起来，竟和她不相上下。

“算了！放你走就是了。我不过是好玩，逗逗你，原来这世上，还真有你这样的蠢货，这样的傻女人，停车，让她滚远点！”黄小蔷皱起浓黑的眉，声音严厉命令戴大黑墨镜的司机。

别克商务车来个急刹车，电动门开了，桑蕊被人一掌推下去，好在她有所防备，双手抱头滚在路边，旁边没有障碍物，她不过胳膊擦破皮，渗出点血，其他无大碍。

用衣袖擦干被泪水糊花的脸，桑蕊仰望远离市区的郊外天空哈哈哈畅笑着，感谢黄小蔷，让她发泄，清空了堆积在内的无数垃圾，一番痛彻心扉的大哭大喊后，此时，心头清明痛快！

桑蕊工作稳妥，深获龚子重视，他的狐朋狗友中，有那好事者，撮合两人将好事办了。龚子扭扭捏捏抓挠着头，偷觑桑蕊神色变化。

“老板娘，人家老板都愿从了，你就别耍大牌，赶紧爽快点头同意呀，这可是过了这村，就没这店啦。”照例是晚饭后的茶酒会上，“逍遥谷”里横七竖八坐了五六大汉，酒精刺激下，他们高声吆喝着，天井上空，如影如水的月牙，也抿嘴笑着瞅着人间凡世的热闹。

桑蕊脸皮厚了，听得耳朵起茧，她如往常一样，端着糕点、下酒的卤菜穿梭在他们之间，从不轻易接茬，这帮人喝高了，荤段子、混话可就不重样喷得人面红耳赤。

龚子看桑蕊没啥反应，当众下不了台，高傲的自尊心受了伤，好面子的他心底恨着呢，又不好在这时拿出老板的架势，逼迫她——他不是祸害良家妇女的高俅太尉。

他脸上现出灰败的气象，正如烈日下晒焉的花朵，桑蕊瞧在眼里，忙疾步走过来，递给他一盘他爱吃的卤肉，嘟着红唇，乖巧地扯开话题：“老板，你们这些朋友太坏了，老开玩笑，明明晓得我配不上你，乱搞拉郎配。”

“就是，就是，甭理他们。”龚子总算挽回一点面子，对她的恨意也就消失了，他揣摩着桑蕊的心思，怕是担心自身有女儿这个拖油瓶，所以说配不上他？

他这一辈子，原本就要图个逍遥自在，不受儿女感情羁绊，不要孩子拖累，赤条条一个人来，赤条条一个人走，干净利索。

遇上这桑蕊，成仙得道的他动了凡心，或者是恻隐之心，他没来由得地怜悯她，她的隐忍，她的乖巧，她的不事张扬的淡泊，她的种种不可示人的好。

龚子不了解女人，就不了解桑蕊的心，他自以为是的推测，把桑蕊婉拒的话当真。一拍脑门，想想也是，她还有女儿，女娃娃家好过男娃娃，在省城这地方，不比农村，生女娃强过生男娃，女娃长，嫁人了事，父母也不操心，可男娃不同了。龚子半醉半醒中，也琢磨这事。

自己这片家业，又不能落到别人手中，真要娶了桑蕊进门，“可以居”日后还能这般夜夜笙歌，日日纵情喝酒？

龚子幻想着好日子到头，难免颓败，他哆嗦着，酒杯也握不住，旁边一哥们摇晃着胖胖的皮囊过来：“怎么？龚子哥，你还哆嗦个啥？”

呀，见桑蕊出门去，龚子附耳嘀咕：“老哥，我真结婚，找个女人来管，日后，还能这样自由自在无拘无束过这好日子？”

也是，不过，龚子哥呀，说句现实的话，以后你玩儿不动了，一个不留神，得个啥子大病，瘫在床上，哪个给你端茶递水伺候呢？”这老哥一脸正经，满嘴唾沫横飞，说的可是掏心窝子的话。

龚子情不自禁用衣袖揩干脸上的唾沫星子，偏头一想，是这么个理，可，这世间的事，就没个两全其美？

“喝酒，喝酒！明日复明日，干卿何事？”龚子醉眼惺忪，四顾无人。

桑蕊换好衣服早下班了，她的分寸拿捏得刚刚好，从不在他们醉酒时出现。“吴琴。”龚子扯起嗓门大喊，酒醉心明，今晚值班的是吴琴。

矮胖的茶艺师吴琴，着一条朱砂红长裙，穿一件月白纯色衣衫，裹着朱红腰封，裙摆随着她的脚步发出窸窸窣窣声，来到龚子一步之遥的距离，抄手而立。

她擅弹古琴，自小就学，功底非凡，可惜外貌不争气，要不然，也不会沦落到此当一名小小的茶艺师。

“弹首曲子，助兴吧！”龚子的醉眼有慈爱的请求，他爱美女，更爱才女。录用吴琴，给的薪资待遇和桑蕊就不相上下，同病相怜，他也是长得舅舅不疼，姥姥不爱的尊容，也就青眼高看她。

“好嘞！”吴琴爽利应承。她感怀龚子老板的好意，微屈身，行了万福，坐到琴凳上，甩开宽大的水袖，垂首专注弹奏，随即曼声吟唱：“有一美人兮，见之不忘。一日不见兮，思之如狂。凤飞翱翔兮，四海求凰。无奈佳人兮，不在东墙。将琴代语兮，聊写衷肠。何日见许兮，慰我彷徨。愿言配德兮，携手相将。不得于飞兮，使我沦亡。”

她弹奏的是《凤求凰》，司马相如对卓文君的无限倾慕，热烈追求，演变成她对心上人的曲意示媚。

琴音过于柔媚。“龚子哥，此女莫非对你有意？”懂琴的好事者听出点名堂来，凑近龚子，分明不怀好意。

“何止柔媚，有时竟有恶俗之感，司马也不是啥良人嘛！”琴声戛然而止，吴琴猛然抬头，不客气地冷冷回敬。龚友人和他面面相觑，料到不这女子说话这般不给人留情面。

“吴琴，接着弹，接着弹，瞎聊呢。”龚子和颜悦色冲她挥手，看得出，他对她倒也宠爱有加。

吴琴嫣然一笑，露出嘴边的菱形小酒窝，若不看她丰满过头的身型，她的脸，细看之下，也有几分养眼的舒服。她听话地复又低头抚琴，不睬任何人。

“你小子倒精灵，听个琴声都听得出有啥子男欢女爱的苗头？”龚子脸泛红光，拍打着他老友的背，压低嗓门，假意讥讽。

“哈哈哈，你呀，明知故问，唉哟，你这儿呀，何止是‘可以居’喔，典型的居可以！”龚子老友颇为嫉妒，伸长双腿，用了更舒服的坐姿，奉承他。“就是，你这‘逍遥谷’可不就成了名副其实的美人谷！”另一位好事者老哥也趁机拍马屁。

琴音缭绕，酒香扑鼻，明月映射，树影婆娑，真真个良辰美景奈何天！

“哈哈哈，老夫以为，人活一世，不外乎就是吃、玩两字，功名利禄，统统不过是天上浮云，飘来散去，不可捉摸，吃进肚的，玩得开心的，才是实实在在的。”龚子畅谈他的人生观。

吴琴嗤之以鼻，她弹奏着《幽兰》，抒怀幽兰乃香花之冠，生长在深谷，与野草杂处，生不逢时的忧愤之情。她虽无八分美貌，却有十分之多的慧心，然性格孤僻，职场上，屡屡碰壁。

龚子欣赏她的才情琴艺，她不敢当他是钟子期，心底敬重他，敬重他认同她，对他胸无大志的放任自流的闲散生活，她并不苟同。

她已三十岁了。三十而立，普遍针对男人而言，可是，她只谈过一次恋爱，长达八年的时间，来来回回折腾，分分合合，她的这场恋爱让她筋疲力尽。

眼下，她迫切需要一场婚姻，带给她稳定生活的婚姻，她能安心弹古琴的婚姻。多年的兜兜转转证明一个事实：古琴，养活不了她。还是得嫁作人妇，养活自己为上策。

老板龚子，她也曾想象过，鉴于他对离婚少妇的桑蕊的好，她看在眼里。桑蕊处事大气，脾性活络，对于美的格调，与她也说得到一块，她不忌恨她。桑蕊恐怕也猜出她对龚子的感怀，是以迟迟不接龚子的招，同为骄傲的女子，吴琴看得通透：桑蕊压根儿就不会喜欢龚子。

美中不足，龚子耍性太大，若非他父母留下祖产，他哪能这般逍遥自在喔。吴琴弹着弹着也分了心。

桑蕊换上黑丝绒滚白边的长旗袍，套上藕色长筒丝袜，黑色高跟鞋，从来没有的欢喜注射到她身上——旗袍有生命力，给她重生的力量，因了这身着装，她收敛着不着边际的臆想，她将心思勾描如旗袍的曲线，她将梦想编织成旗袍的一字盘扣。她爱旗袍，爱旗袍妥帖赋予她的新生，爱旗袍妥帖包裹她的躯壳，使她绽放出不同于他人的魅力。

晚班，从下午两点到晚上十点，别小看这来来回回迈小碎步，长久下来，腿也吃不消，可她偏生享受痛苦的折磨。

客人少时，吴琴就会在角落弹琴，有了琴声，院落立刻活色生香，她在练习龚一的《春风》，这是类似春风一样，入心入肺的曲子。听到动情处，桑蕊偶会有落泪冲动，更多的是沐浴其中，体会春之欢快，乐不可支也。

这也是龚子疼爱吴琴之处，她懂风月，他爱情调，一拍即合，男女交欢，为何定要肉体厮杀？精神的交汇，远比感官的快感愉悦甚多。

桑蕊正听得入神呢，嘣一声，琴弦断裂，吴琴手捻软软垂于地面的琴弦，神情恍惚，她生性敏感，怕是由弦断想到了什么。龚子还没来，桑蕊走过去知会她，要开会，明天有位商家要包场，须得布置、安排，还得将新制定的员工守则宣布。

“哎哟，琴弦断了呢，琴断，情断。”吴琴若有所思，悠然吐出两句话。

“没啥大不了的，旧的不去，新的不来，好事，好事。”桑蕊以转换角度的一番说辞，全力抚慰她。

开会中，吴琴与另一位茶艺师争执不下，为了她制定的一项严格规定，其实，也是小事，关于赔偿制度。

制度规定员工不小心打碎器皿碗盏，应按原价的一半赔偿。新来的茶艺师叶青不同意，理由是员工收入低，院内的物品价高，赔偿一半的话，半月的工资就没了。

吴琴坚持这个赔偿比率，她的理由更充分，这个比率是为了让员工更谨慎对待工作，目的不在罚款。

桑蕊平静听完两人的意见后，折中处理，将比率减免一成，她也是工作人员，能体谅不小心洗杯子摔坏的事，时常发生。

吴琴虽不满意，也无奈接受，桑蕊看她认真的劲头，比自己还上心，就如未来老板娘的做派，处处为院子着想。

桑蕊不是不爱“可以居”。她更明白，年轻的茶艺师们，大多文化水平不高，来自云、贵两地的偏远山区，初中毕业后，出外打工，因面容姣好，到档次高的餐厅做过服务员，随后，跳槽到茶艺馆，积攒茶艺经验，到一定程度后，再挑选待遇、环境更好的地方。在“可以居”工作的茶艺师，多是这般经历。

桑蕊不是服务行业的科班出身，吴琴更不是，她是大学本科毕业的古琴师，文化修养、情趣爱好都比她们略高一筹，属正常现象。

木秀于林，风必摧之。吴琴的才情，她隐隐流露出的优越感，难免让其他只会泡茶，与客人说不上太多话的茶艺师们心生嫉妒。有那比她貌美才逊的就选机会与她作对，这叶青，凭着青春无敌的清秀容貌和好身段，借了这事公然宣战。桑蕊的处理，并非偏袒她，妥协、平衡是桑蕊要大事化小，小事化了的管理行径。

女人是非多，院内女子更如是。老板就龚子一个男人，谁不想巴结讨好他？

桑蕊是过来人，对这小女儿家的争风吃醋，只有一笑置之，她不去把握这外人看来风光无限的机会，不和龚子暧昧不清，这也是理由之一。

她不会对男人心存幻想了，这样也好，实事求是做好自己的事，过好自己的日子。

二十三

桑叶会定期给她打电话讲述庄嘉德的事态发展，似乎是某种约定，桑叶的每一通电话，话题仅在庄嘉德，说完他后，两人就陷入不知所云的沉默。

“你怎么没话和我说了？我说过，我是你的垃圾桶，你有什么都可以和我发泄呀！”桑叶见桑蕊不主动求助于她，居然郁闷。

“谢谢，日子很平淡，没啥子好说嘛。”桑蕊笑道。她不再是从前的桑蕊，桑叶也已不是过去的桑叶，哪里还会什么心里话都倾诉呢。

“幸亏你没跟庄老大有一腿，要不然，你可能蹲大牢了。”桑叶岂是省油的灯，轻飘飘飞来一句话，又扯上桑蕊。

桑蕊一怔，她听出她话外之音，发出梦呓般的话：“都是命吧。”一语双关，桑叶爱怎么猜就怎么猜。

在“可以居”，每一位茶艺师，都得有自己的一门绝活，懂普洱、精红茶、钻白茶，或鉴瓷器、赏书画。桑蕊是样样懂，门门不精，但她只有一项能力，是院内茶艺师们望尘莫及的：善倾听。

懂再多，都不如安静做一名听者，世人多好为人师表，也多爱挑毛病，倾听，是最能打动人的沟通方式。

庄嘉德宣判那天，桑蕊上早班，在“可以居”的整个上午，她都心神不宁。这天“可以居”里选了几处产地的红茶“斗茶”，茶艺师叶青正在泡茶，她擅泡红茶，而她的体质，也适合喝红茶。尤其在冬天，熟普、红茶就是爱茶人的不二选择。

“桑小姐，尝尝这泡金丝滇红。”叶青穿了棉麻中式湛蓝上衣，下衬同色长裙，黑发编成两股辫子，垂在肩上，低首冲茶时，极有几分民国女学生的文艺范。

桑蕊浅尝一口，没啥明显感觉，牵挂着烦心事，无法潜心品茶。“你们先泡着，我去处理点事。”她放下茶杯，脚步匆匆，走到院外东张西望，她并不是在等待谁，就是心里发慌。

院门的竹林繁密，婆娑有态，桑蕊无心观赏，她按捺住好几次打电话给桑叶的冲动，她记得桑叶说过庄嘉德的判决要下来了，就这几天。

我这是怎么了？明明说好不再搭理他，可为啥子还要关心他？桑蕊恨自己懦弱，恨自己还关心这个不值得她爱的男人。愈是恨，愈管不住想要知道结果的好奇欲望。

桑蕊跺跺脚，决计不等桑叶报信，她在百度搜索——信息化时代，距离不再是距离，秘密也不再是秘密。

新闻报道出来了！在办公室内，桑蕊紧张地握住鼠标，上下滑动，不放过每一条关于他的消息。庄嘉德被判五年，他也不提上诉，他的女友之一、山东老乡庄秋水判刑两年，缓期两年。

桑蕊盯着画面上的庄嘉德，没有想象中的潦倒颓败，只是常年挂在脸上的笑意不再，消瘦了，眼里的神采还在。摄影记者捕捉镜头的功力很深，其中一组画面是庄嘉德听判决书时的细节，庄嘉德仰起头，眼光停留在天花板上，对眼前庄严肃穆的场景视而不见，他的眼角流露出一丝嘲讽，是对自己的嘲讽还是法庭上的所有人，无人知晓。

“我退休后，就写回忆录，玩玩乐器，吹吹笛子，在文字与音乐中翱翔。”庄嘉德和她温存后，通常会有长时间的兴奋期，他就会抽支烟，来通长篇大论。

“不跳广场舞？”桑蕊趴在床上，调皮地打趣。“那都是没事干的老太太们的专利，我这等高智商人才，哪能去抱着满脸皱纹的老太太跳舞呢？！”庄嘉德悠然自得吐出烟圈，神色间流露出高人一等的快意。

“你退休了，那我就跟着你，照顾你，好不好？”桑蕊眼睛亮闪闪地，充满着希望。

“你，你还年轻呢！我不过是个老头子了，你恐怕早嫁人去了。”庄嘉德就不满足她一厢情愿式的期待。

“不，你说好照顾我一辈子，我就跟定你！”桑蕊认真起来，耍起倔强性子。

“嘿嘿嘿，我是棵老树，你吊在我身上干吗，我又给不了你什么？顶多一点钱，可那点钱，真不算什么。”庄嘉德笑意渐浓，是得意眼前女子对他这半老头子的痴情，还是别的什么？桑蕊从未思考过。

“我总会比你死得早，你就别傻了，我们呀，能好多久就好多久，明天的事，谁说得准呢，计划不如变化快。”他抚摸着她肉嘟嘟的下巴，笑容变得沧桑无奈。

桑蕊听出他话里的悲怆，惹得她垂泪不止：“你离开我了，我怎么办？我该怎么办？”

庄嘉德又笑了：“嫁个好人家，天天当新娘，乐哈哈。”他就是这德行，别人明明很伤心，他就不会来安慰，非要说个笑话，把自己和他人都逗乐。

桑蕊就没见过他愁眉不展的时候，就连在法庭上，他也不眉头深锁，是他天性如此，还是他坚强到无人可以伤害他？

他被抓进去审讯，没有出卖朋友、情人，对指出的罪名都揽在自己头上，他还是要做一个有情有义有担当的男人。老天不肯成全他，他最信任的女人，他的老乡庄秋水，一股脑和盘托出，背叛了他。

桑蕊无法想象他得知情人庄秋水背叛他后，他的真实感想，是错愕不已、痛不欲生，还是追悔莫及、无所畏惧？他眼中的嘲讽之色，是对自己看错人、爱错人的讽刺？

“桑小姐，有客人找你，在楼上的‘眠琴’包房中。”桑蕊陷入困顿茫然中，叶青的呼声，迫使她重回现实。

“啊？谁呀？”桑蕊打起精神，起身，在镜中梳顺了黑发，盈盈上楼。

“哇呀，这儿真是个好地方，我都以为自己走错路，来到了苏杭的地界呢。”是桑叶的朗朗笑语传入桑蕊耳畔。

“天，你哪天回来的？竟然也不打声招呼？就爱搞偷袭！”桑蕊快步上前，抱住香气袭人的桑叶抡起粉拳敲打嗔怪。

“哎哟，还得给桑总汇报、请示么？我想你了，就飞回来见下你呗！”桑叶嘴上也不饶人，变着法子幽默。

斗完嘴仗，桑叶放开她，退回到座位上，不错眼珠打量着她，满眼惊叹：“啧啧啧，你穿成这样，摇身一变就是个大家闺秀，我都不敢相认了。”

“什么呀，你穿旗袍比我更好看呢。”女人间的相互吹捧，也是暗中的较劲。桑蕊心里美滋滋的，嘴上也还得恭维她。桑叶的个性，她又不是不清楚。

“那是当然，你呀，什么都好，就是肉多，不过呢，有句老话，好男一身膘，好女一身肉！咯咯咯。”桑叶冷眼旁观，爽快大笑后，在咖啡色编织大手袋里掏出香烟，优雅点火。涂着粉紫的蔻丹，右手的中指戴一枚造型夸张的玫瑰金花朵戒指，比从前更妖娆贵气。

“喝啥子茶？我请客。”桑蕊问她，切入正题前，喝茶舒缓。

“客随主便，当然要好茶！”桑叶悠然喷出一团烟圈，仰靠在榻榻椅背上，居高临下的眼神依旧。

“肯定！泡红茶，泡祁门红茶，再帮忙买点新鲜桃酥。”桑蕊吩咐叶青出去，玉堂富贵图案的屏风木门，悄然合拢。

“你变成这样，挺好，挺适合你。”桑叶赞许地点点头，没旁人在，语气从高调转为平和。说完，她认真地审视着桑蕊。微侧身而坐的桑蕊，穿着黑色蕾丝滚银边改良长旗袍，同色葫芦盘扣在侧边，错落有致，典雅沉静如陈逸飞画中的仕女。

和桑叶飞扬夺目的美，从来都不相同。名牌包、名贵腕表、名牌香水，新烫染枣红的大波浪卷发，桑叶还是那般美得耀眼，令一般男子不敢直视。

“你也没变呀，还是那么美艳不可方物。”桑蕊熟练地收拢茶具，纯粹洁白的德化瓷，摆在莲池鸳鸯图的桌旗上，绝美的生活场景图。

“现在都说什么‘80后’的女人漂亮，我看就不咋得，不过，比我们年轻些，话又说回来，谁没年轻过？我们年轻那会儿，比她们还漂亮呢！”桑叶不服输地自言自语，仰望着青瓦房顶。桑蕊不明白她突然提起“80后”的女孩有何用意，只得点点头。

门无声无息被拉开，叶青轻车熟路端着托盘进来，动作舒缓放下盛着茶叶的玉瓷缠枝莲花纹的茶荷，一碟水珠还在滚动的马奶子青葡萄和一小盏冰皮绿豆糕，转身离去。

“庄秋水，你应该听说过这女人。”桑叶四下张望着，想将未抽完的烟头掐灭，桑蕊眼疾手快递上小巧的烟灰缸。

“怎么了？她就是‘80后’的女人，庄老大的情妇，想不到吧？我们吃过饭，看上去那么清纯、单纯的女孩子，想不到，想不到，心肠歹毒哦。长江后浪推前浪，前浪死在沙滩上。先浪不算浪，后浪摇到炕！”桑叶捡起一粒青葡萄，洋洋得意说顺口溜一样喷出时兴段子。

“你可真幽默，可能有啥子不愿透露的内幕，我们外人不清楚。有时是当局者迷，旁观者清。”桑蕊忍住笑，手上动作麻利，嘴上言语迟缓。

“哎哟，庄老大保密工作做得好嘛，连我和他关系这么近的人，都不晓得。他一进去，身后的女人们都冒出来了。吓我一跳，原来他的生活这么乱。所以，男人呀，真不能信，主要是那些穿西装打领带的男人。”桑叶兀自喋喋不休，言辞间充满着对庄嘉德的不满。

“衣冠楚楚、道貌岸然的男人。”桑蕊忍不住多嘴总结。

“差不多，就是看上去高档、有身份的那些。私底下，啥子身份哦，都一个样！哈哈哈！”桑叶说完，笑声穿破云霄，她的刀子嘴哦，刀刀刺伤男人的心。

“天涯何处无芳草，男人千千万万，不行，咱就换。”桑蕊被她一连串的段子给逗得玩性大发，也乘兴胡诌一句应景。

“可不是，也该收拾收拾这些自以为是的男人了。以为有了钱、有了权，就能天天当新郎官。从另外一方面，我倒认为这庄秋水，是个英雄，替女人们出了气、报了仇。”桑叶语气一转，大肆赞美庄秋水。

“怎么？刚还骂人家心肠歹毒呢？这会子又夸人是英雄了，你到底安的啥心？”桑蕊抿一嘴茶，又咬下小块冰皮绿豆糕，不明就里问道。

“我能安啥子好心，如果我抢先一步，成了庄老大的女人，和她就是情敌。不过呢，我不会那么傻，撕破脸皮，什么好处也捞不到。我不会这样做，所以我钦佩她，这世上，还有女人不是为钱，和一个男人闹翻脸，到法庭上，试问几人做得到？你不认为她很有勇气？”桑叶素来就不爱吃零食，她严格控制饮食，只喝水，吃水果，甜食半点也不沾。

勇气？桑蕊心里一动，同样的“勇气”，吴琴也说过。“你觉得庄秋水有勇气？什么样的勇气？置自己与别人于死地的勇气？”桑蕊神色激动，觉得不可理喻。

“是啊，你不认为吗？庄老大承诺和她好一辈子，庄秋水信以为真，不经意间，发现庄老大与别的女人有染，还是与多个女人有染，她的心情可想而知。她上当、受骗，气急败坏哭着逼问庄老大，要死要活威胁他，庄老大狡辩不认，落荒逃走，决定不再理会庄秋水的胡闹。万般无奈之下，庄秋水破釜沉舟，起了报复心。换成是你，你是庄秋水，你会怎么做？”

桑叶如当事人一般，抽丝剥茧还原事件始末。

桑蕊听得心经胆战，电磁炉上的开水沸腾几次，她竟然不知。

“换作是我，唉，我怎么知道呢，我又不是庄秋水。”桑蕊即将露馅的紧急关头，猛然起了疑心，桑叶步步紧逼，莫非是在打探她和庄嘉德关系的虚实？

“换成是我，我也不会这样做，我会把这件事变成要钱的正当理由。人生一世，干吗和钱过不去呢？”桑叶沉思着，念及她的情感，她和吴红军的罗曼史，幽幽叹息。

“你说，闹成这个样子，她不会后悔吗？谁也不好过。”桑蕊问她，也是在问自己。

“她有啥子好后悔！她年轻、漂亮，改个名换个地方，还不是有大把男人要。”桑叶不以为然，翻翻白眼。

“那些男人知道她是这样的女人，还会要她？还会追她？”桑蕊感到万分惊奇。

“年轻漂亮的女人再脏、再乱，也不愁没男人要！”桑蕊开明得很，说完咯咯咯笑，露出洁白的牙，明晃晃地惹人注目。

“我不信，她这样做不是把自己给毁了？”桑蕊固守成见，又极为疑惑。

“哼，那是你太不懂这个社会了！那我们打赌？人家庄秋水在整件事中，并没参与具体操作，不过是被人当了诱饵，陪庄嘉德上床，是她自己动了真心。她的惩罚算起来较轻了，判刑两年，缓期两年。”桑叶冷哼一声，她就是不喜欢桑蕊不食人间烟火的愚蠢。

“不瞒你说，庄秋水出了这事，南国许多老板还争先恐想要认识她呢。你说怪不怪？这世界，变幻太快，连我有时也搞不懂。”桑叶笑得无奈，聪明的她，跟随时代脚步的她，第一次流露出对这个世界的迷惑。

“天哪，现在的男人怎么啦？”桑蕊完全无法预料，她以为庄秋水这样的女孩，名声败坏，定会千夫所指，生活在黑暗中呢。

“我们活在这样开放的时代，不挺好么？”桑叶两手一摊，学着老外耸耸肩，眉开眼笑，像只吃到甜葡萄的小狐狸。

“是，这是个黄金时代，也是个黑暗时代；这是最好的时代，也是最坏的时代。”桑蕊怅然作答，她明白这个变幻莫测的世界，有正反黑白两面，可能还有灰色地带，她看不懂，也不想看懂。

两人各怀心思，辩论之后，陷入一阵虚无状态，分别端起茶杯同饮。

“掐指一算，我都离婚好几年了。”桑叶无端冒出这话，眉头也不皱下，神色难得一见的凄然。

“是呀，后悔啦？当初干吗要离，不是有儿子了吗？”桑蕊也不惊讶，和吴红军分手后，火速奉子成婚，闪电离婚，符合桑叶一贯雷厉风行的做派。

“后悔个屁，我是心疼儿子。当初说好每月的生活费，也没给，我一个人养家，他妈的，这一年，人影见不到。”桑叶止不住骂骂咧咧，接着愤然抽烟。

“他可能在忙碌，在奋斗呢。”桑蕊为并无任何交情的桑叶前夫辩解。好歹，她前夫光明正大地活在她和儿子的世界中，自己呢，自己和女儿，就没那么幸运。

“谁知道，有人说他和我身边一个有钱的女友好上了，这些女人真贱，好姐妹的老公也要抢！”桑叶说得兴起，禁不住破口大骂，将胸中闷气一吐为快。

桑蕊没表态，她不想告诉她，她的老公已成前夫，人家是自由身，有权利和女人交往。

“你以后啥子打算？”等到桑叶情绪转为平静后，桑蕊才轻声细语问她。

“开投资公司呀，我在南大的同学，都是上市公司老板，我就在南国开投资公司，已经注册了。”说起事业，桑叶上半身前倾着，眉飞色舞，就差手舞足蹈了。

“你呀，做的都是高档的大项目，符合你的性格、身份。”桑蕊不再发出以往的艳羡、惊诧之声，她未到天命之年，已懂天命之事。

“你呢，你还是找个有钱男人帮衬下，我看你日子过得也不好。”桑叶关切地说。

“桑叶，我和你不同。你晓得，我不是不爱钱，不是不想过有钱人的生活，也不是没去追求过，可每个人的命运，不一样。”桑蕊抬起头，与她目光直视，这么多年过去了，只有这一次，在她工作的“可以居”她才敢鼓起勇气和她平视交流。

桑蕊的目光灼热，她平和的外表下，她隐藏的内在，原来是这样一颗冷静的心！桑叶第一次发现，桑蕊的不同，与她彻底、完全的不同。

“也好，也好，只要你开心。”桑叶木讷地点点头，神色有瞬间的恍惚。

“晚上，我要飞外地谈一个大项目，市长亲自接待呢，我得走了！”桑叶匆匆看了眼手腕上的卡地亚腕表，站起身来，把桌上的手机、烟、打火机一股脑扫进包里。

桑蕊也连忙起身，“不吃点东西再走？”好不容易见次面，喝杯清茶就分别，她过意不去呢。

“也行，那就吃碗面，我看我不吃，你会内疚一辈子哦！你请我！”桑叶的本事真大，看懂桑蕊的心里话，气氛一旦活跃，她身上搞怪的细胞立刻被激活。

“就你最懂我。知我者，桑叶也！吃不辣人的‘蹄花面’？”桑蕊也欢笑着打趣，挎着她胳膊，下楼给叶青说出去一下，两位一洋一土的佳人翩然离去。

距离“可以居”不远，就有家原汁原味、远近闻名的“胖妈蹄花面”，她家的猪蹄汤和芸豆炖的蹄花是特色，芸豆稀软，蹄花软烂，养颜好味。长期居住在南国，桑叶的饮食习惯也发生天翻地覆的变化，她吃不了辣，口味和土生土长的广东人一样清淡。

“桑蕊，你怎么不买玉镯戴手上，你看你，耳环、戒指、手镯、项链，一样也没有，光生生的，多难看！我这戒指送你，穿旗袍就得有戒指、耳环什么的，最不济，也该有手镯呀，要不然，哪里有旗袍珠光宝气的派头！”桑叶褪下玫瑰金戒指，强行塞给桑蕊。

桑蕊打小就不喜欢穿金戴银，嫌烦琐，做事不方便，她根本就不喜欢桑叶的大戒指，想着是她一番心意，也就接了，嘴上还担忧：“这么贵，就不要了吧，我用不上。”

“什么贵不贵？高仿的假货，我哪有那么多钱，什么都是真名牌？包是，这些首饰嘛，天天换，没必要买真的。”桑叶也不顾忌透出实情。

“蕊，你认为庄嘉德是什么样的男人？”桑叶临走前，还不死心，又提起他。

“我，我认为呀，是个挺优秀的男人呀。”桑蕊这次不再推脱了。

“我可不这么看，我知道他是爷们儿，我也清楚他也是混蛋、无赖。”桑叶扑哧笑着，桑蕊不知真假。

“我们两人的区别就在于，你把他看得太完美，太高了，像一个神。你就下不来了。而我呢，平常心看他，一半是君子一半是流氓，我是，他也是，你也会是。”桑叶指着她光洁的额头，点拨她。

“那又怎样？”桑蕊不服气，桑叶竟然还是高她一筹。

“不怎么样。他出狱后，我和他还是好朋友，说不定，也会发展成男女关系。可你就不同了，你肯定不会和他来往了，你恨他，他令你失望了，对不对？”桑叶明明是看穿她和庄嘉德之间的猫腻，就是不揭穿，偏生用这样迂回转折的说教使她蒙羞，让她有苦难言。

“你是真爱他，你爱的是你想象出来的那个他，不是真实存在的他。其实，你既自私，又冷漠，你只是一味索取，不会付出，和我交朋友也好，还是和男人交往也好。”桑叶轻蔑她，不客气地揭开她灵魂深处的丑陋——连她自己也没看到的丑陋。

“我真有那么差劲？那么糟糕？”桑蕊被桑叶数落得信心全无，花费心血建立起来的一点自信又被她打回原形。桑蕊好恨她，干吗要说出来？干吗要假装不知？干吗要她看清自己的不好？

“对，你就是这么糟糕，这么差劲！”桑叶气鼓鼓地，气焰嚣张，语气肯定——是在宣泄胸中的不满么？

静谧的空间陡然有股剑拔弩张的硝烟味，桑蕊十指交叉，用劲紧扣，她控制自己不暴发，她做到了，她为自己做到了心生欣慰。

推开碗，她去买单，来到座位前，语气缓和：“该走了，不然赶飞机会迟到。”

她没有发火，和从前一样，她屈从她；和从前又不一样，她不是意志的屈从，是反省自己的屈从。

桑叶脸上的笑容僵住了，她低估了桑蕊，昔日的绿叶，过去的小妹，她长大了，力量蕴藏在内呢。

她勃然起身，抓起包，冲出大门!

一前一后，桑叶在前，桑蕊跟在后，彼此默然无语，都是心事重重。“一路平安！”桑蕊先停下脚步，开口祝福。

“再见！”桑叶返身，露出招牌笑容，不过，笑得差强人意。Taxi！她嘴里蹦出蹩脚的英文，鬓角的黄发飞扬，大姐大风范不改。

“再见！”桑蕊的笑，也很牵强，转身的脚步显得有些机械。

她们的友情，是断裂还是更好?

二十四

两年后，“可以居”的茶艺师们换了好几拨，铁打的营盘，流水的兵。只有桑蕊、吴琴、叶青三人的身影不曾改变。

吴琴喜欢老板龚子，已不再是秘密，两人始终没有迈出关键性的那一步，偏生，平地冒出个年轻貌美的叶青有意无意地争宠，就使得这恋情扑朔迷离了。

三人的情感游戏，桑蕊隔岸观火，冷笑着庆幸，庆幸自己当时没那么痴傻跟上去凑趣，多无趣的事，多无趣的人。

叶青又来找她投诉喊冤：“桑小姐，你来评评理，这个吴琴也太把自己当回事了，我的客人要听人弹琴，我就叫她来弹，她摆起架子不说，还冷言冷语挖苦我和客人，说什么我们不懂文化，在糟蹋文化！”

桑蕊面带微笑听她说完，眼前的叶青，蓝花布衣，包裹着苗条的身躯，脸上肌肤光洁无瑕，张扬出青春直白的动人。她比吴琴漂亮，瞎子都看得出来，可是，她就少了吴琴的聪慧。这女人哪，少了聪慧，还是不行。桑蕊从容地听她抱怨，如同见一只漂亮的花瓶，装满发臭的脏水，她的话就是一滴一滴漏出的脏水。

桑蕊真心替她惋惜。如果她稍加学习，腹有诗书气自华，还需要跟吴琴去争一个半老的龚子？谁知道呢？女人有时和另一个女人争抢男人，本质上争抢的并不是男人，不过是争抢谁更有魅力罢了。

“她有啥子了不起？不就是会弹琴么？我也去学，我向老板申请，我要学弹古琴！”叶青没完没了，她冷哼着，表示不屑。

桑蕊扑哧笑了：“可以呀，不过，干吗学古琴？不如学笛子或者古筝，这样，你就独一无二了！”

“对哦！桑小姐，太谢谢你了。”叶青清澈的眸子迸裂出惊喜的火花，她似收获了胜利的秘籍，心满意足去忙活。

桑蕊摇摇头，她太单纯，单纯到信以为真，她不过是为了缓解她与吴琴的矛盾，随口胡诌，龚子哪会答应这事，帮别人培养人才，明摆着吃亏呢，龚子不会答应。

吴琴闷闷不乐走来，桑蕊透过窗棂格子的缝隙，见到她的身影，她听从桑蕊建议，穿了长旗袍与高跟鞋。通过坚持不懈的减肥，吴琴瘦多了，这身孔雀蓝的香云纱旗袍，衬托出她独特的气质，端庄文雅，看着很舒服，尤其走在古典窗棂前，和画中人一样，很是养眼。

“怎么啦？”桑蕊猜她来和她聊，不过是为叶青的事。

“我要辞职。”吴琴的声音硬邦邦的，如她坚毅的性格。

“怎么回事？”桑蕊觉察到事态严重，好端端地辞什么职？

“哼，把我当什么了？戏子？卖唱的戏子？”吴琴不会撒娇，不会落泪，不会憋屈。

她会见招拆招，碰到问题，解决问题，说是简单粗暴也不为过。

“你多虑了，这点小事，犯不着。”桑蕊轻笑着喝茶，她有些看不惯她们的做作与脆弱。

“咦，你今天好优雅哦，有宋美龄的风范呢。我就说，你穿旗袍好看。”桑蕊有意避重就轻赞美她。吴琴不是叶青，对桑蕊的好意，她并不领情。她固执地表明心迹：“我要辞职，我就要辞职。”听着是赌气，也是真话。

“我做不了主，你真要辞职呢，就跟老板龚子说吧。”桑蕊掩饰着不痛快，她怎么一点人情味都没有，果然是无情呢。

桑蕊想着这事不过尔尔，不当回事。下晚班回到家，收拾洗漱，就已十二点过，正要入睡，龚子的电话追进来，劈头盖脸就是一通严厉的责备：“你怎么搞的？吴琴哭哭啼啼要辞职？她走了，怎么办？‘可以居’不能没有她！”

龚子具有典型省城人的性格特征，平时无事时，是绝对的好好先生，一旦遇上什么触犯他利益的事，可就会大呼小叫，失了身份。

桑蕊暗中埋怨，关她啥子事，还不是为了你争风吃醋，惹得一身骚？“好，你觉得怎么处理好呢？”她不与他争辩，理智地询问。

“要不，还是你和她谈谈？”龚子的语气缓和下来，桑蕊没动怒，他一个劲吼叫，委实不妥。

“老板，解铃还须系铃人，你和她的事，都成了众所周知的秘密，只能你私下找她聊聊。我说不动，你也清楚，吴琴为何而来，为何而去。”桑蕊闭上双眼，耐心解答，她成了两人之间鸿雁传书的红娘。

“只能这样？”龚子的语气带有无可奈何的不确定。

“只有你才能说服她。”桑蕊重申他的重要性。

“那，我明天中午约她吃饭，再努力一把，谈谈？”龚子耳根软，耍性大的男人永远长不大，他依赖桑蕊。

不可能为了照顾吴琴的情绪就炒掉叶青，桑蕊核算着，这样开了先例，以后怎能管理好“可以居”？无规矩不成方圆。

下午，龚子开着他的黑色凌志吉普车到了门口，砰地将车门响亮关上，拉长着脸进到“可以居”。

“龚老板，泡什么茶给您喝呢？”叶青抢先一步，扬起青春娇艳的脸蛋，甜腻地笑着，洁白的牙与绯红的唇，引人遐想。她还是着素雅的棉布衣裙，内核是一颗不安分、不素雅的心。

“黄芽。”龚子黑着脸，噔噔噔，撩起灰白麻布长袍，刚到楼梯，转身高呼：“把你们桑小姐喊上来。”冷冷命令。

桑蕊将泡有蒙顶黄芽的青花瓷盖碗端上楼去，龚子呼啦啦摇着折叠纸扇，心烦意乱地跷起二郎腿，坐在椅子上，脸色阴沉。

“怎么，谈判结果不理想？”桑蕊猜到几分，放下盖碗，将托盘收起来，坐在他对面的椅子上，似笑非笑地问道。

“她说‘可以居’不是她走，就是叶青走，你说怎么办？好端端打发人走，不像话嘛。”

龚子俯身，将盖碗揭开，吹一下漂浮的茶叶，咕咚咕咚喝起来。

“你想不想叶青走呢？”桑蕊不动声色，她身为管家，实际权力不大，茶艺师的去留，最终决定权在龚子手上。

“不太想，这姑娘，嘴甜爱笑，客人喜欢。”龚子为此苦恼，一边是讨客人欢心的叶青，一边是赢自己喜爱的吴琴，左右为难。

“不如，定下个规矩，把这事给解决了？”桑蕊默想片刻，有了主意。

“啥子规矩哦？能两全其美？”龚子端起盖碗，半信半疑。

“解决她们矛盾的规矩。吴琴不过是认为叶青使唤她，不尊重她；叶青让她献艺，不过是为‘可以居’揽客拉生意。从本质而言两人都没错。那么，定下客人要求弹古琴的收费规矩，费用定高些，一来增加收入，二来提高吴琴地位，两下不就相安无事了？”桑蕊冷静分析。

“高！实在是高！桑蕊，你真是我的得力助手！穿越到古代，我定娶你当我的大房，好好替我治家发财！”龚子一高兴，就忘形，口不择言。

“那你呢？”桑蕊被他近天命之年还不改的天真可爱逗笑了。

“我，我寻花问柳去，我偎红倚翠去，我就做个‘十年一觉扬州梦，赢得青楼薄幸名’的人！男人的幸福生活，不过如此！”龚子洋洋得意，似乎已经回到古代。

“就不去奋斗个功名，搏个锦绣前程？”桑蕊哧哧笑，嘲讽他想当风流公子的白日梦。

“前程？功名？多无趣！一枕清风值万钱，无人肯买北窗眠。在时间的车轮之中，我们都是尘土。”龚子随嘴说出许多道理来，他成了诗人，又或者，他本身就是诗人，不过，不屑写诗出版，也不需要卖文为生。有了这份产业，他可以活得潇洒自如，无牵无绊。

桑蕊暗地里撇嘴，她不赞同。自由的生活，谁人不想要？可这自由需要基础，物质丰饶的基础。倘若今日的龚子是下岗工人家庭出身的平头老百姓，没有殷实的家业继承，他还会说这样的话吗？

这也是她无法接受龚子的原因所在，龚子生活优渥，虽知晓人世辛苦，但不肯、不愿低头劳作。

桑蕊自小就明白人间疾苦，也懂得要过好日子，就得下苦力去争取。

天下没有免费的午餐，幸福同样如此吧？谁能说幸福仅仅只是虚幻、缥缈、形而上的一种感觉？

每一种幸福，落到地面，都是实实在在的，都有不同的价码。你要享受、拥有，就得付出，付出你的时间、你的金钱、你的肉体，甚至你的灵魂。

代价不同而已，人类从来不是上帝的宠儿。每一种幸福落地，皆靠自己胼手胝足去争取。人到中年，桑蕊深深醒悟。

吴琴果然没有走，她能去哪里？桑蕊料定这不过是她搞的小花招，辞职成为她试探龚子情感的试金石。

叶青从新定的规矩看出，自己斗败了，她当场脸色大变，小跑着躲到“可以居”的偏僻处，伤心落泪。

她初中未毕业就从农村出来，在餐厅端过盘子，到酒店上过岗，她也想要美美地活在这座陌生的城市，她也心高气傲，不愿走同村姐妹偏门的路子，在酒吧卖酒，或当夜总会小姐。存点钱，到茶艺学校学会了茶道，改头换面成为一名安静泡茶的女子，她觉得自己才真正区别于乡下的姐妹。

她要留下来，过有房有车有生意的幸福生活，对她而言，嫁人是实现幸福生活的捷径。而能嫁给龚子这样年龄大的老男人更是一步登天了。

她费尽心思将以前餐饮、酒店相熟的客人拉过来，以为自己能做好业务，博取龚子欢心，就能获得他的恩宠——她当然有这样的自信，她年轻、漂亮、能干、能吃苦，除了文化水平低点，除了不会弹奏乐器。

她想得太单纯了，龚子这样的老男人，光有青春、外貌不能吸引他，感官上的赏心悦目是一回事，心灵上的心花怒放又是另一回事。他是贪婪的，和众多平庸的男人一样贪婪。如果可能，享齐人之福最好；如果不可能，后者最实际。

桑蕊不能坐视不管，她走过来，递给她一张纸巾，默然无语陪伴她，她懂得她的心思、她的欲望、她的野心。

“别哭了，你学会了一门乐器，也可以这样高价出售。”桑蕊拍拍她单薄结实的背，安慰她。

“谢谢桑小姐。”她擦擦哭红了的眼睛，破涕为笑，“我去问了，学古琴太贵，一小时要一百呢，我想去学冷门又便宜的乐器。”

“那是什么呢？”桑蕊体谅她的不易，叶青也穿了旗袍，短款的细方格子布旗袍，倚在黑色门框裹足不前，纤细苗条如一株亭亭玉立的嫩竹，缺乏耐人寻味的涵养。

“洞箫啊，我要去学吹洞箫！朋友说，男人们喜欢吹洞箫的女子。桑小姐，你觉得好不好呢？”叶青热络地搂住桑蕊的肩，充满期待地问。

桑蕊听得心头一沉，她默然叹气，女人定要以色侍君么？对照着吴琴的刚烈、骄傲，桑蕊怜悯着叶青，奴颜媚骨讨好男人、清高孤傲被男人所景仰，都是女人生活的姿态。

她清楚，叶青这样的女孩，没有错，她和吴琴，选择不同，目标一致。

“挺好！打算什么时候去学呢？”桑蕊装作很雀跃。

“这个月工资发了，我就去报名。”年轻的好，就是健忘，健忘不快。叶青神色兴奋，方才的满腹委屈，一扫而空。不长记性的青春，真好。桑蕊竟然有点嫉妒她了。

“呀，我客人打电话过来了，肯定是订位呢！”叶青的手机突地响了，她的腔调也随之变得欢快，从包里摸出手机，邀功似的举起来晃动，跳跃着离开。

桑蕊悄然上楼，不需要她忙碌时，她就爱独上高楼，坐在最里间的榻上，思索着院子的业务安排。

手机震动，是龚子发来的短信，说晚上他一位好哥们儿要过来，叫她和吴琴留下作陪。

桑蕊接待过他嘴上说的这位哥们儿，不过是刚发财的暴发户，做政府工程生意。

常年开着一部浑身尘埃的丰田霸道，雄赳赳气昂昂直接挡住院门的家伙，财大气粗，说的就是他了。

龚子早想做他生意，卖给他一批白酒，他的应酬饭局多，用得上。这卖酒的利润甚为暴利，由不得人不动心。

今晚请他来，龚子是志在必得，要将这业务谈成。桑蕊懂得起，预先安排人员去买时令水果，两样小巧的下酒凉菜。

临近黄昏，龚子的好哥们开了一部崭新的奥迪 W12 过来，大剌剌将车停在“可以居”正对门，完全挡住大门，他有这特权，或许是他这样的老板习惯享用特权，看在要赚他钱的分上，龚子忍了。

门口的茶艺师将他领到楼上，二楼的翠雍阁，因其房中挂了龚子的朋友、北京画家一幅翠雍山水图得名，房顶挂的是绣着牡丹图案的大盏圆灯笼，散发出明媚柔和的光芒。

龚子穿着灰白的麻布仿古开衫，阔脚麻裤，赤脚盘腿在老式雕花的罗汉床上静候客人，吴琴半跪在地，正欲调音抚琴，桑蕊洗手燃香，中间方桌上摆好瓜果、点心、油酥花生米、凉山黑牛肉，透明的小酒杯也斟满原浆白酒，溢出清幽的酒香。一切准备停当，就差客人入席。

楼梯响动，龚子迅速下床，赤脚疾走到楼梯口，双手伸长，笑容满面：“有钱兄，别来无恙？”他们都愿意掉个头来喊他。“没你这龚子哥逍遥快活呀！”钱有一步一步脚步迟缓，上楼梯，旁若无人，张望打量。

他不过四十出头，生得细皮嫩肉、油头粉面，黑油油的大背头，一双灵活的大眼滴溜溜地转，是个能言善辩之徒，不似一般开矿老板的粗野皮实相。

“来，来，钱有兄，请坐，请上坐。”龚子甚少讨好他人，除非是有求于他。

“哟，还有两位美女在，怎么，今儿晚上，你给我设了个美人鸿门宴？”钱有笑嘻嘻打趣，笑起来时，眼角褶子骤多，灯下也显出久经风月场的老态。

“什么话！说错话，罚酒一杯！”龚子被揭穿伎俩，脸上挂不住了，他假装恼怒，挥手让桑蕊、吴琴围坐在钱有身旁。

“好，好，龚子哥的酒，我来尝尝！钱有半眯双眼，吱溜一嘴，咂巴着：“嗯呐，不错，有茅台的味，酱香型还是清香型？我可告诉你，我只喝酱香型白酒。”

“我也是喝白酒的行家，当然是酱香啦，这可是乐州老窖的原浆白酒，比起高庙、酒鬼、汾酒，好过几倍！口味也不比茅台、五粮液差，价格嘛，可就实惠亲民哦，好东西才和好朋友分享，是不是？桑蕊。”龚子说得脸色通红，桑蕊暗暗诧异，他也是个销售高手呢。明明是要卖酒，偏偏说成分享，境界高啊。

“是啊，龚子老板说他平生的知己不过你一人！”桑蕊低头倒酒，柔声接嘴。

“喔，伶牙俐齿，在这里上班，太可惜了！”钱有侧头认真注视着桑蕊，出口叹息。

“我这儿还有弹古琴的本科生呢。要不要先来听一段音乐？净化净化你的灵魂？”龚子洋洋得意，在才艺、才学、才情方面，他具有绝对性优势，钱有不过是很有钱，除了钱，他一无所有，在精神层面，龚子完全有理由藐视他。

“嗨，算了，我这种人，胸无大志，高雅的音乐，玩不起。喝酒，小妹，一起喝酒！”钱有脸臊得通红，他强行把酒杯塞到吴琴手中，语气是习惯性的强势。

吴琴捏着小酒杯，尴尬地傻笑着，瞟向龚子，听候指示，她酒量惊人，不轻易示人。

“喝吧，钱有兄的一番心意，你就同他喝，看谁喝得过谁！”龚子的语气里，跳动着挑唆使坏的火药味。

吴琴果真就喝，一杯接一杯，无声地推杯换盏，气色不改。唬得钱有愣怔了。

他也看出些道道，吴琴与龚子，男女间的小名堂：“人才呀，人才呀，龚子哥，你这儿有这样优质的人才，好酒量、能弹琴、学历又高，你娃娃，艳福不浅呢。”钱有的话发自肺腑，并非完全的溜须拍马。

“哈哈哈！”龚子畅笑，意犹未尽，左右吩咐，“吴琴，弹一曲《酒狂》！桑蕊，再添酒！”

钱有微有醉意，脸色酡红，他掏出烟，桑蕊忙将火机打燃，钱有探头点上烟，眼光意味深长地落在桑蕊被黑发遮盖的侧面，流露出几分赞许之意。桑蕊早已习惯，遂低头不语。

“评评这酒，滋味如何？”龚子不忘喝酒用意，打着酒嗝，眼神涣散，迷迷糊糊瞪着他，手指脆响敲打桌面。

“好，酒不错，我买一百箱，够一年的请客吃饭了！明天我让司机来拉货，财务过来结账！”钱有是精明的生意人，天下没有免费的午餐，何况还是这样雅致的酒局呢，又是在两位美女面前，价钱直接过滤不谈。

“好，吴琴，弹奏！”龚子掩藏着完成任务的兴奋，嗓音变调了，高呼吴琴，他则闭眼歪靠在椅背上，迷醉于《酒狂》琴声的洒脱，旷达不羁。

“我要带她去酒吧喝喝酒！”钱有听着琴声，看着专心弹奏的吴琴，欲望上升，龚子浑似没听见，他抬眼瞄了瞄钱有，确定他不是在开玩笑。

“只要你叫得动，随便你！”龚子的话，看似任君自取，实则言不由衷。他的眼光追随着吴琴弹奏的手，琴弦上拨动的手势，春莺出谷，风惊鹤舞，优美凄厉。他无奈地转向别处，自己本意安排不过是卖酒，何曾卖起手下人来了？

起风了，风带着夜色含混不清的气息，从梅花格的窗孔里渗来，龚子顿觉无趣，是事成之后虚无的无趣，是参透交易本质后的无趣。

“我醉了，先回家醒醒酒。桑蕊，你等下收拾锁门。”吴琴的琴声刚完，趁她默然起身到洗手间去的缝隙，龚子凑拢桑蕊耳畔说道。钱有则尾随吴琴到了楼下。

“你走了，吴琴怎么办？”桑蕊微微担忧，她看出了钱有斯文外表下的狼子野心。

“能怎么办？所有权利在她身上，我管不着。”龚子冷漠地回答。桑蕊顿感意外，他颠覆了她对男人的看法，她以为，既然他喜欢吴琴，就该出手保护她，怎能任其被人践踏呢？

“我走了。”龚子压低嗓音，逃跑似的趺趺撞撞迈步出门，跨门槛时，差点跌倒，桑蕊正想跑过去扶他一把，他却一溜烟不见人影。

“咦，龚子哥呢？”钱有从洗手间出来，脸色渐变为青色，是呕吐过的醉态，他向桑蕊发问。

“他先走一步，要不，你先喝点柠檬水，去去酒气？”桑蕊贴心地端来一大杯温热的柠檬水给他，吴琴从另一间洗漱间出来，她听见龚子离去后，脸上神色阴晴不定，她是失望了。桑蕊不敢直视她，她也是女人，懂得她此刻复杂的心情。

钱有咕咚咕咚喝完水，揩干嘴上的水珠，一把抓过吴琴的手：“那我们也走呗，这个时间点还能到酒吧喝杯酒！”

桑蕊不知如何是好，吴琴木木地被他牵住手，桑蕊不敢阻挡。钱有脚步凌乱，吴琴也走得不稳，桑蕊紧跟过去，她莫名地心疼吴琴。她想张嘴，脚下却迟疑着，想要叫住吴琴，不让她跟他走。太不值当了，也太没必要了，就为这一百箱酒？桑蕊愤愤不平，替吴琴不值。

钱有上了车，发动机的轰鸣声咆哮在夜色里，如同胜利归来的将军战马在仰天长啸。

桑蕊扶住“可以居”门框，眼看漆黑的夜色，吞没了吴琴。桑蕊无力瘫坐在门槛上，眼睁睁看着利箭一般射向远方的车，无能为力。

第二天，吴琴没上班，打手机关机，发短信留言不回，桑蕊急得团团转，生怕她想不开，有个什么三长两短，可就闹大了。

桑蕊请教龚子，他镇定自若，沉思良久，打开折扇，慢悠悠扇动：“不会有事，我掐指一算，明天，她就会上班了。”

“这会子，你还有心思开玩笑？”桑蕊嗔怪他，暗中哀叹吴琴爱错男人，又庆幸自己没贸然与之交往，龚子骨子里就不是有担当的血性男人，吴琴中意，可不是她的菜。

正闲话，叶青上来说，钱有老板的司机与财务过来了，要装酒给款。桑蕊忙去打点，交割完毕，桑蕊忍不住向龚子夸赞：“你这个哥们儿挺讲诚信嘛，说到做到，不放空炮。”

“不到二十万块，对于他就是小钱，他不会说话不算数！”龚子撇嘴，不以为然。

桑蕊心头冒过一丝邪念，这个钱有老板莫非是因为和吴琴做成好事？猜想不过是猜想。

吴琴次日准时来上班，既不失落，也没伤心，宛如那晚，什么事情也没发生过。

有好几次，话到嘴边了，桑蕊都强忍住，这毕竟是她的私事，不好多嘴，龚子说得有理，她是成年人了，与谁交往有她的自由。

她心里还是痒痒的，盼望着吴琴对她吐露只言片语，这份焦灼八卦的猎奇心在作怪，天黑了，还是两人值夜班，客人稀少，龚子有事早走，吴琴泡下一杯玫瑰红茶，唤过桑蕊同饮。她偏爱玫瑰花，香水、爽肤水都用玫瑰花原料制作的产品。

“玫瑰娇艳多刺，不易让人欺负，谁欺负我，都得付出血的代价。”吴琴这么说时，脸上的神色有着超乎女子的刚烈与残酷。

“你，那晚，怎么样？”桑蕊瞅着四下无人，吞吞吐吐说出来，玫瑰红茶香气馥郁，口感浓烈，不是茶，胜过茶。

“哼，去酒吧喝了酒呀，到了喜来登酒店开了房。不过，我走了。”哈哈哈，吴琴开心地笑起来，眼角弯弯如豆荚。

“啊？你还笑得出来？”桑蕊蹙眉不解。

“我穿的传统旗袍，由上至下的盘扣全是假的，他摸索老半天，找不到拉链，解不了，又累又疲乏，就叫我走了，哈哈哈，你不觉得好笑？”吴琴畅快的笑声，堪比她的琴声，低沉有力。

“哈哈哈。”桑蕊眼前浮现出钱有衣衫凌乱，滚翻乱爬的狼狈不堪，确实搞笑。“等于，他没动你？”她替她高兴。

“肯定呀，哎呀，这些有钱男人，见到稍微顺眼的，都以为能搞到手，我就让你动呀，哈哈哈，我闷声不吭，他可能内心恐慌了。”吴琴打开话题，也刹不住车。

桑蕊也跟着她笑，是啊，男人，男人，有钱的男人，他们的绅士风度哪儿去了？

“你还喜欢龚子不？”笑毕，桑蕊问出，萦绕在她心头许久的疑问。

“怎么说呢，喜欢他，有用吗？那晚，我以为他会陪我们到最后，最起码不是让我被钱有拉去喝酒。”吴琴神情低落，说到这些，还是止不住眼眶发红。

“你是故意跟钱有走的吧？”桑蕊洞察世事，对她的行为举止，瞬间豁然明朗。

“是，我是故意的，我就想看看他到底怎么面对我？倘若我真和他的好哥们儿上床了。”吴琴愤然不悦，眼神坚定，她的气场真如一朵带刺的红玫瑰。

“原来你是豁出去了，怪道不得呢，我一不留神，你就连人影也不见了。”桑蕊暗笑自己多虑了，咸吃萝卜，淡操心。

“唉，不过呢，那车的空间很大，坐上去很舒适，和大众的辉腾有得一比呢。”吴琴的眼神有着倾慕的渴望，对高品质生活的渴望，她评价起了豪车，熟门熟路。

世间女子，都有一颗向往美好生活的心，这本身没错，关键是如何获得美好生活，这点选择，至关重要。投机取巧的不劳而获？又或辛勤付出后的实至名归？

“你还爱那个男人吗？”吴琴猝然问她，桑蕊听后，默然不语，这个话题，由不得她，她想起了庄嘉德。她当然爱过这个男人，深深地爱过，还以为这份痴情是到老，是至死不渝的爱。

当她认定他是她生命中的唯一时，黄小蔷的乍然出现，粉碎了她的美梦，她开始质疑她和庄嘉德之间，究竟有没有爱，究竟是不是真爱。

“我不知道呢。”桑蕊说的是真话，内心痛苦不堪。她历经情感的沧海桑田，信誓旦旦的爱情，在空中如气球爆炸那一刻，她惊愕地张大嘴，许久许久，才能合拢。

可她满目疮痍的心呢？什么时候才能拼凑完整？

“我不知道自己还能不能相信爱情。”桑蕊长叹一声，凝望着窗外的月色朦胧，那么深刻的爱，那么深刻的痛，那么深刻的恨和无奈，她怎能做到没心没肺地忘怀呢？

“可以居”的夜晚安静如斯，墙角下的小虫啾啾，为这份安静添加了些许的热闹。

桑蕊看高吴琴，也就是能和她谈谈心，虽不敢推心置腹，可还能聊聊女人私密话，也属不易。她们的话题不是美容减肥就是男人。说起男人，两人产生许多共鸣，有了这共鸣，衍生话题，因了这话题，衍生无限的男人共性，因了这共性，就有无数的乐趣。循环往复，乐此不疲，女人爱八卦，根源就在此。

“还是有爱情，就是不属于你和我。”吴琴缓慢冲茶，不徐不疾，喜怒不形于色，四下陷入一片窒息的静寂。

说到了爱情，我们沉寂一片。桑蕊眼中泪花涌出，她无限伤感，从今往后，她的爱情，唯有从头开始，从零开始，何去何从？她也迷茫，她也踌躇不前。

“为什么你、我不能拥有真爱呢？”桑蕊闷闷发声。

“你、我太骄傲。骄傲的女子，不肯弯腰迎合，现在的男人，有几人愿意花时间去与骄傲的女子相处？美女又多，况且，你、我皆不是貌若天仙之辈。”吴琴的可爱也是可恨之处就在于太真实。

桑蕊听得扑哧笑了，捂嘴说道：“人家易经大师说你，你就是输在太聪明，看透，偏要说破，冷冰冰的，没情调。”

“哎哟，我就是这样，爱喜欢不喜欢，我还没时间伺候呢。”吴琴眼神一冷，不肯有半分让步。

“不晓得你我这样的女子，会花落谁家呢。”桑蕊心有戚戚，黯淡无边的情感前路，使她丧失了激情。

“谁知道呢？走一步看一步呗。”吴琴目不斜视，把玩着刚从网上淘的翡翠挂件，她是理工科出身，生活里的喜好与文艺女青年无异。

这话听上来，忒熟悉了。桑蕊泪眼迷蒙，这可不就是庄嘉德常挂在嘴边的念叨？吴琴揣起成色一般的翡翠挂件自言自语：“一分钱一分货，这一千块钱的货，就是不行，玩几天，退货去。”

“哈哈哈，我从不相信网上的东西，可能是我太保守。”桑蕊摇头沉吟，是不是也代表自己老了，还是跟不上时代？

“反正，贪图便宜是人性的弱点，我也是。”吴琴嘻嘻笑道，此时，方显露出年轻女孩的一点傻傻憨憨的可爱来。

桑蕊的电话响了，是龚子打来的，说明天上午会有一位台湾客人过来，要她与吴琴一起先接待。

明天该忙了，台湾客人过来，还是预备些新鲜糕点，水果就算了。桑蕊与吴琴在灯光摇曳下，商议起工作来。

二十五

台湾客人杨鸣想要和“可以居”合作项目，龚子把这任务交给桑蕊。

杨鸣首次见面，就拎着几大包过来，对着庭院内的设计，大为赞赏之外，他还很多礼，且对礼品作了分类，龚子的就是稍微贵重的一套瓷器，桑蕊的就是一盒台湾白咖啡。

他误以为桑蕊是庭院的女主人，递给她这套瓷器，语气恭敬：“桑小姐的气质，与这座庭院配合得天衣无缝。”朋友的恭维就如香水——再名贵，也只能闻闻。桑蕊明白他会错意了，她坦率地笑着解释：“杨先生，我只是这儿的管家，老板还没老板娘呢。”“哦，这么回事？那就拜托桑蕊小姐将这份小可的心意转交给龚子先生啦。”杨鸣的台湾普通话客气又温和。

“这样，小可有个不情之请，烦请桑蕊小姐成全。”杨鸣的话，白话文夹杂着古文，听着拗口。桑蕊感觉他太礼貌了，礼节过多，就显得虚伪，可这是来自台湾的文化人呢。

“请说。”桑蕊含笑端立，杨鸣从包里摸出一盒咖啡：“小小心意，不成敬意。”桑蕊假意推辞，扫了下商标，不过是极为寻常的品牌，心安理得笑纳了。

原来，他看上了这儿的环境，想要做沉香培训班，利用“可以居”的场地和人气招生，共同分成。

对双方都有利益的好事，桑蕊拍手称快，觉得他多礼了，根本用不着送小东西，笼络人心。

杨鸣为了沉香课程的事，来来回回奔走在“可以居”，逐渐和院内的茶艺师们熟悉了，他的谦和、礼貌，赢得院内众多茶艺师的欢心。

但他唯独入不了吴琴的法眼。“他说他懂茶、懂沉香，当我靠近他时，嗅到了一股恶心的烟味，而且，他的手指，也发黄，我不相信他的话。”吴琴板起脸孔，沉着分析。啊？桑蕊没注意那么多，她不讨厌杨鸣，也不十分喜欢他，不过是业务合作伙伴嘛。

“怎么会呢？人家台湾的男人就是不同，很有礼貌，又很会赞美人呢。”叶青在旁嘟嘴，不服气反驳道。

“台湾男人有什么了不起，不都一样，不要以为外面的月亮就比我们的圆，浅薄无知的人才会有这样的观点。”吴琴的态度冷傲，非常不客气地回敬叶青。

“你，你，怎么这样说话呢？”吴琴的话堵住了叶青的嘴。

“走，走，开会去！不要自相残杀，本是同根生相煎何太急？一个院内的人，干吗为不相干的男人大动干戈呢？”桑蕊碰碰吴琴的胳膊，调侃她。

“你是知道我的个性的，我就爱说真话。”吴琴脸上笑意全消，她很当真。

“知道，明白，吴大小姐，眼界高呢。”桑蕊推搡着她向院后走去，她懒得理睬女孩们间的钩心斗角，院子的营业要紧。

沉香，在省城还属冷门，斗茶、赏瓷器的人多，好沉香的少，与省城历史上不产沉香有关系。

杨鸣开出的学费不低，只上一周的课程，就得一万元！桑蕊担忧此路不通，招生难。

“不会，小可这边，已经有三位学生要来学习了，“可以居”再游说两位，就能开班了。”杨鸣态度和蔼可亲，宽慰她。

哦，桑蕊眉毛一挑，心里有底了，两位人选，好说，她让吴琴发短信给钱有，看这个家伙有没有兴趣来熏陶下情操。

吴琴领命，兴趣盎然低头发短信，桑蕊想着钱有很有可能会接招，不是说过，得不到的才是最好的么？

事与愿违，钱有连短信都没回，至此也再没出现过。

“怎么搞得嘛？也太小气，短信也不回，好没得职业操守哦。”桑蕊恨声埋怨。“不怪他，他可能觉得没面子，以后肯定都不会再来了。”吴琴傲然作答，一点也不惊讶，她果真是外表纯洁，内里苍凉，火眼金睛看穿男人心里小九九的高手。

“你不失望么？”桑蕊逗她。

“失望呀，可惜那么好的一辆车了。”吴琴神情认真摇头，她是心疼豪车。车好，开车的人不太好。她竟然为了一部车而失落，不是车上的男人。

“哈哈哈，好马配好鞍，香车配美人。现实中，往往是痴汉偏偏骑骏马，巧妇常伴拙夫眠。道理一个样！”桑蕊笑着开导她。

沉香课如期开班了，另外两位学员，是龚子在南国的朋友，搭飞的过来学习，名义上说是学习，接受传统文化的熏陶，成为国学传人，真实意图是忙里偷闲，听闻省城是座来了就走不脱的城市，情愿给美食、美女绊住脚。

杨鸣亲自上阵授课，桑蕊、吴琴也在其间学习。

在二楼的翠雍阁，铺上竹编的席子，每位学生盘腿跪在地板上，条形长案上摆有一整套青花瓷的香具。

从沉香的历史到传承，香文化的起源、兴盛到衰败，到时至今日对沉香的厚爱。杨鸣在谈及沉香时，脸上有种敬畏的神色，双手捧香炉，用香粉打香篆，点火，燃烧，一丝不苟，有种肃穆非凡的仪式感。旁观者大气不敢出，沉香当真如此尊贵么？桑蕊很是疑惑。

到了晚上，杨鸣主动提出要与大家分享沉香等级最高的老虎棋楠的香气，一听有高级别的沉香，茶艺师们呼啦围拢过来，叽叽喳喳说个不停。

吴琴还是那副不惊不诧的平淡样，杨鸣慢腾腾掏出小刀，很吝啬地轻轻刮出一小片，用防风打火机点燃，火苗遇到焦油，吱吱叫着，一股青烟冉冉升起，空气中飘动着浅浅的甜香。

“哇，好香！”叶青最先发出赞叹，深深地吸着鼻子，桑蕊也凑近屏住呼吸，是木瓜剖开的清香，水果味呢。

“再闻闻，是不是让你心情很愉悦啊？”杨鸣得意地微笑着，语调轻缓调动起大家的情绪。

“是哦，是这样哦。”叶青的嗅觉比小狗还敏锐，她捂住胸口，脸上有着甜美的笑容，似乎遇到宠爱她的情人。

“来，来，吴琴，你也来试试，感受下，是不是很舒服？”杨鸣拉住抽身要离去的吴琴。

吴琴是最不爱凑热闹的女子，她神色淡漠，应付式地低头草草嗅了下，抽搐着鼻翼：“没那么神奇，我闻起来很普通呀，比寺庙的檀香好些吧。”

杨鸣闻言，脸色一变，随即连声附和：“是啦，是啦，供养高僧大德，在古代就是用沉香呢。”

桑蕊摇头，这吴琴呀，就是一点人情味也不肯给人，倘若对方并非她所欣赏，她照旧是直来直去，也不惧怕什么。

南国过来的两位中年男士，说着多数人听不懂的粤语，评价着杨鸣的水平，沉香的质地良莠。

男人和女人不同，女人的情绪很容易被一种营造出的氛围所感染，比如此时，杨鸣用沉香在室内营造出神秘、独一无二的氛围，女性们个个脸色泛红，眼睛明亮有神，正如杨鸣所预料，沉香的气息唤醒了她们的柔情，看待四周的人也是可爱至极。

香味有那么神奇？桑蕊不禁自言自语，她不是不爱这股香，这股浸入灵魂深处的香气，她无端地感觉美好。嘴角高扬，抿成向上弯的月牙，桑蕊向座中客人微笑问候，从南国过来学习的余丰正好抬头，眼神与桑蕊交汇，他顿觉眼前一亮，桑蕊的眼神轻飘飘掠过，浑然不觉，她的微笑不过是她的工作使命与职责。

夜晚的时光，因了这奇楠的香气缠绵，变得短暂如朝露。“该走了，明天还有课呢。”要不是杨鸣的一声提醒，大伙儿还沉浸在渐渐转淡的香氛中，不能自拔。

“桑小姐，请你出去一起吃夜宵？”待桑蕊锁好门，站在路边等车时，余丰像是随意散步溜达过来，邀请她。余丰是龚子的大学同学，一位其貌不扬的中年男士。

“谢谢，不了，明天还要早起呢，晚安！”桑蕊轻笑拒绝，她早已过了夜深人静还愿与男人单独一起的青春时代。

“好，也好。”余丰被拒，并不尴尬，他目送着她搭车，若有所思。

“桑蕊，我给你介绍个老公，成不成？免得你一个人带起个娃娃养家糊口，整得好辛苦。”沉香课程结束后，龚子一反常态关心起桑蕊的个人问题来。

“这么久了，才给我介绍老公，啥意思，是不是有事求我？”桑蕊与他打着哈哈，碰上这类男女婚姻的大事，就只能这样哈哈一笑，以示不在乎。

“还不是没得人追你，好不容易碰上一个对你感兴趣的男人，你不赶快抓住机会么？可不要过了这村就没这店。”龚子与吴琴性格中有相似之处，两人都不会说违心的好话。

“讨厌，讨厌，我恨你，我恨你！净说实话。”桑蕊故意生气，掩饰自己的羞怯和难堪。确实如此，从何时开始，她的身边不再有追求者？

从庄嘉德以后，她就自动关闭了情爱的大门，不是不想，不是不渴望，可是，她怕，她生怕自己再一次以真情换回假意。

“你不要，就算了哈，我给叶青说媒去！”龚子也会吊人胃口，顽皮的大男孩行为。“当真么？是哪个呢？”桑蕊真上当了，语气急切，她的心扑通扑通跳个不停，隐约猜到会是谁。

“我的同学余丰呀，这小子，心机太重，回到南国好几天后，才猛然打个电话过来，绕来绕去，说一大堆废话，最后才轻描淡写问起你的情况。他还以为你和我好上了呢。呵呵呵！”龚子的笑太畅快，牵引着嘴角、眼尾的各路褶子纷纷起立，也是岁月不饶人啊。

桑蕊的心儿欢快地跳动，心情是多久以来的第一次这样欢愉，猜中了！她将双手背在身后，不发一言，转身走开了。

“嘿，你回来！赶快回来！”龚子朝她背影大呼小叫无果，他的脸色转而黯淡，皱褶之下，隐藏着失落，他不是没想过要和桑蕊好，可这中年的女子，到底见过些世面，能力又强，他拉不下脸皮，公然追逐，自恃身旁还有一位年轻的吴琴依恋，更是安心。

与桑蕊，只在来来回回的玩笑中度日，今时今日，料不到远在南国的余丰竟然看上她。聚散离合总有时，龚子突然莫名伤感，这院子，怕是总有一天，年轻的茶艺师们、熟悉了的茶艺师们，都要离去？

嗨，天下没有不散的宴席！还是好好享受当下，才是王道。“叶青，泡茶来！我要吃茶去！”龚子拍下大腿，不愿再徒增无奈唏嘘，嘴里呼喊着，到楼上，继续重复他优哉游哉的闲散光阴。

这厢，余丰已经在和桑蕊短信传情了，面对他从远方传来的热情，桑蕊欣喜之余，更忐忑不安。

她有心结未解。

女儿的亲生父亲到底是谁？眼见着她长大成人，她得给她一个交代，不管这个男人是怎样的落魄潦倒，她都要给女儿一个交代，也是给自己洗刷冤屈。

她不敢大肆张扬要寻找这个令自己怀孕，背负多年屈辱的男人，只是密切关注相关媒体报道的信息，哪怕是相似的蛛丝马迹，她也不肯放过。

她保持着中年女性的矜持，不是装出来的矜持，是识透人生冷暖后的冷静从容。

“这周末，我飞过来看看你，一起吃个饭。”短信传情一月后，余丰沉不住气了，主动提出要见她。

桑蕊没有理由拒绝：“那就来吧，我替你订好酒店，就在我家附近，你直接从机场过来就成，这儿吃饭住宿都方便。”她稳妥安排，不惊不喜。

余丰在南国是 IT 公司的工程师，收入稳定，妻子两年前因病去世，他单身，但很少向人提起，就连大学同学龚子也是最近才知晓。

余丰的飞机正点到达，桑蕊在酒店大堂沙发上安心等待，这是一间三星级酒店，价格适中，环境尚好。

“来啦？”桑蕊从玻璃门瞥到他身影，起身快步走向他，淡然招呼，倒像两人是多年相熟的朋友。

“是，久等了吧？辛苦，辛苦！”余丰放下行李箱，相貌普通的他走在大街上，很容易被人看成路人甲。

“还好，还好。”桑蕊的眼光落在他肩上，他身上无一出彩，没有名牌服饰、配件，自身条件乏善可陈。没有吸人眼球的硬朗身板，没有气宇轩昂的气质，如果一定要说他与众不同的地方，那就是他的眼神，对，他的眼神清澈，闪烁着睿智的光芒。

如果时光倒流过去，桑蕊与他这样优势不突出的男士，不会产生过多的交集，时过境迁，她开始敞开心扉，尝试着去接纳他。

他平凡，自有平凡的好，他的安静与寡言，是桑蕊所缺乏的，她和他并肩走在一起，自然而然，他的平凡让她心生宁静。

进入电梯，他的手试探性要抓住她，她没有躲避，她清醒地知道，她不会炙热地爱他，不是不爱他，是她再也不会疯狂地去爱一个男人。

激情之爱，令她望而生畏。

“我听说过你的一些事。”吃过饭后，在酒店房间内，桑蕊娴熟地泡茶，她带来旅行简易茶具。余丰端起茶杯，一饮而尽后，貌似不经意说道。

“我？什么事呢？”桑蕊的手在半空有数秒的停顿，她不确定，他仓促而来的真正意图，绝非想见见她吃顿饭那么简单。

“你是挺有情义的女子，巾帼不让须眉，我很欣赏。”余丰的话不多，字字铿锵有力。

桑蕊明显感觉自己的脸颊在发烫，他都知道些什么，她和庄嘉德的事？她竟然有几分坐立不安。

“南国的圈子也不大呀，你听谁说的呢？”桑蕊端起茶杯，只是在鼻端来回闻茶香，眼皮也不抬，笑也不大笑。

“庄嘉德出来了，是心脏病突发保外就医出来的。”余丰咂巴着嘴，发出难听的响声。

桑蕊听来，如电闪雷鸣，她幽怨地瞥了他一眼，身躯晃动几下，变得笨拙僵硬，手上的茶杯定格了，时间凝固了，心脏停止跳动了一般。

她想哭，从他的口里听到他的近况；她想笑，他千里迢迢跑来就为告诉她，他的状况。

她其实哭笑不得。

“我不是有意揭你伤疤，请原谅我，我也是无意间听说了你们之间的事。我有一位老乡，刚好是处理这个案子的执法人员之一，酒醉后闲谈，他提到一位如你这样的女孩，他说，不多见，正直、有情有义，他相信那个女孩是真心爱他，虽然那个男人并不值得她去爱。”余丰的话，诚恳、流畅。

他的眼神平静、神情平静，就连那份喜悦和喜爱也是平静到难以寻觅。

谁说不值得爱？桑蕊心底有把悲怆的声音在哀号，她抿抿嘴，放下茶杯，用手拢拢耳后的黑发，转身迎向窗外，高楼之下，璀璨的霓虹灯在夜色里绽放出珍珠般的繁华与落寞，南国的夜景也曾如斯美好，她与庄嘉德曾拥有的夜色也曾如斯美丽。

旧时天气旧时衣，只有情怀不似旧时。弹指间也快三年了。

《金缕曲》

我亦飘零久。数年来，深情负尽，良师益友。

宿昔红尘薄虚名，试看杜陵消瘦。曾不减，夜郎苦愁。事事无常别离诀，问人生到此凄凉否？千万恨，从君剖。

君生东都，吾蜀西，共些时寒霜摧折，白发早生，相思从今须少忆，留取冰心同守。但愿得松柏高寿，他日笑谈从前事，恩怨皆成身后空。

一段不被接受的爱情，需要的不是伤心，而是时间，一段可以用来遗忘的时间。一颗被深深伤了的心，需要的不是同情，而是懂得。

“他，唔，过得好吧？”桑蕊克制着自己的情绪，嗓音微微发抖，手指也微微战栗。

“在创业，他的活动范围受到限制，不能出南国。他当行长多年，应该也积累了资源和人脉，他那样的人，不会过得很差。”余丰说话不温不火，是好好先生的范本。

“是啊，他是那么精明的男人，不会过不好。”她负气而言。

“你很难得，难得的正直、善良。现下的年代，你这样的女子，不多见了。”余丰宽厚地笑着，伸长手，拎过水壶，冲泡茶后，双手合十放在桌面，神态安详，褐色的眼珠散发出柔和的光彩，很令人放心。

他的话不多，反反复复就这几句。

桑蕊冲他友好地笑了，一丝暖流流淌全身，这么多年来，他是第一个这样夸赞她的人，其余的男人不是夸她青春的容颜，便是身材的匀称，鲜有人留意到她娇柔外表之下的内心，内心凝聚的心灵美。

“父母自小就教我，不可欺骗别人。”桑蕊抬起头，脸上绽放出自信的微笑，她不再忸怩作态，大方且骄傲地提及世代为农的父母。

“那，你的家教很好，怪不得呢。”余丰嘴边的微笑不断，他朴实的着装、朴素的言语，都给人极为安全的信任。

“谈不上什么家教，父母都是大字不识的农民，不过，我们村里有家族的祠堂，许多规矩沿袭祖辈而来。”桑蕊收拢茶具，腾出空地，趴在桌上，谈起了家乡与父母，以一种从来没有过的轻松口吻。

她曾极为畏怯与自卑面对广袤贫瘠的故乡，老实勤劳的父母。在庄嘉德面前，在她以为的最爱的男人面前，她拼尽全力展示出只有讨取他喜欢的优雅、性感一面，模仿着桑叶及她女友们的言谈举止，极尽可能拉近与她们间的距离——如此说来，桑叶说她高攀庄嘉德，确实如此呢，她从前急于分辩，以为自己和她们一样平等，而今，她心甘情愿承认——她和桑叶彻底不同。

她真的在高攀庄嘉德吗？还是在高攀一种与她自身并不匹配的生活欲望？这样的生活对于她，只是一个无用的白日梦，这么多年来，这个无法实现的妄想，给她带来了什么？不幸还是幸？

灯火昏黄，茶汤冰冷，桑蕊伏在桌面上，陷入漫无边际的空想。她不想说话，就愿意这样安安静静趴在桌上，舒舒服服蜷缩起身躯，回想从前种种至关重要，均作烟云缥缈。时间，时间之下，一切都变得无关紧要。

“留下吧，夜深了。”余丰的存在，模糊不清，他梦呓般的声调，温和平实。桑蕊惊醒了，她坚决地摇头：“我家很近，散步回去，不过五分钟。”

余丰颔首点头，表示理解，颇有绅士风度：“好，我送送你。”

住了一晚，余丰在次日的下午就飞回南国，此次行程，真成了他电话里说的那样，请她吃顿饭，见下面而已。

送走他后，桑蕊一个人返回家中，平白无故生出许多怅然若失，她不特别喜欢余丰，也不讨厌他，她感念他对她的尊重，可是，爱情也好，婚姻也罢，若不投缘，没有相视而笑的默契，她还是不肯迈出那一步。

是她忘不掉过去的人，还是她在观望爱情，桑蕊自己也回答不了。只是在听见庄嘉德的消息时，她的心还是会绞痛，心如刀绞的绞痛。

七月，“可以居”的生意不温不火，天热，人都懒得出门，任你有什么样的好茶，也吸引不了他们。

龚子和一帮朋友要自驾游到新疆避暑，临行前吃践行饭，席间，他嘱咐桑蕊、吴琴、叶青三人：“生意呢，要求不高，维持成本，略有盈余就可以了。”

这还不高呀？桑蕊心里抗议，面上不说，就一个劲点头：“好，好，龚老板，放宽心去当你的逍遥公子哥！本来呢，理论上来说呢，天热，喝茶的人就该多，不承想，人不怕口渴，就怕天热。”用曲线救国的方式道出心声。

叶青听到半途，就掩嘴哧哧笑起来：“桑小姐真会说话，拐弯抹角就把难题推给龚老板了。”

“我不管那么多，我只要结果，这个月的营业额！”龚子收敛起嘻哈的笑容，表情严肃。平常无事打着哈哈，吟诗作画，喝酒听琴，不了解他的都会误以为他是不懂生意的大玩家。事实上，但凡涉及生意，他可不会有半点含糊。

身为大管家的桑蕊犯难了，召集茶艺师们开会讨论如何提升营业额，最终得出两条门道：搞主题活动、场地出租。

桑蕊将主题活动交给吴琴，她脑袋瓜里装满了高雅、有情趣的想法。场地出租的事，需要对外联系大品牌的商家，性格活泼的叶青最适合不过。

这龚子前脚刚迈出去玩耍，“可以居”即刻成了女人们的天堂，山中无老虎，猴子称大王。

吴琴与叶青存心想展现各自的才能，铆足了劲，要争出个输赢，比拼下高低，这是桑蕊想要看到的结果。让两人把平素积攒吃醋的力气，用在职场上一致对外，多好的事。

这一回合，叶青先占上风，她拉来一个做奢侈品名表的大客户，他们要策划一场新品发布会，正为场地发愁呢。往日到星级酒店租会议室做酒会也无创意，入乡随俗，在国学大行其道之下，向传统文化走近，以生活美学来征服消费者，也是该品牌营销的创新思维。

叶青引着品牌名表公关部的总监KING，中文名吴飒的来到“可以居。”这位总监是一个年轻黑胖的大男孩，他穿着裁剪得体的西装套服，留下一路浓烈的香水味，也不知是啥牌子，呛人得很，给人印象深刻，使人无法忘记。

叶青不惜成本，为了能留下这位海外留学归来的总监，在“可以居”消磨时间。先说一大通喝茶的好处云云，再泡茶，泡上等红茶，金骏眉，接着是泡普洱，泡有年份的宫廷普洱。

桑蕊密切关注事态发展，不到万不得已，她不会出面，放任茶艺师们自己发挥，无为而治，是她的管理特色。

她叫来吴琴，要她在隐蔽的二楼小包间“眠琴”弹奏古琴，琴声飞扬始，总监四顾张望，诧异地问：“怎么会有琴声？有人弹琴？”叶青脸上白一阵红一阵，她知道，这定是桑蕊叫吴琴弹奏助兴，对客人产生吸引力。明知道桑蕊是好心帮她促成这笔单，叶青终究不爽快，原以为凭了自个儿的年轻貌美、能说会道，也能做成业务，可不行，还是要靠团队协力呢。

“是，我们院子有琴师。”叶青中断炫耀茶艺知识的谈兴，懒洋洋回他。

桑蕊款款走过去，叶青忙起身为总监介绍，总监见到一袭湖绿色香云纱滚黑边长旗袍的桑蕊，有着欣喜的讶然，中国的旗袍，就是这样有魅力，端庄、含蓄、神秘，心生尊重。

桑蕊语调轻柔，与他交谈，更多时候，她是在聆听。

现在人，都太急躁，都急于用语言表达自己，证明自己，用语言压倒对方。谁也不愿意潜心倾听，倾听别人在说什么。

叶青就犯了这样的错误，桑蕊看出，并不当面数落她，她认真听完总监的要求后，也不忙着解释，静静沉思片刻，叫人过来，上一盘花生糖。

四周陷入沉静，吴琴弹奏的《流水》顿显出空灵激越，巍巍乎志在高山，洋洋乎志在流水！ KING 脸上的神情有飘飘然之感，在国外留学过的人，对传统文化的向往与热爱，有时，更胜国内人一筹呢。

“KING，请吃块花生糖。”她嘴上招呼他，脑海里也有了大概的思路与方向。

“我们对文化的推崇与敬畏，是因为文化有神秘感和仪式感。神秘感使人产生探索的欲望、渴求，仪式感带来敬畏与尊崇。”桑蕊一字一顿梳理着思路，她的话如散落在地的珍珠，颗颗光泽动人。这是年轻、漂亮的女孩与历经沧桑的妇人的不同，得体的话语，能抚慰男人的心；得体的妆容，能洗净男人的眼。

KING 听得连连点头，神色间是满满的信服。桑蕊不敢大意，她趁机说出她的想法：“我们会根据贵品牌的文化，重新布置，利用插花、挂画、茶器营造出典雅的一步一景，让你们的客人有耳目一新的体验。想象一下，在这间古色古香的院落里，却有国际一流的名表秀，传统与奢侈结合，该是何等的创新！虽然我用开在故宫里的星巴克来作比喻不恰当，但，中西合璧的惊艳效果是一致的！”

“好，好，好主意！”KING 兴奋起来，他拍着手掌，终于咧嘴笑了：“桑小姐，就麻烦你拟一份活动的方案与预算，发给我。”

桑蕊面上保持着镇定，这才是她想要的结果。叶青服气地走到她身边，借着俯身为她倒茶的机会，凑到她耳边夸奖她：“桑小姐，还是你厉害！”

送走总监，桑蕊紧急召开策划会议，叶青、吴琴参与。她要吴琴了解该品牌表的历史、文化价值，叶青做活动方案与执行流程、费用预算。

“三个臭皮匠，赛过诸葛亮！”桑蕊兴致勃勃总结，拉起两人的手重叠在一起，语重心长交代她们：“大家好，才是真的好！这笔业务，缺谁也不可！这是团队合作的时代，个人英雄的时代快终结了。”

吴琴素来不将喜怒哀乐表现在脸上，一如既往，视若等闲的孤傲。叶青本想主动示好，见吴琴脸色不变，热脸贴到冷屁股上，她也不多言，闷闷接下活去忙了。

场地出租三天的收入，就将一月八成的成本赚回来，桑蕊压在心头的重担，卸下一大半，别提多轻松了。原想带大家去唱唱歌，这帮年轻的茶艺师，别看平时穿着古典的服饰，斯文有礼、温柔体贴，可骨子里，谁都有颗躁动不安的心，若不是为生计，她们还是喜欢到闹哄哄的量贩式歌厅唱歌、喝酒、发疯。想起还有一小半的收入没着落，桑蕊勉强压住这想法，一大帮子人唱歌喝酒，一个晚上下来，也得有几大千不是？不是小数目，再者，这笔消费入账，也得征求远在外地的龚子老板同意，算了，算了，还没开始赚钱呢，就烧包起来，不妥，不妥。

谁知，叶青主动提出要去唱歌喝酒，庆祝一番，还信誓旦旦说她请客，这下，桑蕊不去也得去，还不好意思让下属掏钱买单。

叶青是藏不住话的女孩，还没下班，全院子的人都知道这大好的消息，个个拍手称快。吴琴当场表明有事不去，桑蕊清楚她是见不得叶青的得意劲儿，桑蕊不勉强，为顾全大局，她安抚吴琴：“去呗，是龚老板请客，还轮不上她呢。”

“龚老板又不在，我去凑这个兴干吗，不去！”吴琴的态度也无情，桑蕊惯着她，随她去了。

叶青古灵精怪，她背着桑蕊，邀请了好几位男士，其中就有KING，桑蕊始料不及，她去得最晚，原意不过买单而已，进到房间，黑压压的一屋子红男绿女，唱得正欢呢！

“哎哟，早晓得，我就不来了嘛，你胆子真大，还把客户都弄过来了，安啥子心哦？”桑蕊拉起叶青的手，抬腿出门，奔向洗手间，她抱怨道。

“哎哟，桑小姐，我们这堆女人，整个一女儿国，我叫几个唐僧过来不好么？要不然好无趣嘛，没有男生在场，好寡淡，跳舞都得跳素舞，吃菜都要荤素搭配才营养，唱歌更要这样。”叶青狡黠地笑着辩解，这就是她的聪明之处，她就是那么懂人情世故，懂男欢女爱。

“大道理，你一个人全占了，得得得，我这个中年妇女也不进去了，免得打扰你们年轻人的雅兴，你先买单，发票报账！不过，我警告你，不要玩过火，不要太晚，KING 毕竟是客户。”桑蕊吩咐完毕，就风风火火搭车离去。

二十六

余丰每天会和桑蕊通一次话，长则不过三五分钟，短则不过几十秒。长久以往，桑蕊也习惯每天有这么个人的关心。

庄嘉德音讯全无，桑蕊常会陷入一种虚幻的错觉，她和庄嘉德这么些年的热恋，究竟存不存在？抬眼望去，他送的小玩意儿，都被她收藏得妥妥当当的，她舍不得丢掉，自小，物质的极度匮乏，就让她养成收藏东西的习惯，不论物品的价值高低，只论物品的意义深浅。

他送她的不过是些普通情人间的小玩意儿，又或许，连普通情人都不如。说起来，他唯一送过她最珍贵的，恐怕也就是那只和田玉的手镯了。

桑蕊翻出庄嘉德送过她的物品，她将它们放在香樟木的多格首饰盒内，往日景象重现，每一次的翻动，都会惹得她泪水涟涟，数次要决断，丢弃这些物品，却都难以下手。是真的舍不得？还是难以割舍那段情？

余丰的电话又打过来了，桑蕊擦干泪痕，缓慢接听，这一次，是他邀请她到南国一座海边小城过周末。

桑蕊没有仓促答应，看海过周末，她明白意味着什么，意味着他想与她进一步发展。她跪在地板上，重新归拢散乱的物品，每一次都这样，她打开翻看，再收拢，就如对他的记忆，仓皇打开，又得仓促关上。

女儿像个小鸭子摇摇摆摆走上来，“妈妈”，在她身后呼喊。“怎么了，贝贝？”桑蕊头也不抬，摩挲着温润泛光的和田玉镯，在手腕上比试着，舍不得戴上，想着日后等贝贝长大送给她戴。她想得有些远。“妈妈”，贝贝牵扯着她的衣角不放，似乎有话要说。她生得玲珑可爱，遗传了桑蕊雪白的肌肤，美中不足的是脖颈间有块拇指大的鲜红胎印。

“贝贝乖哈。”桑蕊取出玉镯，把盒子盖上，打开衣橱的最底层，塞进去，放稳妥了，转身抱起女儿在怀里，在她眼前晃动逗她：“喜不喜欢？妈妈送给你。”

“妈妈，我要爸爸，我的爸爸在哪儿？”女儿一把将玉镯夺来，摔在木地板上，娇声娇气地问她，小脸向上仰着，无辜可爱，脖颈间鲜红的胎印，令桑蕊无法回避。她百味杂陈，这是她没有勇气直视，也无法回答的问题，矛盾重重之下，她心疼地捡起玉镯，用手掌反复擦拭着玉面，顾左右而言他：“这个玉镯很漂亮，你不喜欢么？”

贝贝再一次抢过来，扬起小胳膊把玉镯狠狠摔在门外的瓷砖地板上，噼啪，清脆悦耳的断裂声，和田玉镯成了两弯齐崭的半月，散落在地。

“天哪，你在搞啥子？”桑蕊发怒了，厉声呵斥，将女儿推开，一个箭步冲出去，捡起地上的碎玉，又急又气朝着女儿怒吼：“这个很贵的，你知道吗？妈妈还想以后留给你当嫁妆呢？你给我摔烂了，怎么办？”桑蕊愈说愈气，她差点就动手打女儿了。

“妈妈，不要打我，不要打我。”女儿的眼里露出惊恐万状的恐惧，她从来没见到桑蕊发这么火，她害怕地放声大哭哀求着，不停用小手背擦拭脸上的泪花。

“喔，傻妹妹，是妈妈不对。”桑蕊看得好心疼，后悔对女儿的冒失举动，她抱起女儿，拍打她的背，轻声抚慰，鼻子发酸，心口疼痛，爸爸去哪儿了？她怎么知道？她死死咬住牙根，不让自己哭出声来。

“贝贝乖，我们去吃冰淇淋好不好？都怪妈妈不好，妈妈给你赔礼道歉好吗？”桑蕊让女儿横躺在怀中，轻柔地摩挲着她脖间的红胎印，向女儿妥协。

贝贝这才转哭为笑，从桑蕊怀中挣脱，站在地上，踮起脚尖亲吻她的脸颊，桑蕊感动万分，弓腰背起女儿下楼，玉镯已碎，或许是天注定。那就随它去吧，她不再回头留恋。

打定主意，桑蕊重返南国。

省城的天，是一个灰蒙蒙的阴天。飞机即将降落，彼时，机舱外，南国的天又是另一番景象。厚厚叠加的云层连绵不绝，延伸到天际，一道金光在云层尽头努力向上冲，桑蕊看得入迷，她已做到不惊不喜，最终，金光穿越云层而上，刹那间，金光照耀在云团上，桑蕊心底也腾起一股喜悦，为奋力向上的金光喜悦。

余丰在机场接她，在人群中，余丰毫不起眼，要不是他先走出来，桑蕊压根认不出他来。

“累了吧？三小时的旅程。”他顺手将行李拖过来，语气里透出浓浓的体贴。

“还好。”桑蕊礼貌作答，随处东张西望，机场还是原来的机场，巨大无比的广告，汽车、楼盘、时装，折射出南国特区城市的活力、时尚、创新风貌。

南国又不是原来的南国了。从前，桑蕊痴迷它，大部分缘于这座城市，有她以为的今生最爱，一生的知己好友。她毫无保留地爱屋及乌，爱他，爱她，也爱它。如今，一切如旧，城还是这座城，人还是这样的人，情不再是原来的情，桑蕊的内心，涌动着悲伤的暗潮。

上到余丰的斯巴鲁吉普车，桑蕊既无惊喜也无期盼，车窗外风景，也视而不见，心境平淡如水。

从南国到另一座城市的海边，须得转机半小时方能抵达，为免辛劳奔波，余丰也先征得桑蕊意见，先留宿南国一夜。

到了祖国南端的大海边，办理好酒店登记手续，余丰与桑蕊晚饭后，并肩走到海边漫步。

桑蕊穿着粉蓝薄纱吊带长裙，将高跟鞋脱掉拎在手上，赤脚走在细软的沙滩上，海风吹来，撩起她黑发飞舞，夕阳在海面徐徐下落，一波又一波的海浪冲上岸，卷起浪花朵朵，两人都不言语，安静默契地行走。

行至中途，桑蕊觉得有些乏了，便坐在沙滩上，细滑的沙砾在脚趾间摩擦，痒痒得难受，又痒痒得舒服。

渐入夜色的大海，也成归巢的小鸟，安静不语，注视着世间的人群，海风带来一股大海的腥味，她望着海面不出声，她的本性是叽叽喳喳说不停的马大哈。

“第一次看大海吗？”余丰轻声询问。

“不，也算是吧。”桑蕊走神了，她的回答也是似是而非，细细算来，她是第二次与大海会面了。第一次，好多年前的第一次，她和易荣，不是这里的海，类似这片海，也是这样的夜晚，这样平静的海面，他答应要资助她读书。

尘封多年的记忆，被余丰一句平常的话打开了，桑蕊不能不为之动容，她眼含热泪，转身面对余丰，恍惚间，见到易荣的影子，或者他是另一个易荣。她倾斜着上身，向他靠拢，多年来，她下意识地在寻求一个可以依靠的肩膀，不一定要有所求，只要能静静地依偎着，感受彼此的存在，感受在这荒凉的世界里，还有彼此，让世界不再有那么荒芜的存在。

起风了，海面有波浪翻滚，蔚蓝的天幕近在咫尺，能只手摘星辰那么低，深邃的大海，给桑蕊言说不尽的想象，对新生活的想象。不是憧憬，现实生活的真相曾给她许多的警告，她将狂热的激情保留，总有一天，她会用上，将残存的激情消耗。不仅是为感情，也不仅为爱情，是为了面对未来生活林林总总的不如意时，还能有激情支撑。

枕畔，余丰搂住她，温柔保证："我会好好宠爱你，给你幸福生活！"桑蕊闻言，如话家常，平静甜笑："我倦了，睡吧，做个好梦。"说完，侧身闭眼假寐。余丰见她不以为然，也不奇怪，他认定她是与众不同的女子。

黑暗中，桑蕊睁大双眼，她不是心硬如铁，不是不相信诺言。黄小蔷抓住庄嘉德兴头上的话当真，要挟不成，也不得善终，自己何尝不如是？这许多年来，一厢情愿认定庄嘉德会照顾她一辈子，错误的坚守，不也是变相的要挟，是自己要挟自己，蹉跎了时光，虚掷了光阴，何苦如此？经历庄嘉德一道，她更加懂得，不可轻信男人的承诺，更不能要挟男人的承诺，能够要挟的其实是男人的情，如果还有情，何须承诺？何须拿承诺要挟？她才不轻信，也不惊喜，更不轻举妄动。

从海边回来，她和余丰的关系，就这样定下来。两人心照不宣，都不会大张旗鼓到处宣扬。不再是年少轻狂，世俗生活里，平凡的一对男女，正常生活而已。

就连桑叶，桑蕊也决计闭口不提，好在，几年下来，电话打不过几回，友情也是这样，稀稀拉拉有了距离后，到最后，一年一个问候，乃至，想起有这个人来，也是笑而不语罢了，似乎，多余的话也不好说。

龚子也不知情，桑蕊对余丰私底下再三叮咛过，不到结婚日，决不对外宣布。她是心有余悸，生活的真相有时就是，你愈欣喜得意，愈会给你一个防不胜防的跟斗。

回到省城没几天，叶青突然向桑蕊提交辞呈，桑蕊大感意外又觉在情理之中——天下没有不散的宴席，“可以居”的温柔乡再好，也不是久留之地，谁都会走，或早或迟。

“怎么？要嫁豪门了么？”桑蕊约她到楼上，以礼相待。在这间院落工作过要离开的女子，桑蕊都会先与她们交谈一番，然后自掏腰包请客送行。这和龚子无关，是她自己的主意，为别人送行，也是在为自己送行，她要离去的那一日，不知还会有谁记得要为她送行？

“哈，不是嫁人，我换个地方干活，横竖不过是打工，哪里都一样。”叶青神色间有病恹恹之气，怕又是和吴琴赌气？桑蕊无暇寻思，天要下雨，娘要嫁人，随他去。

“那很好呀，最重要的是你开心就好。”桑蕊为她斟满一杯金丝滇红，这是叶青的最爱。

“谢谢桑小姐，在‘可以居’最大的收获就是认识桑小姐，你人很好，不像某些人，一肚子精明势利，自以为是，哼！”叶青走前也不忘发泄胸中怒火，指桑骂槐。

对于她的恭维，桑蕊报以微笑，沉默不语，她知道自己并不好，知道自己同样有狡猾的小心思，和院落的任何一位女子类似——她们是同类，身为女子的同类，大抵追求相似，谁不想攀高枝？谁不想过好生活，嫁好人家？都想。

“我在和那个客户总监谈恋爱呢，桑小姐，你觉得他好不好？人可不可靠？”叶青放下青花手绘茶杯，神秘兮兮地掩嘴轻说，眉宇间满是陷入爱河里的陶醉，还有那么几分得意，以为自己是与众不同的女子，以为自己找了个与众不同的男人。

桑蕊从她身上看到当年自己爱上庄嘉德的神态，也是这般的得意，这般的甜蜜，这般的自以为是。她放下茶杯，手无力低垂，搭在桌上，支撑着下巴，她该如何对她说呢。

她与总监过过招，不算十分了解，也有五分把握，总监人不坏，男人的本质大都不坏，和女人一样，极少有天生品性不好者。不过，总监是精明的男人，叶青和他交往，讨不到太多好。

桑蕊没有一语道破，叶青有叶青的缘分、福分，再者，她不是叶青，怎知她与他交往的喜乐？还是不管为好：“那很好呀，祝福你们哟，如果结婚了，可记得请客吃饭哦。”

“那是肯定！这院落的人谁都可以不请，唯独你桑小姐必须要请！”叶青低头俯瞰楼下，仰头望天，神态桀骜不驯。

她的个性和吴琴也有相同之处，爱恨分明，眼里容不得沙子。桑蕊将此理解为她们正青春。没有谁的人生可以骄纵到底，唯有青春可以，可惜青春短暂，骄纵也短暂。

龚子对叶青的离去，甚为惊诧。优秀的员工和心仪的女朋友一样，都不好找，他劝桑蕊将她留下，桑蕊一笑置之：“龚老板，不是我不留，别人要出阁嫁人啦。”她才不会去挽留呢，强扭的瓜不甜。再者，你龚老板吃着碗里，看着锅里，不接人家的招，偏生又不时撩拨别人，久而久之，谁还赖着脸皮搭理呢。

“呃，嫁人了？这么快，也不给我汇报下？”龚子一脸的不舍与失落，他就是这样的男人，以为身边的女子都围绕着他，属于他，哪里知晓，这世上的女子，每人有每人的归宿，年轻时，凑在一处轰轰烈烈的不过是空热闹一场罢了。

桑蕊看穿他，故意要他警醒，男人的思维与女人不同，龚子还停顿在扼腕叹息的遗憾中，桑蕊见他如此不思进取，懒得与他啰唆。

琴声响起，桑蕊朝弹琴的方向努努嘴："还不抓住机会，等她们一个个都走了，你才后悔呢。"

龚子换上一副苦瓜脸，低声诉苦："她的脾气，你最清楚，太过刚硬，倘若一起生活，日日相处，怕也是恼火，不安逸。"

"哎哟，你爱的不就是人家的清高吗？"这天下的好事哪能都让你占尽呢。这后半句话，她硬生生咽下，看在他是她老板的份上，给他几分薄面。

桑蕊脸上保持着虚伪的微笑，客气的微笑比明显的冷漠更招人厌，她自己也厌烦这样的自己，可她还是要这样厌烦地去做。

"我要求又不高，女人嘛，性子温顺听话乖巧，又能干会赚钱，我就当个甩手掌柜，这样子才好。"龚子抖动着米白的麻料长裤，说起话来，轻巧得很。

一路走来，习惯男人为女人承担，乍听到这省城男人赤裸直白的心声，怨不得桑蕊听得怒火攻心：凭什么女人就得又要乖巧还能赚钱，嫁汉嫁汉穿衣吃饭，不是说女人指望嫁个好男儿么？怎么倒成了他是女儿家，需要一个女强人来过活？

"哈，你这要求可真不低哟。"桑蕊强掩内心不满，此时，才彻底清醒，龚子为何不那么努力去追吴琴、叶青了，他心头敞亮着呢，该找啥样的女子，他是门儿清。

桑蕊无语旁观，房檐下花架上的一盆兰草，野蛮生长，纤长的枝条纷乱下垂，生出一番野趣。琴声愈发激越，也不知心无旁骛的吴琴是否心有感应，倘若她亲耳听到龚子的真话，不知该做何感想。

桑蕊刹那间徒生哀鸣，为心存幻想的吴琴，为痴情付出过的叶青，也为当年也有过念想的自己。

“这算啥？问世间情为何物？一物降一物呗。老夫走也，练书法去，记得来壶旧年的龙井！”龚子恢复嬉皮笑脸的神情，甩动头颅，拍拍大腿，大步流星，阔步上楼。

桑蕊拿他没法，安排下去后，一个人藏到后院古银杏树下的老榆木圈椅上歇息，算是偷得浮生半日闲。才刚落座，手机震动，是桑叶，失去联系已久的桑叶。桑蕊稍加迟缓，还是按下通话键，甜甜蜜蜜，亲亲热热地问候：“哈罗，亲爱的。”她一度对“亲爱的”这个暧昧的称呼抱有好感，以为必定是感情亲密的闺中好友的特称，可是，这“亲爱的”是桑叶对刚认识、熟悉的每一位女性放之四海皆准的称谓。桑蕊也马虎起来，何必认真呢？况且，“亲爱的”一出口，似乎真有关系很铁、很近的错觉呢。

“在忙啥呢？”桑叶的嗓音甜腻如故，一切没变，桑蕊长呼一口气：“老样子，上班呀。你呢？”

“我？我现在做一间担保公司，昨天开业，半个南国的上流人物，厉害的老板们都送花篮给我捧场呢，就连庄嘉德也送了花篮过来，他可真神通广大，进去没多久，又出来做事了。”桑叶的笑声快活无边，心情极佳。可惜，桑蕊现在无法做到从前与她同欢喜、同悲苦的同理状态。

“哇，挺好呀，恭喜你哦，你开公司了，我送张花开富贵的牡丹国画给你，祝贺你财源滚滚、生意兴隆！”

“怎么？你不替我开心么？我告诉你，我现在接触的可都是数一数二的大人物！”

“当然，你是桑家沟人的骄傲！”桑叶的肯定发自内心，她们同姓，同一个家族。

“什么话？桑家沟算个屁！我早已走出来，我要成为人人知晓的成功女人！让以前看我笑话的人仰慕我！”桑叶冷哼着，信誓旦旦向桑蕊抒发她的伟大梦想。

“祝福你！走出桑家沟，冲出亚洲，迈向国际！”桑蕊带点小小的顽皮恭维她。

“必须是这样！”桑叶笑声连连。桑蕊附和着她一起笑，感叹桑叶的世界为何永远精彩无限？而自己则波澜不惊。

眼角瞥见台阶缝隙疯长的青苔，想起清代才子袁枚有首咏《苔》诗：“白日不到处，青春恰自来。苔花如米小，也学牡丹开。”

有些女人天生就是王者，如桑叶，桑蕊明了人与人命数不同，或许我就是这小小的苔花，虽如米粒小，还是会独自绽放光彩。

一阵大笑后，两人一时都不说话，电流声在耳畔穿过。“我要忙去了，老板们在等我呢。”桑叶率先打破沉默，挂断电话。

桑蕊默然放下手机，捂住胸口，听到庄嘉德的名字，她的心条件反射会有痉挛的疼痛，好在，疼痛的时间愈发短暂。是心理暗示，还是她真的忘记他了，桑蕊说不出口，也不会说出口，人的成熟，是从学会闭嘴时开始。

墙角的松树盆景，状如张开怀抱迎接天下宾客的迎客松，桑蕊眼前浮现出桑叶所说的画面，她的公司高朋满座，喜庆非凡，熙熙攘攘的繁荣，是桑叶最爱的热闹，是呀，她是半点也离不开热闹的人。

那是她的热闹，和我无关。桑蕊抱紧双肩，冷静地意识到，她将会与桑叶愈走愈远了，也许会分道扬镳，尽管与你同行的人，比你到达的方向更重要。原本她们就不是一路人，青春的同路人，不代表中年的同行者。

桑蕊的腿蹲麻了，她缓慢起身、站直，握起拳头，捶打着麻木的小腿，心底并无多大的创痛，走远就走远吧，分开就分开呗，道法自然。

她专注地低头将起皱的重磅真丝旗袍下摆理平整，脚步轻快，到院里忙活去。

吴琴轻移莲步走来，左探右望，寻人状。“怎么？练琴结束啦？”桑蕊展颜招呼。“嗯，我向你请个假，我要去龙湾半岛那边的茶叶店，筛选些好茶和糕点，我就搭龚老板的顺风车去。”吴琴的脸色苍白透明，神情冷若冰霜。

“你都和老板一道去了，还和我说干啥呢？多此一举！”桑蕊假意嗔怪她，她欣赏她的清高与强硬，多半是自己做不到。

“还是遵照规矩嘛。”吴琴笑了，她不笑则已，一笑就是大笑，眼角成弯弯的豆荚了，和陶瓷罐的招财猫尤为相像。

“叶青辞职了，你晓得不？”桑蕊以为她是知情者，还是忍不住八卦多嘴说这一句。

“嗯，人家有姿色、手腕，到哪里去都吃香，不似我，也就这‘可以居’还能容忍我，容纳我。”吴琴的笑容很快消散，她是冰雪聪明的女人，了解别人，懂得自己。

桑蕊轻笑着打趣：“你就这么有自知之明？为啥不紧追着一步到位，当这儿的老板娘算了。”

“当龚老板的老婆？我不行，他的要求多多，条件苛刻，我成不了气候，我还是愿意成为被男人供养的小女人。你看，我这双弹琴的手，这么纤弱，哪能干粗活累活呢。”吴琴意志坚定，摇着头，不肯屈就。

“哦，你头脑清醒得很嘛，我看呀，你和龚老板是一路人，聪明、有智慧！”桑蕊原本要说的是精明，临时改了嘴。

“我也是女人，我也要想得到男人的宠爱，若是生得有十分颜色，我也甘愿做只纯粹的花瓶，花瓶好耶！”吴琴翘起兰花指，搭在腮帮上，眼儿生媚，扮起昆曲里牡丹亭杜丽娘的媚态来。

她的大实话听得桑蕊噤声不语，她嘿嘿嘿干笑着：“你这个‘可以居’的女人呀，不简单哟。”她和她调笑，心情不赖。

晚上，临睡前，余丰的电话进来。

“阿蕊，你的理想生活是什么样的状态呢？”一番寒暄后，他问她。

“理想生活？唔，有家、有爱人，有现在这样的院落经营着呢！”桑蕊趴在床上，晃动着双脚，认真思索后回答他。

“这也太好满足了！”余丰笑着逗趣。

“是吗？可我还没有做到呀，人近中年，一事无成。院落是别人的，这是我的真实写照。”桑蕊认清自己状态，情绪低落。

“嗨，你不要这么看问题，你不是有女儿么？人间至宝是亲人呢。”余丰宽慰她。

“就算是吧，我的成功就是有个女儿。”桑蕊内疚得很，苦笑道。连亲生父亲都不知晓的女儿，她这个混账糊涂的母亲噢，哪有什么成功可言。

“这两天，请个假，我给你一个惊喜。”余丰一直都是平和沉稳的人，突然说要给她个惊喜，桑蕊以为他逗她玩儿呢，嘴上忙忙应承：“好哇，好哇，我最爱惊喜了！”

次日下午，余丰就在“可以居”的包间坐下闲散品茶。

“咦，你的惊喜就是送人过来？”桑蕊哭笑不得。

“这个自然不算是惊喜。我可以邀请你去西双版纳走走吗？”余丰神色认真，态度诚恳，他的表情从不浮夸，这点最打动桑蕊芳心。

“这还差不多！”桑蕊妩媚地笑了。西双版纳的原始森林，风光绚丽，她早就向往。

桑蕊没料到，余丰给的惊喜是那么大，超出她的预期，原以为不过是一场寻常的旅行呢。

余丰的朋友，是一对制茶的夫妻，两人在布朗山拥有一片稀有古树茶园，每年产茶量不多，但因风景优美，成为热爱禅修人士的乐园。

夫妻两人约到余丰，商议一起合作开主题酒店，他们负责制茶，余丰这边负责酒店经营，此番，余丰带桑蕊就是考察落实。

站在云雾缭绕的山顶，思量着余生将与这座青山为伴，不亦乐乎！桑蕊激动的心情，渐趋平静。经历风吹雨打的古树茶园，高耸入云，直入苍穹，蔚为壮观。桑蕊敬畏地仰视着跪下来，虔诚地膜拜——这前半生，她极少下跪，但在这样壮观的神树下，她心甘情愿跪拜，头抵土地，桑蕊泪水长流，内心即刻清明，这一拜，她已脱胎换骨，她不再是桑家沟走出来的桑蕊，也不再是当年离不桑叶的桑蕊。

二十七

“可以居”的客人，多为艺术家、玩家，下午，才是他们一天生活的开始。

自小，他们的骨骼就被“碧潭飘雪”的花茶、串串香的红汤、胖妈蹄花面的辣油浸泡得松软，长大后，他们的灵魂也就跟着晃晃悠悠、飘飘荡荡，自由懒散——正是这样的自由散漫的安逸生活，才出了“少不入川，老不出蜀”的经典口号，也正是有了这批忠诚的粉丝，“可以居”的生意才会有声有色。

整个下午，来来往往的客人，忙得桑蕊晕头转向，好不容易送走一拨，桑蕊瞥见有余丰的未接来电，喘息未定拨通，闲扯几句后，她欲言又止，女儿的身世之谜，她刻意隐瞒了他。

桑叶的电话进来，“喂，你家贝贝是不是脖颈上有个粉色胎记？”桑叶的嗓门很大，急吼吼地，电话那端声音嘈杂。

“是啊，怎么啦？”桑蕊闻言，心如小鹿乱撞，直觉与贝贝的父亲有关。

“我在吹头发呢，看到电视播放的新闻，里面有你以前那个男人，就是酒店的水电工呢，他快死了，我见到他的脖颈有块与贝贝相同的胎记呢，你说怪不怪？”桑叶说道。

“啊？！”桑蕊惊呆了，她的记忆被桑叶的话打开了。与张仁吵架后，去酒吧买醉的那晚，迷迷糊糊中被一个男人搀扶着，她后背发冷，是他！又是他！怎么会是他呢？

“喂，喂，喂，怎么不出声？”桑叶心急火燎地喊，将桑蕊拉回现实。

“他就是贝贝的亲生父亲！你说，该不该让贝贝去认他？”桑蕊缓和下情绪，不再惧怕什么。

“你疯了？乱说话！一个快死的人，怎会成了贝贝的父亲？”桑叶呵斥她。

桑蕊如遭当头棒喝，心头瞬间雪亮，她连忙辩解：“哎呀，我说的如果是，你别听错话了嘛。”

“不管真假，都不应该去相认！如果他是阔佬、高官，你去，我当然不拦你，还鼓励你跑快点呢！现实是，这样不负责任的人渣、烂仔，带给你的伤害还不够？远离他！就当从来不认识这个人！桑蕊，别再犯傻了！”桑叶苦口婆心劝阻她，她是真替她焦心。

桑蕊听得热泪盈眶，她明白桑叶是为她好，她承认，他引诱她、欺骗她，她也为此吃尽苦头，可她为什么，竟然不恨他，不仅不恨，她还萌生出些许怜悯，说到底，他纵是十恶不赦的罪人也好，终归，可能还是女儿的父亲。

“好，我听你的。只是，他，他怎么快死了呢？”桑蕊收住眼泪，发声追问。

“既然与你不相关，你就没必要知道！”桑叶素来果断，她毫不留情掐断她最后的一丝幻想。

“也好。”桑蕊若有所思，第一次认可桑叶的做法。

在香格里拉酒店的中餐厅，桑蕊与吴琴相对而坐。两人常来此地消费午间的优惠套餐。

脱下汉服的吴琴，一身裸色的纱裙，露出洁白的胳膊、小腿，婴儿肥的嘟嘟脸，清新如邻家小妹。今天，我可得少吃，进入减肥期，三个月，我的目标是三个月瘦到一百斤！一落座，吴琴就笑嘻嘻说。

可以哟，能对自己下手这么狠？我可是不辜负美食的人呢。桑蕊低头在单子上画了爱吃的几道菜：菜干粥、珍珠肠粉、潮州牛肉丸、白灼鸳鸯菜。

吴琴说到做不到，她要了一份清水煮娃娃菜，三份杨枝甘露，“这儿的杨枝甘露鼎鼎有名，我来两份，你一份！”

桑蕊主动约见她，还是心有不甘，贝贝父亲的事，想找人倾诉，听点别的意见。

她拐弯抹角将事情的大意说给吴琴听，权当讲一个别人的小故事。

“你觉得这个女人该不该去见这个男人呢？”她问她。

“我认为应该去，不管怎样，人生无大事，唯生死。最主要是对小孩子有个交代嘛。”吴琴向来都说真话——不管这话刺耳与否，讨人欢喜与否，她都会说出来。这也是桑蕊喜欢与她谈天论地的缘由。

“喔，你不觉得，摊上这么一位没出息的父亲，对小孩子是更大的伤害？”桑蕊心头暗喜，若有所思紧接着问。

“那得看怎么想，从什么角度去考虑，我个人认为，人要面对真实的自己，真实的状态，哪怕这真实状态让人难以接受。”吴琴端起洁白无瑕的骨瓷杯，浅浅喝茶。

桑蕊看她这样安静，脸上是接受现状的平和，她突然佩服起她来，佩服她孤身一人在省城求学，找工作、租房、挤公交车，还得保持内心的宁静弹琴。

平和的外在之下，她同样无法了解她内心的狂躁，她在黑暗无边的夜里，独自弹琴的焦虑与苦闷。

“生活需要勇气，面对真相的勇气。”吴琴认真说完，继而嘻嘻嘻笑着望向窗外，酒店的窗外是望江公园，亭台楼阁掩映于绿荫深处，高处看风景，别有一番滋味。

生活需要勇气，桑蕊细细品着这话，默然不语。这当口，菜品一一上桌，桑蕊没了食欲，只将黄金珠子似的杨枝甘露舀起来浅尝辄止。

“你不穿汉服更好看呢。”桑蕊心中逐渐明朗，开始聊起轻松的话题。

“我有汉服情结，可能和弹古琴有关，我也清楚，我个子不高，又胖，并不适合穿汉服，可我偏偏就做了好几套，挂在衣橱，不穿，看看也是好的。”吴琴的笑容，有年轻女孩任性的可爱。

“士为知己者死，女为悦己者容。我看你上次穿的旗袍不就很美吗？”桑蕊提议，挑起切成方块的珍珠肠粉，晶莹剔透，顺滑入喉的肠粉是她吃不厌的粤式小食。

“我不赞同这个理念，为什么要士为知己者死？女为悦己者容？表忠心的背后是献媚取悦他人的奴性！吴琴的声调突地扬高，她看待问题的观点总是独树一帜。

“这可是流传多年的老话了，有什么不妥？”桑蕊震惊了，她首次听见有人质疑权威，新奇中也有欣赏。

“我不管这许多，我个人就是这样看，女人干吗要悦己者才容？我就不能自己愉悦自己，讨自己的欢喜？”吴琴的脸因为激动而有浅浅红晕浮现，继而，慢条斯理吃干净碗里的杨枝甘露，抿嘴茶，休憩。她的行为举止轻柔有礼，她的言语尖利率直。

龚子一位擅长相面的朋友看过吴琴，说她外柔内刚，过于聪明，聪明到看透就要说出来，她的无心之举，常会使人当场难堪。

桑蕊听着也无心多想，照此看来，吴琴果然不同一般唯唯诺诺的女子，心下对她倒生出几许钦佩。

“人哪，终其一生，谁也免不了孤独。”吴琴的话，总有让人思考的余味，像一位饱经沧桑的妇人，透出无尽的悲凉与悲观，和她的年龄极不吻合。

“你是个悲观主义者？”桑蕊内心也涌过极为相似的体悟，由此及彼，想到自身，就真的能做到完完全全原谅伤害自己的人么？

“也是，也不是。我常一个人在深夜弹琴，对着一炷香，浮想联翩，竹林七贤的嵇康，性情刚烈而才气纵横，临刑绝奏《广陵散》曲终琴弦断，知音少，弦断有谁听？”

桑蕊自惭音乐素养不高，唯洗耳恭听。

“嵇康酷爱《广陵散》，不但从不教人，还说不是每一个人都配听《广陵散》！他这气魄，他这傲气，常人难以企及。”吴琴目光温和，黑眸闪亮。

“可能只有活出孤独，保持特立独行的人才会这样呢！‘东晋风流’的历史价值，也在于它所显示出的人生种种可能性。”吴琴意犹未尽来了这么一段。桑蕊连连点头，佩服得紧：一个理科生，对中国传统文化的理解，足够深刻。

“你有内涵、见识，怪不得老板赏识你。”桑蕊发出肺腑之言。

“切，美人才价高，光有内涵也没啥用，你是晓得，龚子老板那样的男人，好吃好玩，当朋友是顶好。”吴琴再次发出哀叹：“我就是怨恨学古琴太晚了，没有核心竞争力，养活不了自己。”

“干得好不如嫁得好，你又何必着慌呢。”桑蕊违心安慰她，话是这么说，放眼望去，又有几个女人是嫁得好？就是明知嫁不好的状况下，才选择去好好干，努力做事，放眼望去，哪个女人，愿意拼命？

“你、我，皆不是这类女人。”吴琴意味深长地笑了，舀起半勺甘露汤缓缓送进嘴，不置可否。桑蕊自觉与她心意相通。

“我倒希望你能嫁给老板呢，日后，你当老板娘，我还来给你打工。”桑蕊也肆意玩笑，她不时瞥见龚子对吴琴的好，从不拈酸吃醋，心头常闪过此念。

“呵呵呵，我只能呵呵呵。”吴琴的话和她的笑，令人捉摸不定。“80后”的女子，睥睨众生的自负，恰巧是桑蕊引以为憾的缺失——多年来，活在桑叶的阴影下，她就从没有过坦荡荡傲然前行的自信，做生活里的缩头乌龟——幻想着生活的美好可以从天而降。在明知庄嘉德有家室的情况下，还与他交往，在怀疑庄嘉德并不只有自己一个女人的状态下，还隐忍和他继续，装傻、装笨，整日活在幻想出的希望中，坚信庄嘉德会照顾她一辈子。

生活回馈她一记大耳光——天上的苍鹰看准地下的乌龟，乌龟本能地将头缩进壳内，想借此躲过劫难，谁料，苍鹰将乌龟连壳抓起，飞到半空狠狠抛下，乌龟当场毙命！

历经诸事变故，她才彻底清醒——不可依赖他人，更不可寄希望、幻想于他人。

幸福、理想、梦想，都只能靠自己脚踏实地去完成，期间，还得保有勇气——接受生活残酷的真相后，依然热爱生活的勇气。

想到女儿的父亲，恨他吗？他快死了，不恨吗？女儿，女儿是他遗留下来，使她蒙受羞辱的人证，也是她的亲骨肉，他撒手不管，一切苦果，由她独自承担，个中无奈、凄凉，她能不恨？不恨是假话，原谅他也是违心话，她也不肯去记恨他——一个慈悲为怀的神看见我们犯了小过错，只是一笑置之。

这就是真实的生活、生活的真相，你抱怨，你怀恨在心，统统无济于事。你还得活下去、过下去，老天爷才不理会你的状况呢，好与坏，你都得去面对、去生活。

“贝贝。”回到家，桑蕊柔声唤着女儿的乳名，外人看来，她来路不正，可在她和母亲眼里，却是天底下最珍贵的宝物。

贝贝听话地将头倚靠在她怀里，桑蕊抱紧她，和她讲道理，不再用谎言糊弄她：“贝贝的爸爸是勇敢的英雄，他会去一个叫天国的世界，他永远不会回家了，可是他会在天国一直看着我们贝贝，保佑我们贝贝长大成人呢。贝贝是个勇敢的姑娘，你要习惯没有爸爸的陪伴，好吗？”

“嗯，贝贝听妈妈的话。”不识人间苦乐滋味的贝贝，眨巴着黑葡萄似的大眼睛，乖巧、懂事地应答，桑蕊紧紧抱住她，是呀，人间至宝是亲人。

天气转冷，“可以居”的生意也进入淡季，太热、太冷，生意就会清冷，她得想法子搞促销活动。

正当桑蕊召集大家开会谈论时，龚子发短信过来，要她晚上留下来，有要事相谈。

什么事儿？桑蕊很是困惑，龚子开车到“可以居”门口，电话遥控她出来，举动匆忙，有悖于往常的悠闲公子哥做派。

“请你吃顿饭。”龚子面色是少有的沉重，驱车直达三环外的一处花草基地的农家乐“荷塘月色”。

“怎么不叫吴琴一起？”桑蕊落座后询问，“可以居”的三剑客可是吃饭、喝茶、耍琴都形影不离的组合。

“我单独请你吃顿饭不行么？”龚子的口吻，有些不悦，桑蕊不再追问，了解他的个性，看来，是有要事相商，莫不是与“可以居”的发展前景有关？桑蕊暗暗猜测。

龚子要了土豆烧土鸡，一鸡三吃：鸡骨头炖汤、鸡块烧土豆、鸡内脏红油凉拌，佐以土陶瓶旷牌白酒。

“怎么？难道是给我践行？”桑蕊笑着戏谑。

“算你聪明，我打算出国耍几年，这个月底，‘可以居’就会转让出去。一位香港老板看中了，要做高端海鲜酒楼。”龚子主动为桑蕊斟满酒，平素，可是桑蕊伺候他。

“啊？这么突然？”桑蕊大惊失色，几乎昏厥，攸关切身利益。

厨房柴火烧出土鸡的香味飘来，她也无半点食欲。

“所以，请你吃饭，喝酒压惊。”龚子剥了几颗黑花生米，一口一杯，点杀鸡，需要有耐心等候。

分久必合，合久必分，天下没有不散的筵席，道理都懂，真轮到自己头上，是个人都会执着。桑蕊跌脚哀叹，下午的会议刚高谈阔论，前后相差不过一小时，就成了南辕北辙，大好心情化为乌有。虽是此地不留人，自有留爷处！只是，舍不得这如家般收拾齐整的院落，这院落的女孩子们！

“你晓得，这几年，看上去人多热闹，实际上，赚不了多少钱，我的老大姐也快退居二线了，这些年，她帮助我不少，我请她到世界各地走走，再不走，人就老了。”龚子酒量好，连干三杯，神色不变潇洒感叹：“旷达人生，进退有度！”。

“以后，‘可以居’后再无‘可以居’！”桑蕊深情感叹，挚爱的院落生涯就此别过，也好，也好，短相逢，长相思。

她低头感怀，不再言语，龚子所指的老大姐，略有耳闻，是很有背景资源，神通广大的人物，她从未见过她，只在江湖上听过她的传说。

这一顿饭，草草散场，可惜了香味扑鼻的炖鸡块了，两人都失去了往日轻松调笑的心情，分别在即，再洒脱的人也会心生凄凉。

快到家门的街心公园，桑蕊提前下车，走在树木葱茏的公园内，拨通余丰的电话，又迅速挂断，她决定好好想透彻，未来的路，她该怎么走。

她不愿再将希望寄托于男人，尽管余丰将给她的惊喜已然满足她的愿望。

“可以居”全体人员集体解散，香港老板长租此院，他会自带年轻的餐饮团队入驻，风格也要大调整，将是宫廷巴洛克奢华路线，闻者唏嘘。

余丰打电话过来，桑蕊没有告知他这边的变故，他带着歉意说要忙招标新工程，见面怕得延后，桑蕊一点也不意外，不温不火，嬉笑如旧。

龚子没有安排吃散伙饭，他顾着搬家、变卖家具，院落一片狼藉，众人忙着打包清点，桑蕊不忍，独独约了吴琴到茶餐厅吃甜品。

“你有什么打算？”桑蕊幽幽长叹，问她也是问自己。

“先休整一段时间再说，连日来的夜班，身体早就吃不消了。”吴琴从没桑蕊那么敏感多情，她吸着木瓜酸奶，神色轻松，挤着眯眯眼说。

“你不留恋么？”桑蕊惊奇她的自在平和，缘何自己就做不到呢。

“做了，就放下。我过段时间皈依做居士。”吴琴用指腹挤压额头，她担忧她的抬头纹加深，接着向上拉升法令纹。

“怎么回事？看破红尘，要出家？”桑蕊惊问。

“居士不是出家，生活禅，不值得大惊小怪。”吴琴的语气散漫，脸色苍白，看不到一丝红润，这样的苍白，显出她刚强的洁净。

她不会反问桑蕊，你有何打算，低头吃着甜品，突然说声：“要是真有下辈子，我就做个安静的美男子。”

“干吗不是安静的美女？”吴琴的思维总是异于常人。

“历史在进步，按照世界发展的规律来看，下辈子当男人最好，可以坐在街头咖啡馆喝咖啡，弹琴，画画。妇女解放后，女强人多，她们供养美男子会成为一种风尚，我就能专心弹琴了。”桑蕊听完，无言以对，她懂得，吴琴还是有未了心结，和她相似。

桑蕊也给自己放了假，一个人故地重游。

坐上火车到南国，谁也不知会，选了一家洁净的商务酒店住下，她按着记忆，重温过去的路，寻找新的出发点。

古老的榕树下条条老街“通罗马”，往前走一百米，是她工作过的酒店，米色外立面的高楼，典雅安静矗立在远方。脑海里闪现出王宇的笑脸，仅仅闪现而已，她并无联系她的欲望。

与酒店擦肩而过，桑蕊信步前行，人有时候需要独处，和自己独处。南国的小叶榕树繁密粗壮，间或弥漫出黄桷兰的香味，步履匆匆者，难以欣闻。

转角处，向右延伸的巷内，是她与张仁住过的破败老楼房，灰扑扑的水泥墙面上刷着一个大大的暗红拆字。

桑蕊停下脚步，遥望思索，她想起的不是过去的岁月、过去的人，她想的是这座楼房与自己膜拜的神像，轰然坍塌成为废墟的景象。

假以时日，这堆废墟将改头换面成为这座城的新坐标，成为另外一些人朝拜的神像，周而复始，膜拜的依然膜拜，绝望的照样绝望——这又是另一种新生。

桑蕊继续向前，她知道，从前面的迎宾大道上去，便是南国繁华的金融中心，庄嘉德曾经与那片高楼大厦联系紧密，车流穿梭，人口稠密，她不会再走过去，是不再执着，也是放下。

站在丁字路口正徘徊不前，桑叶的电话打来。

“桑蕊，你知道吗？我们的名字将上桑家沟的族谱啦！村上的支书打电话给我报喜呢。”桑叶乐开怀的笑声感染着她。

“啊？我们？”桑蕊大吃一惊，自小听父辈说过，桑家沟人祖上极为显赫，能留在族谱上的人，都是厉害的角色。自己无德无能，难得故乡人青眼相待。

“你我皆非凡人呗！当然够资格！”桑叶大刺刺的语气，让桑蕊听着很是动听。

“桑叶，我们的名字上族谱了，可就得不负家族厚望。”桑蕊知晓族谱对一个家族，对一个人的意义所在。她郑重其事地对桑叶说。

“必须，必须听你的！”桑叶难得认同桑蕊。

将无法实现之事付诸实现，正是拥有非凡毅力的体现。

桑蕊豁然开悟：这正是她追求的幸福落地。

放下电话，桑蕊抬头，望见路的尽头，青山连绵，植被葱茏，稀疏的白色楼房，掩映其间，清幽安静，令人向往。她清醒地知道，这看似完美的背后，实则也有污垢藏身，谁也无法幸免，但她会欣然接受，乐于接纳。

每一种幸福落地，大抵如此，不管看上去有多美好，都存在缺陷缠身的遗憾。这不是悲观，是正视现实的真诚——正如桑蕊彼时的内心：空空如也，却又满满当当。